엘러리 퀸 *Ellery Queen*

20세기 미스터리를 대표하는 거장. 작가 활동 외에도 미스터리 연구가, 장서가, 잡지 발행인으로 잘 알려져 있다. 또한 '엘러리 퀸'은 그의 작품 속에 등장하는 탐정 이름이기도 한데, 셜록 홈스와 명성을 나란히 하는 금세기 최고의 명탐정이다.

엘러리 퀸은 한 사람의 이름이 아니라 만프레드 리(Manfred Bennington Lee, 1905~1971)와 프레더릭 다네이(Frederic Dannay, 1905~1982), 이 두 사촌 형제의 필명이다. 둘은 뉴욕 브루클린 출신으로 각각 광고 회사와 영화사에서 일하던 중, 당시 최고 인기 작가였던 밴 다인(S. S. Van Dine)의 성공에 자극받아 미스터리 소설에 도전하기로 마음먹는다. 그들의 계획을 현실로 만든 것은 〈맥클루어스〉 잡지사의 소설 공모였다. 탐정의 이름만 기억될 뿐 작가의 이름은 쉽게 잊힌다고 생각한 그들은, '엘러리 퀸'이라는 공동 필명을 탐정의 이름으로 삼았다. 그들이 응모한 작품은 1등으로 당선됐으나, 공교롭게도 잡지사가 파산하고 상속인이 바뀌어 수상이 무산된다. 하지만 스토크스 출판사에 의해 작품은 빛을 보게 되는데, 이것이 바로 엘러리 퀸의 역사적인 첫 작품 《로마 모자 미스터리》(1929)였다.

이후 엘러리 퀸은 논리와 기교를 중시하는 초기작부터 인간의 본성을 꿰뚫는 후기작까지, 미스터리 장르의 발전을 이끌며 역사에 길이 남을 걸작들을 생산해냈다. 대표작은 셀 수 없을 정도이나, 그가 바너비 로스 명의로 발표한 《Y의 비극》(1932)은 '세계 3대 미스터리'로 불릴 만큼 높은 평가를 받고 있으며 중편 〈신의 등불〉(1935)은 '세계 최고의 중편'이라는 별칭을 가지고 있다. 이외 《그리스 관 미스터리》(1932), 《이집트 십자가 미스터리》(1932), 《X의 비극》(1932), 《재앙의 거리》(1942), 《열흘간의 경이》(1948) 등은 미스터리 장르에서 언제나 거론되는 걸작들이다. '독자에의 도전'을 비롯해 그가 작품에서 보여준 형식과 아이디어는 거의 모든 후대 작가들에게 영향을 미쳤으며 특히 일본의 본격, 신본격 미스터리의 기반이 됐다.

작품 외에도 엘러리 퀸은 미스터리 장르의 전 영역에 걸쳐 두각을 나타냈다. 비평서, 범죄 논픽션, 영화 시나리오, 라디오 드라마 등에서도 활동했으며, 미국미스터리작가협회 회장을 역임했다. 또 현재에도 발간 중인 〈EQMM 엘러리 퀸 미스터리 매거진〉(1941년 시작됨)을 발행해 앤솔러지 등을 출간하며 수많은 후배 작가를 발굴하기도 했다. 미국미스터리작가협회는 이런 엘러리 퀸의 공을 기려 1969년 '《로마 모자 미스터리》 발간 40주년 기념 부문'을 제정하기도 했으며, 1983년부터는 미스터리 분야에서 두각을 나타낸 공동 작업에 '엘러리 퀸 상'을 수여하고 있다.

SIGONGSA *design* 홍지연
photo © *Eric Schaal*

스페인 곶 미스터리

The Spanish Cape Mystery
Copyright ©1935 by Frederick A. Stokes Co. Copyright renewed by
Ellery Queen.
Korean Translation Copyright ©2012 by Sigongsa Co., Ltd.

Korean edition is published by arrangement
with The Frederic Dannay Literary Property Trust,
The Manfred B. Lee Family Literary Property Trust and their agent JackTime.

· 이 책은 《The Spanish Cape Mystery》(1941, TRIANGLE BOOKS)를
  토대로 번역하였습니다.
· 옮긴이 주를 제외한 작품 속 모든 주는 원주입니다.

The Spanish Cape Mystery
스페인 곶 미스터리

엘러리 퀸 지음
김예진 옮김

A Problem in Deduction

벌거벗은 진실.
호라티우스, 〈카르미나〉 I . 24. 7.

차례

서문 ·· 12

1 키드 선장의 어처구니없는 실수 ····················· 17
2 실수를 바로잡다 ································· 50
3 벌거벗은 남자의 문제 ····························· 84
4 세월과 물살은 소름 끼칠 정도로 참을성이 없다 ·············· 121
5 이상한 손님들로 가득한 집 ························· 151
6 영웅도 보통 사람일 뿐이다 ························· 180
7 도덕성, 살인자, 하녀에 관한 학위논문 ················· 207
8 집주인의 호의 ··································· 251
9 검푸른 사냥꾼, 밤 ······························· 268
10 뉴욕에서 온 신사 ································ 288

11 카론의 뱃삯	318
12 협박범이 난처해지는 순간	342
13 사악한 짓들은 드러나는 법	370
14 가짜 하녀의 이상한 고백	392

독자에의 도전 ··· 409

15 방해를 받아 ··· 411
16 벌거벗은 진실 ··· 429

후기 ··· 456

역자 후기 ··· 460

등장인물

집안사람들
월터 고드프리 '스페인 곶'의 주인
스텔라 고드프리 아내
로사 고드프리 딸
데이비드 쿠머 스텔라의 남동생

손님들
로라 컨스터블 뚱뚱하고 정신 사나운 사십 대
얼 코트 로사의 약혼자
존 마르코 악마님
세실리아 문 전직 브로드웨이 여자
조지프 A. 문 전(前) 애리조나 남자

각자 자기 일 바쁜 사람들
키드(선장) 동네 사람

루셔스 펜필드 변호사
해리 스테빈스 동네 주유소 주인
홀리스 워링 부재중이었던 이웃

하인들
버레이 가정부
조럼 잡일꾼
피츠 스텔라의 하녀
틸러 집사
(그리고 이름 모를 많은 사람들)

수사관
매클린(판사) 휴가 중이었던 법률가
몰리(경감) 지역 치안 담당자
엘러리 퀸 구제불능의 논리학자

무대

북대서양 쪽 해안가에 자리 잡은 '스페인 곶'은 그 위치와 환경이 대단히 독특하다 할 수 있다. 바다를 향해 툭 튀어나온 이 곶은 넓이가 약 1제곱마일가량 되며 전체가 날카로운 바위로 이루어져 있다. 이곳을 육지와 이어주는 것은 마치 혓바닥처럼 생긴 가느다란 절벽 하나뿐이다. 여기서 몇백 미터밖에 떨어지지 않은 곳에 넓은 자동차 도로가 있고 곶의 옆쪽에는 공용 해수욕장이 있지만, 이 곳은 완벽한 사유지이며 사실상 접근이 어렵다.

서문

저희는 오 년간 퀸 씨의 소설을 발간하는 기쁨을 꾸준히 누려왔습니다. 그러는 동안 퀸 씨의 책에 다양한 서문을 써온 신사를 둘러싼 수수께끼와 그의 정체에 관해 설명을 요구하는 편지를 수백 통 넘게 받았습니다. 그러나 이 질문에 만족스러운 대답을 해드릴 수 없어서 대단히 유감스럽습니다. 저희도 모릅니다.

출판사

    나는 그 곳을 매우 잘 안다. 내 소박한 모터보트를 타고 바다 쪽에서 올려다본 적도 수없이 많으며, 이 곳이 대서양 해안을 따라 거대한 남북 항로에 정확히 걸쳐 있기에 적어도 세 번은 하늘 위에서 파노라마처럼 펼쳐지는 그 광경을 내려다보기도 했다.

    바다 쪽에서 볼 때 이 곳은 마치 알프스 산맥에서 풍화된 바윗덩어리를 커다랗게 한 덩어리 뚝 떼어다 거칠고 얇게 잘라서 대서양 해안에 첨벙 집어던진 듯 보인다. 자신이 본래 태어난 곳에서 몇천 마일이나 떨어진 대서양의 바닷물을 발치로 빨아들이고 있는 셈이다. 곶 아래쪽은 무시무시하고 날카로운 바위들이 둘러싸고 있는데, 이 바위들이 허락하는 한 가까이 다가가 보면 이곳은 마치 지브롤터처럼 견고하고 장엄한 난공불락의 거대 화강암 요새로 변모한다.

그러니까 바다 쪽에서 본 스페인 곶의 모습은 아주 음울하고 소름이 끼친다고 할 수 있다.

그러나 하늘에서 내려다봤을 때는 상당히 다른 인상을 받게 된다. 어쩌면 시적으로까지 보일지도 모른다. 아래쪽 낮은 곳에 펼쳐진 곶은 신비로운 짙은 녹색으로, 마치 바다의 푸른 물결무늬 비단에 끼워진 약간 일그러진 모양의 에메랄드 같다. 울창한 나무와 덤불로 뒤덮여 있기 때문에 비행기 고도에서 내려다보면 그 짙은 녹색 속에서 딱 세 가지 지표만 눈에 들어온다. 하나는 후미진 해안가의 흰 모래사장인데 그 위로 저택의 테라스가 살짝 떠 보인다(물론 주위를 둘러싼 절벽들에 비해서는 낮기 때문에 푹 꺼져 보이지만). 두 번째는 넓게 퍼져 있는 환상적인 분위기의 스페인 곶 저택이다. 광대한 면적의 하시엔다스페인식 대농장 저택-옮긴이라 부를 만한 이 건물은 스투코 벽재로 지어졌으며 파티오스페인 주택의 안쪽에 있는 테라스-옮긴이가 딸려 있고, 스페인 스타일의 지붕을 이었다. 그 모습은 결코 추하지 않다. 다만 미국식 모더니즘에 익숙한 사람들에게 낯설게 느껴질 뿐이다. 공중에서 보면 그 근처에 바로 주유소가 붙어 있는 것 같지만, 사실상 주유소는 스페인 곶에서는 멀리 떨어져 공공 도로 반대편에 위치해 있다.

세 번째는 온통 녹색으로 물든 곶 위를 약간 움푹 들어간 나이프 모양의 대각선으로 가로지르는 길이다. 이 길은 공공 도로에서 날렵한 바위 아래쪽까지 마치 인디언 화살처럼 쭉 뻗어서 곶을 육지와 연결하며, 곶의 심장부를 가로질러 후미진 만까지 이어진다. 니는 이 길을 한 번도 직접 걸어본 적은 없지만 하늘에서 내려다볼 때 하얗기 때문에 아마도 콘크리트가 깔린 길이 아닐까 생각한다. 밤에는 달빛을 받아 반짝반짝 빛나기까지 한다.

해안가에 사는 수많은 양식 있는 신사 양반들과 마찬가지로, 나는 수백만 년 동안 바다가 끈기 있게 파도를 쳐서 만들어낸 이 아름다운 바위 풍경들이 월터 고드프리의 소유라는 사실을 잘 안다. 그러나 고드프리가 지나친 부의 특권을 경계하고 세상 속에서 자신의 모습을 감춰버린 탓에 그 이상의 사정을 아는 사람들은 거의 없다. 나는 고드프리의 여름 별장인 스페인 곶을 실제 방문했다는 사람을 한 번도 만나보지 못했다. 그러니까 그 장소와 소유주까지 통째로 흔들어버린 저 드라마틱한 사건이 터질 때까지는 말이다. 그리고 물론 문제의 저택 무단 침입자는, 언제나 진기한 운명이 꼬리를 흔들며 따라다니는 나의 좋은 친구 엘러리 퀸일 수밖에 없다!

본인은 가능하면 피하려고 애쓰지만, 그럼에도 엘러리는 끊임없이 잔혹한 범죄 현장과 맞닥뜨리거나 혹은 범죄가 그를 뒤쫓아 오는 일이 잦다. 한번은 우리가 둘 다 아는 친구 하나가 약간의 농담을 섞어 이런 말을 한 적도 있다.

"퀸한테 잠깐 저녁 먹으러, 아니면 주말에 시간 내서 내 초라한 별장에 놀러 오라고 연락을 할 때마다 깜짝깜짝 놀라곤 합니다. 이런 비유는 좀 미안하지만, 그 친구는 마치 사냥개가 벼룩을 달고 다니듯 범죄를 달고 다니는 것 같아요!"

맞는 말이다. 그리고 사실상 스페인 곶에서도 같은 일이 벌어졌다.

이 '벌거벗은 남자의 문제'(엘러리는 그 사건을 이렇게 불렀다.)에는 매혹적이면서 기괴하고, 형용할 수 없을 만큼 불가해한 점이 많았다. 이처럼 엄청나게 이상하고 독특한 일들이 줄지어 일어나는 범죄는 현실 속에서 거의 보이지 않는 법이다. 잘못된 납치 사건 뒤에 벌어진 존 마르코 살인 사건은 피해자가 알몸 상태로 발견되는 바람에 더욱 복잡한 문제로 발전했다. 그리하여 이것은 엘러리 퀸이 겪은 추리 모험의 성공 사례로 더해졌고, 아주 훌륭한 소설 작품이 되었다.

언제나 그렇듯 나는 이 잔혹한 실수로 빚어진 비극의 도래를 예고하는 역할을 맡게 된 것을 대단히 영광스럽게 생각한다. 또한 내 친구가 혹 용서해준다면, 결코 쓰러뜨릴 수 없을 것처럼 보였던 기묘한 사건 앞에서 그의 위대한 정신이 승리를 거둔 그 길 앞에 오랫동안, 아주 오랫동안 꽃을 흩뿌리고 싶다.

노샘프턴에서
J. J. 맥

1: 키드 선장의 어처구니없는 실수

얼핏 보면 어이없어 보이는 실수에도 실은 목적과 의도가 숨어 있는 법이다. 옛날 범죄자들은 조급하게 서두르다가, 부주의하거나 협소한 시야 때문에 실수를 저질렀고 그만 자기 목을 죄는 결과를 낳곤 했다. 그러다 결국 차가운 교도소 철창 안쪽에서 자신의 실수를 곱씹으며 음울한 세월을 보내는 것이다. 하지만 이것은 기록으로 남겨도 괜찮을 만큼 독특한 실수에 관한 이야기이다.

'키드 선장'이라는 황당한 이름의 남자는 아마도 자신의 몇 안 되는 장점을 꼽을 때 감히 '영리함'을 넣지는 못할 것이다. 그는 겉모습 그대로 산더미 같은 사람이었다. 변덕스러운 창조주가 그에게 축복받은 신체 조건을 너무 과도하게 내려준 대신 두뇌 쪽으로는 좀 덜 주었던 모양이다. 처음에는 키드 선장이 커다란 실수를 저지른 이유가 순전히 그의 어리석음이 한 걸음 전진했기 때문이라고 생각됐다.

그러나 사실 이 실수 때문에 가장 동성 받아야 할 사람은 일을 저지른 악당도 아니고 이 거대하고 멍청한 사내에게 실을 매달고 조종한 수수께끼의 인물도 아니며 피해자 본인이었다. 그 사실은 아주 명확하다. 사실 사건이 막 벌어졌을 때는 그 자리에 있던 모든 사람들(엘러리 퀸 씨를 포함하여)이 키드 선장이 어째서 희생양으로 가엾은 데이비드 쿠머를 선택했는지 도저히 알 수 없었다. 베일이 드리워진 수수께끼였다. 하나같이 그저 절망에 가득 차 그의 누나인 스텔라가 히스테릭한 목소리로 통곡하는 것을 고개를 끄덕이며 듣고 있을 수밖에 없었다.

"데이비드는 항상 착하고 얌전한 사람이었어요! 옛날에……옛날에 우리가 어렸을 때 마을에 왔던 어떤 집시 여자가 그 애의 손금을 보고 어둠의 운명을 타고났다고 말한 적이 있었는데. 아아, 데이비드!"

이것은 아주 길고 우울한 이야기일 뿐 아니라, 엘러리 퀸 씨가 이 사건에 말려든 경위 또한 그러했다. 마음속의 '호기심'이라는 현상을 들여다보는 실험실 현미경을 자처하는 엘러리는 사건의 결말에 이르러 키드 선장의 이 기괴한 실수에 감사하는 마음마저 품게 되었다. 고뇌와 당황의 나날들이 흐른 뒤 드디어 빛이 보일 무렵, 엘러리는 겨우 이 거구의 바닷사람이 저지른 실수가 사실은 무엇을 의미했으며 또 그것이 얼마나 중요했는지를 명확하게 깨달을 수 있었던 것이다. 엘러리가 머릿속 베틀로 사고의 옷감을 짜는 데 있어서, 많은 부분을 그 실수에 의지하고 있었다고 해도 과언이 아니었다. 물론 그렇다고는 해도, 사건 초반에 그 실수는 혼란스럽고 애매모호한 문제였다.

반면에 만일 데이비드 쿠머가 사람 많은 것을 싫어하지 않았더라면 이런 실수는 일어나지 않았을 가능성이 상당히 높았다. 쿠머의 이러한 성격은 개인 취향의 호불호라기보다는 병적인 공포에 가까웠으며 그의 관심사는 오로지 조카딸 로사에게만 쏠려 있었다. 두 가지 모두 쿠머의 주요한 성격적 특징이었다. 그는 인간을 싫어했다. 인간이란 짜증나거나 지루한 존재였다. 하지만 그런 사실에도 불구하고 쿠머는 명망이 높은 은둔자였기 때문에 수많은 사람들에게서 존경과 사랑을 받았다.

이 당시 쿠머는 삼십 대 후반의 나이로 키가 크고 체격이 건장했으며 건강 상태도 좋았다. 그는 완고하게 자신만의 삶의 방식을 고수했으며 세간에 이름이 좀 알려진 매부 월터 고드프리와 마찬가지로 자기 자신에 만족하며 살고 있었다. 쿠머는 본래 오랫동안 머리 힐에 있는 독신자 주거 지역에 살았으나 여름에는 스페인 곶에 와서 고드프리 일가와 시간을 보내곤 했다. 신랄하고 냉소적인 성격의 매부는 때때로, 처남 쿠머가 '곶'에 오는 이유가 그 독특하고 장대한 풍경을 감상하려는 마음보다는 누나나 조카딸과 가까이 지내려는 의도가 아닌가 의심하곤 했다. 물론 몹시 부당한 의심이었다. 그러나 두 사람에게는 공통점이 여러 가지 있었다. 둘 다 고독하고 말수가 적었으며, 각자의 방식으로 당당하고 격조 높은 사람들이었다.

쿠머는 가끔 부츠를 신고 일주일 정도 어딘가로 사냥을 나가거나 고드프리 집안의 돛단배나 해안가에 묶어놓은 커다란 보트를 타고 항해를 떠나곤 했다. 스페인 곶의 절반을 차지하는 서부식 시설에는 복잡한 나인 홀 골프 코스가 구비되어 있었지만 쿠머는 이미 오래전에 그곳을 완벽하게 정복했다. 그는 골프를 '노인네들이나 하는 게임'이라고 부르며 즐기지 않았다. 테니스를 할 때도 너무 경쟁이 심해진다 싶으면 몇 세트 치다 말고 그만두곤 했다. 대신 혼자 즐길 수 있는 스포츠로 눈을 돌렸다. 자연스럽게 그에게는 독립적인 수입원이 생겼다. 때로는 아웃도어 스포츠에 관한 주제로 명랑하고 짧막한 글을 쓰기도 했다.

쿠머는 몽상가가 아니었다. 그 자신이 즐겨 말하듯, 삶이란 가차 없는 교훈을 주는 존재였고, 그 역시 굳건한 현실주의자였다. 또한 말보다 행동이 앞서는 타입이었으며 끊임없이 '현실에 맞서' 살아갔다. 여자 문제에서도 자유로웠다. 누나 스텔라와 조카 로사를 제외하면 그에게 여자는 별다른 의미가 되지 못했다. 고드프리 부인은 친한 사람들에게 자기 남동생이 이십대 초반에 불행한 연애를 경험했노라고 속닥거렸으나, 고드프리 일가는 아무도 그 화제를 꺼내지 않았으며 물론 쿠머 본인도 절대로 입을 여는 법이 없었다.

키드 선장에게 납치되어 어둠 속으로 사라진 비운의 희생자, 키 크고 가무잡잡한 피부에 스포츠를 즐기는 남자 데이비드 쿠머의 소개는 이쯤 해두자.

로사 고드프리는 가늘고 검은 눈썹과 길고 쭉 뻗은 콧날, 침착한 눈동자와 날씬하고 단단한 몸 등 쿠머 집안사람의 특징을 고루 갖춘 아가씨였다. 나란히 서 있으면 로사와 어머니는 마치 자매 같았고, 쿠머는 두 사람의 나이 많은 큰오빠처럼 보였다. 로사는 삼촌을 닮아 지적이고 차분한 성격이었으며, 어머니의 신경질적인 민첩성이나 부지런한 사교 활동, 근본적인 부분이 결락되어 있는 정신 등은 물려받지 않았다. 그렇기에 로사와 키 큰 삼촌 사이에는 항상 다정한 분위기가 흘렀다. 두 사람은 서로의 혈연관계에 상당한 애착을 가지고 있었으며 둘 중 누가 무슨 말을 하더라도 성을 내는 법이 없었다. 비록 둘의 나이는 이십 년 이상 차이가 나긴 했지만 말이다. 로사가 곤경에 처했을 때 도움을 청하는 사람은 어머니도 아니고 하루 종일 빈둥거리며 혼자 있는 것 이외의 사치를 바라지 않는 아버지가 아니라 바로 쿠머 삼촌이었다. 머리를 땋고 다니던 어린 시절부터 늘 그랬다. 다른 아버지였다면 이러한 감정적 권리의 박탈에 대해 상당히 화를 냈겠지만 월터 고드프리는 달랐다. 그는 가족들에게 수수께끼 같은 존재였다. 가족들은 그가 어떤 새끼 양 떼의 털을 깎아 엄청난 재산을 모으고 있는지도 정확히 몰랐다.

온 집 안이 사람들로 북적거렸다. 적어도 쿠머의 눈에는 그렇게 보였다. 토요일 오후, 쿠머는 우울한 얼굴로 과묵한 매부에게 이 손님들이 유달리 끈적이며 친한 척하는 이유는 모두 자기 누나 스텔라가 사교적인 교제에 너무 욕심을 내고 다니는 탓이라고 투덜거렸다.

계절이 이제 곧 막을 내리려 하고 있었다. 뭐라 명확히 설명하기 어렵지만 여하간 짜증스러운 손님들만 남았다. 먼저 마르코가 있었다. 그는 여주인의 남편과 오라비의 불쾌한 시선을 아주 점잖게 무시하며 몇 주일간 머무르고 있었다. 월터 고드프리는 드물게 감정을 드러내며, 스텔라가 어디서 저런 근본 없는 놈을 데리고 왔는지 모르겠다고 투덜거렸다. 동성 친구가 이 세상에 하나도 없는, 잘생긴 존 마르코는 그 정도의 일로는 눈 하나 꿈쩍하지 않았다. 한번 초대받았으면 그대로 눌러앉는 것이 철칙이었다. 쿠머는 그 모습을 보고 거머리나 기생충처럼 끈질기다고 말했다. 스텔라는 마르코를 이 집에 데려오는 바람에, 그저 평소처럼 지저분하고 오래된 바위가 가득한 정원을 넋 놓고 산책하며 보내려 했던 남편의 여름휴가를 제법 망쳐버렸다. 그러나 계절이 남기고 간 방해꾼은 또 있었다. 로사가 깔깔 웃으면서 '뚱뚱하고 정신 사나운 사십 대'라고 표현한 로라 컨스터블, 교양이라고는 요만큼도 없어 보이는 문 부부, 그리고 로사를 사모하여 이 저주받은 스페인 곳에서 주말을 보내게 된 불행한 금발 청년 얼 코트였다. 전체를 다 합쳐도 그리 많은 수는 아니었으나, 코트가 그리 오래 체재하지 않을 예정이라는 사실을 포함하더라도(쿠머는 이 청년을 가소롭게 여기면서도 그리 싫어하진 않았다.) 쿠머에게는 일개 대대 정도의 인원처럼 보였던 모양이었다.

토요일 저녁, 늦은 저녁 식사가 끝나고 쿠머는 쌀쌀한 파티오에 있던 조카딸을 데리고 거대한 스페인식 가옥 아래쪽에 있는 따뜻한 정원으로 향했다. 돌바닥이 깔린 곳에서 스텔라가 손님들과 대화를 나누고 있었다. 오직 문 부인에게 붙잡혀 있던 코트만이 삼촌과 조카가 지나가는 모습을 보고 몹시 갈망 어린 시선을 보냈다. 거의 땅거미가 어슴푸레하게 질 무렵이었고, 마르코의 잘생긴 옆얼굴은 역광이 비쳐 어둡게 보였다. 그는 컨스터블 부인의 의자 팔걸이에 걸터앉아 당연하다는 듯 거의 모든 여성들에게 둘러싸여 있었다. 그렇게 멋진 척 포즈를 잡고 있는 것이 일상이었기에 그다지 놀라울 것도 없었다. 마르코의 주도하에 정원 안은 유쾌하게 수다 떠는 목소리로 가득 했으나 그것은 귀에 거슬리고 공허한 소리였다. 무엇 하나 특별히 귀 기울일 만한 화제는 나오지 않았고 그냥 새들이 시끄럽게 짹짹 우짖는 소리 같았다.

쿠머는 돌계단을 내려가면서 안도의 한숨을 내쉬었다.

"맙소사, 이게 다 웬 소란이냐! 로사, 내 말해두겠다만 네 엄마는 점점 골칫덩이가 되어가고 있어. 저런 벌레들까지 끌어들이다니, 사교계의 품위를 떨어뜨리는 것도 정도가 있지. 도대체 월터가 저걸 어떻게 견디는지 모르겠구나. 저 시끄러운 원숭이 같은 작자들!"

그러고는 껄껄 웃으며 조카딸의 팔에 팔짱을 꼈다.

"우리 로사는 오늘 한층 더 예쁘구나."

로사가 입은 아름다운 흰색 드레스의 풍성한 치맛자락이 돌바닥 위를 쓸었다.

"고마워요, 삼촌. 아주 단순하면서도 예쁜 옷이죠."

로사는 미소 지었다.

"휘터커 부인이 오건디 천으로 흑마술을 부려 만든 작품이에요. 데이비드 삼촌, 삼촌은 아마 이 세상에서 가장 소심하고 사교성이 없는 사람일 거예요. 하지만 삼촌은…… 많은 걸 알고 계시죠."

그녀는 얼굴에서 웃음기를 지우며 덧붙였다.

"대부분의 사람들보다 훨씬."

쿠머는 불도그 파이프에 불을 붙이고 마음 편하다는 듯 연기를 내뿜으며 드문드문 붉게 물들어가는 하늘을 올려다보았다.

"대부분의 사람들이라니?"

로사는 입술을 깨물었다. 이윽고 그들은 계단의 끝까지 다 내려와 암묵적인 동의 속에서 해변 쪽 테라스로 향했다. 이 시간대에는 보통 사람이 없고 집 쪽 소음도 들리지 않으며 사람들의 시야에서도 벗어난 곳이었다. 테라스는 작고 안온한 장소였으며 황혼녘에 더욱 아름답게 보였다. 바닥에는 색색의 돌이 깔려 있었고 머리 위로는 흰색 대들보가 얼기설기 엮여 열린 천장을 이루고 있었다. 산책로에서 계단으로 내려가면 테라스가 나왔고, 테라스에서 다시 계단을 내려가면 반달 모양의 해변이 있었다. 로사는 뾰로통한 얼굴로 커다란 파라솔 밑에 있는 등나무 의자에 털썩 주저앉더니 손을 모으고 입을 꼭 다문 채 작은 해변과 만의 모래 위로 찰랑거리는 파도를 응시했다. 만의 좁은 입구로 하얀 파도가 밀려왔다가 다시 드넓은 푸른색 바다 속으로 빨려 들어갔다.

쿠머는 파이프를 뻐끔뻐끔 빨며 침착한 눈빛으로 조카딸을 바라보았다.

"무슨 일 있니?"

로사는 움찔 놀랐다.

"네? 무슨 일 있느냐고요? 삼촌이 무슨 생각을 하시는지는 모르겠지만……."

쿠머가 껄껄 웃었다.

"우리 로사는 수영만 잘하는 게 아니라 연기도 전문가처럼 잘하는구나. 어느 분야에서도 네가 별로 빛을 못 보는 게 아쉬워. 만약 그 젊은 햄릿, 얼이라는 친구 때문에 그러는 거라면……."

로사는 코웃음을 쳤다.

"얼 말씀이세요? 차라리 이게 전부 얼 때문이었으면 좋겠네요. 도대체 어머니가 왜 그 사람한테 온 집 안을 자유롭게 돌아다녀도 좋다고 허락하셨는지 모르겠어요. 분명 제정신이 아니신 거예요. 그 사람을 가까이에 두다니……. 전 그 사람 싫어요. 데이비드 삼촌도 아시겠지만, 지금까지는 우리끼리 아무 문제없이 잘 지내왔잖아요. 아…… 그래요. 한번은 제가 바보 같았다는 거 인정할게요. 약혼을 했을 때……."

"그게 몇 번째였지?"

쿠머가 심술궂게 말했다.

"아, 그래! 여덟 번째였지. 지난 일곱 번은 그냥 소꿉장난 같은 것이었고. 우리 아가는 아직도 어린애처럼 감정에 휘둘리고 있고……."

"참 고맙네요, 할아버지!"

로사가 빈정거렸다.

"……사랑에 빠진 그 딱한 젊은이도 마찬가지야. 하지만 서로 마음이 끌린다면 맺어질 수도 있지. 로사, 너도 알겠지만 자칫 잘못하면 너는 그 염세적인 코트에게 큰 상처를 주게 될 수도 있어."

"저도 어디서부터 시작할지 알았으면 좋겠어요! 그리고 전 어린애가 아니에요. 그 사람은…… 도저히 견딜 수가 없어요. 다 큰 남자가 싸구려 전직 코러스 걸처럼 화려하게 차려입은 덜떨어진 여자 구두나 핥고 있다니."

"그 여자는 그냥 전형적인 여우야. 너 같이 착한 아가씨들은 절대 이해하지 못하는 부류지. 로사, 우리 아가. 정신 좀 차리렴. 만약 남녀 사이에 저속한 일이 살짝 오갔다 하더라도 그 문이라는 여자의 예쁜 혓바닥이 무언가를 핥았다면 모를까 얼 쪽에서 먼저 나서지는 않았을 거다. 그 친구 얼마 전부터 어디 아픈 송아지처럼 너만 졸졸 따라다니고 있지 않니. 자, 자. 로사, 너 아직 뭐 숨기고 있는 게 있지?"

"무슨 말씀을 하시는 건지 잘 모르겠어요."

로사는 바다 쪽으로 시선을 던지며 말했다. 그들 앞에 펼쳐진 바다는 이제 파란색에서 거의 보랏빛으로 바뀌어 있었다. 띄엄띄엄 남아 있던 하늘의 붉은 점들도 규칙적으로 밀려왔다가 쓸려가는 파도를 따라 점점 사라졌다.

"그래, 그렇겠지."

쿠머가 중얼거리듯 말했다.

"삼촌 눈에는 네가 아주 정신 나간 일의 아슬아슬한 벼랑 끝에 매달려 있는 게 보이는구나. 로사, 다시 말하지만 이건 정신 나간 짓이야. 다른 사람이라면 내가 신경 쓰지 않겠지만 마르코는 안 돼. 상황이 상황인 만큼……."

"네? 마르코라고요?"

로사는 떨리는 목소리로 반문했다.

쿠머의 냉소적인 파란 눈에 약간의 웃음기가 돌았다. 점점 어두워졌지만 로사는 삼촌의 그 미소를 봤고 마찬가지로 파란 자신의 눈을 내리깔았다.

"내가 전에도 한번 경고하지 않았니? 하지만 설마 이렇게 되리라고는 나도……."

"무슨 말씀이세요?"

"로사."

책망 섞인 삼촌의 목소리에 로사는 얼굴을 약간 붉혔다.

"저…… 제가 생각하기에는 마…… 마르코 씨는, 문 부인이나 컨스터블 부인 그리고 물론 어머니도! 저보다 그분들에게 더 관심이 있는 것 같아요, 데이비드 삼촌."

로사는 목멘 목소리로 말했다.

"그건 또 다른 문제로구나. 어리석다고는 할 수 없지만 젊은 치기는 얼마든지 문제를 일으킬 수 있지, 우리 조카님."

키 큰 삼촌은 엄격하게 말했다. 그러고는 상체를 숙이고 눈을 가늘게 뜨며 로사를 바라보았다.

"로사, 아가야. 그 남자는 별로 손에 넣을 가치도 없고 애초에 네가 손에 넣을 수도 없는 모험가다. 딱히 눈에 보이는 수입원도 없지. 내가 듣기에도 악취 풍기는 소문이 너무나 많이 있어. 그 친구가 일으킨 문제도 한두 개가 아니더구나. 아 물론 그 육체적 매력이라면……."

"고마워요, 데이비드 삼촌. 그런데 한 가지 모르시는 게 있는 것 같네요."

로사가 희미한 악의를 담아 말했다.

"육체적으로 그 사람이랑 삼촌은 굉장히 닮지 않았어요? 소위 말하자면, 특히 섹슈얼한 부분에서……."

"로사! 그런 몹쓸 말은 하는 게 아니야. 나는 농담에 별로 익숙하지 않다. 전 우주를 통틀어 내가 요만큼이라도 신경 쓰는 여자는 너랑 네 엄마뿐이야. 그러니까……."

로사는 묵묵히 바다만 바라보다가 갑자기 자리를 차고 벌떡 일어났다.

"아, 데이비드 삼촌. 나 삼촌이랑 그 사람 이야기하고 싶지 않아요!"

그녀의 입술이 떨렸다.

"하지만 지금 하고 있지 않니."

쿠머는 탁자 위에서 파이프를 집어 들고 조카딸의 어깨를 잡아 고개를 돌렸다. 로사의 파란 두 눈이 가까이에서 그를 쳐다보고 있었다.

"실은 이 이야기를 하려고 꽤 오랫동안 기다렸단다. 만약 네가 지금 생각하는 그 일을 하려고 한다면……."

"제가 무슨 생각 하는지 삼촌이 어떻게 아세요?"

로사는 낮은 목소리로 물었다.

"당연히 알지. 마르코 같은 더러운 놈들의 수작을 뻔히 아는데……."

로사가 쿠머의 팔을 움켜쥐었다.

"하지만 삼촌, 전 그 사람한테 아무런 약속도 안 했어요."

"안 했다고? 그 친구 눈빛이 상당히 흡족한 것이 나는 좀 다르게 보이던걸. 내가 듣기로 그놈은……."

로사가 팔을 거칠게 뿌리쳤다.

"삼촌이 들으신 건 다 헛소리예요! 존이 잘생겼으니까 다른 남자들이 다 그 사람을 싫어하는 거라고요. 그러니 잘생긴 남자 옆에는 자연스럽게 여자들만 남게 되는 거죠……. 삼촌, 부탁이에요. 다른 말은 더 듣고 싶지 않아요."

쿠머는 로사의 어깨를 놓아주고 나서 잠시 동안 그녀를 쳐다보다가, 몸을 돌려 찔레나무 파이프를 재떨이 위에 톡톡 턴 후에 다시 주머니에 집어넣었다.

"그래, 너는 나를 닮아서 고집이 세지."

쿠머가 중얼거렸다.

"그러니 나도 불평할 권리는 없구나. 이미 마음을 정했니?"

"네!"

두 사람은 나란히 침묵에 잠겨 서로에게 몸을 기댄 채 계단 쪽을 바라보았다. 누군가가 위쪽에서 테라스를 향해 걸어오고 있었다.

그것은 너무나 기이한 존재였다. 자갈길 위로 뿌드득뿌드득 울리는 무거운 발소리로 보아하니 아무래도 미행을 하려 했던 모양이었지만, 너무나 서툴렀다. 마치 거인이 고통도 느끼지 못한 채 깨진 유리 조각 위를 발끝으로 살금살금 걸어오는 듯했다.

주변은 완전히 어두워졌다. 쿠머는 문득 손목시계를 보았다. 8시 13분이었다.

로사는 이유 없이 소름이 끼쳤고 몸을 부르르 떨었다. 삼촌에게 몸을 바싹 붙인 채, 시커멓게 어두워 잘 보이지 않는 위쪽 길을 바라보았다.

"무슨 일이냐, 로사? 왜 떨고 있어?"

쿠머가 차분하게 물었다.

"모르겠어요. 도대체…… 저게 누굴까요?"

"아마 조림이 산책이라도 하는 모양이겠지. 앉아라, 애야. 괜히 내 말 때문에 신경이 쓰인다면 미안하구나……."

언제나 그렇듯 시작은 미약하나 끝은 창대한 법이다. 그리고 끝은 때로 우연이 개입해 발생하곤 한다. 쿠머는 얼룩 한 점 없이 새하얀 옷을 입고 있었다. 큰 키에 머리와 피부 모두 흑갈색이었으며, 깔끔하게 면도한 얼굴도 그리 나쁘지 않았다……. 해가 진 뒤 주위는 급속도로 어두워지고 있었으며, 시골 바닷가 특유의 달도 별도 없는 시커먼 밤이 막 깔리려는 참이었다.

시커먼 그림자 하나가 그들의 머리 위, 테라스 계단에 모습을 드러냈다. 엄청나게 컸으나 온통 검은 그림자로밖에 보이지 않았다. 그것은 민첩하게 움직였다. 그러고는 얼어붙은 듯 멈춰 서서 삼촌과 조카의 얼굴을 찬찬히 살펴보는 듯했다.

베이스 톤의 쉰 목소리가 흘러나왔다.

"입 닥쳐. 둘 다. 총 맞기 싫으면."

눈앞에 흉기로 보이는 작은 무언가가 들이밀어졌다.

"당신 도대체 누구야?"

쿠머가 싸늘하게 말했다.

"내가 누군지는 알 것 없고."

거대한 손은 흔들리지도 않았다. 로사는 꼼짝도 않고 가만히 있었다. 바로 옆에 있는 쿠머의 몸도 바짝 긴장해 있는 것이 느껴졌다. 그녀는 어둠 속에서 더듬더듬 삼촌의 손을 찾아서 경고와 애원의 의미를 담아 꽉 쥐었다. 삼촌의 손가락이 따스하게 자신의 손을 마주 잡자 로사는 소리 없이 안도의 한숨을 내쉬었다.

"이쪽으로 와."

낮고 굵은 목소리가 말했다.

"빨리, 조용히 움직여."

"당신 손에 든 게 정말 리볼버 맞아요?"

로사는 자신의 목소리가 조금도 떨리지 않는다는 것이 무척이나 놀라웠다.

"걸어!"

"자, 가자. 로사."

쿠머가 부드럽게 말하며 그녀의 맨팔을 잡았다. 그들은 돌길을 걸어 계단을 올라가기 시작했다. 형체 없는 그림자는 그들 뒤를 터벅터벅 따라왔다. 실체를 알 수 없던 공포의 윤곽을 대충 알게 되자 로사는 웃음을 터뜨리고 싶어졌다. 이게 다 무슨 우스꽝스러운 일이람! 다른 곳도 아니고 스페인 곶 안인데. 아마도 이건 누군가의 실없는 장난임이 분명했다. 아마도 얼일 것이다! 아무리 생각해도 그 사람밖에 없는데…….

갑자기 그 웃음이 절박한 숨소리로 바뀌었다. 팔이 닿는 거리 안에서 들리는 그 거인의 낮은 목소리가 갑자기 현실로 느껴졌다. 그 모습은 여전히 뚜렷하게 보이진 않았지만, 끔찍한 진실을 깨닫기에는 충분했다.

그 남자(여자라고는 생각할 수 없었다.)는 180센티미터가 넘는 쿠머가 마치 피그미 원주민처럼 보일 정도로 컸다. 적어도 2미터는 되는 것 같았다. 중국인 레슬링 선수의 몸집에 배불뚝이 폴스타프처럼 배가 거대하고 페르슈롱 짐말처럼 어깨가 넓었다. 너무나 크고 거대한 나머지 로사는 몸을 벌벌 떨면서 도저히 이…… 인간 같지도 않다고 생각했다. 그가 손에 쥐고 있는 38구경 리볼버는 손바닥 안에서 마치 어린애 장난감 같았다. 그는 바람에 해진 캔버스 무명천으로 된 웃옷과 바지를 입고 있었으며, 검은색인지 짙푸른 색인지 알 수 없는 모직 조끼에는 변색된 놋쇠 단추와 돛 조각이 달려 있었다. 거기에 다 구겨지고 챙도 찌그러진 모자를 눌러써서 그는 전체적으로 엉성한 선원 차림이었다.

그리고 그의 둥근 얼굴을 덮은, 어두운 색의 손수건이 공포를 완성하고 있었다. 아마도 원래는 두건이었을 것이다. 거인은 손수건으로 얼굴을 가린 채 눈만 밖에 내놓고 있었다. 로사는 제대로 숨도 쉴 수 없었다. 이 무시무시한 남자에게는 눈이 하나밖에 없었다. 이 끔찍한 남자에게 필요한 것은 오직 눈 하나였다. 왼쪽에는 검은 안대가 자리 잡고 있었다······. 로사는 갑자기 또 웃음이 터질 뻔했다. 아무래도 그리 노련한 도둑은 아닌 것 같았다! 설마 신원을 감추려고 두건을 덮은 것은 아니겠지? 키 2미터에 몸무게는 적어도 130킬로그램은 훌쩍 넘어 보이는 데다 외눈박이 짐승인 주제에······. 너무나 우스웠다. 그는 마치 길버트와 설리번의 코믹 오페라 속에서 튀어나온 인물 같았다.

로사는 숨을 가쁘게 몰아쉬며 말했다.

"얼굴의 그 지저분한 천 조각은 그냥 떼어버리는 게 어때요? 하나 마나잖아요."

"로사."

쿠머가 말렸다. 로사는 입을 다물었다. 그들은 거인이 천천히 숨 고르는 소리를 들을 수 있었다.

"어차피 너희 둘 다 아무 데도 못 가."

낮은 목소리가 들렸다. 왠지 그 목소리는 다소 불분명하게 느껴졌다.

"아무 데도 못 간다고, 아가씨."

다소 떨리는 듯한 그 목소리는 둔하고 육중했으며 멍청했다. 마치 황소 같았다.

"둘 다 이리로 똑바로 걸어 올라가서 자동차 세워놓은 데까지 걸어가. 알았나? 나는 뒤에서 걸을 거야. 언제 총알이 날아갈지 몰라."

로사가 경멸 섞인 목소리로 내뱉었다.

"만약 강도질을 하러 온 거라면 내 반지랑 팔찌 줄 테니까 썩 꺼져요. 절대로 경찰에……."

"그 따위 장난감이나 뜯으러 온 것 아니야. 걸어가."

"이봐요."

쿠머가 허리에 손을 짚고 차분하게 말했다.

"댁이 누군지는 모르겠지만 이 아가씨를 끌고 가봤자 별다른 이득도 없을 거요. 댁이 원하는 게 나라면 그냥……."

"아가씨가 로사 고드프리인가?"

거인이 물었다.

"네, 그런데요."

로사는 다시 한 번 겁을 집어먹으며 말했다.

"그럼 됐어."

남자는 만족스러운 듯 천둥 같은 목소리로 으르렁거렸다.

"그럼 내가 실수한 건 없군. 너랑 이 남자를 여기서……."

쿠머의 주먹이 뚱뚱한 남자의 배를 강타했다. 로사는 잠깐 코를 벌름거리더니 몸을 휙 돌려 달아났다. 순간적으로 놀라운 일 몇 가지가 한꺼번에 일어났다. 거인은 그 뚱뚱한 뱃살 밑에 강철을 숨겨놓기라도 한 듯, 주먹을 맞고도 꿈쩍도 하지 않았다. 허리를 굽히고 신음하려는 기색은 손톱만큼도 없었다. 그 대신에 거인은 들고 있던 권총을 주머니에 아무렇게나 쑤셔 넣더니 굵은 팔을 쭉 뻗어 쿠머의 목을 움켜쥐고 번쩍 들어 올려 마치 어린애 다루듯 이리저리 흔들었다. 그리고 나머지 한 팔은 로사의 어깨에 얹었다. 로사는 비명을 지르려다 그만 입을 다물고 말았다. 데이비드 삼촌이 숨이 막혀 씩씩거리고 있다…….

거인이 부드럽게 말했다.

"두 사람 다 장난치면 안 되지. 이제 얌전히 계실 텐가, 마르코 씨?"

로사는 발치가 흔들리는 것을 느꼈다. 길옆으로 난 절벽이 로사의 눈앞에서 빙빙 돌았다. 쿠머는 움찔했다. 다갈색으로 탄 얼굴에는 핏기가 싹 가셨다. 그의 다리는 교수형을 당한 사람처럼 덜렁덜렁 흔들렸다.

드디어 모든 것이 확실해졌다. 이것은 음모였다. 모든 여자들에게서 사랑받고 모든 남자들에게서 미움을 받는 존 마르코를 겨냥한 음모 말이다. 가엾은 데이비드 삼촌! 아마도 오해의 원인은 옷이었으리라. 마르코 또한 오늘 밤 흰옷을 입고 있었다. 그리고 삼촌과 마르코는 나이와 키, 체격까지 비슷했다. 만일 이 멍청한 거인이 마르코의 인상착의 정도밖에 전달받지 못했다면 데이비드 쿠머를 존 마르코로 착각하는 것도 당연했다. 하지만 이 넓은 스페인 곶 안에서 자기들이 어디 있는지 도대체 어떻게 알았단 말인가? 로사는 여기까지 오는 동안 아무에게도 미행당하지 않았다고 확신할 수 있었다. 게다가 도대체 누가 이 거인에게 마르코의 인상착의를 말해줬단 말인가? 당연히 누가 말해줬을 텐데……. 그녀의 머릿속에서 수천 가지 생각이 휘몰아쳤다. 마치 순식간에 몇 시간이 흘러가버린 듯한 기분을 맛보며 로사는 외쳤다.

"그 사람 내려놔! 사람 잘못 봤단 말이야! 그 사람……."

거인은 로사의 어깨에서 손을 떼더니 대신 로사의 입을 막았다. 그 손에서는 시큼한 먼지, 위스키, 선박 밧줄 등이 뒤섞인 냄새가 났다. 거인은 쿠머를 자갈길 위에 내려놓고는 다른 손으로 쿠머의 뒷목 옷깃을 잡았다. 쿠머는 쿨럭쿨럭 기침을 하며 숨을 고르려고 애썼다.

"걸어."

거인이 으르렁거렸다. 삼촌과 조카는 시키는 대로 했다.

로사는 강철 같은 손으로 입을 막힌 채 무어라 웅얼거렸다. 입을 벌려 그 손을 깨물어보려고도 했으나 거인은 그녀의 입을 가볍게 한 번 때렸을 뿐이었다. 로사는 고통으로 눈물을 줄줄 흘리며 포기했다. 거인이 가운데 서서 한 손으로는 쿠머의 목깃을 잡고 나머지 한 손으로 로사의 입을 막은 채 그들은 나란히 걸어갔다. 자갈을 밟는 발소리만이 들릴 뿐 온통 고요했다. 그들은 비틀비틀 불안하지만 빠른 걸음걸이로 왔던 길을 되돌아갔다. 길을 걸어가는 그들의 머리 위로 날카로운 절벽이 기하학적인 협곡을 이루고 있었다.

이윽고 세 사람은 갈림길에 이르렀다. 여기서 왼쪽으로 올라가면 넓은 공용 도로가 나온다. 절벽 그림자가 드리워진 가운데 갈림길 앞에 라이트를 켜지 않은 낡은 세단 한 대가 서 있었는데, 이미 차체를 도로 쪽으로 돌려놓아서 언제든 스페인 곶에서 빠져나갈 준비가 되어 있었다.

거인이 차분하게 말했다.

"고드프리 아가씨, 난 이제부터 손을 뗄 거야. 소리를 지르기만 해봐. 모가지를 꺾어서 이빨이 자기 목덜미에 박히도록 해줄 테니까. 저기 있는 자동차 앞자리에 타. 마르코 씨, 내가 손을 놓으면 저 차로 뛰어가서 운전석에 앉도록 해. 나는 뒷좌석에 탈 테니까 내가 신호를 보내면 출발하라고. 물론 말할 것도 없겠지만 당신도 소리를 지르면 안 돼. 자, 이제 시킨 대로 해."

거인은 두 사람을 풀어주었다. 쿠머는 조심스럽게 목을 문지르며 창백한 얼굴에 미소를 지으려 애썼다. 로사는 귀여운 무늬의 케임브릭 손수건으로 입을 닦으며 분노한 눈빛으로 삼촌을 바라보았다. 그러나 쿠머는 마치 경고를 보내는 듯 아주 살짝 고개를 저었다.

로사는 거인 쪽을 휙 돌아보며 절망에 찬 목소리로 조용히 말했다.

"다시 한 번 말하겠는데, 이 사람은 존 마르코가 아니에요! 쿠머 씨라고요. 데이비드 쿠머, 우리 삼촌이에요. 당신 엉뚱한 사람 잡아 온 거라고요! 아, 제발……."

"삼촌이라고?"

거인이 재미있다는 듯 낮은 목소리로 낄낄 웃었다.

"마르코가 아니란 말이지, 아가씨? 얼른 차에 타기나 해. 나는 일을 망치는 게 제일 싫거든. 하지만 아가씨 배짱 좋구먼."

"어휴, 이 답답한 멍청아!"

로사는 고함을 질렀지만 결국 고분고분 차 문을 열고 올라탔다. 쿠머도 어깨가 축 처진 채로 그녀의 뒤를 따라 차에 올랐다. 그는 마치 자신의 어두운 운명을 예감이라도 했는지 마지막 발버둥 칠 힘을 비축해두는 듯했다. 공황에 빠진 로사는 머릿속에서 그 모습을 그렇게 이해했다. 로사는 몸을 비틀며 앞자리에 앉아 적의가 가득 담긴 시선으로 거인을 노려보았다. 거인은 뒷좌석 문을 열고 올라타, 발판 위에 발을 올려놓았다.

달이 떠오르는 것이 보였다. 자갈길이 희미하게 빛나고, 스페인 곶 위로 그림자를 드리운 줄무늬 절벽도 드문드문 은빛으로 변했다. 그리고 거인의 오른발이 보였다……. 너덜너덜한 검은 가죽 신발을 신고 있었다. 신발에는 구멍이 나 있는데 엄지발가락이 휘어져 거대하게 부풀어 올라 있었다. 너무나 커다란 발이었기에 로사는 놀라 눈을 깜박였다. 도저히 인간의 발이라고는 생각할 수가 없었다……. 거인이 몸을 쑥 들이밀고 들어와 쿠션에 털썩 주저앉자 그 발은 시야에서 사라졌다. 스프링이 삐걱대는 소리에 로사는 웃음이 터졌다. 그러나 이제 막 피어오르기 시작한 히스테리와 공포로 그 웃음을 억눌러야만 했다.

"출발하쇼, 마르코 씨. 거기 키 꽂혀 있는 거 보이지? 당신이 운전할 줄 안다는 거 아니까 허튼수작 말고."

굵은 목소리가 들렸다.

쿠머는 자리에 기대어 앉아 라이트 스위치를 누른 뒤 열쇠를 돌려 시동을 걸고 나서 가속 페달을 밟았다. 모터가 웅 하고 소리를 내자 그는 핸드브레이크를 풀고 물었다.

"어디로 가지?"

건조하고 갈라진, 낮은 목소리였다.

"곶 쪽으로 똑바로 가. 푹 꺼진 도로를 쭉 따라가서 곶의 목을 빠져나간 다음 큰 정원을 통해서 큰길로 나가. 그런 다음에 거기서 좌회전해서 쭉 가라고."

묵직한 목소리에서 다소 초조한 느낌이 배어 나왔다.

"자, 자, 어서 출발해. 그리고 아가씨는 한 번만 더 꼼지락거리면 짜증이 나서 목을 따버릴지도 모르니까, 가만히 있으라고."

로사는 눈을 감고 몸을 뒤로 젖혔다. 차가 움직이기 시작했다. 이 모든 것이 악몽 같았다. 얼마 지나지 않아 그녀는 몸을 부르르 떨며 잠에서 깨어나고, 지금까지 겪었던 황당하고 터무니없는 꿈 때문에 웃음을 터뜨릴 것이다. 그러고 나서 데이비드 삼촌에게 가서 꿈 이야기를 하고 함께 웃겠지……. 로사는 자신의 옆에 앉아 있는 쿠머의 단단한 오른팔을 느끼고는 문득 정신을 차렸다. 불쌍한 데이비드 삼촌! 이건 너무나 잔인하고 불합리한 운명의 변덕이며 장난이었다. 삼촌에게도, 로사에게도……. 피부에 소름이 돋았다. 도망칠 수 있는 모든 가능성을 고려해보기에는 그녀는 너무나 지쳐 있었다.

  눈을 떴을 때 차는 이미 곶의 목을 지나 큰 정원으로 빠져나가는 좁은 길을 나와서 좌회전한 뒤 공용 도로를 향해 달리고 있었다. 길 건너편, 정원으로 향하는 길의 정확히 맞은편에 주유소의 불빛이 보였다. 로사는 온통 흰옷을 입은 늙은 해리 스테빈스가 가스 호스를 들고 어떤 자동차의 가솔린 탱크 위로 몸을 굽히고 있는 모습을 보았다. 맙소사, 해리! 지금 여기서 딱 한 번만 고함을 지를 수만 있다면 얼마나 좋을까……. 그러나 곧 괴물의 뜨겁고 시큼한 숨결이 로사의 목 주위에서 느껴졌고, 그가 으르렁거리듯 귓가에 경고하는 소리가 들렸다. 로사는 그만 토할 것만 같았다.

  쿠머는 몸을 움츠리고는 차분하게 운전했다. 그러나 로사는 삼촌을 잘 알았다. 그의 덥수룩한 머릿속에는 날카로운 두뇌가 있었다. 분명히 지금도 엄청난 속도로 회전하고 있을 게 분명했다. 로사는 삼촌이 어떻게든 계획을 짜고 있기를 마음속으로 간절히 빌었다. 이 괴물 같은 거인을 상대하기 위해서는 회색 뇌세포가 필요했다. 아무리 건장한 쿠머라지만 이 남자가 손가락 하나만 까딱해도 무력하게 나가떨어질 것이 분명했기 때문이었다.

자동차는 콘크리트로 된 도로로 미끄러져 들어갔다. 도로에는 상당히 차들이 많았다. 웨이랜드 놀이공원을 16킬로미터 앞둔 지점이었다. 토요일 밤이니까……. 로사는 문득 집에 남은 사람들이 뭘 하고 있을지 궁금해졌다. 엄마. 존 마르코……. 혹시 삼촌의 말이 맞는 게 아닐까? 존에 관한 이야기 말이다……. 어쩌면 그녀는 엄청난 실수를 저지른 게 아닐까? 하지만 그렇다면……. 그녀는 씁쓸하게 생각했다. 자신과 삼촌이 실종된 지 벌써 몇 시간이나 흘렀다. 하지만 스페인 곶 사람들 중 특히 데이비드 삼촌은 여기저기 어슬렁어슬렁 돌아다니기를 좋아했고, 자신도 최근 상당히 기분이 오락가락했었다.

"여기서 좌회전해."

거인이 말했다.

삼촌과 조카는 둘 다 흠칫 놀랐다. 뭐가 잘못된 거지? 스페인 곶 도로를 빠져나와 거의 1.5킬로미터 정도 지난 지점이었다. 쿠머가 무어라 입속으로 중얼거리는 것 같았지만 로사에게는 들리지 않았다. 좌회전? 그렇다면 공공 해변에 있는 워링의 별장으로 향하는 사유 도로로 들어가게 된다. 말하자면 시야 안에, 제법 가까운 곳에 스페인 곶의 절벽이 보이게 된다!

그들은 다시 초토화된 정원으로 돌아가, 넓은 공터 위로 펼쳐진 길로 접어들었다. 해수욕장이 보였다. 차는 높은 울타리를 따라 달렸다. 길 양편으로는 모래가 깔려 있었다. 쿠머는 헤드라이트를 켰다. 길 앞에 낡아 빠진 집 한 채가 눈에 띄었다. 쿠머는 차의 속도를 늦추고 조용히 물었다.

"어디로 가야 하나, 키클롭스?"

"계속 가. 저 집 앞으로 쭉."

거인은 로사가 깜짝 놀라는 모습을 보고 낄낄 웃었다.

"그렇게 겁먹을 것 없어, 아가씨. 저긴 지금 아무도 없거든. 저 별장은 워링이라는 작자 건데, 여름 동안에는 사람이 드나들지 않아. 문이 전부 꽉 닫혀 있단 말이지. 마르코, 당신은 계속 가."

"난 마르코가 아니오."

쿠머가 천천히 운전하면서 여전히 침착한 말투로 말했다.

"당신도 그 소린가?"

거인이 짜증난다는 듯 내뱉었다. 로사는 절망 속으로 가라앉았다.

차가 별장 옆에 멈춰 섰다. 불도 꺼져 있고, 아무리 봐도 사람 손을 탄 흔적이 없었다. 그 옆에는 보트하우스 같아 보이는 작은 건물과 차고가 하나씩 있었다. 세 채 모두 해변에 상당히 가까운 위치였다. 세 사람이 뻣뻣한 자세로 차에서 내리자 스페인 곶의 시커먼 절벽이 바로 눈앞에 보였다. 달빛이 비친 바다 건너편, 고작 몇백 미터밖에 떨어지지 않은 거리였다. 그러나 체감으로는 몇백 킬로미터나 떨어져 있는 듯한 기분이었다. 깎아지른 듯한 수직의 절벽들은 적어도 15미터는 넘어 보였으며, 절벽 아래쪽에는 채찍 같은 파도를 맞아 뾰족해진 날카로운 바위들이 널려 있었다. 이곳, 워링의 별장이 있는 해변에서조차 곶 쪽으로 건너갈 수 있는 길은 없었다. 작은 건물들 위로 절벽 하나가 드높이 우뚝 서 있었다. 다른 절벽들보다 약간 높았고 손으로 잡고 올라갈 만한 곳도 거의 없었다.

반대편, 공공 해수욕장에는 아무도 없이 아주 고운 모래만이 깔려 있었다. 달빛 아래에서 모래기 빈쩍반짝 빛났다.

로사는 삼촌이 몰래 주위를 재빨리 둘러보는 모습을 보았지만, 바로 절망할 수밖에 없었다. 거인은 그들 뒤에 약간 떨어져서 외눈으로 관대한 표정을 지은 채 그들을 지켜보았다. 거인의 움직임만 보면 무엇 하나 서두를 것 없어 보였다. 아무리 둘러보아도 도망칠 길이 없다는 사실을 그들이 깨달을 수 있도록 배려해주는 것 같았다. 물가 쪽으로 난 보트하우스의 입구에 램프 같은 것이 빛나고 있었고, 작지만 강력해 보이는 크루저 한 대가 반쯤 물에 잠긴 채 그 앞에 묶여 있었다. 모래사장 위로 파도가 밀려와 쏟아졌고, 보트하우스의 문은 활짝 열려 있었다. 아무리 보아도 거인이 그곳에 잠입하여 보트를 끌어다 놓고 만반의 준비를 갖춘 듯했다. ……하지만 도대체 무엇을 위한 준비란 말인가?

"저건 워링 씨 보트잖아요!"

로사가 보트를 똑바로 바라보며 비명을 질렀다.

"이…… 괴물 같은 자식! 저걸 훔쳤단 말이야?"

"누구 건지는 중요한 게 아냐, 아가씨."

거인이 무뚝뚝하게 말했다. 왠지 기분이 상한 모양이었다.

"내가 하고 싶으면 하는 거야. 어이, 마르코 씨……."

쿠머는 몸을 돌려 천천히 거인 쪽으로 걸어가기 시작했다. 로사는 삼촌의 파란 눈동자가 달빛에 빛나는 것을 보고 그가 절망적인 최후의 계획을 세웠다는 사실을 깨달았다. 얼굴은 경직되어 있었으나 표정은 명쾌했다. 확고한 결심이 선 얼굴이었다. 어설픈 선원 복장을 걸친 거구의 남자를 향해 걸어가는 쿠머의 얼굴에서 공포라고는 찾아볼 수조차 없었다. 거인은 무표정한 얼굴로 그를 지켜볼 뿐이었다.

"난 당신이 태어나서 지금까지 한 번도 만져본 적 없는 액수의 돈을 줄 수 있고……."

데이비드 쿠머는 대단히 매끄럽고 친근한 목소리로 말했다. 거인을 향해 걸어가는 그의 발걸음에는 조금도 서두르는 기색이 없었다.

그는 걸음을 멈추지 않았다. 로사는 도대체 삼촌이 무엇을 하려는지 알 수가 없었다. 공포에 질려 머리는 둔해졌고 다리는 힘이 풀렸다. 자신들을 납치한 괴물 앞에서 그저 대리석처럼 굳어가는 것 같았다. 그렇기에 그녀의 흐릿한 눈으로는 거인이 주먹을 쳐들고 달려오는 모습을 한 박자 늦게 볼 수밖에 없었다. 살과 뼈로 이루어진 그 거대한 곤봉이 무언가에 깊이 파고드는 것이 보였고, 그다음 쿠머의 얼굴이 그녀의 겁먹은 눈과 거의 비슷한 높이까지 쓰러지는 것이 보였다. 그리고 쿠머는 모래사장 위에 사지를 뻗은 채 꼼짝도 하지 않았다.

무언가가 로사의 머릿속에 번쩍였고 그녀는 비명을 지르며 날카로운 손톱을 세우고 거인의 등 뒤로 달려들었다. 거인은 차분하게 무릎을 꿇고는 쓰러져 정신을 잃은 남자가 숨을 쉬는지 확인하는 중이었다. 로사가 온몸으로 들이받았지만 거인은 아무렇지도 않게 자리에서 일어나 어깨를 한 번 으쓱했을 뿐이었다. 로사는 모래 위로 쓰러져 훌쩍훌쩍 울기 시작했다. 거인은 울면서 발버둥치는 그녀를 번쩍 들고 아무 말 없이 어두운 별장으로 향했다.

문이 열리지 않는 길 보니 잠겨 있거나 아니면 빗장이 내려진 모양이었다. 거인은 로사를 한쪽 옆구리에 끼고 다른 한 손으로 문고리를 비틀었다. 문고리가 삐걱거리며 쪼개지는 소리가 들렸다. 그는 부서진 문을 발로 걷어차 열고는 안으로 들어갔다.

납치범이 다시 발로 문을 닫기 전 로사가 마지막으로 본 것은 달빛을 받으며 가만히 멈춰 있는 크루저 앞에서 모래사장에 얼굴을 파묻은 데이비드 쿠머의 모습이었다.

거인이 손전등을 비췄다. 안락해 보이는 거실이 드러났다. 로사는 불빛에 깜짝 놀라며 안을 두리번거렸다. 그녀는 홀리스 워링을 개인적으로 알지도 못했고 만난 적도 없었다. 워링은 뉴욕에 직장이 있는 비즈니스맨이고 이 집에서 시간을 보낸 건 고작 일주일 정도밖에 되지 않았다. 그녀는 (후에 직접 엘러리 퀸 씨에게 증언한 바에 따르면) 워링이 가끔 크루저를 타고 곶 주위를 도는 모습을 본 적이 있었다. 밖에 정박한 바로 그 보트였다. 몸집이 작고 연약해 보이는 회색 머리의 사내가 리넨 모자를 쓰고 항상 혼자서 보트를 타곤 했다. 그러나 올해는 여름이 시작되고 한참 지난 후 존 마르코가 노란색 컨버터블에 엄청난 짐을 싣고 나타날 때까지도 워링 씨는 자신의 별장에 모습을 드러내지 않았다. 로사가 어렴풋이 기억하기로는(아마 아버지에게서 들은 이야기였던 것 같다.) 그는 유럽에 갔다는 것 같았다. 그녀는 아버지와 워링 씨가 서로 아는 사이라는 것조차 몰랐다. 해변에서 두 사람이 마주친 적이 한 번도 없었기 때문이었다. 아마도 사업상 관계로 알고 지내는 게 아닐까 싶었다. 아버지에게는 그런 사람들이 많으니까…….

거인은 벽난로 앞 카펫 위에 그녀를 내려놓았다.

"거기 의자에 적당히 앉아."

거인은 지금까지 들은 것 중 가장 부드러운 목소리로 지시했다. 긴 의자 위에 손전등을 내려놓자 그 강렬한 빛이 의자 하나에 모였다.

로사는 말없이 앉았다. 팔꿈치에서 채 1미터도 떨어지지 않은 곳에 작은 탁자가 있었고 그 위에 전화기가 있었다. 겉모양으로 보건대 아마도 아직 연결되어 있는 지역용 전화기 같았다. 손을 뻗어서 수화기를 잡아챌 수만 있다면, 비명을 질러서 도움을……. 거인이 전화기를 집어 들더니 코드를 최대한으로 길게 잡아 뽑고는 3미터가량 떨어진 바닥에 내려놓았다. 로사는 최후의 발버둥을 포기하고 의자 위로 축 늘어졌다.

"도대체 나를…… 이제부터 어떻게 할 생각이죠?"

로사는 메마른 목소리로 작게 물었다.

"아가씨를 다치게 하진 않을 테니까 걱정 마시지. 내가 처리해야 할 건 저 마르코라는 친구 하나뿐이야. 아가씨는 혹시나 사람을 부를까 봐 같이 데리고 온 거고. 풀어줬으면 분명 그랬을 거잖아?"

거인은 친근하게 웃으며 주머니에서 묵직한 코일 덩어리를 하나 꺼내더니 술술 풀기 시작했다.

"거기 가만히 앉아 있어, 고드프리 아가씨. 그러면 아무 일 없을 거야."

로사가 몸을 움직이기도 전에 거인은 눈 깜짝할 사이에 그녀의 양손을 의자 뒤로 묶어버렸다. 로사는 버둥거리며 마구 잡아당겨 보았지만 매듭은 점점 더 꽉 조여올 뿐이었다. 거인은 앞으로 다가와서 로사의 발목을 의자 다리에 묶었다. 로사는 거인이 쓴 모자 아래로 기친 회색 머리카락을 볼 수 있다. 불그레한 뒷목에는 오래된 상처 딱지가 덕지덕지 흉하게 들러붙어 있었다.

"왜 내 입은 안 막는 거죠?"

로사가 싸늘하게 물었다.

"뭐 하러?"

거인은 기분 좋은 듯 낄낄 웃었다.

"어디 한번 소리 지르고 싶으면 질러봐, 아가씨. 아무도 아가씨 목소리 듣지 못할걸? 그럼 어디 한번 가볼까!"

거인은 로사를 의자째 번쩍 들어 올려서는 다른 쪽 문으로 걸어갔다. 거대한 한쪽 발로 문을 걷어차서 열자 작고 답답해 보이는 침실이 보였다. 거인은 의자에 묶인 로사를 침대 옆에 내려놓았다.

"설마 날 여기다 내버려두고 갈 생각은 아니겠죠?"

그녀는 겁을 집어먹고 소리쳤다.

"굶어 죽을지도 모른다고요! 질식해서 죽으면 어떻게 해요!"

"걱정 마, 진정해. 아가씨는 괜찮아. 나중에 누가 찾으러 올 거야."

거인이 달랬다.

"하지만 데이비드 삼촌……, 밖에 있는 우리 삼촌은요? 그 사람한테 무슨 짓을 하려는 거예요?"

로사가 숨을 헐떡이며 말했다.

작은 방 안을 천둥 같은 발소리로 꽉 채우며 거실로 향한 문으로 걸어가던 거인이 뒤도 돌아보지 않고 고함을 질렀다.

"뭐라고?"

그 등 전체가 위압적인 분위기를 풍겼다.

"그 사람한테 무슨 짓을 하려는 거냐고요!"

공포에 질린 로사가 정신없이 비명을 질렀다.

"뭐라고?"

거인은 같은 말을 되풀이하고는 밖으로 나가버렸다. 로사는 묶여 있던 의자째로 풀썩 주저앉았다. 심장이 너무 쿵쿵 뛴 나머지 목구멍으로 튀어나올 것만 같았다. 아, 저 멍청한 작자! 얼간이 같은 놈! 덩치만 큰, 사람 죽이고 다니는 광대 같은 놈! 이 의자에서만 풀려날 수 있다면 당장 뒤를 따라갈 수 있을 텐데. 저런 인간 같지도 않은, 인간의 탈을 뒤집어쓴 괴물. 저런 작자는 이 세상에 한 명밖에 없을 것이다……. 그녀는 격렬한 분노를 느꼈다. 너무 늦지만 않는다면…… 틀림없이 복수는 달콤하리라…….

그녀는 장대에 묶인 새처럼 그 자리에 앉아, 작은 두 귀에 온 힘을 집중하여 바깥 소리를 들으려 애썼다. 거실에서 거인이 쿵쿵거리며 오가는 소리가 들렸다. 그때 문득 뭔가 다른 소리가 났다. 짧게 딸랑, 하고 울리는 맑은 소리였다. 뭐지……. 전화다! 로사는 얼굴을 찌푸리며 입술을 깨물었다. 그랬다. 거인이 어딘가로 전화를 거는지 금속성의 찰칵찰칵 버튼 누르는 소리가 들려왔다. 아아, 도대체 무슨 이야기를 하는 걸까…….

로사는 필사적으로 자리에서 일어나려고 발버둥을 친 끝에 의자를 바닥에서 몇 센티미터 들어 올려 쪼그려 앉는 데 성공했다. 어떻게 했는지는 모르지만 아무튼 고통스러운 노력을 기울여, 한 발 한 발 뒤뚱뒤뚱 걸어 문 쪽으로 갈 수 있었다. 뒤에 매달린 의자가 마치 비웃는 듯 쿵쿵 울렸다. 상당히 시끄러운 소리가 났지만, 옆방의 거인은 통화에 열중하느라 그 소리를 듣지 못한 모양이었다.

간신히 문 앞에 도달하여, 고통도 잊은 채 흥분에 떨며 귀를 문에 바싹 대어 보았지만 아무 소리도 들리지 않았다. 설마 저 멍청이가 소리를 죽일 만큼 철저하진 않을 텐데! 하지만 로사는 바로 전화가 연결되지 않았다는 사실을 깨달았다. 로사는 모든 에너지를 끌어 모아 매우 날카로운 의식의 힘으로 한곳에 집중했다. 놈이 무어라고 말하는지 들어야 했다. 가능하면 누구와 통화하는지도 알아내야 했다. 로사는 숨을 죽이고 문 너머에서 울려 퍼지는 남자의 떨리는 목소리를 들었다.

그러나 첫 번째 말은 불분명하고 잘 들리지 않았다. 누군가에게 무어라 묻는 것 같긴 했다. 그러나 그게 누구의 이름인지는 들을 수 없었다. 아니, 그게 이름이긴 한 걸까……. 머릿속이 현기증이라도 난 듯 핑글핑글 돌아서, 로사는 정신없이 고개를 마구 흔들며 아랫입술을 깨물고 그 고통이 사라지기를 기다렸다. 아!

"……일 끝났소. 그래요. ……마르코는 지금 바깥에 잡아놨소. 한 방 먹여야 했지만……. 설마! 도망 못 갑니다. 내가 묶어두었을 때는 그냥 가만히 있었으니까."

침묵. 로사는 지금 자신에게 날개든 천리안이든 특수한 능력이 뭐라도 있기를 간절히 바랐다. 제발, 전화선 너머에 있는 게 남자인지 여자인지만이라도 알 수 있다면 얼마나 좋을까! 그러나 곧 거인의 굵은 목소리가 다시 들려왔다.

"고드프리 양은 괜찮소. 침실에 묶어뒀지. ……다친 덴 없소. 아니, 지금 말했잖아요! 고드프리 양을 여기다 오래 붙잡아놓을 건 없다고 했잖소. 그 아가씬 댁한테 아무 짓 안 했다면서요? ……그래요, 그래! ……바다로 나가서 그다음에는…… 댁이 시키는 대로 다 하겠다니까……. 알았소, 좋아요! 마르코는 묶어놨다고……."

그 뒤로는 한동안 목소리가 제대로 들리지 않았다. 떨리는 거친 목소리가 뭉개져서 웅얼대는 소리로 들릴 뿐이었다. 혹시 저 거인이 그 흉악한 악한의 이름을 언급한 건 아닐까? 뭐라도 좋았다. 단서만 있다면…….

"좋아요, 좋아! 지금 가겠소. 마르코는 더는 댁을 귀찮게 굴지 못할 거요. 하지만 그 아가씨 잊어버리지 마쇼. 배짱 있더구먼, 그 아가씨."

거인은 수화기를 던지듯 내려놓고 천천히 무뚝뚝하게, 마치 선한 사람처럼 웃었다. 로사는 배 속의 통증을 느끼며 그 소리를 듣고 있었다.

그녀는 잔뜩 지친 채 눈을 감으며 바닥에 늘어졌다. 하지만 금세 다시 눈을 떴다. 거실 문이 쾅 닫히는 소리가 들렸기 때문이었다. 혹시 나갔나? 아니면 누가 들어온 건가? 하지만 그 후로는 오로지 적막만이 흘렀기에, 로사는 거인이 나갔다는 사실을 알 수 있었다. 그렇다면 그 모습을 보아야 했다……. 로사는 몸을 꼼지락거려 문을 열고 나갔다. 그러고는 아까와 마찬가지로 어기적어기적 오리걸음으로 거실을 가로질러 가장 가까운 곳에 있는 창문 쪽으로 다가갔다. 거인의 손전등 불빛이 사라진 후여서 방 안은 칠흑처럼 어두웠다. 로사는 무언가에 상당히 세게 부딪혀 묶여 있던 오른팔에 멍이 들었다. 어쨌든 겨우 창문 앞까지 갈 수 있었다.

달은 높이 떠올라 있었다. 별장 앞의 하얀 모래밭과 잔잔한 수면이 반사판처럼 빛났다. 해변 전체가 부드러운 은색의 달빛에 휩싸여 있었다. 시야는 완벽하게 탁 트여 있었다.

로사는 그 순간 팔에 난 상처와 경련이 일어나 쿡쿡 쑤시는 근육, 바짝 타들어가는 목과 입 그 전부를 잊어버렸다. 창문 밖으로 펼쳐진 풍경은 너무나 완벽하고 아름다웠으며 빛과 그림자가 고르게 퍼져 있어서 꼭 영화 속에서 튀어나온 한 장면 같았다. 거인의 모습조차도 너무나 작아서, 보이지 않는 영화감독이 롱 숏으로 잡도록 지시한 것 같았다. 그 순간 로사는 커튼이 쳐져 있지 않은 창문을 통해 거인이 데이비드 쿠머 쪽으로 가는 모습을 보았다. 삼촌은 아까 그녀가 마지막으로 보았을 때와 마찬가지로 정신을 잃은 채 쓰러져 있었다. 거인은 쿠머를 별로 힘도 들이지 않고 번쩍 들어 올려서는 어깨에 둘러메고 해변에 정박해놓았던 크루저 쪽으로 걸어가기 시작했다. 그는 쿠머를 보트에 털썩 던져놓고는 경사로 위에 커다란 발을 잘 디딘 뒤 어깨에 힘을 주고 선체를 쭉 밀었다.

크루저가 움직였다. 거인이 민 힘을 받아 속력이 붙은 보트는 이윽고 물속에서 시동이 걸렸다. 거인은 무릎까지 바다에 잠겼으나 금세 뱃전을 잡고 마치 원숭이처럼 민첩하게 기어올랐다. 잠시 후 크루저의 '운행 중' 조명이 차분하게 껌벅이기 시작했다. 로사의 시야에 거인이 갑판에 누워 있던 삼촌의 뻣뻣한 몸을 안아 올려 선실 안으로 들어가는 모습이 들어왔다. 그때 모터가 커다란 소리를 내면서 흰색이 감도는 보랏빛 바다의 수면을 박찼고, 늘씬한 선체는 금세 해변에서 모습을 감추었다.

로사는 눈이 아파올 때까지 그 모습을 지켜보았다. 그녀는 크루저에 달린 불빛에서 눈을 떼지 않았다. 불빛은 스페인 곶에서 점점 멀어져 남쪽을 향해 달려가다가 이윽고 마치 파도에 씻겨 나간 듯 사라져버렸다.

다 찢어지고 더러워진 드레스를 입은 채 마치 중죄인처럼 의자에 묶여 있던 까무잡잡한 아가씨는 갑자기 미쳐버릴 듯한 기분을 맛보았다. 해변이 무시무시한 속도로 다가와 그녀를 목졸라 죽이는 듯했고, 시시각각 표정을 바꾸며 움직이는 파도는 그녀를 음흉한 얼굴로 쳐다보았다.

로사는 핑핑 도는 머릿속으로 데이비드 쿠머를 두 번 다시

보지 못하리라는 선고를 받았다는 사실을 번쩍 깨달았다. 그러고는 정신을 잃었다.

2:
실수를 바로잡다

그날 아침은 공기가 다소 물기를 머금어 시원하고 서늘했다. 파도의 물보라가 짭짤한 물기를 흩뿌리며 지나갔고 그 약동하는 생명력은 두 남자의 콧구멍을 자극했다. 해는 아직 동쪽 하늘 낮은 곳에 떠 있었고, 바람이 스쳐 지나며 바다 위를 뒤덮는 하늘에 어둑어둑 깔려 있던 밤안개를 휩쓸어 갔다. 새파란 하늘에는 흰 구름이 그려놓은 소용돌이무늬가 띄엄띄엄 남았다.

자연을 대단히 사랑하기로 유명한 신사 엘러리 퀸 씨는 낡아빠진 듀센버그의 낮은 바퀴 위에 올라앉아 폐 속을 신선한 공기로 가득 채웠다. 동시에 실용적인 성격의 소유자답게 콘크리트 도로 위를 미끄러져 가는 고무바퀴의 만족스러운 노랫소리를 귀 기울여 듣고 있었다. 두 가지 모두 마음에 들었으므로 엘러리는 만족스러운 한숨을 내쉬었다. 차 뒤로 쭉 뻗은 길은 먼지를 피워 올리며 부드러운 회백색 직선을 그려냈다. 길바닥에 개미 새끼 한 마리 없는 상쾌한 아침이었다.

엘러리는 차에 탄 은발의 노신사를 바라보았다. 그는 긴 다리를 구부린 채 뒷좌석에 앉아 있었고, 푹 꺼진 회색 눈빛은 깊은 주름들 속에서 선명하게 빛났다. 마치 구겨진 벨벳 속에 싸인 오래된 보석 같았다. 매클린 판사의 나이는 올해 일흔여섯이었으나, 그는 마치 갓 태어나 첫 숨을 들이켜는 강아지처럼 짭조름한 산들바람을 들이마셨다.

"피곤하지 않으세요?"

엘러리가 엔진의 소음에 지지 않으려고 고함을 질렀다.

"무슨 소리, 아마 내가 너보다 더 쌩쌩할 거다."

판사가 반박했다.

"'바다여, 바다여, 아름다운 바다여……' 엘러리, 나는 정말 다시 젊어진 기분이다!"

"강인한 다년생 식물이시여. 저는 운전을 오래 했더니 지쳐서 제 나이를 실감하게 됐습니다만, 판사님께는 이 산들바람이 다르게 느껴지시는 모양이로군요. 이제 거의 다 온 것 같습니다."

"그리 멀지 않으니, 계속 운전하여 나가라. 오, 헤르메스여!"

노신사는 뻐근한 목을 쭉 뻗으며 힘찬 바리톤으로 엔진 소리에도 지지 않을 만큼 멋지게 노래를 부르기 시작했다. 선원에 대한 노래였다. 엘러리는 미소를 지었다. 젊은이보다도 훨씬 활력이 넘치는 이 노인 좀 보게! 엘러리는 다시 길로 시선을 돌리고 가속 페달을 밟은 오른발에 약간 더 힘을 주었다.

엘러리 퀸 씨의 이번 여름은 결코 비생산적인 나날들이 아니었다. 오히려 너무 생산력이 넘쳤다. 그렇기에 그토록 바다를 사랑했음에도 불구하고 그는 여름 내내 한두 주 시간을 내어 해변으로 휴가를 갈 짬조차 내지 못했다. 가장 더운 시기에 뉴욕에 갇혀, 유난히도 골치 아픈 사건*의 후폭풍과 씨름해야 했던 엘러리는 결국 문제를 해결하지 못했다. 노동절9월 첫째 주 월요일-옮긴이이 지났을 무렵쯤에는 어떻게든 가을이 오기 전 눈부시게 빛나는 바다와 반쯤 벌거벗은 사람들 속으로 뛰어들고 싶어 죽을 지경이었다. 아마도 엘러리는 자신의 실수에 넌더리가 니 있던 게 아닐까 싶다. 아버지는 센터 스트리트에서 일에 바빠 정신이 없고 친구들도 누구 하나 만날 수가 없으니, 엘러리는 예전에 매클린 판사에게서 들었던 곳으로 혼자만의 휴가를 떠나기로 작정했던 것이다.

*이는 엘러리가 관여했던 사건들 중 가장 특수한 케이스였다. 신문에서는 이 사건을 '상처 입은 티롤리언 사건'이라고 불렀다. 여기서는 자세히 말할 수 없지만, 내가 알기로 이 사건은 엘러리가 속수무책으로 당할 수밖에 없었던 몇 안 되는 사건들 중 하나다. 그리고 지금까지도 미제로 남아 있다.-J. J. 맥

매클린 판사는 퀸 경감의 오랜 친구였다. 예전에 퀸 경감이 경찰청에 처음 들어갔을 무렵 많은 도움을 주기도 했다. 진실은 미덕이며 또한 미덕은 진실이라고 믿는 얼마 안 되는 법률가 중 한 사람으로, 자신의 영광스러운 삶 중 가장 빛나는 부분을 사법 행정에 헌신하여 유머 감각과 소박한 재산 그리고 거국적인 명성을 얻었다. 일찍 상처하고 자식이 없던 판사는 어린 엘러리를 친아들처럼 아끼며 진학할 대학과 교과 과정까지 정해주었고, 엘러리의 암울한 사춘기 시절, 퀸 경감이 아버지로서의 책임 앞에서 어쩔 줄 모르던 그때도 자상하게 돌보아주었다. 또한 엘러리가 어린 시절부터 명백하게 드러내던 논리적 진실 추구의 재능을 꽃피우는 데에도 큰 공헌을 했다. 일흔을 훌쩍 넘긴 지금은 오랜 세월 끝에 법정에서 은퇴하고 느릿느릿 평화로운 여행을 다니며 인생을 즐기고 있었다. 나이 차가 한참 났지만 엘러리에게 매클린 판사는 동등한 전우이자 활력소였다. 엘러리는 늘 애정을 담아 판사를 '솔론'_{아테네의 명재판관-옮긴이}이라 불렀는데, 이 '솔론'은 언제나 예상치 못한 곳에서 대단히 놀라운 기쁨을 주곤 했다. 특히 휴가 여행의 유쾌한 동반자로

는 나무랄 데 없이 적격인 사람이었다.

 판사는 테네시의 어느 어처구니없는 곳에서 엘러리에게 전보를 보냈다. (그가 말하기로는) 그 뜨거운 날씨에 '원주민 연구를 하며' 노구를 쉬게 했다는 이야기였다. 그러다 중간쯤에 엘러리를 만나러 가고 있으니 함께 한 달가량의 일정을 잡아 바닷가로 휴가를 가는 게 어떠냐고 제안했다. 엘러리는 전보를 받고 기뻐 함성을 지르며 여행 가방에 몇 가지 소지품을 아무렇게나 쑤셔 넣고 주나와 아버지에게 웃으면서 작별 인사를 했다. 그리고 돈키호테 스타일의 모험을 위해, 한때는 이름난 스포츠카였던 자신의 '충실한 로시난테'의 바퀴를 점검하고 정비했다. 그러고는 냉큼 여행길에 올랐다. 약속한 지점에서 만난 두 사람은 서로 포옹한 뒤 족히 한 시간은 여자들처럼 수다를 떨고 나서 도대체 어디서 밤을 지새워야 하는지, 아니면 즉시 떠날 것인지에 대해 엄숙한 얼굴로 상의를 했다. 그들이 만난 시각이 새벽 2시 30분이었던 탓이다. 이 상황을 결정짓기 위해서는 매우 거창한 기준이 필요했다. 그리고 4시 15분에 두 사람은 거의 한숨도 자지 않은 상태로 깜짝 놀란 여관 주인에게 방값을 지불하고 듀센버그에 올라탔다. 그러고는 판사의 원기 왕성한 바리톤 목소리를 배경 음악 삼아 길을 떠났다.

 "그런데 도대체 이 아르카디아는 어디 있는 겁니까? 일단 적당한 방향으로 향하고 있긴 한데, 저한테는 유감스럽게도 천리안이 없거든요."

 중요한 이야기를 한바탕 나누고 근 일 년 치 수다를 어느 정도 끝맺은 시점에서 엘러리가 물었다.

 "스페인 곳이라고, 혹시 알고 있니?"

 "글쎄요, 어디서 들어본 것 같긴 한데요."

"우리가 가는 곳이 거기다. 스페인 곶으로 직접 가는 건 아니지만, 바로 그 근처에 아주 편하고 좋은 쓰레기장이 하나 있거든. 웨이랜드 파크에서 16킬로미터 정도 떨어져 있고, 마르틴스에서는 남쪽으로 80킬로미터 정도 되지. 스테이트 고속도로를 쭉 따라가다 보면 나올 게야."

"누굴 방문하러 가시는 게 아닌가요?"

엘러리가 놀라서 물었다.

"전 또 판사님이 어린애 같은 장난기를 발휘해서 미리 말도 하지 않고 친구분을 찾아가 집주인을 깜짝 놀라게 하시려는 줄 알았는데요."

"물론 그런 못된 짓을 못 할 것도 없지."

판사가 킬킬 웃었다.

"하지만 이번에는 아니란다. 스페인 곶 근처에 별장을 하나 가지고 있는 친구를 아는데…… 해변에서 몇 미터 정도밖에 안 떨어져 있고, 깔끔하고 편안한 곳이란다. 여름휴가 때마다 찾아가곤 하지. 거기가 목적지다."

"그거 괜찮겠는데요."

"기대하렴. 벌써 몇 년이나 그 친구한테서 집을 빌려서 찾아가곤 했지. 아, 작년에는 내가 노르웨이에 가는 바람에 못 갔지만 말이다. 올봄에 갑자기 생각이 나서 뉴욕에 있는 그 친구 사무실로 편지를 보냈지. 그리고 평소대로 계약을 했고, 이렇게 가고 있는 거야. 10월 중순까지는 내가 그곳을 빌렸으니 너랑 내가 둘이서 경치 구경을 하면서 낚시나 하면 된다."

"낚시라."

엘러리가 신음했다.

"판사님은 정말 진정한 투트 씨*아서 트레인의 《투트와 투트 씨》에 등장하는 변호사—옮긴이로군요. 낚시 생각만 해도 피부가 지글지글 끓고 눈이 쿡쿡 쑤시는 것 같습니다. 전…… 음, 그러니까, 닻도 안 가지고 왔는데요. 사람들이 보통 낚시를 많이 하나요?"

"암, 하고말고. 그리고 우리도 해야지. 나는 네 안에서 젊은 월턴(프랑켄슈타인에 등장하는 모험가 선장—옮긴이)을 끌어낼 생각이다. 그 집에는 아주 괜찮은 크루저 보트가 있거든. 내가 그 집에 가기를 좋아하는 가장 큰 이유지. 장비 걱정은 마라. 이미 뉴욕에 있는 우리 집 가정부한테 편지를 써서 월요일까지는 낚싯대랑 낚싯줄이랑 릴이랑 미끼랑 기타 등등을 속달 우편으로 부쳐달라고 했거든."

"기차 사고나 났으면 좋겠군요."

엘러리가 음울하게 중얼거렸다.

"재수 없는 소리 마라! 그나저나 오늘은 하루를 일찍 시작하겠구나. 워링하고 얘기는 다 되어 있는데……."

"누구 말씀이세요?"

"홀리스 워링이라고, 그 집주인이란다. 사실 난 월요일에야 그 집에 도착할 예정이었지만 뭐 별 문제는 없을 게다."

"혹시 주인이랑 마주치진 않을까요? 왠지 그랬다간 단박에 문전박대를 당할 것 같다는 예감이 드는데요."

"그럴 일은 없을 게야. 그가 올봄에 편지에 쓰길 여름에 그 별장을 이용할 예정은 없다고 했으니 말이다. 8, 9월 중에는 유럽 어딘가에 있을 것 같다더구나."

"잘 아세요?"

"별로 그렇지도 않아. 솔직히 말해 편지 몇 번 주고받은 적밖에 없다. 알게 된 것도 별장 일로 삼 년 전에 처음 편지를 하게 되면서부터야."

"혹시 경비원이나 관리인 같은 사람은 없을까요?"

매클린 판사의 회색 눈동자가 이채로운 젊음을 띠더니 유쾌하게 반짝였다.

"암, 있고말고! 구레나룻을 기른 집사가 딱딱한 태도로 서 있을 게고, 하인이 나와서 우리 부츠를 솔로 털어주겠지. 그야말로 그림에 그린 듯한 버트램 우스터의 집사 지브스P. G. 우드하우스의 소설에 나오는 등장인물—옮긴이가 기다리고 있을 게야. 아이고, 이 젊은 크로이소스 같은 녀석아. 도대체 우리가 지금 어딜 간다고 생각하는 거냐? 거긴 별것 아닌 별장이야. 그리고 그 인근 어디서 유능한 숙녀분이라도 납치해 오지 않는 이상 청소나 장보기, 요리 같은 걸 우리가 전부 직접 해야 한단 말이다. 물론 너도 알다시피 그런 자질구레한 일들은 내 특기지."

"제 주방 기술은 이미 반죽된 밀가루로 비스킷 굽는 일하고 커피 가루에 물 붓는 일, 스페인식 오믈렛 만드는 일로 한정되어 있는데요. 참, 열쇠는 갖고 계시죠?"

엘러리는 불안한 얼굴로 물었다.

"워링이 떠나기 전에 숨겨놓고 갔다고 하더구나."

판사가 근엄하게 대답했다.

"별장의 북동쪽 모퉁이에서 대각선으로 두 걸음 걸어간 곳에 약 30센티미터 깊이로 묻어놓고 갔다더라. 그 친구 유머 감각이 보통이 아니야. 엘러리, 이 녀석아. 여기 사람들은 다들 정직해. 내가 이 근방에서 본 일 중 가장 범죄에 가까운 행위는 저쪽 도로 근처에서 주유소 겸 매점을 운영하는 해리 스테빈스가 나한테 햄 샌드위치 하나 팔고 35센트를 청구했던 일이었지. 엘러리, 이 근처에 사는 사람들은 아무도 외출할 때 문을 잠그지 않아요!"

"이제 얼마 안 남았다."

길 위로 해가 떠오를 때쯤, 판사가 차창에 얼굴을 바싹 붙이고 한숨을 내쉬며 열의에 차서 말했다.

"정말 힘들었습니다. 배가 고파지기 시작했는데요. 뭐 먹을 것 좀 없을까요? 설마 그 변덕스러운 집주인이 별장에 통조림만 잔뜩 쌓아놓고 간 건 아니겠죠!"

엘러리가 고함을 질렀다.

"맙소사."

노신사가 끙 소리를 냈다.

"완전히 깜박 잊어버리고 있었구나. 아무래도 와이에 들러야겠다. 스페인 곶에서 북쪽으로 한 3킬로미터쯤 떨어진 곳인데 어차피 길을 가다 보면 지나쳐야 할 지점이야. 거기 가면 뭐가 좀 있을 게다. 저기야! 저쪽으로 똑바로 가거라. 식료품점이나 시장이 열었을지 모르겠구나. 아직 7시도 안 됐으니까."

그들은 정말 운이 좋았다. 하품을 하며 가게 앞에 세운 트럭에서 신선한 채소를 내리고 있는 채소 장수를 금세 발견할 수 있었다. 엘러리가 음식 재료를 너무 많이 구입하는 바람에 차가 휘청거릴 정도였다. 누가 돈을 지불하느냐를 놓고 약간의 실랑이가 있었지만, 결국 판사가 손님 대접에 관한 불문율을 짧고 연륜 있게 강의함으로써 사태가 진정되었다. 두 남자는 구입한 것들을 자동차 뒤에 쑤셔 넣고 나서 다시 여행을 떠났다. 판사는 〈닻을 올리고〉라는 노래의 멜로디를 흥얼거렸다.

채 삼 분도 지나지 않아 그들은 스페인 곶에 도착했다. 엘러리는 차에 브레이크를 걸고 나서 눈앞에 천천히 모습을 드러내는 거대한 바위글 올리다보있다. 자연이 기괴한 장난이라도 쳐놓은 듯, 육지의 한 조각이 해수면 위로 끝도 없이 치솟아 있었다. 이제 갓 떠오르는 아침노을 속에서 곶은 고요히, 마치 잠자는 거인처럼 서 있었다. 곶 꼭대기는 마치 고원처럼 높아서 나무와 덤불로 뒤덮인 꼭대기를 제외하면 거의 시야에 들어오지도 않았다.

"멋지지 않으냐?"

판사가 유쾌하게 말했다.

"자, 엘. 잠깐 차 세워라. 저기 주유소 반대편에다 말이다. 내 오랜 친구 해리 스테빈스에게 인사를 좀 해야 하거든. 그 산적 같은 친구한테 말이지!"

엘러리는 자갈길 위로 듀센버그를 몰아 고대 그리스 양식 기둥과 장식용 빨간색 펌프가 세워져 있는 건물 쪽으로 향하면서 중얼거렸다.

"저 멋진 바윗덩어리들이 공공 재산은 아니겠지요? 그럴 리가 없죠. 백만장자들은 그런 걸 허용하지 않는 법이니까요."

"아무도 절대로 발을 들여놓을 수 없는 사유지지."

매클린 판사가 웃었다.

"해리는 어디 있나? 뭐, 아무도 발을 들여놓지 못한다는 데에는 여러 가지 의미가 있지. 먼저 육로로 가는 길이 딱 하나밖에 없는데, 저쪽 도로에서 진입해서 들어가는 저 샛길이 그거야."

엘러리는 샛길로 들어가는 입구 양옆에 세워져 있는 거대한 석탑 두 개를 보았다. 안쪽 커다란 정원에는 나무들이 시원한 그늘을 드리우고 있었고, 샛길은 그 안쪽을 가로지르고 있었다.

"정원은 아주 좁고 길지. 샛길은 양옆으로 높은 가시철망이 쳐져 있고, 정원 안으로 들어가려면 저 좁은 병목 같은 길을 지나야만 해. 길은 차 두서너 대가 간신히 통과할 정도의 넓이밖에 안 되는 자갈길이지. 길은 스페인 곶이 보일 때까지 같은 높이로 이어지다가, 곶의 끝까지 달리다 보면 결국 도로가 푹 꺼지는 모양새가 되지. 저 절벽들 좀 봐라! 곶 전체를 빙 둘러싸고 있지 않니. ······그리고 두 번째 이유는, 저 곶의 소유주가 월터 고드프리이기 때문이란다."

판사는 마치 '이것으로 끝'이라는 말투로 엄숙하게 말했다. 그 이름 하나만 대도 긴 설명을 할 필요가 없다는 투였다.

"고드프리요? 월 스트리트의 고드프리 말씀이세요?"

엘러리가 얼굴을 찌푸렸다.

"이 동네의 수많은 늑대들 중 하나지. 성격이 워낙 배타적이라서 말이야. 이 근방에는 사람이 꽤 여럿 살지만 저 저택 주인은 결코 주변 사람들과 섞이려 들지 않는다고 들었다. 나도 항상 스페인 곶에서 돌 던지면 닿을 거리에서 여름휴가를 보냈어도 곶 안에 발을 들여놓은 적은 한 번도 없단다. 친근한 이웃이 되려고 노력해본 적도 없고 말이다!"

매클린 판사가 말했다.

"전원생활의 미덕을 실천하려 들지 않는 사람이로군요."

"그런 것 같다. 나는 워링과 상당히 많은 서신을 수다스럽게 주고받았는데, 그 친구도 똑같은 이야기를 하더구나. 고드프리네 집 근처에서 산 햇수를 벌써 손으로 꼽기도 어려운 정도인네도, 그동안 고드프리네 저······ 궁전 근처에는 한 번도 가본 적도 없다고 말이다."

"아마 판사님이랑 별장 주인 양반은 그런 속물이 아니라서 그런 건지도 모르죠."

엘러리가 씩 웃었다.

"암, 그렇고말고. 어떤 곳에 가면 너무 정직한 판사는 환영을 못 받기도 한단다. 너도 보면 알겠지만……."

"저런, 판사님의 그 턱수염 속에 뭔가 감춰놓은 이야기가 있는 모양이로군요!"

"글쎄다. 그렇게 할 얘기가 많지는 않아. 난 그냥 고드프리 같은 사람은 범법 행위라도 저지르지 않는 이상 단기간에 월스트리트에서 그렇게 큰 재산을 축적하기가 쉽지 않다는 이야기를 하려고 했던 것뿐이란다. 나는 그 친구를 잘 모르지만 인간 본성에 대해서는 잘 알다 보니 뭐든지 의심부터 하고 보는 습관이 들어서 말이다. 내가 듣기로는 고드프리 그 친구 꽤 특이한 사람이라고 하더라. 하지만 그 집 딸은 착한 아가씨더구나. 몇 년 전에 금발의 어떤 젊은 청년하고 카누를 타고 해변으로 왔을 때 만났는데, 그 청년이 무섭게 노려보는 가운데 우리는 꽤 친한 친구가 됐지. 아, 저기 있군. 해리, 이 친구야! 자네 또 수영복 입고 있었구먼!"

판사는 듀센버그에서 뛰어내려 활짝 웃으며 달려갔다. 혈색이 좋고 배불뚝이에 몸집 작은 중년 남자가 눈이 아플 정도로 새빨간 수영복을 입고 고무 신발을 신은 채 눈을 껌벅이며 건물에서 막 나오려는 참이었다. 남자는 살집 좋고 시뻘건 목을 터키 타월로 문지르고 있었다.

"매클린 판사님!"

스테빈스는 자신을 향해 악수하러 달려오는 판사를 보고는 깜짝 놀라 타월을 떨어뜨렸다. 그러고는 입이 찢어져라 웃으며 노인의 손을 힘 있게 맞잡았다.

"참 오랜만에 뵙습니다. 올해도 이맘때쯤 오시지 않을까 생각했지요. 작년 9월에는 어디 가셨었습니까? 잘 지내셨죠, 판사님?"

"물론임세, 잘 지내고말고, 해리. 작년에는 해외에 나가 있었다네. 애니는 어떤가?"

스테빈스는 슬픈 표정을 지으며 훌렁 벗어진 머리를 좌우로 흔들었다.

"신경통 때문에, 별로 좋지 않아요."

엘러리는 이 불행한 애니라는 여성이 스테빈스 부인이라는 사실을 깨달았다.

"쯧쯧, 젊은 부인이 벌써 신경통이라니! 애니한테 안부 전해 주게. 해리, 퀸 군이랑 악수하게나. 내가 참 아끼는 친구라네."

엘러리는 의무적으로 상대방의 뻣뻣하고 축축한 손을 맞잡고 흔들었다.

"워링네 집에서 같이 한 달 정도 묵을 예정일세. 그런데 워링은 여기 없겠지?"

"여름 시작할 무렵부터 못 봤습니다, 판사님."

"자네는 벌써 수영하러 다녀온 모양이로군. 세상에, 공공장소에서 그 무릎 위까지 늘어지는 뚱뚱한 뱃살을 흔들면서 걸어 다니는 게 부끄럽지도 않은 모양이지, 이 건달 같은 친구 같으니라고."

스테빈스는 머쓱한 듯 미소를 지었다.

"글쎄요, 판사님. 그래도 판사님은 저 보고 반가워하셨잖아요? 뭐, 이 근방 사람들이 다 그렇듯 저도 아침 일찍 한바탕 헤엄을 치고 왔지요. 공공 해변은 이 시간대에는 사막이나 다름없거든요."

"그 해변이란 게 저희가 한 2킬로미터쯤 전에 지나쳐 온 해변을 말하는 겁니까?"

엘러리가 물었다.

"맞습니다, 퀸 씨. 그리고 그 반대편에 한 군데 더 있지요. 워링 씨네 집 바로 근처에 말입니다. 뭐, 가보면 아시겠지만요."

"여기서부터의 여정은 아주 유쾌한 드라이브가 되겠군요. 한여름 대낮, 수영복을 입은 아름다운 아가씨들이 대로변을 걷고 있다면……. 그리고 이 계절에 보통 어떤 수영복을 입는지 생각해보면……."

엘러리가 사색에 잠긴 채 말했다.

"미안하지만 젊은이들."

판사가 신음하듯 입을 열었다.

"사실을 말하자면 한 이 년쯤 전에 이 고장의 고상한 사람들이 당국에 진정서를 내서 수영하러 온 사람들이 길바닥에서 반쯤 벌거벗고 다니는 추태를 자제시켜 달라고 항의했다네. 덕분에 사람들이 수영복을 입고 도로변을 걷는 것을 금지하는 지방 조례가 발효되고 말았지. 그래, 지금은 어떤가, 해리?"

스테빈스가 키득거렸다.

"턱도 없지요. 다들 법을 어기지 않는 선 안에서 수영복을 입고 그냥 활보하고 뭐 그렇죠."

"노인네들이 괜히 샘이 나서 그런 심술을 부린 게야. 우리 같은 사람들이야 어디 수영을 할 수나 있겠나……."

"제발 부탁이니 이건 좀 알아주셨으면 좋겠습니다."

엘러리가 뾰로통해서 말했다.

"전 젊은 롤로처럼 얌전하게 판사님 따라서 낚시나 가진 않을 거란 말입니다. 그러지 않아도 메인 주에만 가면 벌써 육 년째 낚시 가자고 꼬드기는 친구가 있는걸요. 게다가 사람이 일흔여섯 해쯤 살고 보면 마른땅 위에 멍하니 있는 것보다 더 즐거운 방법으로 기분 전환하는 법을 배울 수 있을 것 같은데 말이죠."

"낚시 얘기가 나와서 말인데……. 어떤가, 해리? 좀 잡히나?"

판사가 얼굴을 붉히며 서둘러 말했다.

"제가 듣기로는 아주 재미가 좋다더군요, 판사님. 낚싯대를 드리우기만 하면 덥석덥석 잡혀 올라온다던데요. 그나저나 판사님 아주 건강해 보이십니다! 식사도 잘 하시는 모양이로군요. 아시겠지만, 언제든 시간 나시면……."

"자네 나한테 또 햄 샌드위치 하나에 35센트 받고 팔 생각은 아니겠지, 해리."

판사가 뚱한 얼굴로 말했다.

"내 다시는……."

그때 칙칙한 색깔의 작은 자동차 하나가 대단히 급한 볼일이라도 있는 듯 돌풍을 일으키며 고속도로를 바삐 달려갔다. 세단 앞문에는 반짝거리는 글씨로 무어라 적혀 있었지만 차가 너무 빠른 속도로 지나간 탓에 무슨 글씨였는지는 알 수 없었다. 놀랍게도 세단은 갑자기 끼익 소리를 내며 브레이크를 밟더니 휙 좌회전을 해서 스페인 곶 저택 안으로 향하는 두 석탑 사잇길로 들어갔다. 그러고는 마치 날아가는 다트처럼 잽싸게 정원의 나무들 사이로 모습을 감추었다.

"스테빈스 씨, 이 훌륭하고 영광된 지방에서는 저런 식의 운전 방식이 보편적으로 통용됩니까?"

엘러리가 물었다.

주유소 주인이 머리를 긁었다.

"평범한 사람들은 안 그럽니다. 아마 경찰인 것 같은데요."

"경찰?"

판사와 엘러리가 동시에 합창하듯 물었다.

"지방 경찰찬데요."

스테빈스가 곤란한 얼굴로 말했다.

"그러고 보니 십오 분쯤 전에도 한 대가 곶 안으로 들어가는 걸 봤는뎁쇼. 안에서 무슨 일이라도 일어난 모양이군요."

일동은 눈을 가늘게 뜨고 아무 말 없이 정원 안으로 향하는 그림자가 드리운 길을 쳐다보았다. 그러나 아무 소리도 들리지 않았다. 하늘은 파랗기만 했고 태양은 조금 더 높이 떠올라 천천히 공기를 데웠으며 짭짤한 바람에서 뜨끈한 내가 났다.

"경찰이 왔단 말이지?"

매클린 판사가 생각에 잠긴 채 말했다. 잘생긴 콧구멍이 파르르 떨렸다.

엘러리는 갑자기 불안해져서 판사의 팔을 툭툭 쳤다.

"세상에, 판사님! 제발요! 우린 신경 쓰이는 일을 잊고 잠깐 쉬러 온 것 아닌가요? 설마 남의 집 가정사에 일부러 간섭하러 가실 생각은 아니겠죠?"

노인은 한숨을 내쉬었다.

"그렇지 않을 거다. 안 그럴 거지만, 만약 엘러리 네가……."

"안 돼요, 안 됩니다."

엘러리가 심각하게 말했다.

"아무것도 하지 말자고요. 친애하는 솔론이시여, 저는 방금 전까지 저런 비슷한 일을 하고 나왔어요. 지겹도록 충분하게 했단 말입니다. 지금의 제 욕구는 순수하게 동물적인 것들밖에 없어요. 수영하고, 달걀이나 실컷 먹고, 달콤한 모르페우스를 만끽하는 거죠. 나중에 다시 뵙겠습니다, 스테빈스 씨."

"아, 물론입죠. 만나서 반가웠습니다, 퀸 씨. 판사님, 혹시 하녀 안 필요하십니까?"

심각한 눈빛으로 스페인 곶으로 들어가는 길 쪽을 빤히 쳐다보고 있던 스테빈스가 움찔 놀라면서 말했다.

"필요할 것 같은데, 좋은 사람 아냐?"

"혹시 애니가 몸이 좀 나아지면 한번 물어보겠습니다. 지금 당장은 저도 생각이 안 나는데요, 계속 찾아는 보겠습니다. 아니면 애니가 어디다 물어봐줄지도 모르고요."

스테빈스가 말했다.

"그러면 고맙겠군. 다음에 보세, 해리."

판사는 듀센버그에 올라탔다. 세 사람 모두 활기 없는 표정이었다. 판사는 아무 말이 없었고 스테빈스는 왠지 불편해 보였으며 엘러리는 차를 출발하는 아주 평범하고 사소한 일에 절망적인 표정으로 몰두해 있었다. 이윽고 듀센버그는 회색 머리의 몸집 작은 주유소 주인을 뒤에 남겨놓고 떠났다.

차는 주유소를 빠져나와 좌회전하여 워링의 별장이 있는 해변으로 향하는 샛길을 달렸다. 두 사람은 그 짧은 시간 동안 각자의 생각에 잠겨 아무 말이 없었다. 엘러리가 판사의 짤막한 지시에 따라 길을 벗어나자 곧 짙은 녹음이 우거진 정원의 시원한 그늘이 나타났다.

"여기군요! 제법 괜찮은 것 같아요. 굶주림과 목마름과 피로가 저를 괴롭히는데도 왠지 벌써부터 즐거워지는데요."

잠시 후 엘러리가 말했다.

"음?"

판사는 멍한 얼굴이었다.

"아, 그래. 이곳은 정말로 좋은 곳이란다, 엘."
"말씀치고는 그렇게 기쁘지 않으신 것 같은데요."
엘러리가 건조한 목소리로 대꾸했다.
"그게 무슨 소리냐!"
판사는 갑자기 활기를 되찾고 허리를 쭉 펴며 앞을 똑바로 바라보았다.
"난 벌써 십 년은 젊어진 기분인데. 계속 가보렴, 엘. 조금 지나 이 정원을 빠져나가면 그 뒤로는 죽 직진하면 될 게다."

그들은 눈부신 햇살 아래로 나와, 새파란 바다와 하늘 아래서 반짝반짝 빛나는 해변의 아름다움을 만끽했다. 고요한 스페인 곶의 절벽이 다소 으스스한 분위기를 풍기며 왼편에 드높이 솟아 있었다.

"굉장히 인상적인 곳이군요."
엘러리가 천천히 운전하며 중얼거렸다.
"그렇고말고. 다 왔다, 엘. 저쪽에 작은 집들이 보이지? 저 울타리는 혹시 누가 잘못해서 들어오지 않도록 쳐놓은 거란다. 울짱 너머 저쪽은 공공 해수욕장이거든. 도대체 워링이 왜 그렇게 해수욕장 가까이 집을 지었는지 모르겠단 말이야. 물론 누가 몰려와서 귀찮게 굴지는 않겠지만 말이다. 여기 사람들은 다들 점잖으니까."

판사가 말을 갑자기 뚝 끊고, 현명한 눈동자 위로 주름진 눈꺼풀을 껌벅이며 상체를 내밀어 앞을 빤히 바라보더니 날카로운 목소리로 말했다.

"엘러리, 저기 워링네 별장 앞에 있는 게 차가 맞니? 내가 잘못 본 게 아니고?"
"차 맞는 것 같은데요. 하지만 설마하니 워링 씨가 판사님 쓰시라고 저기다 놓고 간 건 아닐 테고, 뭔가 이상한데요."

엘러리가 말했다.

"워링의 차는 아니야. 그 친구는 지금 유럽에 있을 테니까. 게다가 그 친구는 패커드보다 작은 차는 타지도 않을 텐데, 저건 싸구려 헨리 포드 아니냐. 저쪽으로 좀 가보자!"

매클린 판사가 제안했다.

듀센버그는 아주 조용히 달려 낡아 빠진 차량의 뒤쪽에 멈추었다. 그 차는 샛길의 끝, 워링의 별장 바로 옆에 세워져 있었다. 엘러리는 쉴 새 없이 눈동자를 굴리며 낡은 차 쪽으로 달려갔다. 판사는 다소 뻣뻣한 동작으로 차에서 내렸다. 입술이 한 일자로 굳게 다물어져 있었다.

두 사람은 함께 차를 살펴보았다. 안에는 무엇 하나 수상한 것이 없었다. 사람도 타고 있지 않았고 무생물도 없었다. 시동 키는 여러 잡동사니들과 함께 작은 체인에 걸려 대시보드 밑에 대롱대롱 매달려 있었다.

"라이트가 켜져 있는데요."

엘러리가 중얼거렸다. 그러나 그 말을 내뱉은 순간 라이트는 깜박거리더니 팍 꺼졌다.

"흠. 배터리가 다 된 모양이군요. 아마 여기에 밤새 세워져 있었던 것 같네요. 허허, 이것 참! 이게 웬 수수께끼일까요? 좀도둑이라도 들었나?"

엘러리가 손을 뻗어 차의 앞문 손잡이를 집으려 하는데, 판사가 그의 팔을 잡았다.

"잠깐만 기다려봐라."

판사가 차분하게 말했다.

"노대체 왜 그러세요?"

"누가 알겠니. 난 지문의 효력에 한해서는 구제불능의 광신도란다."

"맙소사! 그 경찰차 때문에 판사님의 상상력이 이상한 방향으로 발동된 모양이네요!"

엘러리는 말은 그렇게 했지만 손잡이 쪽으로 뻗었던 손을 거뒀다.

"뭘 여기서 기다려야 하나요? 그 뭐냐……. 워링 씨가 묻어 놓았다는 그 로맨틱한 열쇠나 파내서 우리 볼일이나 보러 가자고요. 전 피곤해요."

그들은 차 주위를 빙 돌아 천천히 별장 쪽으로 걸어가다 갑자기 걸음을 멈추었다.

문이 빠끔히 열려 있었다. 나무로 된 경첩이 쪼개진 지 얼마 안 된 듯했다. 집 안에서는 써늘하고 괴이한 분위기가 풍겼다.

두 사람은 당황해서 서로를 마주 보다가 갑자기 경계하는 표정을 지었다. 엘러리가 소리 없이 듀센버그 쪽으로 뛰어가서 차 안을 뒤져 묵직한 스패너를 쥐고 잽싸게 돌아왔다. 그리고 판사에게 자기 옆으로 오라고 눈짓한 뒤 문으로 달려들어 발로 난폭하게 걷어차고는 스패너를 치켜든 채 문지방을 넘어 달려 들어갔다.

노신사는 입술을 꾹 다물고 함께 따라 들어갔다.

엘러리는 부서진 문 바로 앞, 커다란 창문 밑에 서서 바닥 한쪽을 빤히 바라보고 있었다. 그러다 심호흡을 한 번 하고는 다시 스패너를 치켜들며 침실로 맹렬하게 뛰어 들어갔다. 잠시 후 나와서 이번에는 부엌으로 들어갔다.

"아무것도 없는데요."

엘러리는 숨을 몰아쉬며 부엌에서 나오더니 스패너를 집어 던졌다.
"판사님, 어떤가요?"
매클린 판사는 뼈마디가 튀어나온 무릎을 시멘트 바닥에 꿇고 앉아 있었다. 어떤 여성이 의자에 팔다리를 꽁꽁 묶인 채 축 늘어져 있었다. 머리를 시멘트 바닥에 부딪힌 게 분명했다. 오른쪽 관자놀이 주위에는 말라붙은 핏자국이 남아 있었으며, 의식도 없었다.
"맙소사!"
판사가 신중하게 말했다.
"아무래도 골치 아픈 일에 말려든 것 같다. 엘러리, 이 아가씨는 로사 고드프리야. 스페인 곶의 악덕 부자 고드프리의 딸이다!"

감긴 로사의 두 눈 밑에는 보랏빛 그림자가 내려앉아 있었다. 머리는 다 풀어헤쳐진 채 마치 검은 실크처럼 얼굴을 덮었다. 매우 지치고 피로해 보였다.
"가엾은 것."
매클린 판사가 중얼거렸다.
"다행히 호흡은 정상이구나. 자, 어서 이 끔찍한 밧줄을 풀어버리자, 엘러리."
엘러리의 펜나이프로 밧줄을 자르고 흐느적거리는 로사의 부드러운 몸을 들어 침실로 옮기고는 침대 위에 조심스럽게 올려놓았다. 엘러리가 부엌에서 떠 온 물로 판사가 얼굴을 씻기자 로사는 약간 신음을 냈다. 관자놀이에 입은 상처는 그냥 살짝 긁힌 정도에 불과했다. 아마도 의자에 묶인 채 창가에 앉아 있다가 몸에 힘이 풀려 기절하면서 의자와 함께 옆으로 쓰러진 모양이었다. 그 바람에 거친 시멘트 바닥에 관자놀이 부분이 긁혀 상처가 생긴 듯했다.

"그 벼락부자가 딸 하나는 참 잘 뒀군요. 정말 아름다운 아가씬데요. 저도 인정합니다."

엘러리가 중얼거렸다.

엘러리는 로사의 축 늘어진 손을 열심히 문질렀다. 밧줄이 파고든 상처가 선명했다.

"딱한 것."

판사가 또다시 중얼거리며 따뜻한 물로 관자놀이의 상처를 씻어냈다. 로사는 몸을 부르르 떨고 팔다리를 움찔거리며 다시 한 번 신음했다. 엘러리는 나가서 구급상자를 찾아 요오드팅크 병을 들고 돌아왔다. 소독약 때문에 따끔했는지 로사는 입을 벌리고 숨을 쉬다 무거운 눈꺼풀을 뜨고 겁에 질린 채 그들을 쳐다보았다.

"괜찮아요, 괜찮아."

판사가 달랬다.

"이제 겁낼 것 없어요. 아가씨를 해치러 온 게 아니니까. 나는 이 년 전에 여기 온 적 있는 매클린 판사인데, 혹시 기억해요? 매클린 판사. 아, 아직 일어나면 안 돼요. 끔찍한 일을 겪었으니까."

"매클린 판사님!"

로사는 튕기듯 일어나 앉으려 했으나 곧 신음하며 다시 쓰러졌다. 그러나 그녀의 푸른 눈에 어린 공포는 씻은 듯 사라졌다.

"아, 감사합니다, 하느님. 감사합니다, 하느님. 혹시…… 혹시 데이비드 삼촌 찾으셨나요?"

"데이비드 삼촌?"

"저희 삼촌, 데이비드 쿠머요! 설마…… 설마 삼촌이 죽은 건……."

로사는 손등으로 입을 막고 두 사람을 쳐다보았다.

"글쎄, 잘 모르겠는데."

판사가 로사의 한쪽 손을 다정하게 어루만지면서 말했다.

"우리도 지금 막 왔거든. 그리고 아가씨가 의자에 묶인 채 거실에 있는 걸 발견했고. 푹 쉬어요, 고드프리 양. 그리고 우리가 아가씨네 부모님을 불러올 테니까……."

"판사님은 아무것도 모르세요!"

로사가 비명을 지르다 문득 멍한 표정을 지었다.

"여긴 워링 씨네 별장인가요?"

"그런데."

노인이 놀란 얼굴로 대답했다.

로사는 창밖을 내다보았다. 햇빛이 마룻바닥 위를 물들이고 있었다.

"게다가 해가 떴고! 여기 밤새 있었나 봐! 세상에서 가장 끔찍한 일이 일어났는데……."

그러다 로사는 입술을 깨물고 의아하다는 듯 엘러리를 흘끔 쳐다보았다.

"아무 일 없어야 할 텐데……. 그런데 이분은 누구세요, 매클린 판사님?"

"내 젊은 친구예요."

판사가 재빨리 말했다.

"엘러리 퀸 군을 소개하지요, 고드프리 양. 사실 이 친구는 원래 탐정 노릇도 하고 있답니다. 혹시 뭔가 끔찍한 일이 일어났다면……."

"탐정이라고요."

로사는 쓰디쓴 얼굴로 말했다.

"탐정이 오기에는 너무 늦은 것 같네요."

그녀는 다시 베개를 베고 누워 눈을 감았다.

"하지만 무슨 일이 일어났는지는 말씀드릴게요, 퀸 씨. 혹시나 누가 알겠어요?"

로사는 몸을 떨면서 겁먹은 파란 눈을 뜨고 그 사악한 거인에 얽힌 이야기를 하기 시작했다.

두 남자는 눈살을 찌푸린 채 조용히 이야기를 들었다. 난처한 기분이었다. 로사는 모든 이야기를 털어놓았으나 다만 거인이 오기 전 테라스에서 삼촌과 나누었던 이야기의 내용만은 말하지 않았다. 이윽고 로사가 이야기를 끝내자 엘러리와 판사는 서로 얼굴을 마주 보았고, 엘러리는 한숨을 푹 쉬고는 방을 나가버렸다.

엘러리가 돌아왔을 때, 늘씬하고 까무잡잡한 아가씨 로사는 멍한 표정으로 일어나서 매무새를 정돈하고 있었다. 그녀는 구깃구깃한 오건디 드레스를 가지런히 정돈하고 단정하게 머리를 묶었다. 그러다 엘러리의 발소리가 들리자 획 뒤를 돌아보았다.

"어땠나요, 퀸 씨?"

"당신이 말했던 것과 같은 정황은 아무것도 없었습니다, 고드프리 양."

엘러리가 담배를 한 대 내밀며 말했다. 로사가 거절하자 그는 한 대 물고는 스스로 불을 붙였다. 판사는 담배를 피우지 않았다.

"크루저는 없고, 당신의 삼촌이나 삼촌을 데려갔다는 그 남자의 흔적도 전혀 발견할 수 없었습니다. 유일한 단서는 밖에 세워져 있는 자동차인데, 특별한 것을 알아내긴 어려울 것 같더군요."

"분명 훔친 차일 거다. 추적할 수 있는 실마리를 그 안에 남겨놓았을 리가 없지."

판사가 중얼거렸다.

"하지만 그 남자는 정말…… 멍청했단 말이에요! 분명 무언가 남겨놓았을 거예요!"

로사가 고함을 질렀다.

"그래요, 당신 이야기를 들어보니 그 작자가 그리 영리하지는 않은 것 같더군요."

엘러리가 미안한 듯한 미소를 지으며 말했다.

"정말 놀라운 이야기였습니다, 고드프리 양. 믿을 수 없을 정도로요."

"그렇게 덩치가 큰 괴물이라면……."

판사의 콧구멍이 다시 실룩거렸다.

"신원을 알아내는 일도 그리 어렵지 않겠는걸. 그리고 한쪽 눈에 안대를 하고……."

"안대는 가짜일지도 모르죠. 확실하게는 모르겠지만……. 그건 그렇고, 이야기 중 가장 흥미로웠던 부분은 그자가 누군가에게 전화를 걸었다는 대목이었습니다, 고드프리 양. 혹시 누구에게 걸었는지 전혀 알 수 없나요?"

"제발 알았으면 좋겠어요."

로사는 주먹을 쥐고 부르르 떨었다.

"흠. 이야기를 대략적으로 정리해보도록 하죠."

엘러리가 얼굴을 찌푸리며 방을 한 바퀴 돌아보았다.

"당신이 말한 그 거대하고 멍청한 남자는 누군가에게 고용되어서 존 마르코라는 사람을 납치하러 왔었다는 거죠. 그 존 마르코라는 사람, 엄청나게 운이 좋군요. 하지만 그 유괴범은 마르코의 사진을 보지 못했고, 그냥 대략적인 인상만 알고 있었습니다. 마르코란 사람은 저녁 식사 때 보통 흰 셔츠를 입습니까, 고드프리 양?"

"네, 맞아요! 그래요!"

"그리고 당신의 불행한 삼촌은 체구와 외모가 마르코와 퍽 닮은 데다 어젯밤 마찬가지로 흰옷을 입었기 때문에 그만 착각해서 희생을 당하고 말았다는 거죠? 그런데 고드프리 양, 혹시 이 질문 때문에 불쾌하시다면 정말 죄송하지만 당신은 평소 저녁 식사 후 문제의 그 테라스에서 마르코 씨와 산책하는 습관이 있습니까?"

로사가 눈을 내리깔았다.

"네."

엘러리는 잠시 동안 흥미로운 눈길로 그녀를 바라보았다.

"그렇다면 당신도 이 무시무시한 착각의 비극이 발생하는 데 일조했다는 말이군요. 자기가 들은 이야기만을 철석같이 믿고 온 거인은 당신의 삼촌이 마르코가 아니라는 말을 믿지 않으려 했습니다. 옆에 당신도 있었으니까요. 그 거인이 도대체 어떤 배경에서 고용되었는지를 알려면 그 전화 통화가 가장 중요한 단서가 되겠군요. 그리고 이곳을 떠날 때는 반드시 보고하도록 명령을 받았다는 것도 분명해 보입니다. 한적한 곳에 뚝 떨어져 있는 데다 보트하우스에 정박해 있는 크루저 보트를 사용하는 것도 간편하니, 이곳이 범행 장소로는 가장 적합했겠지요. 그 거인은 단순한 도구에 불과했을 겁니다."

"도대체 누구랑 통화를 했던 걸까?"

판사가 차분하게 물었다.

엘러리는 어깨를 으쓱했다.

"그걸 알면 얼마나 좋겠습니까."

모두 침묵에 잠겼다. 다들 같은 생각을 하는 듯했다. 지역 전화, 스페인 곶의 저택과 가까운 거리……

"설마…… 데이비드 삼촌에게 무슨 일이 일어났다고 생각하시는 건 아니죠?"

로사가 기어 들어가는 듯한 목소리로 물었다.

판사는 시선을 피했다. 엘러리가 부드럽게 말했다.

"고드프리 양, 눈앞에 드러난 증거를 무시할 수는 없습니다. 당신의 이야기에 따르면 그 거대한 친구는 전화에 대고 '더는 댁을 귀찮게 굴지 못할 것'이라고 말했다지 않습니까. 아무래도 이번 사건은 유괴보다 더욱 죄질이 나쁜 범죄인 것 같군요. 지금 이 말은 당신이 더 큰 충격을 받지 않도록 돌려 말하는 겁니다, 고드프리 양. 그 납치범의 말은 아무리 생각해도 단순 유괴인 것 같지는 않습니다. 더욱 잔인한…… 마무리였을 것 같군요."

로사는 목이 졸린 듯 숨을 헐떡이며 고개를 숙였다. 창백한 얼굴이 마치 병자 같았다.

"미안하지만 내 생각도 마찬가지라오, 아가씨."

판사가 나지막하게 말했다.

"하지만 앞일은 어떻게 될지 아무도 모르죠."

엘러리가 조금 경쾌해진 목소리로 말했다.

"무슨 일이 일어날지 모릅니다. 어쨌든 이 모든 일들은 이 구역 경찰들이 할 일입니다. 아실지 모르겠지만 스페인 곶에 이미 경찰들이 와 있습니다, 고드프리 양."

"벌써…… 와 있다고요?"

"좀 전에 경찰차 두 대가 입구로 진입하는 걸 봤습니다."

엘러리는 담배 끄트머리를 내려다보았다.

"어쩌면 우리가 여기서 계속 뭉그적거리고 있으면 일이 더 복잡해질지도 모릅니다. 배후에 있는 그 인물이 누군지는 모르지만 여하간 그는 진짜 위험이 닥치기 전에 명백히 당신을 풀어줄 의도가 있었던 것 같습니다, 고드프리 양. 그 골리앗 같은 자가 그렇게 말했다고 당신도 그랬지요. 다만 유감스럽게도 이미 늦었을지도 모릅니다."

엘러리는 고개를 흔들었다.

"하지만 그렇지 않을 가능성도 있습니다. 이 추악한 범죄를 꾸민 자가, 자기가 고용한 거인이 실수로 엉뚱한 사람을 잡아 왔다는 사실을 깨달았을 수도 있거든요. 그러면 아마 지금쯤 납작 엎드려 사죄하고 있겠지요……."

엘러리는 창문을 하나 열고 멍하니 담배꽁초를 내던졌다.

"그런데 고드프리 양, 어머니께 당신이 무사하다는 사실을 알리는 게 좋지 않을까요? 상당히 걱정하고 계실 텐데요."

"아…… 엄마."

로사가 초췌한 얼굴을 들고 중얼거렸다.

"완전히 잊어버리고 있었어요……. 맞아요. 지금 당장 전화해야 해요."

판사가 로사 앞으로 다가와 막아서며 엘러리에게 나무라는 시선을 던졌다.

"그건 퀸 군이 알아서 할 테니, 아가씨는 이제 좀 쉬는 게 좋겠어요."

로사는 순순히 다시 침대로 가서 누웠다. 그녀의 턱이 바르르 떨렸다.

엘러리는 거실로 나가면서 등 뒤로 침실 문을 꼭 닫았다. 로사와 판사는 다이얼 돌리는 소리와 엘러리의 나지막한 목소리를 들었다. 두 사람 모두 아무 말도 하지 않았다. 이윽고 문이 열리고 엘러리가 야윈 얼굴에 다소 기이한 표정을 띤 채 돌아왔다.

"사, 삼촌은……."

로사가 목멘 목소리로 말했다.

"아뇨, 고드프리 양. 당신 삼촌에 대한 소식은 아무것도 없습니다."

엘러리가 천천히 말했다.

"물론 당신과 쿠머 씨가 행방불명이 되었으니 다들 걱정하고 있었죠. 제가 통화한 사람은 이 지역 담당 형사인 몰리 경감이라는 신사였습니다."

엘러리는 말을 멈추었다. 무언가 말할까 말까 머뭇거리는 눈치였다.

"소식이 없단 말이죠."

로사는 마룻바닥을 내려다보며 공허한 목소리로 작게 중얼거렸다.

"몰리?"

판사가 고개를 갸웃거렸다.

"전에 만난 적 있는 친군데. 좋은 사람이야. 이 년 전에 직업상의 문제로 대화를 나눠본 적이 있었지."

"어머니께서 즉시 차를 보낸다고 하시더군요."

엘러리는 로사의 눈치를 보며 말을 이었다. 왠지 말하기도 어렵고 무어라 말해야 좋을지 알 수 없는, 그런 용건이 그를 짓눌렀다.

"경찰차가 온답니다. ……그런데 아무래도 고드프리 양, 당신 집 손님 중 한 사람에게 뭔가 문제가 생긴 모양입니다. 몇 분 전에 당신 아버지 차를 끌고 마치 꽁무니에 불이라도 붙은 양 스페인 곶에서 튀어 나갔다고 하는군요. 제가 전화하기 바로 직전에 몰리 경감이 보고를 받은 이야기라고 합니다. 경찰 오토바이 두 대가 그 사람을 뒤쫓아 갔다고 하더군요."

로사는 마치 귀가 잘 들리지 않는 사람처럼 이마에 주름을 잡았다.

"그게 누군데요?"

"얼 코트라는 청년이라더군요."

로사가 워낙 깜짝 놀라는 바람에 옆에 있던 판사까지 그만 당황하고 말았다.

"얼!"

"얼이라니, 혹시 이 년 전에 같이 카누를 타던 그 청년 아닌가?"

판사가 중얼거렸다.

"맞아요, 얼이에요. 얼……. 말도 안 돼. 그러면 안 되는데……."

"그런데 말이죠, 상황은 더욱 복잡해진 모양입니다."

말하던 엘러리가 갑자기 몸을 획 돌렸다.

"코트 씨의 실종이나 고드프리 양과 쿠머 씨의 유괴 사건보다도 더 긴급한 일이 일어났다고 합니다."

노신사가 입을 굳게 다물었다.

"설마……."

"고드프리 양도 알아야 한다고 생각합니다. 어차피 곧 알게 될 일이니까요."

가무스름한 피부의 로사는 잠시 혼란에 빠진 눈빛으로 엘러리를 올려다보았다. 멍한 얼굴이었다.

"도대체, 무슨 일이……."

입술조차 제대로 움직이지 않았다.

엘러리는 무어라 말하려 입을 열었다가 그대로 다물고 말았다. 그들 모두가 움찔 놀라 뒤를 돌아보았다. 엄청난 기세로 엔진 소리를 울리며 고성능 자동차 한 대가 별장을 향해 질주해 왔다. 그들이 뭘 어떻게 하기도 전에 이미 자동차가 멈춰 서는 소리, 자동차 문이 쾅 닫히는 소리, 그리고 맹렬하게 자갈길 밟는 발소리가 들려왔다. 그리고 별장 안에 폭풍우가 휘몰아쳤다. 키가 크고 건장하고 햇볕에 그을린 구릿빛 피부의 청년이 금발을 산발한 채 달려 들어왔다. 그는 반바지 차림이었으며 허벅지와 팔 근육이 탄탄했다.

"얼!"

로사가 외쳤다.

얼 코트는 등 뒤로 문을 쾅 닫고 맨살이 반쯤 드러난 등을 문에 기대며, 먼저 무사한지 확인하려는 듯 로사 쪽을 바라봤다. 그러고 나서 엘러리를 향해 으르렁거렸다.

"이 더러운 놈, 이게 어떻게 된 일인지 당장 말해. 그리고 데이비드 쿠미느 이디 있지?"

"얼, 바보짓 마요."

로사가 화를 냈다. 그녀의 얼굴에는 차분한 평소 표정이 돌아와 있었다.

"이 년 진에 뵀던 매클린 핀사님 기억 안 니요? 그리고 이쪽은 퀸 씨예요. 판사님 친구라고요. 이분들이 오늘 아침 이 별장에 묵으러 오셨다가 날 구해주셨단 말이에요. 얼! 거기 그렇게 멍청히 서 있지 마요! 도대체 무슨 일이에요?"

젊은이가 그들을 빤히 쳐다보다가 금세 부끄러운 듯 목부터 새빨갛게 차올랐다.

"저…… 정말 죄송합니다. 제가 몰라 뵙고 그만……. 로사, 괜찮아요?"

코트는 침대 옆으로 뛰어가서 그 옆에 무릎을 꿇고 그녀의 손을 잡았다.

로사는 그 손을 뿌리쳤다.

"아주 좋아요. 걱정해줘서 고맙네요. 도대체 어젯밤엔 어디서 뭘 하고 있었던 거죠? 데이비드 삼촌이랑 내가, 끔찍한 외눈박이 괴물한테 납치당하고 있었을 때!"

로사는 반쯤 히스테릭한 웃음을 터뜨렸다.

"납치당했다고!"

코트는 입을 딱 벌렸다.

"데이비드는…… 모, 몰랐어요. 난……."

엘러리는 진지한 얼굴로 코트를 쳐다보았다.

"지금은 아직 아무 소리도 들리지 않습니다만, 코트 씨, 나는 방금 전에 스페인 곶에 전화를 해서 몰리 경감님과 통화를 했는데 경찰 오토바이 두 대가 당신을 뒤쫓고 있다더군요."

젊은이가 여전히 당황한 얼굴로 몸을 휘청거렸다.

"샛길로 들어오면서 그 사람들을 떨궈냈습니다……. 아마 계속 직진하고 있을 테죠. 하지만 데이비드는……."

"코트 군, 도대체 고드프리 양이 여기 있는 줄은 어떻게 알았소?"

매클린 판사가 부드럽게 물었다.

코트는 손으로 얼굴을 가리며 의자에 털썩 주저앉았다. 그러고는 머리를 몇 번 가로젓더니 고개를 들었다.

"정말이지 이게 다 어떻게 된 영문인지, 나는 머리가 나빠서 이해할 수가 없습니다."

코트는 천천히 말했다.

"실은 바로 몇 분 전에 스페인 곶 저택에서 전화를 한 통 받았습니다. 누군가가 로사가 여기, 워링 씨네 별장에 있다고 나한테 말해주더군요. 이미 경찰이 도착한 후긴 했지만, 나는 가만히 있을 수가 없어서……. 전화가 어디서 걸려왔는지 추적하려 했지만 그건 불가능했습니다. 그래서 나는…… 그만 이성을 잃고, 이리로 달려왔지요."

젊은이가 말하는 내내 로사는 그의 얼굴에 한 번도 시선을 주지 않았다. 아무래도 무언가에 화가 나 있는 모양이었다.

"흠, 그 목소리는 혹시 베이스 톤이었나요?"

엘러리가 물었다.

코트가 비참한 얼굴로 대답했다.

"모르겠습니다. 연결 상태도 나빴고요. 그 목소리로는 성별조차 알아낼 수가 없었습니다. 거의 속삭이는 듯한 목소리였거든요."

코트는 가무스름한 피부의 로사 쪽으로 몸을 돌리고, 고통을 호소하려는 듯 말했다.

"로사……."

"그래, 우리 집에 무슨 일이 일어났는지 들으려면 여기 하루 종일 앉아 있어야 하는 건가요? 누가 좀 얘기해줄 사람 없어요?"

로사는 벽 쪽을 본 채 차갑게 말했다.

엘러리는 얼 코트의 얼굴에서 시선을 떼지 않은 채 그 말에 대답했다.

"코트 씨에게 전화를 건 사람이 있다니, 이야기가 더 복잡해지는군요. 고드프리 양, 댁에 전화기가 몇 대 있습니까?"

"여러 대예요. 방마다 추가 전화선이 또 있고요."

"아하."

엘러리가 부드럽게 말했다.

"그렇다면 코트 씨, 당신이 받은 전화는 저택 안에서 건 전화일 수도 있겠군요. 어젯밤 일, 그러니까 고드프리 양의 납치에 뒤이어 일어난 일은 그 저택에 있는 누군가가 그 거인에게 전화를 걸었다는 사실을 가리키는 것 같습니다. 물론 확실하지는 않습니다만······."

"설마······ 말도 안 돼요."

로사는 새된 목소리로 말했다. 얼굴이 다시 창백해졌다.

"그 어처구니없는 해적의 실수가 아무래도 고용주에게 금세 발견된 것 같거든요."

"금세 발견되었다고요?"

"그리고 실수는······ 아마도 상당히 개인적인 방법으로 정정되었습니다."

엘러리는 담배를 새로 빼어 물며 얼굴을 찌푸렸고, 얼 코트는 고개를 돌렸다. 엘러리는 다소 뻣뻣하고 당황한 목소리로 말했다.

"고드프리 양, 존 마르코는 오늘 아침 일찍 해변 테라스에 앉아서······ 죽은 채로 발견되었다고 합니다."

"죽었······."

"살인입니다."

3:
벌거벗은 남자의 문제

몰리 경감은 머리가 희끗희끗하고 혈색이 좋으며 입술이 두껍고 체격이 건장한 베테랑 수사관이었다. 온 세상을 주름잡고 다니는 숙련된 인간 사냥꾼으로, 주먹 쓰는 일에서는 한 손 안에 꼽힐 정도였고 전문 범죄자들의 얼굴과 대처 방법도 잘 알고 있었다. 이 지역 토박이에 성격은 냉정했으며 약삭빠르고 빈틈없는 타입이었다. 주로 이런 사람들이 비정상적인 범죄와 조우했을 때 유별나게 당황하곤 한다.

그는 로사의 이야기와 옆에서 한두 마디씩 끼어드는 얼 코트의 설명을 아무 말 없이 들었다. 엘러리는 그의 표정으로 보아하니 경감이 매우 당혹스러워하고 있다는 것을 알 수 있었다.

"이보시오, 퀸 씨."

판사가 로사를 경찰차에 태우고 코트가 그들 뒤에서 속수무책으로 울상만 짓고 있는 동안 경감은 엘러리에게 넌지시 말을 걸었다.

"아무래도 힘들어질 것 같소. 이건 공식적인 부탁은 아닌데. 저어…… 나는 당신 이야기를 많이 들었소. 그리고 판사님의 추천도 충분하니, 그러니까…… 좀 도와주실 수 있겠소?"

엘러리는 한숨을 쉬었다.

"저도 그러고 싶습니다……. 하지만 경감님, 저희는 잠도 제대로 못 잔 데다 차에 식료품을 잔뜩 실어놓아서…….”

엘러리는 훤히 드러나 있는 듀센버그의 뒷좌석 쪽을 빤히 쳐다보았다.

“하지만 매클린 판사님과 제가…… 뭐, 말하자면 잠정적인 정찰대가 될 수는 있겠지요.”

엘러리의 목소리에서는 열기가 느껴졌다.

고속도로에서 스페인 곶으로 들어가는 입구에는 지역 경찰들이 보초를 서고 있었다. 아무래도 코트의 일시적인 탈주가 그들로 하여금 경계심을 북돋워 물리적인 힘을 행사해야겠다는 의지를 촉발한 모양이었다. 차가 달려가는 동안 아무도 말을 하지 않았다. 로사는 마치 교수대로 올라가는 여자처럼 뻣뻣하게 앉아 있었다. 코트는 그 옆에 앉아 손톱만 씹었다. …… 바위로 이루어진 좁은 길목에도 순경이 서 있었다. 그리고 곶의 한가운데로 들어가는 길고 푹 꺼진 돌길에는 경찰 오토바이들이 드문드문 서 있었다.

“저 버려진 차는요?”

엘러리가 중얼거리듯 몰리 경감에게 물었다. 그 눈빛은 탐구심으로 반짝였다.

“내 부하들이 지금 살펴보고 있습니다.”

경감이 우울하게 말했다.

“지문이 있나 찾아보는 중입니다. 뭐 별로 기대는 안 하지만 말이오. 이번 일은 전문가들이 나서서 이러쿵저러쿵할 것 없이 쉽게 풀릴 것 같소. 거인이라니…….”

경감은 두꺼운 입술을 핥았다.

“참 이상하군요. 뭐, 용의자를 특정하기는 쉬울 겁니다. 어쨌든 그런 괴상한 놈이 이 주위를 어슬렁거리고 있었다면 탐문 수사에서 뭔가 나올 테니까요. 금방 보고가 들어오겠지요."

엘러리는 그 이상 아무 말도 하지 않았다. 길이 꺾이고 푹 꺼진 도로로 들어가면서 엘러리는 시야 끄트머리 저만치에서 그들이 떠나온 해변 테라스를 발견했다. 사내들 한 떼가 우글거리고 있었다. 차는 모퉁이를 빙 돌아 저택을 향해 경사를 올라가기 시작했다. 저택의 소박한 지붕은 밝은색 타일 때문인지 먼 거리에서는 마치 박공지붕처럼 보였다.

길 반대편 황무지에는 돌이 띄엄띄엄 놓인 작은 정원이 있었다. 마치 계획을 잘못 짠 탓에 버려진 공간 같았다. 소금기 어린 공기에 달콤한 꽃향기가 섞여 강렬한 냄새가 코끝을 자극했다. 피부가 마치 돌덩이처럼 울퉁불퉁한 새우등 노인 하나가 왼쪽 방향으로 걸으며 작업을 하고 있었다. 자신의 일에 너무나 집중한 나머지 갑자기 죽음의 신이 낫을 휘둘러도 그의 신성한 노동을 방해할 수는 없을 것 같았다. 정원은 꽃이 만발한 덤불과 색색의 돌, 깨끗이 손질된 관목으로 가득했다. 그리고 저택은 음울한 그림자를 드리우고 있었다. 옆으로 길게 늘어선 야트막한 스페인식 건물……. 엘러리는 혹시 정원을 일구고 있는 저 노인이 월터 고드프리 본인은 아닌지 궁금해졌다.

"저건 조럼이오."

엘러리의 표정을 알아본 몰리 경감이 말해주었다.

"조럼? 그게 누굽니까?"

"이 근처에 사는 순진한 노인네라오. 아마 이 세상에서 늙은 고드프리의 유일한 친구가 아닐까 싶은데. 고드프리가 로빈슨 크루소라면 조럼은 착한 하인 프라이데이처럼 열심히 일하는 사람이죠. 가끔 차 운전도 하고, 경비원 노릇도 해주고, 저렇게 정원 손질도 열심히 하죠. 둘이서 아주 친한 사입니다."

몰리 경감의 기민한 눈동자에 깊은 생각에 잠긴 듯한 빛이 맴돌았다.

"궁금한 게 몇 가지 있는데, 우선은 어젯밤 홀리스 워링의 별장에 걸려 왔다는 그 전화부터 알아봐야겠군요. 잘은 모르겠지만 아마 그 전화를 추적할 수 있지 않을까 싶은데……."

"다이얼 방식으로 추적한단 말입니까? 그 코트라는 청년의 말로는 전화 추적을 할 수 없었다던데요."

엘러리가 대꾸했다.

"애송이 한두 명이 뭐라고 한들 나하고는 아무 상관없는 일이오."

경감이 떫은 얼굴로 말했다.

"이미 부하를 시켜서 그 친구 말을 확인했는데, 아직까지는 사실을 말하는 것 같더군요……. 자, 다 왔습니다. 고드프리 양, 일어나요. 안 그래도 슬픔에 빠져 있는 어머니를 더욱 슬프게 만들 생각은 아니겠지요? 오늘 큰일이 너무 많이 일어났단 말입니다."

로사는 억지로 웃어 보이고는 머리카락 속에 손가락을 넣어 쓸어내렸다.

딱딱한 얼굴들이 안뜰을 온통 점령하고 있었다. 대부분 험악한 표정에, 제대로 쉬지 못해 지친 얼굴들이었다. 발코니에서 가정부로 보이는 겁먹은 눈동자 몇 쌍이 아래를 빠끔히 내려다보고 있었다. 사람들의 말소리는 거의 들리지 않았다. 밝은 빛깔의 가구들이 서 있었고 파티오 한가운데에서는 분수가 솟구쳤으며 바닥은 환하게 빛나는 색의 판돌로 빈틈없이 메워져 있었다. 햇빛 아래 이 모든 장면은 마치 미치광이가 그린 그림 속의 한 장면 같았다.

로사가 경찰차에서 내리자마자 키가 크고 살결이 가무스름하며 마치 조각상 같이 아름다운 여인이 눈이 충혈된 채 정신없이 달려왔다. 그녀의 가느다란 손목에는 손수건이 한 장 감겨 있었다. 두 여인은 서로를 끌어안았다.

"엄마, 난 괜찮아요. 하, 하지만 삼촌은…… 삼촌은……."

로사가 낮은 목소리로 말했다.

"로사, 아가야. 오, 신이시여. 감사합니다……."

"엄마, 실은……."

"너 때문에 걱정되어서 다들 죽을 뻔했단다……. 너무너무 끔찍한 하루였어……. 너랑 데이비드가 사라졌지, 그다음에는 존…… 마르코 씨가 저렇게 됐지……. 로사, 그 사람이 살해당했어!"

"엄마, 제발요. 진정하세요."

"이상해……. 모든 것이 다 미쳐 돌아가고 있어. 오늘 아침에 피츠가 없어진 것부터 시작해서……. 도대체 그 애는 어디 갔는지 모르겠구나……. 게다가 너랑 데이비드, 그리고 마르코 씨……."

"알았어요, 알았어요. 엄마, 방금 말했잖아요."

"그런데 데이비드는? 지금 어디……?"

"모르겠어요, 엄마. 그건 나도 몰라요."

"그런데 경감님, 피츠는 또 누굽니까?"

엘러리가 몰리 경감에게 나지막이 물었다.

"나도 모르오. 잠깐만 기다리시오."

경감이 수첩을 하나 꺼내어 무어라 잔뜩 갈겨놓은 페이지를 한참 노려보았다.

"아! 가정부 중 한 명이로군요. 고드프리 부인의 개인 하녀라는데."

"그런데 고드프리 부인이 방금 없어졌다고 하지 않았습니까?"

몰리가 어깨를 으쓱했다.

"어디 볼일이 있어서 잠깐 나간 모양이지요. 하녀 하나 없어진 게 뭐 그리 대수라고. ……잠깐 내가 이걸 끝낼 때까지만 기다려주시오. 내가……."

경감은 갑자기 말을 멈추더니 기다렸다. 파티오 입구에서 제자리를 지키고 있던 부스스한 차림새의 젊은이 하나가 조금은 혼란에 빠진 사나운 눈빛으로 로사를 보더니, 손톱을 물어뜯으며 마치 집어삼킬 듯 그녀를 바라보았다. 그러더니 짜증스럽게 고개를 몇 번 흔들고는 음울한 표정으로 옆으로 비켜났다.

몸집이 작고 튼튼한 회색 머리 남자가 지저분한 바지 차림으로 발을 질질 끌며 출입구로 들어와 휘청거리는 손놀림으로 로사의 손을 잡았다. 길쭉한 머리는 퉁퉁 부은 땅딸막한 몸집에 비하면 비교적 작아, 마치 험프티 덤프티처럼 무게 중심이 아래로 쏠려 있다는 인상을 주었다. 얼굴에 턱이 없어서 해적 같은 코가 한층 더 커 보였다. 눈은 작고 날카로웠으며 마치 뱀처럼 거의 깜박이지 않았다. 그 눈에는 어떠한 감정의 빛깔도 존재하지 않는 것 같았다. ……위아래 맞춰 입은 복장만 보면 그는 꼭 하급 정원사나 요리사 조수 같았다. 그 뱀 같은 눈을 제외하면 겉모습으로만 봐서 그렇게 막강한 힘이 있을 것 같지도 않았고, 그렇게 커다란 액수를 좌지우지할 것 같은 분위기도 아니었다. 월터 고드프리는 아내를 철저히 무시하며, 여느 나이 든 아버지처럼 딸의 손을 힘주어 잡았다.

경찰차가 사라지고, 고드프리 가족은 거북한 침묵 속에서 파티오 안으로 천천히 들어갔다.

"허허, 그것참!"

몰리 경감이 손가락을 딱 울리며 나직이 중얼거렸다.

"무슨 일이오?"

매클린 판사가 고드프리 쪽에서 시선을 떼지 않고 으르렁거리듯 물었다.

"이제야 알았습니다! 저 사람 말입니다. 잠깐 내가 생각을 정리할 때까지 좀 기다려주십시오. ……알았네, 알았어, 조. 금방 갈 테니까 보고 준비하고 있어."

경감은 빠른 걸음으로 집 모퉁이를 돌아 모습을 감췄다가 금세 고개를 다시 내밀었다.

"먼저 들어가서 기다려주십시오, 판사님. 퀸 씨, 당신도. 금방 갈 테니까요."

경감은 다시 사라졌다.

엘러리와 판사는 쭈뼛쭈뼛 파티오 안으로 들어갔다.

"부자들 앞에 있으면 항상 이상하게 압도당하는 기분이 든다니까요."

엘러리가 중얼거렸다.

"하지만 프루동이 한 말을 생각하면 그런 기분도 싹 가시죠."

"프루동이 뭐라고 했기에?"

"*La propriete, c'est le vol*(소유는 도둑질이다)."

판사가 어처구니없다는 표정을 지었다.

"그러면 기분이 훨씬 나아지거든요. 저는 가난하긴 하지만 뭐, 제게도 사유 재산이 있는 이상 그 도둑들의 동료나 다름없잖아요. 따라서 마치 제집에 있는 것처럼 편안히 있을 수 있답니다."

"또 그놈의 궤변! 그건 그렇고 공기 중에 죽음의 냄새가 떠도는 것 같구나."

"저기 있는 선량한 사람들 중에서도 몇몇은 그 냄새를 맡을 수 있는 것 같은데요. 혹시 저 중에 아시는 분 있나요?"

"하나도 모르겠다."

노신사가 어깨를 으쓱했다.

"저기 있는 조그만 불량배 같은 작자가 고드프리가 맞는지는 모르겠다만, 저 친구의 벌레 씹은 표정으로 볼 때 우리는 별로 환영받지는 못하는 것 같구나."

로사는 고리버들 의자에 축 늘어진 채 앉아 있었다.

"정말 죄송해요, 판사님. 제가…… 좀 힘들어서 그랬어요. 엄마, 아빠, 이분은 매클린 판사님이세요. 이분이 저를 구해주셨어요. 그리고 이분은 엘러리 퀸 씨예요. 타…… 탐정이에요. 그런데…… 어디 있는 거죠?"

로사는 갑자기 날카로운 목소리로 비명을 지르더니 울음을 터뜨렸다. 그녀가 찾는 사람이 데이비드 쿠머인지 존 마르코인지는 아무도 알 수 없었다.

"로사……."

갈색 피부의 젊은이가 움찔 놀라 펄쩍 뛰더니 그녀의 손을 잡았다.

"탐정이라고?"

월터 고드프리가 지저분한 바지를 추켜올리며 인상을 썼다.

"경찰도 바글바글한데 탐정이 무슨 필요가 있나? 로사, 그만 훌쩍거려라! 사람들 앞에서 그게 무슨 예의 없는 짓이냐? 이런 말을 하긴 좀 그렇지만 그 악당 놈은 정당한 대가를 치른 거야.

그리고 난 그놈을 해치운 인류의 구원자가 아무런 처벌도 받지 않았으면 싶다. 그러니까 네가 평소에 아비 말만 똑바로 들었어도……."

"유쾌한 사람이로군요."

엘러리가 판사 쪽을 돌아보며 중얼거렸다. 스텔라 고드프리는 남편을 매섭게 노려보더니 딸에게로 서둘러 달려갔다.

엘러리가 다시 말했다.

"저 영웅 같은 젊은 친구 좀 관찰해보세요. 눈물에 약하고 사랑에 빠진 청년은 이 세상 어디에서도 쉽게 찾아볼 수 있는 흔한 존재죠. 이 사건에서 저 친구를 비난할 수는 없습니다. 그런데 로사 양이 말했던 '정신 나간' 컨스터블 부인이란 저쪽에 있는 거대한 인간 선박을 말하는 거죠?"

눈이 아플 정도로 새빨간 모닝 드레스를 입은 로라 컨스터블이 넋을 놓은 채 근처에 앉아 있었다. 엘러리와 판사가 주위를 얼쩡대건, 스텔라 고드프리가 딸을 집 안으로 데리고 들어가건, 얼 코트가 입술을 깨물건, 월터 고드프리가 파티오 근처를 서성거리는 형사들을 불쾌한 시선으로 노려보건, 그녀는 전혀 개의치 않는 모양이었다. 그녀는 마치 가운 밑에 갑옷이라도 겹쳐 입은 양 노골적으로 견고한 모습이었다. 그 가슴팍은 공포로 떨리고 있었다.

컨스터블 부인의 몸집은 그녀를 짓누르는 거대한 공포에 비하면 보잘것없이 작아 보였다. 통통하고 못생긴 데다 오톨도톨하며 화장품을 덕지덕지 바른 그 얼굴을 지배하는 것은 단순한 공포 그 이상의 순수한 공황이었다. 그것은 단순히 주위에 경찰들이 와글거리고 있어서나 바로 옆에 죽은 사람의 시체가 있다는 이유만으로는 설명하기 어려운 감정이었다. 엘러리는 그녀의 얼굴을 골똘히 바라보았다. 굵은 목 피부 밑에서는 동맥이 벌떡벌떡 뛰고 있었으며 시뻘겋게 충혈된 왼쪽 눈꺼풀은 간헐적으로 경련하듯 떨렸다. 컨스터블 부인은 느리고 묵직하게, 피곤한 동작으로 숨을 들이마시고 내쉬었다. 마치 천식 환자 같았다.

"야생의 자연이 보여주는 장관이로구먼. 도대체 무엇 때문에 저러는 걸까?"

판사가 음울하게 말했다.

"글쎄요……. 그리고 저쪽에 앉아 있는 사람은 아마도 문 부부 같은데요."

"저건 침묵의 탑이구먼. 엘러리, 아주 재미있는 동물 전시관에 온 것 같구나."

매클린 판사가 중얼거렸다.

여자 쪽은 금세 알아볼 수 있었다. 그녀의 아름다운 얼굴은 신문과 주간지에 수천 번은 실렸던 덕에 낯이 익었다. 중서부 어느 작은 마을의 지저분한 흙 속에서 태어난 그녀는 스무 살도 되기 전에 손꼽을 수도 없는 수많은 미인대회에서 상을 휩쓸며 다소 불확실한 명성을 얻었다. 한때 그녀는 모델 일도 했었다. 그녀의 금발과 사랑스러운 얼굴과 아름다운 몸매는 아주 멋진 사진으로 남았다. 한동안의 잠적 끝에 그녀는 어느 방탕한 미국인 백만장자의 아내가 되어 파리에 나타났다가, 두 달 후 거액의 위자료를 빌아 이혼하고는 할리우드의 여배우기 되었다.

이러한 에피소드들은 너무나 다사다난했던 나머지 단순히 피상적인 이야깃거리로 남았다. 연기에 딱히 이렇다 할 재능도 없기에 그녀는 세 번의 커다란 스캔들을 디뜨린 뒤 할리우드

생활을 접고 뉴욕으로 돌아왔다. 그리고 브로드웨이 시사 풍자극에서 역할 하나를 얻어냈다. 이리하여 세실리아 볼은 드디어 자신에게 맞는 천직을 발견하게 된 셈이었다. 그녀는 파죽지세로 시사 풍자극들의 주인공을 섭렵했고, 브로드웨이와 발칸 반도의 정치계에서나 볼 수 있을 법한 수직 상승의 성공을 거두었다. 조지프 A. 문을 만난 것은 바로 그때였다.

문은 상당히 독특한 인물이었다. 십 대 때는 서부 구석진 곳에서 한 달에 30달러를 받고 가축이나 돌보던 청소년이었으나 빌리스타 전투에서 퍼싱의 가혹한 군대에 들어간 뒤 유럽 내전의 소용돌이에 말려들었고, 프랑스에서 중사 계급과 훈장 두 개를 받고 나서 땡전 한 푼 없는 전쟁 영웅이 되어 몸에 세 군데 포탄 파편이 박힌 채 미국으로 돌아왔다. 그러나 부상 좀 당했다고 해서 인생 내내 이어진 헤라클레스 같은 생명력이 사라진 것은 아니었다. 한번은 뉴욕을 떠나 지저분한 부정기선에 몸을 실은 적이 있었다. 몇 년 동안 그의 모습을 볼 수 없었다. 그러다 갑자기 뉴욕으로 돌아온 문은 마치 메스티소처럼 피부가 새까만 사십 대의 중년이 되어 있었다. 머리카락은 예전보다 더 굵고 고불거렸으며, 수백만 달러의 재산을 보유한 사람 특유의 고요한 권위적 분위기가 떠돌았다. 그가 어떻게 한 재산을 쌓아 올렸는지는 담당 은행만이 안다. 그러나 떠도는 풍문에 따르면 그의 재산은 혁명과 가축, 광산에 의해 이루어진 것이라고들 했다. 그는 남아메리카 대륙과 아주 친숙한 듯 보였다.

조 문은 거의 강박과 집착에 가까운 정신 상태로 뉴욕에 돌아왔다. 다년간에 걸친 힘겨운 승마와 힘겨운 종군 그리고 혼혈 여성을 상대로 맺어야 했던 힘겨운 유대 관계로 그의 삶은 망가졌다. 오로지 자신의 삶을 보상받고자 하는 마음뿐이었다. 그러니 그가 세실리아 볼과 조우하게 된 것은 결코 피할 수 없는 일이었다. 그들이 처음 만난 곳은 유쾌한 파티가 이어지고 술이 흘러넘치며 자극적인 음악이 가득한 화려한 나이트클럽이었다. 문은 퍼붓듯이 술을 들이켜고 어느 토후국의 왕처럼 관대하게 물 쓰듯 돈을 썼다. 그는 덩치가 크고 위압적이었으므로 세실리아가 그때까지 만났던 창백한 남자들과는 전혀 달랐다. 물론 그뿐만이 아니라 그가 돈이 많다는 것도 확실했다. 문은 세실리아의 유혹에 저항할 수 없었다. 그다음 날 문은 코네티컷의 어느 호텔 방에서 눈을 떴을 때, 자신의 옆에서 생글생글 웃으며 결혼 증명서를 흔들어대는 세실리아를 발견했다.

다른 남자였다면 불같이 화를 내면서 협박하거나 변호사를 불렀을지도 모르지만, 조 문은 달랐다. 그는 한바탕 크게 웃고는 말했다.

"좋아, 아가씨. 당신이 나를 낚았군. 하지만 이건 내 잘못이고 당신은 아름다우니 별 문제 없겠지. 기억해두라고. 지금부터 당신은 조 문의 아내야."

"그걸 내가 어떻게 잊어버리겠어요, 자기?"

세실리아는 그의 품에 파고들며 달콤하게 말했다.

"두고 보면 알겠지."

문은 음험하게 웃었다.

"사, 그러면 이세부터 서로 긴밀하게 협력하는 관계가 시작되는 거야. 내 말 알아듣겠어? 나는 자기가 어디서 뭘 하고 돌아다니든 누구랑 붙어먹든 찍 소리 안 할 거야. 내 과거도 그렇게 달콤하지는 않았으니까. 하지만 난 돈이 많지. 당신이 앞으로 만날 그 누가 줄 수 있는 것보다도 너 많은 것들을 자기한테

줄 수 있어. 물론 내 일에 대해서 당신이 걱정할 건 없고. 당신은 그냥 우리 관계가 굉장히 은밀한 거라는 사실만 알면 돼. 그게 다야."

그리고 조 문은 눈앞의 아내를 포옹했다.

세실리아 문은 그의 무시무시하고 새까만 눈동자를 떠올릴 때마다 몸을 떨었다.

이것이 바로 몇 달 전의 이야기였다.

이제 남편과 아내가 된 문 부부는 월터 고드프리가 소유한 하시엔다의 파티오에서 아무 말도 하지 않고 손가락 하나 까딱하지 않으며 숨죽인 채로 나란히 앉아 있었다. 세실리아 문이 지금 어떤 기분인지를 알아내기란 그리 어렵지 않았다. 짙은 화장으로 가려진 그녀의 얼굴은 죽은 사람처럼 창백했으며 손은 무릎 위에서 단단히 깍지를 끼고 있었다. 커다란 회녹색 눈동자는 공포로 떨렸고 가슴은 마치 폭발할 것처럼 부풀어 올랐다가 푹 꺼지곤 했다. 그녀는 노골적으로 겁에 질려 있었다. 거의 컨스터블 부인과 비슷할 정도였다.

문의 황소 같은 커다란 덩치가 그녀 옆에서 탑처럼 그림자를 드리웠다. 그의 검은 눈동자는 거의 감긴 갈색 눈꺼풀 밑에서 교활한 생쥐처럼 무엇 하나 놓치지 않으려는 듯 이리저리 데굴데굴 움직였다. 커다란 근육질의 손은 스포츠 코트 주머니에 반쯤 쑤셔 박혀 있었다. 얼굴은 능숙한 기예를 발휘할 순간을 맞은 도박사처럼 거의 아무 표정이 없었다. 이 서부 사람의 다갈색 근육은 편안하고 세련된 옷차림 밑에서 언제라도 번개처럼 움직일 수 있도록 준비되어 있는 것 같았다. 엘러리는 그러한 인상을 마음속 깊은 곳에서 긁어모았다. 그는 모든 것을 알고, 또 모든 일에 준비가 되어 있는 것이 분명했다.

"도대체 왜들 저렇게 겁을 집어먹은 걸까요?"

몰리 경감의 건장한 몸집이 파티오 구석에 난 문으로 사라지자 엘러리가 판사에게 귓속말로 물었다.

노신사는 바로 대답하지 않았다. 잠시 뜸을 들인 후 느릿느릿 대답이 돌아왔다.

"나는 죽은 남자의 얼굴이 궁금하구나. 그 사람 얼굴을 좀 보고 싶은데. 그 얼굴도 공포에 질려 있었을까?"

엘러리의 시선이 꿈쩍도 하지 않는 조 문의 건장한 몸집 위에서 잠시 번득였다.

"글쎄요, 궁금해할 것까지도 없는 것 같은데요."

엘러리가 부드럽게 말했다.

성큼성큼 걸어 서둘러 돌아온 경감이 낮은 목소리로 말하기 시작했다.

"전화 회사 쪽에 알아보았더니 어젯밤 워링의 별장 쪽에서 전화가 한 통 걸려온 기록이 있다고 하더군요. 무언가 있긴 한데, 그 외에는 아무것도 없었습니다."

"좋소!"

판사가 무릎을 쳤다.

"그리 썩 좋지는 않습니다. 그게 전부거든요. 누가 전화를 걸었는지 알 방도가 없습니다. 다이얼 시스템에 표시가 안 되어 있더군요. 아마 지역 전화겠지요."

"이런!"

"예, 그래서 내가 뭔가 있다고 한 겁니다. 그 산더미 같은 거인이 이 집의 누군가에게 보고하려고 전화를 걸었다는 사실은 분명한 것 같습니다. 증명할 방법은 없지만 말입니다. 하지만 그 거대한 놈의 징체는 알아냈습니다."

경감은 이를 악물었다.

"납치범 말이오?"

"어차피 제가 할 일이었으니까요. 이미 그놈에 대해 조사를 해뒀지요."

몰리는 뭉개진 이탈리아산 궐련을 꺼내어 입에 물었다.

"이것 보십시오. 어처구니가 없을 겁니다. 글쎄 이놈이 '키드 선장'이라지 뭡니까!"

"아니, 이것 보세요."

엘러리가 항의했다.

"터무니없는 가능성에도 정도가 있지요. 한쪽 눈에 안대를 했다고요? 도대체 어디서 온 작자랍니까? 키드 선장? 의족을 안 했다는 게 놀라울 정도로군요."

"아마 안대 때문에 그런 이름이 붙었을 게다."

판사가 차분하게 말했다.

"대충 그런 상황입니다."

경감이 매캐한 담배 연기를 뿜어내며 투덜거리듯 말했다.

"그리고 퀸 씨, 의족이라고 하니까 말인데……. 내가 그놈을 떠올린 이유 중 하나가 고드프리 양이 해준 이야기 때문이었습니다. 그놈이 신은 신발만큼 그렇게 거대한 신발은 세상 어디에도 없죠. 카르네라*신장 2미터가 넘는 이탈리아 출신의 헤비급 챔피언 복서-옮긴이* 발보다도 더 클지도 모릅니다. 여기 어린애들이 그놈을 놀릴 때 '예인선 애니'라고 불러서 성질을 긁어놓곤 했다죠. 고드프리 양이 그놈의 목에 난 흉터를 봤다는 이야기도 단서가 되었습니다. 분명 총에 맞은 상처일 겁니다."

"진정한 검투사로군요."

엘러리가 중얼거렸다.

"그리고 몇 가지 더 있습니다. 아무도 그놈의 본명을 모릅니다. 그냥 다들 키드 선장이라고 부르지요. 그 안대는 진짜입니다. 내가 알기로 한 십여 년쯤 전에 부둣가에서 어느 덩치 작고 강단 있는 이탈리아 놈이랑 싸우다가 눈깔이 빠졌거든요."

"그럼 그 사실이 주위에 잘 알려져 있습니까?"

"그럼요."

몰리가 우울하게 말했다.

"그놈은 바함으로 가는 길 중간에 있는 개펄 한구석의 오두막에 혼자 살면서 가끔 낚시 가이드나 해주고 사는 놈입니다. 아마 작고 지저분한 범선 비슷한 걸 하나 갖고 있을 겁니다. 매일같이 싸구려 술을 짝으로 들이켜면서 사람을 피해서 혼자 사는 작잡니다. 아주 버러지 같은 놈이라고 소문이 자자하죠. 이 근방에서 근 이십 년 가까이 살았는데 아무도 그놈과 알고 지내는 사람이 없을 정돕니다."

"범선이 있단 말이죠."

엘러리가 생각에 잠긴 채 말했다.

"그렇다면 도대체 왜 워링의 크루저를 훔쳤을까요? 자기 배가 갑자기 고장이라도 났던 걸까요?"

"크루저가 훨씬 빠르거든요. 그것만 있으면 어디든 갈 수 있지요. 게다가 크루저에는 선실이 딸려 있고요. 내 부하 중 하나가 보고하기를, 그놈이 자기 범선을 지난주 수요일에 다른 어부한테 팔았다고 합니다. 재미있지 않습니까?"

"배를 팔아?"

판사가 돌연 심각한 얼굴로 되뇌었다.

"그렇습니다. 지금은 제가 해안 전체에 경보 발령을 내려서 해안 경비대원들이 눈을 시퍼렇게 뜨고 지키고 있습니다. 만약 놈이 어젯밤 그 일을 저지르고 난 뒤 그대로 도주했다면 뭔가 흔적이 남아 있겠지요. 분명 누군가가 사주를 했을 겁니다. 서커스 코끼리보다도 못한 그놈의 돌대가리로는 아무 계획도 못 짤 테니까요. 두건까지 썼다니, 원 참!"

경감은 코웃음을 쳤다.

"자동차에 펑크를 낸 것도 그놈일 겁니다. 오 분 전에 그 차의 소유자가 밝혀졌습니다. 어제저녁 6시경에 어떤 샛길에 주차해놓았는데 도둑맞았다고 하더군요. 여기서 한 8킬로미터 정도 떨어진 곳입니다."

"이상하군요. 그러나 그자의 행동은 겉으로 보이는 것만큼 그렇게 어리석은 짓은 아닙니다. 키드라는 해적과 비슷한 부류들은 힘든 최후의 일을 마치면 금세 도망쳐버리기 마련이죠. 범선을 팔아버린 것도 그렇죠. 자기의 유일한 생계 수단이니까요."

엘러리는 천천히 담배에 불을 붙이며 말을 이었다.

"경감님 말씀대로 키드는 지금 어디든 갈 수 있는 크루저를 손에 넣었습니다. 만약 보수를 선불로 받았다면 그는 쿠머의 시체를 절대로 발견할 수 없는 곳, 해안가에서 수 킬로미터 떨어진 바다 한가운데에 던져버리고 나서 가고 싶은 곳으로 향하겠죠. 만일 키드를 체포한다 하더라도, 그 유명인의 시체를 되찾아 증거로 삼기란 아주 어려울 겁니다. 제 생각으로는 성공 가능성이 아주 희박한 일입니다. 유감스럽지만 완전히 증거가 인멸되겠죠. 경감님이 처한 상황은 그런 안타까운 상황입니다."

몰리는 씩 웃으며 대꾸했다.

"이미 내 손을 떠났다 그 말이오? 어쨌거나 그자가 마르코를 어젯밤에 죽였는지 아닌지는 문제가 되는군. 증언에 따르면 키드 선장은 쿠머를 마르코로 착각하고 협박하여 밖으로 끌어냈소. 그리고 그는 전화를 걸어 자신의 고용주에게 보고를 했고, 고용주는 키드의 전화가 걸려온 후에도 마르코가 살아 있는 것을 보고 깜짝 놀랐고, 키드가 사람을 착각하여 모든 일을 엉망으로 만들어놓았다는 사실을 깨달았겠지. 그동안 키드는 쿠머를 데리고 수 킬로미터 밖 바다로 나갔을 테고."

"그렇지. 그 키드란 자가 어젯밤 해안가 어딘가에 정박하고 고용주에게 다시 전화를 걸었다면, 아마 고용주는 그자에게 되돌아와서 일을 제대로 끝내라고 명령하지 않았을까 싶은데."

판사가 지적했다.

"그런 가능성도 있습니다. 하지만 제 생각에는 우리가 수사하는 사건은 하나가 아니라 별개의 두 사건인 것 같습니다. 살인자가 두 명 있다는 뜻이지요."

"이봐요, 몰리. 이 두 사건은 분명 관련이 있을 거요!"

"알겠습니다, 알겠습니다."

경감이 눈을 끔벅거렸다.

"키드 그놈이 연료를 넣으러 어딘가에 정박할 테니 그때 잡으면 될 겁니다."

"크루저를요? 머리는 좀 모자랄지 모르지만 그자는 자기 일을 확실하게 해냈습니다. 그런 사람이 사전에 연료 보급 같은 기본적인 일을 소홀히 해서 멍청하게 잡힐 거란 생각은 들지 않는군요. 아마 어딘가 멀리 떨어진 은신처에 연료를 미리 잔뜩 준비해뒀을 겁니다. 그러니 그것만 너무 믿고 있을 수는……."

엘러리가 어깨를 으쓱했다.

"알았소, 다 알아들었소. 할 일이 엄청나게 많군. 여태 집 안을 한 바퀴 돌아보지도 못했잖소. 갑시다, 두 신사 양반. 보여드릴 게 있습니다. 아주 매력적일 겁니다."

엘러리가 입에서 담배를 떼고 진중한 얼굴로 경감을 빤히 쳐다보았다.

"매력적이라고요?"

"별것 아니긴 한데, 평소에 보기는 힘든 겁니다. 퀸 씨, 당신조차도. 당신 전문 분야에 어울리는 물건이긴 합니다만."

몰리의 목소리에는 약간의 빈정거림이 섞여 있었다.

"자, 자. 경감님, 그만 놀리시고 도대체 뭐가 매력적인지 좀 알려주시죠."

"시체 말입니다."

"아, 알겠습니다."

엘러리가 히죽 웃었다.

"그러고 보니 제가 듣기로 그 사람은 아도니스 같은 미남자였다고 하더군요."

"이제 보면 알 겁니다."

경감이 뚱한 얼굴로 말했다.

"아도니스는 그 친구에 비하면 눈이 한 짝밖에 없는 못난이나 다름없죠. 비록 꽁꽁 언 고등어처럼 죽어 있어도 세상 모든 계집들이 그놈을 훔쳐보고 싶어서 안달을 낼 겁니다. 내가 이십오 년 동안 시체를 다루면서 이렇게 희한한 건 세상에 처음 봅니다."

죽은 존 마르코는 원형 테라스 탁자 의자에 풀썩 주저앉아 있었다. 오른손에는 여전히 검은 지팡이를 쥐고 있었으나, 그것은 바닥에 깔린 돌 위로 거의 비스듬히 쓰러져 있는 상태였다. 검고 고슬고슬한 머리카락 위로는 검은 중절모가 약간 삐뚜름하게 씌워져 있었으며 무대 의상 같은 검은색 오페라 망토가 그의 어깨 위에 걸쳐져 있었다. 그 망토는 금속 걸쇠와 장식용 술이 달린 고리로 목에 고정되어 있었다. 그 외에는 전부 알몸이었다.

사 분의 삼도 아니고, 반도 아니고, 거의 다 벌거벗은 상태였다. 망토 속의 그는 마치 막 태어난 그날처럼 알몸이었다.

엘러리와 판사는 마치 마을 축제를 구경 나온 시골뜨기들처럼 입을 딱 벌렸다. 엘러리는 눈을 깜박이면서 자기 눈을 확인하려는 듯 다시금 자세히 들여다보았다.

"맙소사, 세상에."

엘러리는 외경심에 휩싸인 채 예술 작품을 정신없이 응시하는 그림 감정가 같은 목소리로 중얼거렸다. 매클린 판사는 목소리도 내지 못한 채 그저 시선을 빼앗기고 있을 따름이었다.

몰리 경감은 한쪽으로 물러서서 심술궂은 미소를 띠며 그들의 놀란 얼굴을 지켜보고 있었다.

"어떻습니까? 판사님도 이런 수법은 처음 보시죠?"

경감이 으르렁거리듯 말했다.

"홀랑 벗은 채 발견된 여자 시체 얘기라면 귀에 못이 박이도록 들으셨을 테지만, 발가벗은 남자 시체라니! 도대체 이 나라가 앞으로 어떻게 되려는지 모르겠습니다."

"당신 설마, 이게 어떤 여성이……."

노신사가 역겨운 듯 얼굴을 찌푸리며 말했다.

몰리는 떡 벌어진 어깨를 한 번 으쓱하고는 엽궐련을 한 모금 빨았다.

"욕지기가 나올 것 같군요."

엘러리가 말했다. 그러나 그 말에는 별로 설득력이 없었다. 엘러리는 시체를 빤히 쳐다보고 있었다.

나체라니! 망토 속 시체는 실오라기 하나 걸치지 않은 상태였다. 털이 별로 없는 창백한 상반신이 아침 햇살을 받아 빛나면서 때때로 매끈하고 창백한 대리석 조각처럼 보이기도 했다. 죽음이 그의 팽팽한 피부 위에 새겨 놓은, 결코 착각할 수 없는 낙인이었다. 가슴은 편편하고 각이 졌으며 어깨는 넓고 강건했고, 팔은 손목으로 내려갈수록 가늘어졌다. 죽어서 굳어진 긴 옆구리는 둥근 근육으로 이루어져 있었다. 다리는 길쭉하고, 마치 소년의 다리처럼 핏줄이 보이지 않았다. 심지어 두 발은 아름다워 보이기까지 했다.

"잘생긴 악마로군요."

눈을 들어 시체의 얼굴을 본 엘러리가 한숨을 쉬며 말했다. 라틴계 혈통의 흔적이 엿보이는 얼굴에는 두툼한 입술과 매부리코 같은 느낌이 살짝 드는 코가 자리하고 있었다. 깨끗이 씻고 깔끔하게 면도가 된 그 위험한 얼굴에는 죽음 후에도 여전히 나른함과 강함, 비웃음의 기운이 남아 있었다. 매클린 판사가 꼼꼼하게 뜯어보았지만, 그 얼굴에 공포라고는 한 조각도 존재하지 않았다.

"이렇게 발견된 겁니까?"

"보시는 그대롭니다, 퀸 씨."

몰리가 말했다.

"망토가 지금처럼 어깨에 덮여 있지는 않았지만요. 바로 아래쪽으로 늘어져서 그의 몸을 잘 가리고 있었습니다. 그걸 우리가 다시 펼쳐서 어깨에 둘러줬죠. 일생일대의 충격이었습니다. 어처구니없지 않나요? 저 자리에서 1센티미터도 움직이지 않았습니다. 무슨 책 속에 나오는 이야기거나 아니면 정신병자의 소행 같습니다……. 아, 우리 지방 검시관이 왔군요. 잘 있었나, 블래키. 어서 빨리 시작하게."

"재미있군요."

매클린 판사가 중얼거리며 마른 몸을 잽싸게 움직여 옆으로 비켰다. 비쩍 마르고 뼈밖에 없는 지친 얼굴의 남자가 테라스 계단을 느릿느릿 걸어 올라왔다.

"이 사람 말이오, 경감. 평소에 홀딱 벗은 채로 산책하는 습관이 있었던 게요? 아니면 어젯밤만 특이한 상황이었던 건가? 한데 정말 어젯밤에 일어난 일이 확실하긴 하오?"

"지금까지 캐낸 얼마 안 되는 사실들로 미루어 볼 때는 그런 것 같습니다, 판사님. 피살자의 습관에 대해서는 뭐, 제가 말씀드리지 않아도 잘 아시겠지요."

몰리가 신랄하게 말했다.

"만약 저 친구한테 정말 그런 습관이 있었다면 이 동네 아가씨들에게는 매일매일이 끝내주게 스릴 있는 밤이었겠죠. 어서 오게, 블래키. 자네 보기에 이게 일요일 아침 성가대의 노랫소리에 어울릴 만한가?"

검시관이 입을 딱 벌렸다.

"아니, 도대체 왜 옷을 홀랑 벗고 있는 겁니까? 발견되었을 때부터 이랬습니까?"

검시관은 검은 가방을 바닥 돌 위에 쿵 하고 내려놓고는, 의아한 표정으로 시체 위로 허리를 굽히고 들여다보았다.

"그 질문은 벌써 열 번째야."

경감이 지친 목소리로 말했다.

"그리고 대답은 '예스'일세. 제발 부탁이니 어서 시작해주게, 블래키. 터지는 일들마다 하나같이 이상야릇하기 짝이 없으니 자네가 알아낼 수 있는 것은 뭐 하나 빠뜨리지 말고 다 말해주게나, 지금 당장."

세 사람은 뒤로 한 발짝 물러서서 검시관이 일을 시작하는 모습을 지켜보았다. 한동안 셋 모두 아무 말도 없었다.

이윽고 엘러리가 느린 말투로 물었다.

"경감님, 옷은 못 찾으셨습니까?"

그의 눈은 테라스 곳곳을 훑고 있었다. 그리 넓지는 않았으나 빛과 분위기가 아름다웠다. 게으른 쾌락을 섬기는 조그만 사원처럼, 한가로운 분위기였다. 얼기설기 엮인 하얀 지붕 사이사이로 들어온 햇살이 사람들 발아래 밝은 빛깔 돌 위로 밝고 어두운 줄무늬를 그렸다. 그야말로 여름이었다.

이곳을 디자인한 사람은 실력이 뛰어나고 심미안을 지닌 장인이었으리라. 이곳에서는 바다와 스페인의 느낌을 동시에 받을 수 있었다. 멋진 원탁 위로 스페인을 모티프로 한 붉은색과 노란색 해변용 파라솔이 드리워져 있었으며 조개껍데기 모양의 재떨이가 곳곳에 놓여 있었고, 황동 재질에 가죽을 덧씌운 작은 담배통들과 시가가 준비되어 있었으며 다양한 종류의 테이블 게임 세트도 보였다. 테라스 계단 아래에는 양쪽으로 커다란 스페인 기름 항아리가 하나씩 놓여 있었다. 꽃을 심어 장식하는 용도였다. 계단 맨 아래쪽 바닥 돌 위에도 똑같은 항아리 두 개가 있었다. 이 항아리들은 엄청나게 거대했다. 크기는 거의 사람만 한 데다 관능적일 정도로 배가 불룩하게 튀어나와 있어서 마치 《아라비안 나이트》의 유쾌한 이야기 속에서 튀어나온 것 같았다. 드높은 절벽의 그림자 밑에 세워져 있는 좌측 돌벽에는 미니어처 크기의 갤리온선이 받침대 위에 설치되어 있었다(나중에 엘러리는 독창적인 연금술로 이것을 둘로 쪼개면 몹시 실용적인 막대기 두 개를 만들 수 있다는 사실을 발견했다). 훌륭한 빛깔을 띤 대리석 조각상들이 돌벽 틈새 곳곳을 차지하고 있었으며, 돌벽 위에는 스페인의 역사적인 인물들(특히 해양 산업 쪽에서)이 테라코타와 스투코로 모양 좋게 돋을새김되어 있었다. 커다란 서치라이트 두 개가 놋쇠 세공과 프리즘 위로 햇빛을 받으며 열린 천장 양편에 보초를 서듯 설치되어 있었다. 서치라이트는 만을 이루는 두 절벽 사이의 공간을 날카롭게 노려보고 있었다.

벌거벗은 채 죽은 남자가 앉아 있는 원탁 위에는 필기도구가 놓여 있었다. 기이하게 조각된 잉크병, 고운 모래가 들어 있는 상자에 꽂혀 있는 화려하고 아름다운 깃펜, 그리고 그 외에도 정교한 각종 도구들이 다양하게 자리하고 있었다.

"옷 말입니까?"

몰리 경감이 얼굴을 찌푸렸다.

"아직 못 찾았습니다. 그래서 일이 더 골치 아파졌습니다, 퀸 씨. 이런 손바닥만 한 해변에서 밤에 어슬렁어슬렁 산책을 하다가 갑자기 옷을 벗고 물에 첨벙 뛰어들어 잠깐 수영하는 거야 이상한 일도 아니겠습니다만, 그럼 어딘가에 옷이 있어야 할 것 아닙니까? 아니면 수건이라도. 밤에 수영을 하고 나서는 수건 없이 몸을 말릴 수 없으니까요. 설마 누가 이 사람이 헤엄치는 사이에 옷을 슬쩍하지는 않았겠지요. 애들 장난도 아니고. 아무튼 뭔가 나올 때까지는 그냥 머릿속이 생각으로 뱅뱅 돌 뿐입니다."

"제 생각에 수영한 것 같진 않은데요."

엘러리가 중얼거렸다.

"암요, 그럼요! 망토에 지팡이까지 들고 있는 사람이 수영은 무슨 수영이랍니까. 젠장, 이 사람은 죽임을 당하는 그 순간에 편지를 쓰고 있었단 말입니다!"

불그스레하고 정직한 얼굴에 엄청난 역겨움이 떠올랐다.

"그 말에는 뭔가 있는 것 같네요."

엘러리가 차갑게 대답했다.

그들은 꼼짝도 않는 시체 뒤에 서 있었다. 마르코의 시체는 조그만 해변을 정면으로 바라보고 있었으며, 널찍하게 펼쳐진 망토 뒤에는 테라스 계단이 있었다. 그는 마치 반짝이는 모래사장과 만의 입구를 가득 메운 새파란 바다의 작은 파도들을 유심히 바라보는 것 같았다. 물은 완전히 빠졌지만, 엘러리가 지켜보는 사이 다시 밀물이 아주 천천히, 미미하게 해안으로 기어 올라왔다. 십여 미터 정도의 모래사장은 완벽하게 매끈했고 그 어떤 얼룩이나 무늬도 새겨지지 않았다.

"뭐요? 뭔가 있을 것 같다고요?"

몰리가 코웃음을 쳤다.

"당연히 뭔가가 있고말고요. 직접 보시죠."

엘러리는 고개를 기울여 피살자의 어깨 너머를 보았다. 옆에서 일하고 있던 검시관이 무어라 투덜거리며 뒤로 물러났다. 몰리의 주장에는 대단히 명확한 근거가 있었다. 마르코의 왼손은 탁자 근처에서 아래로 축 늘어져 있었다. 그 뻣뻣한 손가락은 바닥 위에 떨어진 밝은 빛 깃펜을 가리키고 있었다. 그 펜은 모래상자에 꽂혀 있는 것과 같은 모양이었다. 펜촉에는 검은 잉크가 말라붙은 상태였다. 무어라 몇 줄 적힌 종이 한 장이 눈에 띄었다. 맨 꼭대기에 붉은색과 금색의 왕관 모양 마크가 찍혀 있고, 그 밑으로 '고드프리'라는 장식 문자가 물 흐르는 듯한 필체로 인쇄되어 있는 크림색 편지지였다. 그 종이는 시체에서 몇 센티미터 떨어져서 탁자 위에 놓여 있었다. 마르코가 편지를 쓰는 일에 몰두하고 있을 때 살해당했다는 사실은 명백해 보였다. 미완성의 편지 내용 중 마지막 글자가 난폭하게 뭉개져 있었으며 굵은 검은색 잉크 선이 종이 아래쪽에 직 그어져 그대로 탁자를 가로지른 후 끄트머리까지 이어져 있었다. 엘러리가 허리를 숙이고 눈을 가늘게 뜨며 살펴본 결과, 피살자의 왼손 가운뎃손가락에는 검은 잉크 얼룩이 묻어 있었다.

"정말 그렇군요."

엘러리가 허리를 펴며 말했다.

"하지만 피살자가 한 손만 가지고 편지를 썼다는 건 좀 이상하지 않습니까?"

경감이 눈을 끔벅거렸고, 판사가 얼굴을 찌푸렸다.

"이봐요, 사람이 편지 한 통 쓰는 데 그럼 손이 몇 개나 필요하단 소립니까?"

몰리가 분통을 터뜨렸다.

"아니, 난 퀸 군의 말이 무슨 뜻인지 알 것 같소."

판사가 환한 눈을 반짝이며 천천히 말했다.

"보통 무언가를 쓸 때 사람이 양손을 다 쓴다고는 생각하지 않지만, 실제로는 두 손이 다 필요한 법이지. 한 손으로는 글씨를 쓰고 나머지 한 손으로는 종이를 꼭 누르고 있어야 하니까."

노신사가 재빨리 이해했지, 엘러리는 인정한다는 듯 고개를 끄덕이며 느릿느릿 말했다.

"그런데 마르코는 오른손으로 흑단 지팡이를 잡고 있었습니다. 지금 보시다시피 왼손으로는 글을 쓰고 있었고요. 그러니까 이긴…… 뭔기 좀 이상합니다."

엘러리는 다급히 덧붙였다.

"그러니까 겉보기에는 그렇단 말이죠. 언뜻 보기에는 이상해 보이지만, 분명 무언가 까닭이 있을 겁니다."

경감이 피식 웃었다.

"당신은 뭐 하나 그냥 가볍게 넘기는 법이 없군요, 퀸 씨? 그 말에는 별로 동의할 수 없지만, 당신 말이 틀렸다고는 못 하겠네요. 하지만 이렇게 설명하면 어떻겠습니까? 피살자는 편지를 쓰는 동안 지팡이를 탁자 옆에 기대어놓았습니다. 그러다 문득 뒤에서 무슨 소리를 들었겠지요. 아마 신경을 바짝 곤두세우고 있었지 않았을까요? 그래서 왼손으로는 여전히 편지를 쓰면서, 자기 몸을 지키려는 생각에 오른손으로 잽싸게 지팡이를 쥐었던 겁니다. 하지만 피살자가 지팡이로 뭘 어떻게 하기도 전에 당한 거죠. 그래서 이렇게 된 거고요."

"충분히 논리적인 설명입니다."

"그게 정답일 겁니다. 왜냐하면 이 편지에는 그리 이상한 점이 없으니까요. 마르코가 쓴 편지가 확실합니다. 혹시 이게 가짜라고 생각한다면 그 생각은 버리는 게 좋을 겁니다. 진품입니다."

몰리가 차분하게 말했다.

"확신하십니까?"

"그럼요. 오늘 아침에 내가 오자마자 제일 먼저 확인한 게 이거거든요. 이 집 곳곳에 피살자의 필적이 남아 있었습니다. 그는 잠깐 멈출 때마다 자기 이름을 낙서하곤 하는 인간이었던 모양입니다. 그리고 어젯밤 쓴 이 편지 역시 진짜입니다. 여기 보시면……."

"아뇨, 됐습니다."

엘러리가 다급히 말했다.

"경감님 말씀에 이의를 제기할 생각은 없습니다. 이 편지가 진짜라는 말씀은 그대로 믿겠습니다."

하지만 엘러리는 한숨을 내쉬었다.

"피살자는 왼손잡이였나요?"

"그것도 확인했습니다. 그렇다더군요."

"그렇다면 정말로 더 확인할 일은 없군요. 정말로 사방에 온통 수수께끼밖에 없네요. 그리고 야외에 앉아서 편지를 쓰는데 오페라 망토 하나만 걸치고 있다는 사실도 이상합니다. 분명 옷을 입고 있었을 겁니다. 음…… 스페인 곶은 천국에서 떨어져 나온 커다란 덩어리인가 보네요. 정말로 옷을 못 찾으신 겁니까?"

"아무것도 확신할 순 없습니다, 퀸 씨. 하지만 부하들을 한 무더기 보냈는데도 여태까지 못 찾은 걸 보면 알 만하지 않습니까?"

몰리가 참을성 있게 말했다.

엘러리가 아랫입술을 빨았다.

"저쪽, 절벽 맨 아래쪽을 빙 두르고 있는 뾰족한 바윗돌들은요?"

"사람 생각이란 다 똑같군요. 당연히 나도 누군가가 마르코의 옷을 벗겨서 곶 어딘가에서 바다로 던지지 않았을까 하는 생각을 했습니다. 수심이 6미터는 되거든요. 절벽 근처로 가면 더 깊죠. 왜 그런지는 나도 모릅니다만. 하지만 바윗돌 근처에는 아무것도 없었습니다. 여기서 뭔가 나오면 거기 친구들을 모두 철수시킬 생각입니다."

"경감님 그렇고 엘러리도 그렇고, 도대체 두 사람 다 있지도 않은 마르코의 옷에 그렇게 집착하는 이유가 뭡니까?"

판사가 물었다.

"제 생각에 퀸 씨는 저와 마찬가지로 피살자의 옷이 어딘가에 존재한다면 범인이 그 옷을 운반하거나 처분한 이유도 있다고 생각하는 것 같습니다.

경감이 어깨를 으쓱했다.

"또는 우리 친구 플루엘렌셰익스피어의 희곡 〈헨리 5세〉에 나오는 등장인물 – 옮긴이이 문법에 맞지 않게 말했던 것처럼 '세상 무슨 일이든 왜 또는 무엇 때문이라는 이유나 원인이 있는 법이지.'인 것이겠죠. 죄송합니다, 경감님. 경감님 말씀은 아주 적절했습니다."

엘러리가 중얼거렸다.

"그러니까…… 이것 참. 자네 다 끝냈나, 블래키?"

몰리가 눈을 끔벅거렸다.

"거의 다 되어갑니다."

몰리는 탁자 위에서 편지지를 매우 조심스럽게 집어 들고 엘러리가 잘 관찰할 수 있도록 펼쳐 보였다. 매클린 판사는 엘러리의 어깨 너머로 그 종이를 함께 보았다. 판사는 안경도 쓰지 않았다. 일흔여섯이라는 나이 탓에 슬슬 시력이 저하되기 시작했지만 본인은 절대 그 사실을 인정하려 들지 않았다.

편지지 약간 아래, 가문 문장의 오른쪽에 날짜가 적혀 있었고 굵은 글씨로 '일요일 새벽 1시'라고 쓰여 있었다. 그 왼쪽에는 받는 이의 이름이 있었다.

뉴욕 주 뉴욕 시
파크 거리 11번지
루셔스 펜필드 님

그리고 인사말이 시작되었다.

친애하는 루크에게.

편지 내용은 다음과 같다.

편지를 쓸 만한 시각은 아니지만, 겨우 혼자 있는 시간을 몇 분 정도 얻었으므로 잠시 사람을 기다리는 동안 내가 지금 어떻게 지내는지 몇 자 적으려 하네. 몸조심을 해야 했기 때문에 한동안 편지를 쓸 수가 없었어. 자네도 알겠지만 지금 내가 앉아 있는 곳은 그야말로 냄비 한가운데니까 말일세. 내가 자리를 잡고 준비가 다 될 때까지는 이 냄비가 끓어 넘쳐서는 안 되지만, 지금은 넘쳐도 괜찮아! 나는 이제 전혀 피해 볼 것이 없어.

모든 일이 아주 좋고 멋지게 돌아가고 있네. 이제 며칠만 기다리면 나는 달콤한 디저트의 마지막 한 입을 아주 깨끗하게…….

편지는 거기서 끝났다. 마지막 글자가 굵은 잉크의 선으로 꼬리를 빼며 크림색 종이 위를 나이프처럼 내달렸다.

"깨끗하게? 그것도 '마지막' 한 입? 이 원숭이 같은 작자는 도대체 무슨 말을 하고 싶었던 걸까요? 분명 거기엔 뭔가가 있을 거요, 퀸 씨. 만약 내 말이 틀렸다면 난 그 원숭이 삼촌이오!"

몰리 경감이 나직한 목소리로 말했다.

"훌륭한 질문입니다."

엘러리가 무어라 말을 이으려는데 갑자기 검시관의 고함이 주위를 뒤흔들었다.

잠시 동안, 도저히 정체를 파악할 수 없는 점토 인형이라도 되는 양 시체를 들여다보던 검시관은 지금 그 위로 몸을 굽히고 금속 걸쇠에서 장식용 술 달린 고리를 걷어냈다. 그러고는 남자의 목에서 오페라 망토의 깃을 떼어냈다. 망토는 대리석 바닥으로 미끄러져 떨어졌으며 검시관은 피살자의 턱을 손가락으로 잡고 딱딱하게 굳은 머리를 위로 향하도록 기울였다. 마르코의 목에는 붉은색의 깊고 가느다란 선이 나 있었다.

"목을 졸렸군!"

판사가 흥분해서 외쳤다.

"그런 것 같습니다."

검시관이 상처를 꼼꼼히 살피며 말했다.

"목을 한 바퀴 빙 돌린 흔적이 남아 있군요. 목 뒤쪽에도 마찬가지로 들쑥날쑥하게 상처가 나 있습니다. 아마 매듭에 눌린 곳 같고요. 상처를 봤을 때 철사 같네요. 하지만 철사는 여기 없는데 혹시 경감님, 찾으셨습니까?"

"사람을 보내겠네."

몰리가 앓는 소리를 내며 말했다.

"그럼 마르코는 뒤에서 습격을 당했다는 뜻이군요?"

엘러리가 생각에 잠겨 코안경을 빙글빙글 돌리며 말했다.

"지금 시체 얘기를 하시는 거라면, 예, 맞습니다."

검시관이 떫은 목소리로 대답했다.

"교살범은 뒤에 서서 피살자의 목을 철사로 감고, 느슨한 망토 목깃 밑에서 꽉 잡아당긴 후 목 뒤쪽에서 매듭을 지어 철사를 비틀었습니다. 그리 오래 걸리진 않았을 겁니다."

검시관은 허리를 굽혀 망토를 주워 들고는 시체 위를 휙 덮었다.

"제가 볼 것은 다 봤습니다."

"하지만 피살자가 저항한 흔적이 없지 않나? 앉은 채로 목을 졸렸다면 최소한 발버둥이라도 쳤을 텐데! 자네 말을 그대로 받아들이자면 이 작자는 그냥 앉아서 심지어 뒤도 안 돌아본 거 아닌가."

경감이 항의했다.

"제 말 아직 안 끝났습니다."

야윈 남자가 반박했다.

"이 사람은 목을 졸릴 때 의식을 잃은 상태였습니다."

"의식을 잃었다고!"

"여기 보십시오."

검시관은 망토를 들어 올리고 마르코의 검고 곱슬곱슬한 머리카락을 헤쳤다. 그는 솜씨 좋게 정수리 부근의 머리카락을 둘로 나누었다. 두피 위로 시퍼런 멍이 들어 있었다. 그러고 나서 망토를 다시 내려놓았다.

"피해자는 둔기로 두개골의 정수리 부분을 정확히 가격당했습니다. 두개골이 깨질 정도는 아니었지만 아무튼 타박상을 입히기에는 충분한 힘이었죠. 그래서 정신을 잃은 겁니다. 그다음에 목깃 밑으로 철사를 두르고 목을 조르는 건 문제도 아니었겠죠."

"하지만 그럴 거였다면 그냥 머리를 후려쳐서 죽일 수도 있었을 텐데, 왜 살인자는 그러지 않았을까요?"

매클린 판사가 중얼거렸다.

검시관이 킬킬 웃었다.

"아, 이유야 여러 가지 있겠지요. 어쩌면 시체를 너무 망가뜨리고 싶지 않았을지도 모르고, 또 어쩌면 기껏 철사를 준비했으니까 써먹어 보고 싶었던 건지도 모릅니다. 이유는 모르지만 아무튼 살인자가 저지른 일은 이렇습니다."

"뭘로 가격했다고요? 경감님, 뭐 좀 찾으신 것 없습니까?"

엘러리가 물었다.

몰리는 한 발짝 물러나 돌벽 사이의 틈새로 가서 커다란 스페인 단지 옆에 있던 작고 무거운 흉상을 하나 가지고 왔다.

"콜럼버스한테 얻어맞은 거요."

몰리가 느릿느릿 말했다.

"탁자 뒤 바닥에 떨어져 있더군. 그래서 내가 저 틈새에다 가져다 놓았지. 빈자리가 저기밖에 없었기 때문에 저기서 가져온 거라는 사실은 금방 알 수 있었소. 이 조각상에는 지문이 묻어 있지 않았기 때문에 꼼꼼히 살펴볼 필요는 없더군요. 지문 얘기가 나와서 말인데 테라스에 발을 들이기 전에 미리 이곳을 이 잡듯이 싹 훑어보았지만 바람에 불려 날아온 모래하고 먼지 한 무더기를 빼고는 별로 남은 게 없었습니다. 저 고드프리 일가가 어지간히 깔끔하든지 아니면 하인들이 청소를 열심히 하든지 둘 중 하나겠죠."

몰리는 흉상을 제자리에 가져다 놓았다.

"그리고 철사도 없고요?"

"그걸 찾아볼 생각은 못 했소. 하지만 내 부하들이 그런 게 있을 법한 곳들을 구석구석 전부 찾아봤는데 철사 같은 건 없었다더군요. 아마 범인이 가지고 갔나 봅니다."

"이 사람이 죽은 건 몇 시경입니까?"

엘러리가 불쑥 물었다.

검시관은 잠시 놀란 표정이었다가 곧 뚱한 얼굴을 하더니 몰리 경감 쪽을 바라보았다. 경감이 고개를 끄덕이자 검시관이 말했다.

"정확하지는 않습니다만, 가장 좁혀보면 대략 새벽 1시에서 1시 반 사이에 죽은 것 같습니다. 아마 새벽 1시 전에 숨을 거두지는 않았겠지요. 그리고 삼십 분 정도의 오차는 당연히 있을 거고요."

"사인은 교살이 맞습니까?"

"내가 그렇다고 말하지 않았습니까?"

검시관이 내뱉듯 말했다.

"댁도 알다시피 내가 촌무지렁이긴 하지만 내 일은 확실하게 합니다. 단 한 번에 골로 갔습니다. 그게 답니다. 몸에 별다른 흔적은 없었고요. 몰리, 부검 필요해요?"

"하면 좋겠지. 어떻게 될지 모르니."

"좋아요. 하지만 나는 별로 필요할 것 같지 않습니다. 당신들이 시체를 전부 다 살펴보고 나면 애들 시켜서 시체 운반하라고 하죠."

"난 다 봤네. 퀸 씨, 더 알고 싶은 것 있소?"

"아, 알고 싶은 것이야 산더미처럼 많죠. 하지만 검시관님의 도움이 더 필요할 것 같지는 않군요. 잠깐, 우리의 죽은 아폴로를 데려가기 전에……."

엘러리는 갑자기 바닥 돌 위에 무릎을 꿇고 시체의 발목을 잡아당겼다. 그러나 마치 돌에 뿌리라도 내린 양 꿈쩍도 하지 않았다. 엘러리는 고개를 들어 올려다보았다.

"사후 경직입니다. 도대체 뭘 알고 싶어서 그러는 겁니까?"

검시관이 코웃음을 치며 말했다.

"발을 좀 살펴보고 싶은데요."

엘러리가 조바심에 자서 밀했다.

"발이오? 눈이 있으면 그냥 보면 될 거 아닙니까?"

"경감님, 혹시 괜찮으시다면 두 분이서 이 시체를 좀 일으켜서 의자에 앉혀주실 수 있겠습니까?"

몰리와 야윈 남자는 한 순경의 도움을 받아 시체를 끌어 올려 앉혔다. 엘러리는 고개를 숙이고 시체의 발바닥을 꼼꼼히 들여다보았다.

"깨끗한데요."

엘러리가 중얼거렸다.

"이거 너무 깨끗하군요. 이상한데……."

엘러리는 주머니에서 연필을 한 자루 꺼내 엄지발가락과 둘째발가락 사이에 힘들게 끼워 넣었다. 모든 발가락들 사이를 연필로 벌려 보고 나서는 반대편 발에도 같은 일을 반복했다.

"모래 한 톨 없군요. 좋습니다, 신사 여러분. 감사합니다. 여러분의 소중한 마르코 씨는 충분히 보았습니다. 적어도 육체적인 면은요."

그리고 나서 엘러리는 일어나 무릎을 툭툭 털고 담배를 찾아 더듬으며 돌벽 너머로 탁 트인 만 입구의 바다를 바라보았다.

두 남자는 시체를 다시 바닥에 내려놓았고, 검시관이 테라스 계단 위쪽에 지루한 듯 앉아 있던 흰 옷차림의 두 사람에게 손짓을 했다.

"자, 엘러리."

엘러리의 어깨 너머에서 목소리가 들렸다. 몸을 돌리자 매클린 판사가 그를 차분한 눈빛으로 바라보고 있었다.

"도대체 무슨 생각을 하고 있느냐?"

엘러리가 어깨를 으쓱했다.

"별로 대단한 건 아니에요. 그냥 저 사람의 옷을 벗긴 건 분명 살인자라는 생각이 들었어요. 만약 살아 있는 동안 맨발로 모래사장을 걸었다면 발바닥에 그 흔적이 남아 있을 거예요. 그럼 자기 스스로 옷을 벗었다는 것도 이해가 가죠. 하지만 그렇다고 하기에는 발바닥이 너무 깨끗했어요. 분명 맨발로 해변을 걷지 않았을 겁니다. 발가락 사이에 모래 한 알 끼어 있지 않았으니까요. 그리고 해변에 발자국 하나 남아 있지 않은 걸로 봐서는 신발을 신고 걸은 것도 아닐 테고……."

엘러리는 갑자기 말을 끊고서 마치 처음 보는 곳인 양 해변을 뚫어지게 쳐다보았다.

"무슨 일이니?"

엘러리가 막 대답하려 하는데, 무뚝뚝하고 낮은 남자 목소리가 그들 머리 위로 날아들었다. 고개를 들어 올려다보니 경찰 제복의 파란 팔꿈치가 보였다. 경관은 높은 절벽 위에 서 있었다. 테라스와 해변 위로 우뚝 솟은 저택이 세워져 있는 그 절벽 위였다.

"죄송합니다, 부인. 하지만 그러시면 안 됩니다. 저택으로 돌아가시지요."

일행 모두가 부자연스러울 정도로 눈에 힘을 준 그 여성의 얼굴을 쳐다보았다. 여성은 깊은 구렁 끄트머리에서 고개를 내밀고 테라스에서 뭔가를 사납게 바라보고 있었다. 벌거벗은 존 마르코의 시체가 흰옷을 입은 두 남자의 손에 의해 무기력하게 시체 운반용 바구니에 넌셔시는 모습이었다. 대리석 같은 그의 몸뚱이 위로 테라스의 얼기설기 엮인 천장이 그림자를 드리워 검은 얼룩을 그렸다. 마치 심하게 채찍을 얻어맞고 죽은 시체 같았다. 시체를 노려보는 여인의 얼굴 때문에 그런 기이한 환각이 보이는 듯했다.

그것은 컨스터블 부인의 뚱뚱하고 창백하며 광란에 빠진 얼굴이었다.

4:
세월과 물살은 소름 끼칠 정도로 참을성이 없다

"도대체 무슨 생각을 하는지 통 알 수가 없군. 꼭 생전 처음 보는 사람이라도 보는 것 같은 얼굴이었단 말이야."

컨스터블 부인이 모습을 감추자 몰리 경감이 생각에 잠겨 말했다.

"위험한 나이이긴 하죠. 그 여잔 과부인가요?"

매클린 판사가 얼굴을 찌푸렸다.

"뭐 그렇다고 봐야 합니다. 주위들은 바에 따르면 애리조나인지 어딘지 아무튼 서부 어딘가에 병이 들어서 벌써 일 년 넘게 자리보전하고 있는 남편이 있다더군요. 건강 때문에 요양원에 들어가 있는 모양입니다. 이상할 건 없죠. 저 얼굴을 십오 년 동안이나 들여다보고 있으면 남편이 병이 나는 것도 당연한 일이죠."

"그럼 남편은 고드프리 일가를 모르겠군요?"

노신사가 생각에 잠겨 입술을 오므렸다.

"별로 중요한 건 아니지만, 왠지 컨스터블 부인 본인도 고드프리 가족에 대해서 별로 잘 아는 것 같지는 않다는 인상을 받아서 말이오."

"그러셨습니까?"

놀리가 의아하냐는 얼굴을 했다.

"뭐, 제가 들은 바에 따르면 저 사람들은 컨스터블 씨에 대해서는 전혀 모르는 모양입니다. 한 번도 만나본 적 없고 이 집에 온 적도 없다고 합니다. 그런데 무슨 말을 하려고 그랬습니까, 퀸 씨?"

멍하니 이야기를 듣고 있던 엘러리가 몰리를 흘긋 쳐다보았다. 흰옷을 입은 두 남자가 시체 운반 바구니를 마주 들고 자갈길을 터덜터덜 걸어가고 있었다. 꽤 무거운지 발걸음은 더뎠지만 명랑하게 대화를 나누며 걷고 있었다. 엘러리는 어깨를 으쓱하고는 편해 보이는 고리버들 흔들의자에 앉았다.

"몰리 경감님, 이 근방의 조수 간만에 대해 잘 아십니까?"

엘러리는 담배 연기를 뿜으며 말했다.

"조수? 그게 무슨 소리요, 조수라니?"

"지금은 마음속에 어렴풋한 무언가의 개념밖에 없습니다. 경감님이 만약 저를 잘 따라오신다면 구체적인 정보가 그 애매함 속에서 확실함을 가려줄 겁니다."

"내가 잘 할 수 있을지 모르겠소."

경감은 빈정거리듯 미소를 지었다.

"이 사람 도대체 지금 무슨 소릴 하는 겁니까, 판사님?"

매클린 판사가 신음했다.

"나도 알고 싶구려. 뭔가 그럴듯한 소리를 뱉지만 사실상 알고 보면 아무 내용도 없는 게 이 녀석의 아주 못된 습관이라오. 이 녀석아. 이건 심각한 일이다. 장난치면 못써."

"알려주셔서 감사합니다. 아주 간단한 질문 하나만 하겠습니다."

엘러리가 상처받은 듯한 목소리로 말했다.

"조수 간만 말입니다, 밀물과 썰물이오. 특히 이 만의 조수 간만인데요, 제가 알고 싶은 정보는 그겁니다. 정확할수록 좋습니다."

"허어."

경감이 머리를 긁었다.

"그건 내가 알려주겠소. 나도 자세히는 모르지만 내 부하들 중에 이 해안을 자기 손바닥처럼 훤히 들여다보는 친구가 있으니, 그 친구가 당신한테 뭔가 얘기를 해줄 수 있을 거요. 도대체 무얼 그리 알고 싶어서 그러는지는 모르겠지만."

"그렇다면 사람을 보내서 그 사람을 불러주십시오."

엘러리가 한숨을 쉬며 말했다.

"샘! 가서 레프티 좀 이리 오라고 해!"

몰리가 고함을 질렀다.

"레프티는 지금 옷 찾고 있는데요!"

누군가가 길 저편에서 맞고함을 질렀다.

"이런, 젠장. 깜박 잊고 있었군. 어디 있는지 지금 당장 찾아와!"

"그런데 도대체 시체를 찾아낸 건 누구요, 경감? 그 얘긴 못 들은 것 같소만."

판사가 물었다.

"맙소사, 맞습니다. 고드프리 부인이었습니다. 샘!"

경감이 다시 소리를 질렀다.

"가서 고드프리 부인 오시라고 해. 부인 혼자만! 판사님, 시체가 발견된 건 오늘 아침 6시 반이었습니다. 그 뒤로는 온통 두통의 연속이었죠. 그러다 보니 이 집안사람들과는 차분하게 이야기를 나눌 시간도 없었습니다. 물론 고드프리 부인은 예외였지만 부인 역시 제대로 대화를 나눌 만한 상태가 아니었고요. 지금 당장 그 일을 해치워야겠군요."

그들은 침묵에 잠긴 채 바다를 바라보며 부인이 오기를 기다렸다. 잠시 후 엘러리가 손목시계를 보았다. 10시를 조금 넘긴 시각이었다. 만에서는 파도가 눈부신 물보라를 일으키고 있었다. 어느새 바닷물이 제법 들어와 해변을 점령했다.

누군가가 테라스 계단에 나타나자 모두 일어났다. 키가 크고 피부가 가무스름한 부인이 고통스러울 정도로 느릿느릿 계단을 내려왔다. 그녀는 마치 갑상선종에 걸린 사람처럼 눈동자가 커다랗게 팽창되어 있었다. 손목에 맨 손수건은 눈물로 젖어 축축하게 늘어져 있었다.

"내려오십시오. 이제 괜찮습니다, 고드프리 부인. 그냥 몇 가지 여쭐 게 있어서……."

몰리 경감이 부드럽게 말했다.

고드프리 부인은 그 말을 확인하려는 듯 가만히 경감을 내려다보았다. 그녀의 퉁퉁 부은 눈이 주위를 두리번거리더니, 엄청난 힘에 떠밀리는 듯 휘청거리는 걸음을 옮겼다. 그녀의 느릿느릿한 걸음에서는 내려가기 싫은 마음과 내려오고 싶어 죽을 것 같은 마음이 동시에 엿보였다.

"벌써…… 그 사람을……."

부인이 불안정하고 낮은 목소리로 말했다.

"저희가 이미 처리했습니다. 앉으시죠."

경감이 근엄하게 말했다.

부인은 의자에 앉았다. 그러더니 존 마르코가 앉아 있던 의자를 빤히 바라보며 천천히 몸을 흔들었다.

"부인은 오늘 아침에, 테라스에서 마르코의 시체를 발견했다고 하셨습니다. 그때 부인은 수영복 차림이셨고요. 해변에 수영하러 가실 생각이었습니까, 고드프리 부인?"

경감이 입을 열었다.

"네."

"아침 6시 반에요?"

엘러리가 점잖게 물었다.

부인은 잠시 멍한 얼굴로 엘러리를 쳐다보았다. 마치 그 자리에 엘러리가 있다는 사실을 여태껏 눈치채지 못했다는 듯한 표정이었다.

"저어, 성함이 어떻게 되시는지……."

"퀸입니다."

"아, 그 탐정이라는 분이군요. 그렇죠?"

부인은 웃음을 터뜨렸다. 그러더니 갑자기 손으로 얼굴을 가렸다.

"제발 좀 가줘요."

그녀는 흐느껴 울며 말했다.

"우릴 좀 내버려두란 말이에요. 이미 끝난 일이잖아요. 그 사람은…… 죽었어요. 끝났다고요. 당신들이 그 사람을 되살려낼 건가요?"

"우리가 그 사람을 되살리기를 바랍니까, 고드프리 부인?"

매클린 판사가 냉정하게 물었다.

"아니에요. 아, 하느님. 아니에요."

부인이 보기만 한 목소리로 말했다.

"전혀 아니에요. 차라리 이게 나아요. 나는…… 기쁠 정도예요. 그 사람이……."

그녀는 얼굴에서 손을 내렸다. 그 눈에는 공포가 가득 어려 있었다.

"아, 아무것도 아니에요. 그냥 마음이 너무 슬퍼서……."
부인이 재빨리 말했다.
"아침 6시 반에 수영을 하러 가셨다고요, 고드프리 부인?"
엘러리가 마치 아무 일 없었다는 듯 나직하게 물었다.
"아."
부인은 희망 잃은 지친 얼굴로 이마 위에 손을 대고 햇빛을 가렸다.
"그래요, 맞아요. 몇 년 동안 그게 내 습관이었어요. 난 아침에 일찍 일어나거든요. 그래서 아침 10시, 11시가 되도록 침대에 누워 있는 여자들을 통 이해할 수가 없어요."
그녀는 마치 마음이 다른 곳에 가 있는 듯 멍하니 말했다. 그 목소리에 고통과 의식이 천천히 기어들었다.
"데이비드랑 나는……."
"네, 고드프리 부인?"
경감이 재촉했다. 부인이 속삭이듯 말했다.
"항상 같이 가서 수영을 하곤 했어요. 데이비드는…… 데이비드는……."
"아직까지 사망 흔적은 발견되지 않았습니다."
"데이비드랑 나는 아침 7시가 되기 전에 같이 수영하러 내려가곤 했어요. 나는 바다를 좋아했고, 데이비드는 워낙 운동을 좋아하니까요. 진짜 물고기처럼 헤엄을 잘 쳐요. 가족들 중에서 그런 습관이 있는 건 그 애와 나뿐이었어요. 남편은 물을 싫어하고 로사는 수영을 할 줄 모르거든요. 로사는 어렸을 때 물에 빠져 죽을 뻔한 적이 있어서, 굉장히 무서워하죠……. 그리고 그 뒤로도 수영을 배우지 않으려고 버텼어요."
부인은 꿈꾸는 듯한 목소리로 말했다. 마치 사건과 무관한 설명만 장황하게 늘어놓도록 수수께끼의 존재에게 조종당하는 듯했다.

"오늘 아침에는 혼자서 내려갔는데……."

"그럼 그때 동생분이 실종되셨다는 걸 아셨겠군요."

엘러리가 나지막이 말했다.

"아, 아니에요! 몰랐어요! 침실 문을 노크해보았지만 대답이 없기에 벌써 해변으로 나간 줄 알았어요. 설마…… 밤새 집에 없었을 줄은 몰랐죠. 저는 어젯밤에 일찍 잠이……."

부인은 잠시 말을 멈추고 눈을 감았다.

"몸이 안 좋았거든요. 그래서 평소보다 일찍 잠자리에 들었어요. 그러니 로사와 데이비드가 없어진 줄도 몰랐던 거예요. 테라스로 나갔더니, 거…… 거기에 그 사람이 망토를 두른 채 나한테서 등을 돌리고 앉아 있더라고요. 그래서 내가 좋은 아침이라고 인사를 했죠. 아무튼 그냥 별로 대단치 않은 말을 걸었어요. 그런데 돌아보지도 않는 거예요."

그녀의 몸이 공포로 부들부들 떨렸다.

"그래서 지나쳐 가다가, 뒤를 돌아서 얼굴을 보았는데…… 왜 돌아봤는지 나도 모르겠어요……."

부인은 진저리를 치면서 입을 다물었다.

"거기에 있던 건 아무것도 건드리지 않으셨지요?"

엘러리가 날카롭게 물었다.

"그럴 리가요. 안 건드렸어요!"

그녀가 소리를 질렀다.

"그…… 그런 짓을 하기도 전에 내가 먼저 죽을 것 같았다고요. 세상에, 누가 어떻게……."

부인은 다시금 몸서리를 쳤다. 혐오감에 온몸이 덜덜 떨렸다.

"비명을 질렀어요. 조럼이 달려왔죠. ……조럼은 내 남편 밑에서 일하는 잡일꾼이에요……. 아마 내가 그때 기절했나 봐요. 그다음으로 기억하는 건, 당신네들…… 경찰이 왔다는 거예요."

"알겠습니다."

경감이 대답했다. 거대한 침묵이 내려앉았다. 부인은 젖은 손수건 끄트머리를 잘근잘근 씹었다.

슬픔에 젖어 있음에도 부인의 얼굴에서는 로사 못지않은 젊음과 생기가 느껴졌다. 그렇게 큰 딸이 있다는 사실이 믿어지지가 않을 정도였다. 엘러리는 부인의 가슴팍 곡선을 유심히 쳐다보았다.

"그런데 고드프리 부인, 아침에 수영 나가신다는 그 습관 말입니다만. 날씨 때문에 방해받은 적은 없었습니까?"

"무슨 말씀이신지 모르겠어요."

부인이 아주 약간 놀란 말투로 중얼거렸다.

"아침에 비가 오나 눈이 오나 6시 반만 되면 수영하러 나가시느냐는 말씀입니다."

"아, 네."

그녀는 멍한 얼굴로 고개를 쳐들었다.

"당연하죠. 비 오는 바다를 참 좋아하거든요. 따뜻하고……피부가 까끌까끌한 게 기분 좋아요."

"진정한 쾌락주의자의 증표입니다."

엘러리가 미소를 지으며 말했다.

"어떤 느낌인지 알 것 같군요. 그런데 어젯밤에는 비가 오지 않았으니, 별로 상관없는 화제였습니다."

몰리 경감이 기이한 손동작으로 입술과 턱을 문질렀다.

"자, 고드프리 부인. 계속 엉뚱한 이야기만 해보았자 소용이 없습니다. 당신네 집에 손님으로 온 사람이 죽었습니다. 보통 주말의 오락거리로 사람을 그렇게 쉽게 해치지는 않는 법입니다. 혹시 이 사건에 대해 뭐 아시는 것 없습니까?"

"저 말인가요?"

"마르코를 초대한 건 부인 아닙니까? 아니면 남편분 쪽이었습니까?"

"저…… 저였어요."

"그래서요?"

부인은 고개를 들어 경감을 쳐다보았다. 그녀의 눈에 갑자기 완벽한 공백이 드리워졌다.

"그래서라뇨? 경감님?"

"부인!"

몰리가 역정을 냈다.

"내 말뜻을 못 알아듣진 않을 텐데요. 피해자랑 다툰 사람 없습니까? 누구든 그 사람을 해코지할 이유를 가진 사람이 있지 않겠습니까?"

부인이 반쯤 일어섰다.

"경감님, 이건 너무나 어리석은 짓이에요. 전 제 손님들의 사생활까지 참견하고 다니는 사람이 아니에요."

몰리가 몸을 뒤로 빼면서 눈을 가늘게 뜨고는 그녀를 쳐다보았다.

"물론입니다. 당연히 부인께서 그러신다는 말이 아닙니다. 하지만 분명 여기서 무슨 일이 벌어졌을 겁니다, 고드프리 부인. 설마 마른하늘에 날벼락 치듯 살인이 터지진 않았을 것 아닙니까?"

"제가 아는 한, 경감님. 아무 일도 벌어지지 않았어요. 게다가 저도 모든 일을 다 파악할 수는 없죠."

부인은 억양이 사라진 목소리로 말했다.

"혹시 지금 있는 손님이나 방문객들보다 이곳에 먼저 왔던 사람들이 있었습니까? 최근 몇 주 동안 말입니다."

"없었어요."

"한 명도 없단 말입니까?"

"한 명도 없어요."

"혹시 여기서 마르코가 관련된 무슨 다툼이 있었나요? 아니면 마르코와 사이가 안 좋았던 사람은 없었습니까?"

스텔라 고드프리가 눈을 내리깔았다.

"없어요……. 적어도 저는 모릅니다."

"흠! 그럼 마르코를 만나러 따로 온 사람은요?"

"저는 이 집 주인이에요. 스페인 곶에 불청객은 허용하지 않아요, 경감님."

그녀의 태도에 위엄이 흘러나왔다.

"만약 몰래 숨어든 사람이 있었다면 조림이 틀림없이 발견했을 거예요. 만약 누군가가 잠입했다면 제가 모를 리가 없지요."

"여기 있는 동안 마르코가 편지를 받은 적은 없습니까?"

"편지요?"

고드프리 부인은 잠시 생각에 잠겼다. 엘러리가 보기에 그녀는 왠지 약간 안심하는 것 같았다.

"왔던 것 같아요, 경감님. 많지는 않았지만요. 아시다시피 우체부가 편지를 배달해주면 저희 가정부 버레이 부인이 받아 전부 저한테 가져다주거든요. 그러면 제가 분류를 해서 버레이 부인한테 방방마다 갖다주라고 하죠. 저희 가족들이나 묵고 있는 손님들이나 똑같이요. 그래서 저는…… 알게 됐어요. 마르코 씨가……."

부인은 목멘 소리로 말했다.

"여기에서 지내는 동안 두세 통 편지를 받았다는 사실을요."

"마르코는 여기 온 지 얼마나 되었습니까, 고드프리 부인?"

매클린 판사가 부드럽게 물었다.

"여름…… 내내 있었어요."

"허허, 손님이 아니라 거의 가족 아닙니까! 그럼 굉장히 잘 아는 사이였겠군요?"

판사의 날카로운 눈빛이 부인에게 꽂혔다.

"네?"

부인이 눈을 빠르게 몇 번 깜박거렸다.

"네, 잘 아는 사이였어요. 그러니까 저는…… 저희 가족은 지난 몇 달 동안 그 사람과 친근하게 지냈는걸요. 처음 만난 건 올해 이른 봄쯤이었어요. 도시에서였죠."

"그 사람은 왜 초대한 겁니까?"

몰리가 으르렁거리듯 물었다.

부인이 양손을 꼬았다.

"그 사람이…… 자기가 바다를 참 좋아한다고 여러 번 말했어요. 그리고 올 여름에는 딱히 계획이 없다고……. 저는, 아니 우리 가족은 모두 그 사람을 무척 좋아했고요……. 그 사람은 유쾌한 사람이었고, 스페인 노래를 매력적으로 잘 불렀고……."

"스페인 노래라고요? 마르코가?"

엘러리가 생각에 잠겨서 말했다.

"그렇다면…… 고드프리 부인, 피해자는 스페인 사람이었습니까?"

"그…… 그랬던 것 같아요. 저도 잘은 모르겠지만요."

"그렇다면 그의 국적과 부인의 여름 별장 이름은 우연의 관대한 의도에 따라 서로 들어맞은 셈이군요. 이것 참. 그래서 무슨 말을 하려고 하셨죠?"

"아, 네. 그 사람은 프로 선수처럼 테니스를 잘 쳤어요. 곶 반대편에는 나인홀 골프 코스와 잔디를 깔아놓은 테니스장도 있거든요……. 그리고 피아노도 잘 쳤고, 브리지 게임 솜씨도 정말 좋았어요. 여름 별장에 초대하기에는 최고의 손님이었죠……."

"그것에 대해서는 더 말할 나위가 없군요."

엘러리가 미소를 지었다.

"여성들이 다수 포진해 있는 곳에서 그의 개인적인 매력은 아주 특별한 자산이 될 수 있었겠지요. 그렇습니다, 이것은 정말로 슬픈 사건입니다. 그런데 고드프리 부인께서 직접 올 여름을 위해 피살자를 초대하셨단 말이지요? 그 사람은 자신의 빛나는 가능성에 어울리는 삶을 살았습니까?"

부인의 눈빛이 분노로 번득였다. 그러나 곧 그녀는 마른침을 꿀꺽 삼키고 나서 다시 고개를 숙였다.

"아, 네. 그랬어요. 로사…… 제 딸이 그 사람을 참 좋아했지요."

"그렇다면 마르코가 여기에 머물렀던 가장 큰 이유는 고드프리 양이었다는 말이 되는군요, 고드프리 부인."

"그, 그런 뜻으로 말한 건…… 아니에요."

"한 가지 물어도 되겠습니까?"

판사가 나지막이 물었다.

"그러니까…… 마르코 씨는 브리지 게임을 얼마나 잘했습니까?"

노신사 또한 이 교묘한 게임을 즐기는 사람이었다.

고드프리 부인이 눈썹을 치켜세웠다.

"잘은 모르겠지만…… 굳이 말하자면 굉장히 실력이 좋았던 것 같아요, 매클린 판사님. 저희 중에서는 제일 잘했거든요."

"보통 게임을 할 때 큰돈을 걸곤 했습니까?"

판사가 점잖게 말했다.

"아뇨, 절대 그러진 않았어요. 그냥 가끔 0.5센트, 대부분은 0.2센트. 그 정도였죠."

"내 친구들 사이에서는 그것도 충분히 큰돈입니다만."

노신사는 미소를 지었다.

"그렇다면 번번이 마르코가 이겼다는 이야기가 되는군요?"

"저…… 죄송합니다만, 판사님!"

고드프리 부인이 차갑게 내쏘며 자리에서 일어섰다.

"정말 불쾌하군요! 도대체 무슨 말을 하시려는 거죠? 판사님 생각엔 제가……."

"미안합니다. 그렇다면 이 사람들 중에서 누가 마르코의 가장 유력한 먹잇감이었습니까?"

판사가 고집스럽게 물었다.

"매클린 판사님, 판사님의 단어 선택은 그리 적절하다고 할 수는 없군요. 저도 조금 잃었어요. 대부분 문 씨네 부인이 많이 잃었고……."

"앉아요."

몰리 경감이 쏘아붙였다.

"이야기를 성급히 진행할 이유는 없습니다. 죄송합니다만 판사님, 이건 그냥 카드 장난이 아니란 말입니다. 자, 고드프리 부인. 그 편지들 말인데, 혹시 누가 마르코에게 그렇게 편지를 보냈는지 혹시 아십니까?"

"아, 그래요. 그 편지. 그거 엄청 중요하죠."

엘러리가 느릿느릿 말했다.

"그 점은 제가 도움이 될 수 있을 것 같네요."

고드프리 부인의 목소리는 여전히 차가웠지만, 어쨌든 자리에 앉았다.

"편지를 분류한 게 저였으니까, 모를 리가 없지요. 아마 전부 다 같은 사람에게서 왔던 것 같아요. 봉투가 전부 똑같은 모양의 회사용 물품이었거든요. 한쪽 구석에 문양이 들어가 있는 것 말이에요. 그 문양이 다 같은 무늬였어요."

"뉴욕 시 파크 거리 11번지의 루셔스 펜필드 씨에게서 온 편지 아니었습니까?"

엘러리가 얼굴을 찌푸리며 말했다.

부인의 눈이 순수한 놀라움으로 커졌다.

"맞아요, 그 주소예요. 이름도 맞고요. 아마 세 통인가 아니면 두 통인가 왔을 거예요. 이삼 주 간격으로 도착했어요."

세 남자가 서로 눈빛을 교환했다.

"마지막으로 온 게 언젭니까?"

몰리가 물었다.

"사오 일 전에요. 봉투에, 그 사람 이름 밑에 '변호사'라고 인쇄되어 있었어요."

"변호사!"

매클린 판사가 탄성을 질렀다.

"맙소사, 왠지 내가 아는 사람 같구먼. 주소를 보니……."
 판사는 잠시 입을 다물고 마치 무언가를 감추려는 듯 눈을 감았다.
 "이제 충분하죠?"
 고드프리 부인이 힘들게 말하며 자리에서 일어났다.
 "전 로사한테 가봐야겠어요……."
 "좋습니다."
 경감이 씁쓸하게 말했다.
 "하지만 난 무슨 일이 있어도 이 사건을 아주 바닥까지 캐볼 생각입니다. 솔직히 말하자면 부인의 대답은 영 만족스럽지 못합니다. 자꾸 이러시는 건 아주 어리석은 짓입니다. 처음부터 솔직히 다 털어놓아야 나중에 이득을 얻게 되지요……. 샘! 고드프리 부인 집 안으로 모셔다 드려."
 스텔라 고드프리는 슬픔과 고뇌 그리고 의문에 찬 시선으로 그들의 얼굴을 둘러보았다. 그러고는 곧 입술을 깨물더니 검고 아름다운 머리를 홱 쳐들고 경감의 부하를 뒤에 매단 채 테라스 계단을 올라갔다.
 뒤에 남은 사람들은 부인의 모습이 사라질 때까지 그 뒷모습을 말없이 지켜보았다.
 "저 여자는 분명히 더 많은 걸 알고 있을 텐데. 젠장, 사람들이 전부 자기가 아는 걸 똑바로 말해준다면 얼마나 좋겠습니까!"
 이윽고 몰리가 말했다.
 "처음부터 솔직히 다 털어놓아야 나중에 이득을 봅니다."
 엘러리가 감명을 받은 얼굴로 되뇌었다.
 "이 얼마나 소박한 지혜입니까, 판사님?"

엘러리는 얼굴에 미소를 머금었다.

"경감님, 방금 그 말은 아주 적절한 말씀입니다. 바틀렛의 영광스러운 인용구 대사전에 수록해도 아주 좋을 말이군요. 저 숙녀분은 지금 대단히 약해져 있으니까요, 적절한 곳에 약간의 압력을 가하기만 하면······."

몰리 경감이 지친 얼굴로 말했다.

"이 친구가 레프티입니다. 이리로 오게, 레프티. 매클린 판사님과 엘러리 퀸 씨라네. 퀸 씨가 이 근방의 조수 간만에 대해 알고 싶다고 하셔서 자넬 불렀네. 뭐 좀 찾은 건 없나?"

몸집이 작은 레프티는 얼굴을 찌푸린 채 몸을 흔들면서 걸어왔다. 그는 머리, 얼굴, 손 할 것 없이 전부 붉었으며 얼굴의 주근깨를 전부 쏟아내면 1리터는 될 법했다.

"아직 아무것도 없습니다, 경감님. 지금은 골프 코스를 뒤지고 있는데요······. 철수하는 친구들은 방금 바함에서 내려왔고요······. 만나 뵙게 되어서 반갑습니다, 신사 여러분. 그래서 조수 간만의 차에 대해 뭘 알고 싶으시다는 겁니까?"

"될 수 있는 한 전부 다요."

엘러리가 말했다.

"앉아요, 레프티. 담배 한 대 피우시겠습니까? 좋아요. 이 근방에 오랫동안 살아서 바다에 대해 잘 안다면서요?"

"엄청 오래 살았죠. 여기서 한 5킬로미터 떨어진 곳에서 태어났거든요."

"좋아요! 조류가 불규칙한 편인가요?"

"불규칙하냐고요? 글쎄요, 가끔 기상 상태가 유별날 때 골치 아파지는 장소가 몇 군데 있긴 하지만 그 외에는 대부분 규칙적입니다. 대체로 이 근방의 물살은 그럭저럭 괜찮은 편이지요."

레프티가 씩 웃었다.

"그럼 이 만 근처의 물살은 어떻습니까, 레프티?"

그의 얼굴에 미소가 사라졌다.

"아, 알겠습니다. 바로 여기가 그 골치 아픈 곳입니다. 여기 절벽 모양이 워낙 독특한 데다 입구도 좁기 때문에 물 높이에 따라 가끔 이상해지곤 하죠."

"혹시 특정한 날의 물이 들고 나는 시간을 정확히 말해줄 수 있습니까?"

레프티는 진지한 표정으로 커다란 주머니를 뒤지더니 귀퉁이가 닳은 팸플릿을 하나 꺼냈다.

"물론입니다. 예전에 한동안 해안 측량 관련한 일을 한 적이 있었거든요. 그래서 이 만에 대해서는 잘 알죠. 어떤 날이 알고 싶으신 겁니까?"

엘러리는 담배를 빤히 노려보았다.

"어젯밤."

레프티가 페이지를 휙휙 넘겼다. 매클린 판사가 눈을 가늘게 뜨고는 호기심 어린 눈빛으로 엘러리를 뚫어져라 바라보았다. 그러나 엘러리는 끄트머리가 하얗게 부서지며 밀려오는 파도를 열심히 바라보며 유쾌한 몽상에 잠겨 있었다.

레프티가 말했다.

"아, 여기 있네요. 어제 아침……."

"어젯밤부터 시작해주십시오, 레프티."

"알겠습니다. 제일 높을 때가 12시 6분이군요."

"자정을 살짝 넘긴 시간이란 말이죠."

엘러리가 생각에 잠겼다.

"그러고 나서 물이 빠지기 시작했다……. 그럼 그다음으로 높을 때가 언젭니까?"

레프티가 씩 웃었다.

"지금 들어오는 저겁니다. 오후 12시 15분에 높거든요."

"그럼 어젯밤 제일 낮았을 때는요?"

"아침 6시 1분이었습니다."

"알겠습니다. 이거 하나만 더 물어보죠, 레프티. 일반적으로 봤을 때 이 만에서 물이 빠져나가는 속도는 어느 정도 됩니까?"

레프티가 붉은 머리를 긁었다.

"그야 다른 곳들처럼 매년 계절에 따라 다르죠, 퀸 씨. 하지만 기본적으로는 엄청 빠릅니다. 소리만 들으면 밑바닥에 뭐 괴상한 장치라도 설치돼 있는 것 같다니까요. 절벽도 있고 해서 더 복잡합니다. 꼭 빨려나가는 것처럼 물이 빠집니다."

"아, 그럼 물이 높이 들어왔을 때와 낮게 들어왔을 때 그 깊이 차이에 따라 속도가 상당히 차이가 난다는 말이군요?"

"그럼요. 보시다시피 이 해안은 완만하게 비탈이 져 있거든요. 그러니까 빨리 나가죠. 봄 조수 때는 저쪽 해변으로 내려가는 계단의 세 번째 단까지 물이 찹니다. 깊이에 따라서 거의 2, 3미터가량 차이가 나죠."

"굉장히 차이가 많이 나는군요."

"그럼요. 특히 여기가 좀 심합니다. 물론 메인 주의 이스트포트에 비하면 별것도 아니지만요. 거긴 5미터도 넘게 차이가 난다고 하니까요! 아, 그리고 캐나다의 펀디 만은 간만의 차가 13미터 이상이라고 하더군요. 뭐 거의 할아버지 수준이죠. 그리고 또……."

"잠깐만요, 됐습니다. 잘 알았습니다. 이야기를 들어보니 당신은 전 세계의 역동적인 해양학적 지식을 두루 갖추고 있는 모양이로군요, 레프티."

엘러리가 중얼중얼 말했다.

"그렇다면, 오늘 새벽 1시경에는 이 해안에 물이 얼마나 들어와 있었습니까?"

매클린 판사와 몰리 경감은 처음으로 엘러리의 의도를 완전히 파악했다. 판사는 긴 다리를 꼬고 앉아 밀려드는 물결을 유심히 바라다보았다.

레프티가 입술을 깨물고 만을 노려보았다. 그러더니 마치 무언가를 계산하기라도 하듯 소리 없이 입술을 움직였다. 이윽고 레프티가 말했다.

"퀸 씨, 그걸 알기 위해서는 생각해야 할 게 굉장히 많습니다. 하지만 올해 이맘때의 가장 높은 물살과 지금 해변에 약 60센티미터 정도의 물이 남아 있다는 사실로 미루어 봤을 때 가장 근접하게 추정하자면 오늘 새벽 1시경에는 적어도 5, 6미터 정도 들어와 있을 거라고 봅니다. 여기는 물살이 굉장히 빠르다고 말씀드렸죠? 1시 반쯤에는 거의 10미터 넘게 들어와 있었을 겁니다. 이 만은 좀 유별나서요."

"훌륭합니다! 고마워요, 레프티. 아주 큰 도움이 되었습니다. 가려운 부분을 아주 정확히 긁어주었군요."

엘러리가 레프티의 어깨를 기운차게 두들겼다.

"도움이 되었다니 저도 기쁩니다. 더 필요하신 것 있습니까, 경감님?"

몰리가 멍하니 고개를 흔들자 형사는 사라졌다.

"그래서 뭡니까?"

잠시 후 몰리가 물었다.

엘러리는 자리에서 일어나 테라스 계단을 통해 해변 쪽으로 내려갔다. 그러나 모래사장에 발을 들이지는 않았다.

"그런데 말입니다, 경감님. 제가 추정하기에 이 테라스로 들어오는 데는 두 가지 길이 있는 것 같군요. 저쪽 큰길과 이쪽 만에서 들어오는 길 말입니다. 맞습니까?"

"맞소. 보면 알잖소?"

"전 협동을 좋아하거든요. 그러면……."

"나는 논쟁을 싫어하지. 테라스로 들어오는 두 갈래 길 모두 절벽을 거쳐야만 한다는 사실을 내가 지적해도 되겠나, 엘?"

매클린 판사가 말했다.

"하지만 절벽의 높이가 여기서 12미터는 족히 되지 않습니까? 설마 누군가가 12미터나 되는 절벽 위에서 해변이나 테라스로 직접 뛰어내렸다는 말씀을 하시려는 건 아니겠지요?"

엘러리가 항변했다.

"그럴 리는 없지. 하지만 밧줄이나 무슨 기구를 써서 천천히 내려오면……."

"밧줄 같은 걸 묶어놓은 흔적은 없습니다. 그런 걸 묶을 만한 밧줄이나 나무는 적어도 2백 미터 근방에는 없고요."

몰리 경감이 화를 냈다.

"하지만 공범이 밧줄을 잡아줄 수는 있지 않겠소?"

판사가 부드럽게 말했다.

"제발, 판사님. 친애하는 솔론이시여, 왜 갑자기 궤변론자가 되셨습니까? 당연히 저도 그런 뻔한 가능성은 생각해봤죠. 하지만 도대체 길이나 계단을 내버려두고 그렇게 에둘러 가는 방법을 선택할 이유가 어디 있겠습니까? 판사님도 아시다시피 누가 지켜 서서 경비를 서고 있던 것도 아니었잖아요. 그리고 밤이 되면 저 절벽의 그림자는 한층 더 어두워질 테고요."

엘러리가 초조하게 대답했다.

"소리가 나지 않겠니? 자갈길이니까."

"옳으신 말씀입니다. 하지만 누군가가 밧줄을 써서 절벽의 돌을 긁어대며 12미터 상공에서 내려온다면 더 큰 소리가 날 테지요. 그리고 누군가 평범하게 자갈길 위를 걸어오는 소리보다 훨씬 수상쩍은 소리가 날 테니 희생양 후보자들에게는 더욱 불안감을 줄 테죠."

판사가 껄껄 웃었다.

"그 키드 선장이라는 친구의 발소리는 '평범하게 자갈길을 걷는 소리'는 아니었겠지. 엘, 물론 네 말이 완벽히 옳다는 데 나는 아무런 이의가 없단다. 다만 내가 생각하기에 옥석을 가려야 할 문제이기에 하나하나 해명해 나가고 있을 뿐이지. 너도 항상 고려하고 참작해야 할 점들을 일일이 하나하나 꼬집어 설교하지 않니?"

엘러리가 신음하며 판사의 말에 수긍했다.

"좋습니다. 테라스로 접근하는 데는 두 가지 길이 있습니다. 저쪽 위에서 내려오는 길이 있고, 만에서 이리로 올라오는 길이 있지요. 자, 존 마르코는 이 테라스에 오늘 새벽 1시까지 살아 있었다는 사실을 우리는 모두 알고 있습니다. 그 증거가 바로 여기 있지요. 이 펜필드라는 남자에게 편지를 쓰기 시작한 시각을 편지 첫머리에 적어놓았으니까요. 그리고 마르코가 바로 '오늘' 새벽 1시에 편지를 썼다는 것도 의문의 여지가 없습니다. 날짜 또한 적어놓았으니까요."

"맞습니다."

몰리가 고개를 끄덕였다.

"또한 만약 마르코의 시계가 틀렸다 하더라도 최대 삼십 분 이상으로는 오차가 나지 않았을 겁니다. 그리고 그 가능성 또한 많지도 않고요. 검시관이 피살자는 사실상 즉사했다고 했으며, 또 사망 추정 시각을 1시에서 1시 30분 사이로 잡지 않았습니까? 따라서 우리는 그 선에서 계속 수사하면 되는 거죠."

엘러리는 말을 멈추고 평온한 작은 해변을 내려다보았다.

"그게 뭐 어쨌단 겁니까?"

경감이 사납게 물었다.

"저 녀석은 지금 살인자가 온 시각을 어느 정도 추정해보려는 겁니다."

판사가 나직하게 말했다.

"계속해봐라, 엘러리."

"자, 마르코가 산 채로 새벽 1시쯤 여기로 내려왔다면 살인자는 도대체 언제 온 걸까요?"

엘러리는 노신사의 말에 긍정하듯 고개를 끄덕이고는 말을 이었다.

"이것은 당연히 몹시 중요한 질문입니다. 이 질문의 대답에 따라 하나하나 앞으로 나아갈 수가 있지요. 마르코 자신이 남긴 말로 미루어 보았을 때, 어쨌든 살인자보다는 피살자가 먼저 왔다는 사실을 알 수 있죠."

"잠깐만!"

몰리가 외쳤다.

"너무 빨리 진행하지 마시오. 그건 도대체 어떻게 알아낸 거요?"

"아니, 경감님. 그건 당연하지 않습니까? 피살자가 편지에 그렇게나 많은 말을 적어놓은 걸 보면요!"

"증명해보시오."

몰리가 완고하게 말했다.

엘러리가 한숨을 쉬었다.

"마르코가 편지에 '혼자 있을 수 있는 시간을 몇 분 정도 얻었다.'라고 쓰지 않았습니까? 당연히 옆에 누가 있었다면 편지를 쓰지 못했을 테죠. 또한 마르코는 실제로 편지에 자신이 누군가를 기다리고 있다고 적었습니다. 이 말이 틀렸음을 입증하는 방법은 이 편지 자체가 가짜라는 사실을 증명하는 수밖에 없지요. 하지만 경감님께서는 이 편지의 필적이 마르코 본인의 것이라는 데에는 아무런 의문의 여지가 없으며, 저 또한 경감님의 그 말씀에 동의하고 받아들이고자 합니다. 왜냐하면 그래야 제 이론이 성립되니까요. 만일 마르코가 1시경 혼자 여기에 산 채로 왔다면, 그때 살인자는 아직 오지 않았습니다."

엘러리가 말을 멈추었다. 경감이 그를 빤히 쳐다보고 있었다. 갈라진 절벽 틈 사이로 커다란 보트가 코를 들이밀며 나타났다. 그 보트에는 사람들이 한가득 들어차 있었다. 보트 양쪽으로 기이하게 생긴 장치가 질질 끌려오고 있었는데 그 양 끝은 깊고 푸른 바닷물 속으로 들어가서 보이지 않았다. 존 마르코의 옷이 혹시나 스페인 곶에서 떨어져 물속으로 들어갔는지 찾기 위해 보트가 수색 작업을 벌이는 중이었다.

엘러리는 그 보트에서 눈을 떼지 않고 말을 이었다.

"또한 우리의 조수 간만 전문가가 말하기를 오늘 새벽 1시에는 해변에 약 5, 6미터 정도로 물이 차올랐다고 했습니다. 하지만 저는 방금 그 시각에 마르코가 아직 살아 있었다는 사실을 입증했지요."

"그래서 뭐가 어쨌다는 거요?"

"경감님도 오늘 아침 해변을 보시지 않았습니까!"

엘러리가 마구 팔을 휘두르며 고함을 버럭 질렀다.

"심지어 바로 몇 시간 전 매클린 판사님과 제가 여기 도착했을 때 해변은 이미 8, 9미터 정도 물이 빠진 상태였습니다. 그 모래사장 위에 뭔가 흔적이 남아 있었습니까?"

"기억이 안 나는데요."

"없었습니다. 따라서 어젯밤 1시에서 1시 반 사이에도 모래 위에는 아무런 자국이 나지 않았습니다! 물살은 테라스에서 점점 더 먼 쪽으로 빠져나가는 중이었으니까요. 그렇다면 5, 6미터가량 되었던 모래 면적이 1시 이후에는 점점 더 바다 쪽을 향해 넓어지기 때문에, 파도가 테라스 근처에 찍혀 있던 발자국을 지워버릴 수가 없죠. 어젯밤엔 비도 안 왔고요. 그리고 만약 바람이 불었다고 해도 십 몇 미터나 되는 돌로 이루어진 벽을 뚫고 발자국을 지워버리기란 어려운 일입니다."

"계속하렴, 엘러리."

판사가 잽싸게 말했다.

"자, 관찰해보십시오. 마르코를 죽인 살인자가 아래쪽 해변을 통해 테라스로 접근했다면 그는 반드시 모래사장 위에 발자국을 남겼을 겁니다. 제가 방금 전 증명했듯 살인자는 1시 이후에 여기에 도착했고, 그때는 이미 5, 6미터 이상 해변의 모래가 드러났을 때지요. 하지만 지금 모래 위에 발자국은 없습니다. 따라서 마르코를 죽인 살인자는 저 아래쪽 해변을 통해 테라스로 오지 않았습니다!"

거대한 침묵이 흘렀다. 때때로 보트의 끌개가 지르는 비명과 해변으로 몰아치는 잔물결 소리만이 들렸다.
"그게 당신이 이끌어낸 결론이로군요."
몰리 경감이 우울하게 고개를 끄덕였다.
"아주 깔끔한 논리입니다, 퀸 씨! 하지만 그런 기나긴 장광설 없이도 나 역시 똑같은 말을 할 수 있어요. 왜냐하면……."
"왜냐하면 테라스로 접근하는 길은 단 두 가지뿐인데 해변으로 오는 길이 소거되었으니 따라서 살인자는 육로, 즉 저쪽에 있는 길로 올 수밖에 없었다. 그럼요. 옳습니다, 경감님! 논리적으로 설명을 했으니 당연히 논리에 맞을 수밖에 없죠. 하지만 단순히 말이 된다고 해서 전부 다 옳은 것은 아닙니다. 다른 대안이 말이 되지 않는다는 것을 논리적으로 증명해야만 그것이 논리적인 답이 되는 것입니다."
몰리는 허공에 손사래를 쳤다.
"네, 마르코를 죽인 범인은 저쪽 길을 통해서 왔습니다. 그 사실에 대해서는 더는 반론의 여지가 없습니다. 여기서부터 이야기가 시작됩니다."
"별로 대단치는 않은 일이군요."
몰리가 사납게 말하더니 슬며시 엘러리의 눈치를 보았다.
"그렇다면 당신은 살인자가 저 저택에서 나와서 이리로 왔다고 생각하는 거요?"
엘러리가 어깨를 으쓱했다.
"길은…… 길이죠. 따라서 아주 자연스럽게 저 스페인식 주거용 건물에 있던 사람들은 가장 유력한 용의자들이 됩니다. 하지만 그 길은 또한 곶의 좁은 입구로 이어지기도 하고, 그 좁은 입구를 나가면 정원을 통해 들어오는 길로 이어지고, 정원을 통한 길 밖에는……."

"고속도로가 있죠. 그래요, 알았습니다."

몰리가 포기한 얼굴로 말했다.

"전 세계의 그 어떤 사람도 피살자를 해치울 수 있었다는 말이죠? 물론 나도 포함해서. 말해봐야 입만 아픈 얘기요. 이제 그만하고 집 안으로 들어갑시다."

혼자 무어라 중얼거리는 경감의 뒤를 따라 걸어가면서 엘러리는 멍하니 코안경의 렌즈를 닦았고 매클린 판사는 혼잣말을 했다.

"정확히 말하자면 그 살인자는 범행 현장을 떠날 때도 그 길을 통해 나갔을 거야. 모래사장 5, 6미터 넓이를 훌쩍 뛰어넘기란 불가능하니까 말이지. 마르코를 죽일 때도 바다 가까이로는 가지 않았겠지. 그렇지 않고서야 발자국 하나 없을 리가 없어."

"아, 그래요! 판사님 말씀이 맞아요. 경감님이 실망하시는 것도 이해가 되죠. 제가 방금 전 늘어놓은 설에 따르면 이 범행에는 그 어떤 초우주적 장치도 동원되지 않았을 테니까요. 하지만 분류는 필요해 보이는군요……."

엘러리가 한숨을 쉬었다.

"마르코의 시체가 나체 상태였다는 게 계속 마음에 걸립니다. 마치 바그너 오페라의 라이트모티프처럼 이 늙은 뇌세포를 쿵쿵 울려대는데요. 판사님, 분명 거기에는 숨겨진 비밀이 있을 거예요!"

"숨겨진 비밀은 지금 네가 만들고 있지 않느냐."

한참 동안 깊이 생각에 잠겨 걷던 매클린 판사가 추궁했다.

"어쩌면 그 문제의 답은 단순함의 정수일지도 모르지. 솔직히 말해 골치 아픈 수수께끼라는 건 인정한다만. 도대체 범인이 피살자의 옷을 고의적으로 벗긴 이유는 무엇일까?"

판사는 고개를 저었다.

엘러리가 골똘히 생각에 잠긴 채 말했다.

"흠, 그것도 사실 굉장히 힘든 일이거든요. 혹시 정신을 잃었거나 잠자는 사람의 옷을 벗겨본 적 있으세요? 전 해봤어요. 그리고 이게 말처럼 쉽지만은 않은 일이에요. 팔다리가 아주 제각각으로 따로 놀거든요. 맞아요, 정말 고생스러운 일이에요. 그러니 그런 상황에서는 웬만큼 철저하고 확실한 계획이 있지 않은 이상 할 수가 없는 일이죠. 게다가 망토를 벗기지 않은 채 마르코의 옷을 전부 벗겼죠. 망토에는 소매가 없으니까 아마 별로 어렵지 않았을 거예요. 혹은 망토를 먼저 벗긴 다음에 마르코의 옷을 벗기고 나서 다시 망토를 입혔을 수도 있고요. 하지만 도대체 옷을 벗긴 이유가 뭘까요? 그리고 왜 옷을 다 벗기고 망토는 건드리지 않았을까요? 그리고 지금 생각났는데, 마르코가 편지를 쓰는 동안 지팡이를 쥐고 있었다면 살인자는 마르코의 옷을 벗기기 위해 지팡이를 그의 오른손에서 빼앗았겠지요. 그것은 즉, 옷을 다 벗기고 나서 지팡이를 도로 오른손에 쥐여주었다는 얘기예요. 완전히 무의미한 일이죠. 분명 거기에는 이유가 있을 겁니다. 왜 그랬을까요? 분위기를 조성하기 위해서? 경찰들을 혼란에 빠뜨리기 위해서? 아, 머리가 아프네요."

매클린 핀시기 입술을 깨물었다.

"나도 그 옷을 벗긴 일이 표면적으로 전혀 이해가 가지 않는다는 점을 인정할 수밖에 없구나. 최소한 제정신으로 벌인 일은 아니야. 엘러리, 이건 아무래도 마음에 병이 있거나 정신 병리학적으로 문제기 있는 사람의 짓이거나 아니면 두착적인 행위라는 생각밖에 안 든다."

"만약 살인자가 여자라면……."

엘러리가 꿈꾸듯 말했다.

"그건 말도 안 돼."

노신사가 버럭 화를 냈다.

"설마 진심으로 하는 말은 아니겠지?"

"네? 그러면 안 되나요?"

엘러리가 히죽 웃었다.

"판사님도 저랑 비슷한 생각을 하고 계신 줄 알았는데요. 결코 가능성의 영역 밖에 있는 이야기가 아닙니다. 판사님은 신심 깊은 교회 신자시지만 이번 사건은 정신과 의사한테나 어울릴 법한 일이어서요. 만약 그렇다면 분명 저 앞바다에는 어느 색정광과 함께 버림받은 여성이……."

"그런 지저분한 생각은 집어치워라."

판사가 노기 어린 얼굴로 말했다.

"논리적인 생각을 하고 있을 뿐입니다."

엘러리가 항변했다.

"동시에 정신 병리학적 견지에서 봤을 때 서로 얼개가 들어맞지 않는 사실들이 여러 개 존재한다고 말할 수도 있고요. 남성 범죄자가 빠뜨린 특별한 어떤 것. 뭐 여성 범죄자라도 마찬가지죠. 이렇게 말해도 좋다면요."

엘러리는 한숨을 내쉬었다.

"자! 그런데 그 펜필드라는 친구는 어떻죠?"

"뭐?"

판사가 걸음을 뚝 멈추고 소리를 질렀다.

"펜필드 말이에요."

엘러리가 느릿느릿 대답했다.

"판사님은 알고 계시잖아요? 뉴욕 시 파크 거리 11번지에 사는 변호사 루셔스 펜필드요. 그때 판사님이 '영감을 받은 사람처럼 눈을 쳐들고' 앉아 계셨을 때, 애수 비슷한 감정에 젖어 계셨다는 것은 유치하리만큼 명백합니다. 판사님은 윌 콜린스의 말에 충실히 따라 '수심에 잠긴 영혼'을 '그윽한 뿔피리에 불어 넣었'던 거죠."

"그윽한 뿔피리 따위 집어치워라! 가끔 너 때문에 정말로 언짢을 때가 있구나."

판사가 심술궂게 말했다.

"내 얼굴에 그렇게 표시가 다 나더냐? 한때는 스핑크스 같은 포커페이스로 이름을 떨쳤는데. 딱히 구슬펐던 건 아니다. 그저 짧게 스쳐 간 기억 때문에 기분이 아련했던 것뿐이지. 갑자기 떠올랐거든."

"뭘 떠올리셨는데요?"

"꽤 오래전 얘기란다. 십 년도 넘었을까. 당시 내가, 음. 그러니까 변호사 협회에서 법률 영역 밖의 활동으로 다소 활약할 때의 일이지. 당시 인사 물갈이 문제로 작지만 사소한 사건들이 자주 발생했는데, 그때 그중에서도 아주 냄새가 심한 사건을 맡으면서 루셔스 펜필드 씨와 불쾌한 만남을 갖게 되었지. 그래서 내가 그 신사의 명성만큼은 확실하게 알고 있단다. 그것도 아주 악취가 나는 명성이지."

"아!"

"그럴 땐 '아'가 아니라 '허!'가 더 어울릴 텐데 말이다."

판사가 차갑게 말했다.

"동료 변호사들은 분개해 힘을 합쳤고 펜필드는 체포되었지.

물론 그 펜필드가 이 펜필드일 때의 얘기지만……. 아무튼 그 친구는 변호사답지 않은 처신 때문에 체포되었어. 구체적이고 덜 예의 바르게 말하자면 증인에게 위증을 하도록 모의했던 거지. 상대편 배심원들에게 상당한 뇌물을 먹이고 말이다. 그리고 그 외에도 수많은 짓거리들을 했지."

"그래서 어떻게 되었죠?"

"아무 일도 안 일어났다. 법조계는 상식이 있는 집단이니 그런 일에 분노를 표했고, 따라서 펜필드는 어떤 이득도 얻을 수 없었지. 다만 그가 평소처럼 능수능란하게 방어했기에 변호사 자격 박탈까지 당하지는 않았지만 말이다……. 엘러리, 나는 루셔스 펜필드에 관한 이야기라면 온종일이라도 할 수 있단다. 시간이 가면 갈수록 기억이 더욱 선명해지는구나."

"그래서 존 마르코가 그 썩은 달걀하고 편지를 주고받았단 말이죠?"

엘러리가 중얼거렸다.

"그리고 그 인사말이 상당히 친근했던 걸 보면, 마르코는 그 더러운 소문에는 전혀 신경도 안 썼던 것 같네요. 판사님이 펜필드에 대해 아시는 걸 전부 말씀해주실 수 있으세요?"

"흔한 말 한마디로 정리할 수 있지."

매클린 판사는 씁쓸하게 입술을 비틀며 말했다.

"루크 펜필드는 아직 교수형을 당하지 않은 악당들 중에서 최고의 거물이야!"

5:
이상한 손님들로 가득한 집

두 순경이 지루한 표정으로 파티오를 지키고 있었다. 그들은 몰리 경감을 따라서 밝은 빛깔의 바다 돌을 밟으며 이국적인 분위기의 무어풍 아치형 현관을 났다. 그러자 전통적인 아라베스크 문양 장식이 가득하고 반짝반짝 빛나는 색색의 타일 등으로 벽의 아랫부분을 색다르게 마감한 작은 회랑이 나왔다.

"이 집의 대부호가 오리엔탈리즘의 신봉자라는 점은 결코 의심할 수가 없겠군요."

엘러리가 말했다.

"특히 스페인식 건축 양식 중에서도 무어풍의 느낌이 나도록 크게 강조한 점이 눈에 띕니다. 이거 프로이트한테 연락해야겠는데요."

"난 가끔 네가 그렇게 생각이 많은데 밤에는 어떻게 그렇게 잘 자는지 궁금할 때가 있다."

노신사가 투덜거렸다.

엘러리는 잠시 멈춰 서서 붉은색과 노란색, 녹색이 선명한 타일들을 바라보며 말을 이었다.

"저는 가끔 사라센의 분위기 속에서, 그것도 아주 뜨거운 스페인 소스를 끼얹은 채 살아간다면 차디찬 북유럽인의 정신도 영향을 받지 않을까 궁금해하곤 하죠. 물론 죽어버린 불씨에 그렇게 큰불을 일으키진 못할 테지만요. 예를 들어 컨스터블 부인처럼 전형적인 서구 여성의 경우에는……."

"자, 자, 여러분. 할 일이 많습니다."

몰리 경감이 짜증스러운 말투로 말했다.

사람들은 모두 널찍한 스페인식 거실에 모여 있었다. 중세 카스티야 영주의 하시엔다 곳곳에 퍼져 있다가 모여든 모양이었다. 한 명도 빠지지 않고 전원 모여 있었다. 컨스터블 부인의 창백한 얼굴에는 핏기가 거의 없었다. 그녀의 눈은 공포 대신 피로로 느릿느릿 깜박였다. 문 부부는 웃기 없는 얼굴로 석상처럼 앉아 있었다. 고드프리 부인은 신경질적으로 손수건을 만지작거렸으며 로사의 뒤에는 떫은 표정을 지은 얼 코트가 서 있었다. 몸집 작고 뚱뚱하고 천해 보이는 월터 고드프리는 여전히 지저분한 바지를 입은 채 가만히 있지 못하고 바닥에 깔려 있는 반짝이는 매트 위를 오갔다. 존 마르코의 그림자가 그들의 머리 위로 무겁고 어둡게 드리워져 있었다.

"지금부터 이 방을 수색할 예정입니다."

몰리가 말했다. 그의 시선은 이곳저곳을 살피느라 정신이 없었다.

"자, 여러분. 내 말 잘 들으십시오. 지금부터 내가 하는 일은 전부 경찰 직무에 따라 수행하는 일입니다. 당신들이 누구건 어떤 사람이건 또 어디에 어떤 거물과 어떤 연줄이 있건 전부 나하고는 요만큼도 상관없는 일입니다. 우리는 이 나라와 이 지역에서 가장 정직한 부처니까요. 그리고 당신 역시 마찬가지요, 고드프리 씨."

작고 뚱뚱한 남자가 이글이글 불타는 눈으로 몰리를 쳐다보았지만, 몰리는 무심하게 말을 계속했다.

"나는 머리끝부터 발끝까지 이 일을 샅샅이 뒤질 생각입니다. 아무도 나를 막지 못해요. 내 말 알아들었소?"

"아무도 당신을 방해하지 않을 거요. 잡소리 그만하고 어서 들 가서 할 일이나 하쇼!"

고드프리가 걸음을 멈추고 버럭 고함을 질렀다.

"할 일이라면 지금 하고 있지 않습니까."

몰리가 약간 심술궂게 웃어 보였다.

"가끔 사람들한테 살인 사건이란 게 웃을 일이 아니라 심각하고 끔찍한 일이라는 사실을 설명하는 게 얼마나 번거로운지 알면 당신도 놀랄 겁니다. 당신 지금 상당히 신경이 곤두서 있는 모양인데, 고드프리 씨. 그럼 당신부터 시작합시다. 올 여름이 되기 전에는 피살자 존 마르코라는 사람을 전혀 몰랐다는 게 사실입니까?"

고드프리가 기이한 시선을 번득이며 아내의 긴장한 얼굴을 쳐다보았다.

"내 아내가 그렇게 말했소?"

그는 이 사실이 대단히 놀랍다는 표정이었다.

"고드프리 부인이 내게 무슨 말을 했는지는 모르셔도 됩니다. 질문에나 대답하시죠."

"맞소. 나는 몰랐소."

"고드프리 부인이 마르코를 여기로 초대하기 전까지 전혀 친교가 없었습니까?"

"내가 친교를 가지는 사람들은 매우 한정되어 있다오, 경감."

백만장자가 차갑게 말했다.

"내 아내가 도시 어딘가에서 그 남자와 우연히 만나게 됐다고 들었소. 아마 그때 내 얘기도 했겠지."

"피살자와 사업적 거래를 한 적은 없습니까?"

"이것 보시오!"

고드프리가 매우 불쾌한 표정을 지었다.

"뭔가 거래가 오간 적은 없단 말이죠?"

몰리가 집요하게 물었다.

"그게 무슨 헛소리요? 난 여름 내내 그 작자와 말 한마디 안 나눴소. 애초에 그치를 별로 좋아하지도 않았을 뿐더러 그걸 별로 감출 생각도 없었지. 하지만 내 아내의 사회적인 교류를 방해할 생각은 없었기 때문에……."

"오늘 새벽 1시에 어디에 있었습니까?"

백만장자의 뱀 같은 작은 눈에 힘이 들어갔다.

"침대에서 자고 있었는데?"

"몇 시에 자러 갔습니까?"

"10시 반이오."

"그때 다른 손님들은 전부 잠들지 않고 있었습니까?"

몰리가 고함을 질렀다.

"경감님, 그 사람들은 내 손님이 아니오. 내 아내 손님이지. 그 점은 명확하게 짚고 넘어갑시다. 이 사람들한테 물어보면 물리적인 가능성과는 상관없이 내가 그 사람들하고 얼마나 무관하게 지냈는지 금방 알게 될 거요."

고드프리가 부드럽게 말했다.

"월터!"

스텔라 고드프리가 고통스러운 목소리로 울부짖으며 입술을 씹었다. 로사는 검은 머리를 돌린 채 시선을 피하고 있었다. 그녀의 얼굴에는 피로와 당황이 뒤섞여 있었다. 문 부부는 그 자리가 대단히 불편해 보였으며 특히 남편 쪽은 무언가 웅얼웅얼 잘 들리지 않는 소리로 중얼거리고 있었다. 컨스터블 부인만이 표정을 바꾸지 않았다.

"그럼 당신이 살아 있는 마르코를 마지막으로 본 건 10시 반이었다는 뜻입니까?"

고드프리가 경감을 빤히 쳐다보았다.

"당신 바보요?"

"뭐요?"

경감이 입을 떡 벌렸다.

"만약 내가 10시 반 이후에 마르코를 보았다 한들 그걸 내가 인정할 것 같소?"

백만장자는 땀 흘려 일한 작은 노동자처럼 자신의 바지춤을 한 번 철썩 때리고는 피식 웃었다.

"지금 시간 낭비하시는 거요."

엘러리는 몰리의 커다란 손이 부르르 떨리고 두꺼운 목 줄기에 핏줄이 바짝 서는 것을 보았다. 그러나 경감은 그저 머리를 돌리고 아주 차분하게 물었을 뿐이었다.

"마지막으로 마르코를 본 사람이 누굽니까?"

근질근질한 침묵이 맴돌았다. 몰리의 두 눈이 주위를 천천히 훑어보았다.

"어서 말하는 게 좋을 겁니다."

그는 초조하게 말했다.

"부끄러워하지 말고 어서 나오시죠. 난 그냥 살해당한 전날 밤 피살자의 움직임을 파악하고 싶은 것뿐입니다."

고드프리 부인이 절망적인 얼굴로 미소를 지었다.

"브…… 브리지 게임을 같이 했어요."

"좋습니다! 누구랑 언제 했죠?"

"문 부인이랑 코트 씨가 한 팀을 짰어요."

스텔라 고드프리는 낮은 목소리로 말했다.

"그리고 컨스터블 부인과 마르코 씨가 또 한 팀이었죠. 문 씨와 내 딸 그리고 데이비드도 같이 게임을 할 예정이었지만 로사와 데이비드가 나타나지 않았기 때문에 문 씨와 나는 그냥 앉아서 구경만 했어요. 우리는 저녁을 먹은 다음 흩어져서 각자 개별 행동을 잠깐 하다가, 나중에 파티오에 모였죠. 그러고 나서 거실, 그러니까 여기 말이에요. 여기로 와서 아마 8시나 8시 조금 지나서부터 게임을 시작한 것 같아요. 자리는 자정이 다 되어서야 파했죠. 굳이 정확히 말하자면 12시 15분쯤이었던 것 같아요. 그게 다예요, 경감님."

"그러고 난 후는요?"

고드프리 부인이 눈을 내리깔았다.

"그냥…… 그냥 흩어졌어요. 마르코 씨가 제일 먼저 나갔죠. 그…… 그 사람은 게임이 끝날 무렵부터 왠지 뭔가 조바심을 내는 눈치였어요. 그리고 마지막 판이 끝나자마자 사람들한테 잘 자라고 인사를 하고는 자기 방으로 올라가버리더군요. 그리고 다른 사람들은……."

"혼자 올라갔습니까?"

"아마…… 그랬던 것 같네요."

"여러분, 부인 말이 맞습니까?"

사람들이 즉시 고개를 끄덕였다. 월터 고드프리만은 못생긴 얼굴에 반쯤 조소를 띤 채 가만히 있었다.

"잠깐 끼어들어도 되겠습니까, 경감님?"

몰리가 어깨를 으쓱하자 엘러리가 사람들에게 친근한 미소를 지어 보였다.
"고드프리 부인, 게임이 시작한 시간부터 끝난 시간까지 모든 사람들이 이 방을 떠나지 않고 줄곧 앉아 있었습니까?"
부인은 멍한 표정을 지었다.
"아뇨, 그렇지는 않았어요. 때때로 사람들이 몇 분 간격으로 들락날락했죠. 하지만 그렇다고 해서 딱히 주시하지는 않았……."
"게임을 하는 네 사람은 저녁 시간 내내 계속 게임을 했습니까? 파트너나 플레이어를 바꾸지는 않았고요?"
고드프리 부인이 살며시 고개를 돌렸다.
"잘…… 기억이 나지 않아요."
문 부인의 험악하고 아름다운 얼굴에 갑자기 생기가 되살아났다. 그녀의 백금 빛깔 머리가 유리창을 통해 쏟아지는 햇빛을 받아 윤기를 내뿜었다.
"저는 기억이 나요! 코트 씨가 고드프리 부인한테 괜찮다면 대신 게임을 할 수 있느냐고 한 번 말한 적이 있어요. 아마 9시쯤이었을 거예요. 부인은 싫다고 하시면서, 코트 씨가 게임을 하기 싫다면 제 남편이 하는 게 어떻겠느냐고도 물었어요."
"맞소."
문이 재빨리 말했다.
"그 말이 맞아요. 완전히 잊어버리고 있었군, 세실리아."
문의 마호가니 빛깔 얼굴이 완벽하게 나무처럼 굳어 있었다.
"그래서 내가 자리에 앉았고 코트 군은 어디론가 어슬렁어슬렁 가버렸지."
"허허, 그랬단 말이지요?"
경감이 말했다.

"그래서 당신은 어디 갔던 겁니까, 코트 씨?"

젊은이는 귀까지 새빨갛게 붉히며 화가 난 듯 입술을 일그러뜨렸다.

"그래서 뭐가 달라진다는 겁니까? 마르코는 내가 나갈 때도 여전히 자리에 앉아 있었다고요!"

"어디 갔었습니까?"

"뭐…… 굳이 알고 싶으시다면야."

코트는 부루퉁한 얼굴로 대답했다.

"로사…… 고드프리 양을 찾으러 갔었습니다."

로사가 등을 움찔하고는 주위에 다 들릴 정도로 크게 코를 훌쩍였다.

"저는 로사를 걱정했단 말입니다!"

젊은이가 분노를 터뜨렸다.

"저녁을 먹은 지 얼마 안 돼서 삼촌과 함께 나갔다가 돌아오질 않았다고요. 나는 납득할 수가 없어서……."

"내 일은 내가 알아서 해요."

로사가 돌아보지 않은 채 차갑게 말했다.

"그래요. 어젯밤에도 당신 일은 당신이 알아서 했겠죠. 좋네요. 그것 참 잘도 알아서 했군요……."

코트가 씁쓸한 목소리로 항의했다.

"당신이 얼마나 용감한 영웅인지는 몰라도……."

"로사, 아가야."

고드프리 부인이 힘없는 목소리로 제지했다.

"코트 씨는 얼마나 오래 밖에 있었습니까?"

엘러리가 점잖게 물었다. 아무도 대답하지 않았다.

"얼마나 오래 있었죠, 문 부인?"

"꽤 오래요!"

전직 여배우가 소름 끼치는 비명을 내질렀다.

"그러면 탁자를 떠나서 오랫동안 나가 있던 사람은 코트 씨 하나뿐이었습니까?"

기이하게도 모두가 서로를 쳐다보고 나서 각자 시선을 돌렸다. 그러더니 다시 문 부인이 특유의 째지는 금속성 목소리로 말했다.

"아뇨, 조…… 마르코 씨도 나가 있었어요."

죽음 같은 침묵이 그들을 감쌌다.

"그건 몇 시였습니까?"

엘러리가 차분하게 말했다.

"코트 씨가 나가고 나서 몇 분 후였어요."

문 부인이 가녀린 흰 손으로 머리카락을 몇 번 만지작거렸다. 그녀는 신경질적으로, 마치 교태를 부리듯 미소 지었다.

"고드프리 부인에게 게임을 대신 해달라고 부탁하고는 실례하겠다면서 파티오 쪽으로 나가더군요."

"문 부인은 기억력이 참 좋으시군요."

몰리가 험악하게 말했다.

"어머나, 그럼요. 전 기억력이 아주 좋아요. 조, 아니 제 남편도 항상 말하길……."

"당신 정확히 어디 갔던 거요, 코트 씨?"

몰리가 느닷없이 물었다.

젊은이의 다갈색 눈동자에서 무언가가 번득 빛났다.

"그냥 주위를 좀 돌아다녔습니다. 로사의 이름을 몇 번 불렀지만 대답이 없더군요."

"마르코가 나가기 전에 돌아왔소?"

"그건……."

"죄송합니다만, 경감님. 그건 제가 말씀드릴 수 있습니다."

부드럽고 유쾌한 남자의 목소리가 저만치 문간에서 들렸다. 모두가 움찔 놀라며 소리가 난 쪽을 돌아보았다. 품위 있게 재단된 검은색 제복을 입은 키 작은 남자가 반쯤 허리를 숙인 자세로 서 있었다. 그 얼굴에는 아첨하는 듯한 기색과 침착한 표정이 공존했다. 작은 파리처럼 손발이 작고 얼굴은 완벽하리만치 납작했으며 표정이 별로 없어서 생각을 읽기가 어려웠다. 칙칙한 피부색과 가느다란 눈매를 보니 동양 쪽 피가 섞여 있는 듯했다. 그러나 교양 있는 영어를 유창하게 구사했으며 수수한 복장에서는 런던 스타일의 느낌이 묻어났다. 엘러리는 그를 보면서 먼 조상 중에 유라시아인이 섞여 있을 거라고 생각했다.

"당신은 누구요?"

경감이 호통을 쳤다.

"틸러, 당장 자리로 돌아가!"

검은 옷의 몸집 작은 남자를 본 월터 고드프리가 퉁퉁한 두 주먹을 휘두르며 사납게 고함을 질렀다.

"누가 너한테 나서서 정보를 물어 오라고 했어? 시키는 일이나 똑바로 해!"

몸집 작은 남자는 송구한 듯 말했다.

"죄송합니다, 주인님."

그리고 몸을 돌려 사라지려 했다. 그러나 그의 눈은 재미있다는 듯 빛나고 있었다.

"이것 봐요, 잠깐만. 가지 말고 이리 와보시오."

몰리가 다급하게 잡았다.

"그리고 고드프리 씨, 끼지 않으셨으면 좋겠는데요."
"틸러, 난 경고했어."
백만장자가 으름장을 놓았다.
몸집 작은 남자는 잠깐 망설였다. 몰리가 차분한 목소리로 말했다.
"이리로 좀 와보시오, 틸러."
고드프리는 갑자기 어깨를 으쓱하고는 방구석에 놓인, 문장이 박힌 거대한 의자 쪽으로 물러났다. 작은 남자가 소리 없는 발걸음으로 다가왔다.
"댁은 뭐 하는 사람이오?"
"저는 이 저택의 하인입니다."
"고드프리 씨의 시중도 들고?"
"아닙니다. 고드프리 씨는 개인적인 용무를 대신해주는 하인은 고용하시지 않습니다. 스페인 곶 저택을 방문하는 신사분들의 시중을 들도록, 고드프리 부인이 저를 고용하셨습니다."
몰리가 기대감에 찬 눈으로 틸러를 쳐다보았다.
"좋소. 그래서 할 이야기란 게 뭐요?"
얼 코트가 흘끗 그를 쳐다보았다. 그는 다소 짜증이 나는 듯 갈색 손으로 금발을 쓸어내리며 고개를 돌렸다. 고드프리 부인은 더듬더듬 손수건을 찾았다. 작은 남자가 말했다.
"코트 씨와 마르코 씨가 어젯밤에 무엇을 하셨는지 말씀드리려고 합니다."
"틸러, 당신 해고야."
스텔라 고드프리가 꺼져가는 목소리로 말했다.
"알겠습니다, 마님."
"아, 아니오. 안 됩니다. 적어도 이 살인 사건이 정리되기 전까지는 안 되죠. 그래, 코트 씨와 마르코 씨가 어쨌다는 거요, 틸러?"

몰리가 말했다.

하인이 헛기침을 한 번 하고는 차분한 태도로 입을 열었다. 그 아몬드 모양 눈동자는 반대편 벽에 서로 엇갈린 채 걸려 있는 두 자루의 사라센 검에 못 박혀 있었다. 틸러는 독특한 말씨로 말했다.

"저는 저녁 식사를 마친 뒤에 나가서 바람을 쐬는 습관이 있습니다. 신사분들께서는 보통 그때 모여 계시기 때문에 저는 한 시간 정도 제 시간을 가질 수가 있지요. 가끔은 조림 씨의 오두막에 들러 파이프 담배를 피우면서 잡담을 나누기도 하고……."

"정원사 말이오?"

"맞습니다, 경감님. 조림 씨는 저쪽에 자기 오두막을 가지고 있거든요. 어젯밤 고드프리 마님이 손님들과 함께 브리지를 하시는 동안 저는 평소 습관대로 조림 씨의 오두막으로 내려갔습니다. 잠시 동안 대화를 나눈 뒤 저는 혼자서 산책을 했지요. 아마 테라스 쪽으로 어슬렁어슬렁 걸어 내려갔던 것 같습니다……."

"이유가 뭐요?"

몰리가 재빨리 물었다.

틸러는 잠시 멍한 표정을 지었다.

"예? 아, 특별한 이유는 없습니다. 그냥 거기 있기를 좋아하거든요. 편안하니까요. 특별히 누군가를 만나러 간 건 아닙니다. 이런 말을 해도 될지 모르겠지만 저는 제 분수를 알기 때문에……."

"하지만 거기서 누군가와 마주쳤다는 거죠?"
"그렇습니다. 코트 씨와 마르코 씨가 계셨습니다."
"그게 몇 시였소?"
"9시에서 몇 분 지난 시각이었던 것 같습니다."
"그 사람들이 대화를 하고 있었소? 무슨 얘기를 하는지 들렸소?"
"네, 들렸습니다. 그분들은…… 음, 다투고 계셨습니다."
"그리고 엿들었단 말이지. 망할, 이 빌어먹을 첩자 같으니!"
젊은 코트가 벌레 씹은 얼굴로 내뱉었다.
"아닙니다."
틸러는 괴로운 얼굴로 중얼거렸다.
"일부러 들으려 했던 건 아닙니다. 하지만 두 분이 워낙 큰 소리로 말씀하고 계셨기 때문에……."
"그럼 그 자리에서 썩 꺼지면 되잖아!"
"혹시 두 분께서 제 발소리를 들으실까 두려워서……."
"신경 쓰지 마시오."
경감이 꺼칠한 목소리로 말했다.
"그래서 두 사람이 무엇 때문에 싸우고 있었던 거요?"
"로사 아가씨 때문이었습니다."
"로사라고!"
고드프리 부인이 숨을 헐떡이며 충격을 받아 휘둥그레진 눈으로 딸을 쳐다보았다. 로사의 얼굴은 천천히 붉게 물들었다.
"좋아요, 좋아."
젊은 코트가 목멘 소리로 말했다.
"이 더러운 참견꾼이 다 말해버렸으니 어쩔 수 없군요. 털어놓겠습니다. 내가 그 빌어먹을 지골로 놈에게 한바탕 욕을 퍼부었던 건 사실입니다. 아주 신 나게 했지요! 한 번만 더 그 더러운 손으로 로사를 건드리려 하면 내가……."

"당신이?"

코트가 말을 뚝 끊자 몰리가 부드럽게 물었다.

"제 생각에 코트 씨는 뭔가 폭력적인 행위에 대해 언급하셨던 것 같습니다."

틸러가 중얼거렸다.

"그래요."

몰리는 실망한 얼굴이었다.

"그렇다면 마르코가 고드프리 양을 귀찮게 했던 모양이로군요, 코트 씨?"

"로사, 너 그런 말은 안 했잖니……."

고드프리 부인이 나지막이 말했다.

"이건 말도 안 되는 짓이에요! 전부 다!"

로사가 비명을 지르면서 자리를 박차고 일어났다.

"그리고 잘난 척하는 헛똑똑이 코트 씨, 당신 두 번 다시 나한테 말 걸지 마요! 도대체 당신이 무슨 권리가 있어서 존과 싸움을……. 그래요, 존! ……나를 어쨌다고요? 그 사람은 나를 전혀 귀찮게 굴지 않았어요! 어떤…… 어떤 짓을 하더라도 내가 허락했으면 상관없는 것 아니에요?"

"로사, 난 그저……."

청년이 비참한 얼굴로 말했다.

"나한테 말 걸지 말라고 했죠!"

푸른 눈이 분노와 저항의 빛으로 번쩍였다. 로사는 자긍심 가득한 얼굴로 고개를 꼿꼿이 쳐들었다.

"당신들 전부 이거 알아둬야 해요. 그래요, 엄마도요! 존은 나한테 청혼했어요!"

"마르코 씨하고, 네가……."

고드프리 부인이 입을 딱 벌렸다.

"그리고…… 나는 그걸 받아들였어요. 우리 사이에 그리 많은 말은 오가지 않았지만……."

로사는 한층 더 침착한 목소리로 말했다.

가장 놀라운 일이 벌어졌다. 컨스터블 부인이 의자에서 벌떡 일어나 허스키한 목소리로 말했던 것이다. 그날 아침 이후로 처음으로 듣는 그녀의 목소리였다.

"그 악마 같은 자식. 그놈은 교활하고 더럽고 인간도 아냐. 내가 언젠가 이렇게 될 줄 알았어. 고드프리 양, 당신은 속고 있는 거예요. 나한테 딸이 있었다면……. 그놈이 또 그 더러운 수법을 써서……."

컨스터블 부인은 갑자기 입을 다물었다. 그 뒤로는 몸이 얼어붙은 듯 미동도 하지 않았다.

공포와 비슷한 어떤 감정이 로사의 눈빛을 스쳤다. 로사의 모친은 손으로 입을 가린 채 자신의 딸, 그 키가 크고 가무잡잡한 젊은 여인을 태어나서 처음 보기라도 하는 양 빤히 쳐다보았다.

코트 청년의 얼굴은 흙빛이었다. 그러나 그는 이성을 잃지 않았다.

"고드프리 양은 이미 지금 자기가 뭘 처라했는지 모르는 것 같습니다, 경감님. 무슨 일이 있었는지는 제가 말씀드리지요. 어차피 제가 말하지 않으면 틸러가 말할 테니까요. 아마도 이 친구는 테라스 근처에 대롱대롱 매달려서 그 안에서 벌어졌던 모든 지지분한 일들을 다 주워들은 모양이지요.

말다툼을 하던 도중, 마르코는 저한테 방금 고드프리 양이 했던 이야기를 했습니다. 바로 지난 금요일에 고드프리 양에게 프러포즈를 했고, 그녀가 사실상 그 프러포즈를 받아들였으므로 자기 계획이 전부 완벽하게 결론지어졌다고 자신하더군요. 다음 주 중으로 그녀를 데리고 달아나서 결혼식을 올릴 예정이라고 말했습니다."

그는 말하면서 몇 번 움찔거렸다.

"나는 절대로 그런 일을……. 그 사람도……."

로사가 떨리는 목소리로 말했다.

코트가 차분하게 말을 이었다.

"그 작자는 내가 고드프리 씨 부부한테 이 이야기를 하더라도 전혀 개의치 않을 거라고 했습니다. 두 사람이 서로를 사랑하고 있으니 그 무엇도 거칠 게 없다더군요. 게다가 로사는 자기 말이라면 뭐든지 다 들어줄 거라면서요. 그자의 말에 의하면 나는 멍청한 풋내기에 나서기 좋아하는 얼간이고, 건방진 데다 아직 기저귀도 못 벗었다는 모양입니다. 그리고 그 외에도 결코 온건하지 않은 이야기들을 여러 가지 했지요. 내 말이 맞지 않나, 틸러?"

"맞습니다, 코트 씨."

틸러가 중얼거렸다.

"아마도 내가 그자를 대단히 화가 나게 만들었던 모양입니다. 그렇지 않고서야 그렇게 잔뜩 열이 올라서 속에 있는 말들을 솔직하게 다 끄집어내서 털어놓을 리가 없거든요. 평소 모습을 보면 절대 상상이 안 가죠. 굉장히 흥분한 것 같았습니다. 그리고 나도 너무 화가 난 나머지 그 자리에서 뛰쳐나갔습니다. 아마 조금만 더 같이 있었더라면 내가 그놈을 죽였을지도 모릅니다."

로사가 갑자기 고개를 홱 쳐들더니 한마디 말도 없이 방에서 나가버렸다. 몰리는 별 말 없이 그녀가 나가는 모습을 지켜보기만 했다.

"결혼이라. 그놈이 잘 쓰는 수법이지."

컨스터블 부인이 씁쓸하게 내뱉고는 입을 다물었다.

"허허!"

몰리 경감이 어깨를 움츠렸다.

"이것 참, 점점 더 사태가 난처해지는군요. 아무튼 그래서 당신과 마르코는 게임하던 자리로 돌아갔습니까?"

"마르코는 어쨌는지 모르겠습니다."

청년이 문에 시선을 못 박은 채 말했다.

"왜냐하면 저는 그 점잖은 사람들 사이로 그냥 돌아가기에는 너무 흥분해 있어서, 마음을 좀 가라앉히려고 주변을 산책했거든요. 아마 멍한 머리로 돌아가는 길에 로사를 찾으려 했던 것 같습니다. 하지만 내가 머리를 식히고 나서 한 10시 반쯤에 돌아가 보니 마르코는 게임 자리로 돌아와 있었고, 마치 아무 일도 없었다는 얼굴로 잔뜩 신이 나서 브리지 게임을 즐기고 있더군요."

"무슨 일이 있었소, 틸러?"

몰리가 물었다.

틸러는 작은 손으로 입을 가리고 헛기침을 했다.

"코트 씨는 지금 말씀하신 대로 길 위편으로 달려 올라갔습니다. 잠시 후에 이분이 저택으로 가는 계단을 올라가는 소리가 들렸습니다. 마르코 씨는 혼자 무어라 화난 듯 중얼거리며 그 뒤로 몇 분 동안 더 테라스에 남아 있었습니다. 테라스 불빛이 밝혀져 있었기 때문에 마르코 씨의 모습을 전부 볼 수 있었는데, 옷매무새를 정돈하고 (그때 흰옷을 입고 계셨습니다.) 머리를 단정히 하고 넥타이를 바로 매고 얼굴에 웃음기를 되찾더니 불을 끄고는 가버리셨습니다. 아마 저택 쪽으로 똑바로 들어가셨던 것 같습니다."

"들어갔다는 거요, 안 들어갔다는 거요? 뒤따라갔소?"

"아…… 예, 그랬습니다."

"놀라운 관찰자로군요, 틸러."

엘러리가 미소를 지었다. 엘러리는 틸러가 이야기하는 동안 그의 칙칙하고 작은 얼굴에서 한 번도 시선을 떼지 않았다.

"훌륭한 보고입니다. 그런데 이 집에선 보통 누가 전화를 받습니까?"

"보통 하급 집사가 받습니다. 전화 교환대는 안쪽 홀에 있고요. 그리고……."

"그 집사라는 친구하고는 이미 얘기를 끝냈습니다. 그리고 다른 상주 하인들도요. 아무도 어젯밤 키드한테서 걸려 온 전화를 받은 사람이 없더군요. 하지만 그렇다고 해서 거기에 뭔가 있을 거라는 말은 아닙니다. 누가 거짓말을 하고 있든지, 아니면 기억을 못 하고 있든지 둘 중 하나겠지요."

몰리가 엘러리의 귀에 입을 바싹 대고 속삭였다.

"아니면 전화 받을 사람이 미리 교환대 앞에서 대기하고 있었는지도 모르고요."

엘러리가 차분히 말했다.

"고마워요, 틸러."

"별말씀을요. 감사합니다."

틸러는 엘러리에게 짧게 인사한 후 시선을 돌렸다. 하지만 그 신속한 눈짓을 볼 때 그는 마치 모든 것을 다 알고 있는 듯했다.

월터 고드프리가 구석에서 음침하게 소글로의 만화 속에 나오는 작은 왕1930년대에 〈더 뉴요커〉 지에 연재되었던 카툰-옮긴이처럼 근엄한 태도로 앉아 있다가 차갑게 말했다.

"당신이 저질러놓은 일에 이제 만족하는지 모르겠군, 스텔라."

그러고는 자리에서 일어나 밖으로 나간 딸을 따라서 나가버렸다. 치욕과 고통에 휩싸여 앉아 있는 고드프리 부인을 필두로 하여, 아무도 이 의미심장한 말에 나서서 감히 한마디 하려는 사람은 없었다.

샘이라는 이름의 형사가 파티오에서 다급한 걸음으로 들어와 나지막한 목소리로 경감에게 몇 마디 보고했다. 몰리는 심드렁한 얼굴로 고개를 끄덕인 뒤, 이야기가 진행되는 내내 구석에 뻣뻣한 자세로 서 있던 엘러리와 매클린 판사에게 의미 있는 눈짓을 던지고는 밖으로 나갔다.

마치 전류가 뚝 끊긴 듯 갑자기 긴장의 끈이 풀렸다. 조지프 A. 문은 조용히 오른발을 흔들며 소리 없이 심호흡을 했다. 컨스터블 부인의 석상 같던 얼굴에 인간다운 표정이 되돌아오고, 그녀의 묵직한 어깨가 떨렸다. 문 부인은 한참 동안이나 삼베 손수건으로 눈을 덮고 있었다. 코트는 휘청거리면서 낮은 탁자 쪽으로 가서 음료를 한 잔 따라 마셨다 …… 틸러는 나가려는 듯 몸을 돌렸다.

"잠깐만요, 틸러."

엘러리가 유쾌하게 불렀다. 틸러는 잠시 멈추어 섰고, 마법처럼 전류가 다시 흐르기 시작했다.

"당신의 그 관찰자로서의 자질을 조금 더 발휘해주었으면 합니다. 아주 가까운 장래에 그 재능이 굉장히 도움이 될지도 모르니까요……. 신사 숙녀 여러분, 괜찮으시다면 이 안타까운 논의에 불청객인 저도 한 발 들이고자 합니다. 제 이름은 퀸이고, 제 왼쪽에 계신 이 분은 매클린 판사님입니다. 저희는……."

"누가 댁들한테 참견할 권리를 줬소?"

별안간 조 문이 건장한 체구로 마치 위협하듯 벌떡 일어나 고함을 질렀다.

"경찰만으로도 지긋지긋한데!"

"지금 막 설명하려던 참입니다."

엘러리가 조급하게 말했다.

"몰리 경감님이 저희에게, 음…… 그러니까, 자문 역할을 해달라고 의뢰하셨습니다. 따라서 저는 몇 가지 적절한(적절할 거라고 생각합니다.) 질문을 던져서 제 의무를 다하려고 합니다. 마음이 급해 보이시니, 문 씨 당신부터 시작하는 게 좋을 것 같군요. 어젯밤 몇 시에 잠자리에 들었습니까?"

문은 대답하기 전 몇 초간 엘러리를 차갑게 노려보았다. 그의 검은 눈동자는 스페인 곶의 발치에서 오랜 세월 파도에 씻긴 바위처럼 단단했다.

"11시 반쯤."

"게임은 12시 15분쯤에 파했다고 들었는데요?"

"나는 삼십 분쯤 일찍 자리에서 일어났소. 먼저 인사하고 자러 올라갔지."

"알겠습니다."

엘러리가 침착하게 대답했다.

"그렇다면 고드프리 부인, 왜 마르코 씨가 게임에서 제일 먼저 일어났다고 말씀하신 겁니까?"

"저, 저도 몰라요! 잘 기억이 나지 않아요. 모든 걸 다 기억할 수는 없잖아요……?"

"일리가 있는 말씀입니다. 하지만 저희는 좀 더 신빙성 있는 대답을 원합니다. 고드프리 부인. 부인의 정확하고 충실한 기억력에 상당히 많은 것들이 달려 있을지도 모르니까요……. 문 씨, 당신이 침실로 올라가셨을 때 마르코는 여전히 이 방에서 카드 게임을 하고 있었습니까?"

"그렇소."

"그가 당신을 따라 올라오는 모습을 보거나, 혹은 소리를 듣지는 못했습니까?"

"그 사람은 나 안 따라왔소."

문이 짜증스러운 듯 말했다.

"그냥 말이 그렇다는 겁니다. 뭐 기척 못 느끼셨습니까?"

엘러리가 다급히 덧붙였다.

"전혀. 바로 침대로 갔다고 말했잖소. 아무 소리도 못 들었지."

"문 부인은요?"

아름다운 여성이 소리를 질렀다.

"난 도대체 왜 우리가 이렇게 끝없이 질문 또 질문 또 질문에 답해야 하는지 모르겠어요, 조!"

찢어지는 듯 소름 끼치는 목소리였다.

"입 닥쳐, 세실리아."

문이 말했다.

"내 아내는 내가 침대로 기어 들어가자마자 위층으로 올라왔소, 퀸. 우린 여기서 한방을 쓰고 있지."

"그렇군요."

엘러리가 미소를 지었다.

"자, 문 씨. 당신은 전부터 마르코란 사람을 알고 있었습니까?"

"그렇게 생각하면 당신 손해요. 다 틀렸소, 친구. 난 그 겁쟁이 같은 면상을 한 놈을 여기 오기 전까지 한 번도 본 적이 없었으니까."

문은 부루퉁한 얼굴로 넓은 어깨를 으쓱했다.

"그리고 그게 내 인생에 있어서 손해란 생각은 별로 안 하오. 사실 리우에 내려가 보면 그런 치는 백인 남자들 사이에서 오래 못 버티거든."

문은 씩 웃으면서 말했다.

"난 솔직히 이 사교 생활이라는 것에 정을 못 붙이겠소. 지금이야 뭐…… 고드프리 부인의 친절 덕분에 잠깐 맛보기로 발을 들여놓고는 있지만. 세실리아와 난 말이오, 여기서 빠져나갈 기회만 생기면 어떻게든 도망치려던 참이었거든. 안 그래, 자기?"

"조, 말조심해요!"

문 부인이 고드프리 부인의 눈치를 보며 날카롭게 말했다.

"음…… 하지만 고드프리 부인은 당연히 알고 계셨죠?"

거구의 남자가 어깨를 으쓱했다.

"전혀 몰랐소. 난 너덧 달쯤 전에 아르헨티나에서 갓 돌아왔고 뉴욕에서 이 사람을 만나서 결혼한 지도 얼마 안 되었거든. 거기서 한 재산 모았고, 돈이 있으면 어느 나라에 가든 대접받을 수 있을 거란 사실은 잘 알았지. 그리고 초대장을 받아서 스페인 곳에 오게 된 거요. 내가 아는 건 이게 전부요. 처음엔 재미있어 보였지. 그런데 이게 웬걸! 차라리 내가 예전에 겪은 유쾌한 작자들과 조금이라도 비슷했다면 하나도 안 무서울 텐데 말이야."

고드프리 부인이 마치 문의 말을 막으려는 듯, 혹은 위험한 무언가를 피하려는 듯 갑자기 힘없이 겁먹은 동작으로 손을 쑥 내밀었다. 문이 음산한 눈빛으로 눈을 가늘게 뜨며 부인을 쳐다보았다.

"뭐가 문제요? 내가 뭐 해서는 안 될 말이라도 했소?"

"그러니까 고드프리가의 여름 별장으로 며칠 묵으러 오라는 초대장을 받기 전까지, 당신은 고드프리 일가의 사람들을 한 번도 만난 적이 없으며 이름조차 들어본 적 없다는 뜻입니까?"

엘러리가 몸을 앞으로 내밀며 부드럽게 물었다.

문이 커다란 갈색 턱을 쓰다듬었다.

"고드프리 부인한테 물어보쇼."

그는 툭 내뱉고는 주저앉았다.

"사실은⋯⋯."

스텔라 고드프리가 목멘 소리로 입을 열었다. 콧구멍이 움츠러들었고 금방에라도 기절할 듯한 얼굴이었다.

"사실은, 저는 항상⋯⋯ 재미있는 사람들을 여기로 초대하곤 해요, 퀸 씨. 무, 문 씨는 제가 신문에서 읽고 정말 유쾌하신 분일 거라는 생각이 들어서 초대했고, 문 부인은⋯⋯ 세실리아 볼이라는 이름으로 여러 시사 풍자극에 출연할 때부터 알고 있어서⋯⋯."

"맞아요."

문 부인이 기쁜 듯 미소를 지으며 고개를 끄덕였다.

"저는 쇼에 많이 출연했거든요. 우리 같은 사람들은 종종 좋은 곳에 놀러오라고 초대를 받곤 하죠."

"그럼 컨스터블 부인은? 당신은 고드프리 부인의 오랜 친구였겠지요?"

매클린 판사가 뒤뚱뒤뚱 걸어 나오더니 침착하게 말했다.

덩치 큰 여인이 깜짝 놀랐다. 해묵은 공포가 그녀의 눈 속에서 되살아나 펄쩍 뛰어올랐다. 고드프리 부인은 마치 금방이라도 숨이 넘어갈 사람처럼 숨을 헐떡거렸다.

"마…… 맞아요. 그럼요, 컨스터블 부인하고는……."

고드프리 부인이 이를 딱딱 맞부딪치며 말했다.

"……몇 년 전부터 알고 지냈어요."

컨스터블 부인이 특유의 허스키하고 단조로운 목소리로 숨을 몰아쉬며 말했다. 거대한 가슴이 마치 물결치는 바다처럼 출렁거렸다.

엘러리와 매클린 판사는 서로 의미 있는 눈짓을 교환했다. 그때 몰리 경감이 반짝반짝 윤이 나는 마룻바닥 위로 단화 신은 발을 쿵쿵 울리면서 파티오 쪽에서 걸어 들어왔다. 그는 낮게 으르렁거렸다.

"마르코의 옷가지에 대해서는 할 만큼 했습니다. 내 부하들이 바위 근처, 절벽 바로 밑, 곶 전체를 다 뒤져봤습니다. 이 근처 토지를 이 잡듯 뒤져보고 고속도로를 찾아보고 저쪽 정원까지도 다 찾아봤는데 없었습니다. 없었단 말입니다."

몰리는 부하들의 보고를 믿을 수 없다는 듯 아랫입술을 물어뜯었다.

"그리고 곶 반대쪽에 있는 두 공공 해변까지도 다 찾아봤고, 워링네 별장 주변까지도 샅샅이 다 뒤졌습니다. 그쪽 해변에서 나올지도 모르니까요. 하지만 종이 쓰레기와 텅 빈 도시락 상자, 발자국, 뭐 그런 것들만 잔뜩 나왔을 뿐 옷가지는 없었습니다. 난 도저히 이해할 수가 없어요."

"그것참 끔찍하게 이상한 일이구려."

매클린 판사가 중얼거렸다.

"저희가 할 일은 이제 하나밖에 없습니다."

몰리가 억센 얼굴을 굳혔다.

"지금 이런 일 같은 대거 쓰레기 수거 작업은 아니지만 뭐 결과적으로 보면 같은 일이죠. 그 옷가지들은 분명 이 근처 어딘가에 있을 겁니다. 집 안에 있을지 누가 압니까?"

"집 안이라고요? 여기 말입니까?"

"그래요."

몰리가 어깨를 으쓱했다.

"이미 비밀리에 부하들을 들여보냈습니다. 뒷문과 위층 그리고 침실 곳곳을 뒤지는 중이죠. 조림의 오두막과 차고와 보트하우스 등 바깥 건물들도 전부 싹싹 뒤졌습니다. 뭔가를 찾는다면 분명 이쪽이 더 전망이 좋을 것 같습니다."

"뭐 찾은 것 좀 있습니까?"

엘러리가 멍하니 물었다.

"아무것도 없습니다. 그 키드 선장이라는 친구하고 데이비드 쿠머의 흔적조차 안 남아 있더군요. 보트는 사라졌고요. 해안 경비대 쾌속정이 지금 한참 수색 중이고 지역 경찰들도 많이 나와 있습니다. 나는 방금 전 기자들을 한 떼 쫓아 보냈고요. 참 더럽게 많기도 하죠. 전부 궁둥이를 발로 걸어차 보냈습니다……. 괜찮아 보이는 소식은 딱 하나 있습니다. 펜필드라는 친구가 뉴욕에 있다는 거죠."

"그건 어떻게 알아낸 겁니까?"

"내 가장 유능한 부하를 보냈죠. 내 부하가 그 사람을 확인했고, 필요하다면 여기로 펜필드를 데리고 올 수도 있습니다."

"그자가 내가 아는 펜필드가 맞는다면 그는 교활한 회색 뇌세포를 엄청나게 많이 가진 변호사요, 경감. 본인이 이리로 오기를 원치 않는 이상 당신 부하가 그자를 데리고 오긴 힘들 테지. 한편 자기 목적에 부합하거나 문제를 피하고 싶다면 순순히 따라올지도 모르오. 그냥 하늘에 맡기고 기다리는 수밖에 없소."

매클린 판사가 우울하게 말했다.

"이런 젠장. 마르코의 방에나 올라가 봅시다."

몰리가 신음했다.

"앞장서요, 틸러. 다른 분들은 여기서 기다리는 게 좋을 것 같습니다."

엘러리가 몸집 작은 남자를 바라보며 미소 지었다.

"저 말씀이십니까?"

하인이 조그만 눈썹을 치켜세우며 중얼거렸다.

"그래요, 당신."

일행은 거실을 나갔다. 맨 앞에는 침울한 표정의 경감이 서고 그 뒤로 틸러가 따랐으며 그 뒤로는 엘러리와 매클린 판사가 걸어갔다. 그들 뒤로 돌처럼 딱딱한 사람들의 얼굴이 사라졌다. 바로 옆에 붙어 있는 복도를 통해 그들은 널찍한 계단으로 나갔다. 틸러가 고개를 끄덕이고 경감에게 꾸벅 고개를 숙인 뒤 그들을 인도하여 위로 올라갔다.

"갑시다."

매클린 판사가 부드럽게 말했다. 그들은 무거운 발걸음을 떼었다. 모두가 전날 밤 잠을 제대로 자지 못했기 때문에 몸이 물먹은 듯 피로로 묵직했다. 계단을 오르는 일은 대단히 고생스러웠다.

엘러리는 입술을 깨물고 얼굴을 찌푸렸다. 눈꺼풀이 수면 부족 때문에 살짝 불그레했다.

"아주 희한한 상황이로군요. 사건의 개요는 대충 윤곽이 보이는데 말이죠."

엘러리가 중얼거렸다.

"지금 그 말이 만약 문 부부와 컨스터블 부인에 대한 이야기라면……."

"무엇 좀 알아내셨습니까?"

"개인 성격 말이다. 대단치는 않다. 로사가 오늘 아침 우리한테 말해준 것과 내가 방금 전 관찰한 바에 따르면 문 그 친구는 위험한 타입이야. 아웃도어 스포츠를 즐기고 물리적으로 오만하면서 겁도 없지. 또한 일상적인 언어폭력에 노출되어 살아온 게 분명하다. 하지만 이런 단편적인 사실들과는 별개로 그 친구는 수수께끼 같은 존재야. 아내는……."

판사가 한숨을 내쉬었다.

"아주 흔해 빠진 인간형이긴 하지만 유감스럽게도 그런 흔한 사람들은 때로 예측하기 어려운 행동을 저지를 가능성이 농후하지. 그 여성은 억세고 비천하고 돈에만 관심이 많은 생물이야. 문과 결혼한 이유도 육체적 매력보다도 돈 쪽에 훨씬 비중이 컸을 게야. 분명 남편이 눈을 시퍼렇게 뜨고 있는 앞에서도 아무렇지 않게 불륜을 저지르고 다녔겠지……. 컨스터블 부인은…… 적어도 내가 보기에는 오리무중이다. 도저히 뭘 캐낼 수가 없구나."

"모르시겠다고요?"

"중산층 계급의 중년 여성이라는 것만은 확실하지. 대가족에서 자라 아마도 결혼을 했고 좋은 아내이자 엄마가 되었겠지. 로사 고드프리의 증언을 듣자하니 마흔은 넘은 것 같고. 본인과 이야기를 나눠볼 필요성이 있겠구나, 엘러리. 그 여자는 이곳과 어울리지 않는 존재다……."

"그리고 아주 흔한, 전형적인 미국 여성이죠."

엘러리가 조용히 말했다.

"판사님 생각하시는 대로, 파리에서 노천카페 탁자 너머로 몸매가 잘빠지고 허리가 늘씬한 젊고 멋진 청년들을 곁눈질로 흘끔거릴 법한 타입이겠죠."

"나는 그런 생각 안 했다."

판사가 중얼거렸다.

"하지만 네 말이 맞아. 그럼 넌 컨스터블 부인과 마르코가……."

"여긴 참 이상한 집이에요. 그리고 그 안에는 정말로 이상한 사람들이 들어앉아 있고요. 하지만 무엇보다도 이상한 것은 문 부부와 컨스터블 부인의 존재예요."

엘러리가 대답했다.

"그럼 너도 알았구나."

노신사가 재빨리 귓속말을 했다.

"그 여자도 거짓말을 하고 있고…… 아니, 전원이 거짓말을 하고 있다는 걸……."

"당연하죠."

엘러리가 어깨를 으쓱하고는 걸음을 멈추고 담배에 불을 붙였다.

"왜 고드프리 부인이 이 여름 별장에 저 완벽한 이방인들을 초대했는지 그 이유만 알아낸다면 상당히 큰 수수께끼가 풀릴 겁니다."

엘러리는 담배 연기를 내뿜으며 말했다. 그들은 계단을 다 올라와, 어느 크고 고요한 문 앞으로 다가가고 있었다. 엘러리는 틸러와 몇십 센티미터 정도로 바싹 붙어서 두꺼운 카펫을 밟으며 걸음을 재촉했다. 그리고 그 완벽하고 자그마한 뒷모습을 곁눈질하며 기이한 말투로 말을 이었다.

"그리고 이 세 명의 이방인들이 어째서 그 어떤 의구심도 품지 않고 고드프리 부인의 초대를 받아들였는지도요!"

6:
영웅도 보통 사람일 뿐이다

"어떤 사회적 야망 때문에 그런 건 아닐까? 물론 가능성은 낮겠지만 말이다."

판사가 한 가지 의견을 제시했다.

"그럴 수도 있지만, 아닐 가능성이 더 클 겁니다."

엘러리가 걸음을 뚝 멈추었다.

"무슨 일이죠, 틸러?"

몸집 작은 남자가 몰리 경감 앞에서 걸음을 멈추고 매끈한 손으로 진한 눈썹을 꾹 눌렀다.

"도대체 무슨 일이오?"

몰리가 화를 냈다.

틸러는 난처한 얼굴이었다.

"정말로 죄송합니다. 제가 그만 깜박 잊고 있었습니다."

"잊었다고요? 잊었다니 뭘 말입니까?"

엘러리가 한 걸음 성큼 앞서나와 잽싸게 물었다. 판사는 뒤에 멀뚱히 서 있었다.

"편지 말입니다."

틸러가 신비하고 작은 눈을 축 늘어뜨렸다.

"방금 문득 생각이 났습니다. 정말로 죄송합니다."

"편지?"

몰리가 고함을 지르며 틸러의 단정한 어깨를 쥐고 난폭하게 흔들어댔다.

"무슨 편지 말이오? 도대체 지금 무슨 얘길 하는 거야?"

"죄송합니다만, 이것 좀 놓아주시겠습니까?"

틸러가 움찔 놀란 채 슬며시 미소를 띠며, 힘들게 몸을 뒤틀어 경감의 억센 손아귀에서 빠져나왔다.

"아픕니다, 경감님. ……그러니까 편지란 말이죠, 제가 어젯밤 산책에서 돌아왔을 때 제 방에서 찾아낸 편지를 말합니다."

틸러는 복도 쪽 벽으로 물러나서, 자신을 쳐다보는 세 명의 커다란 남자들 앞에서 피그미 원주민 같은 얼굴로 미안한 표정을 지어 보였다.

"그거 새로운 뉴스로군요."

엘러리가 상냥하게 말했다.

"틸러, 당신은 저 하늘 높은 곳에서 내려온 순수한 만나가 분명합니다. 무슨 편지라고요? 당신이 시중을 들던 그 신사의 일거수일투족까지 물론 놓치지 않고 관찰했을 테죠? 제 생각에는 상당히 흥미로운 일일 것 같은데요."

"물론입니다."

틸러가 낮은 목소리로 대답했다.

"말씀하신 대로…… 그, 일거수일투족까지 전부 관찰했습니다. 그리고 이런 말씀을 드려도 괜찮을지 모르겠습니다만, 왠지 좀 이상해 보였습니다."

틸러는 말을 멈추고 얇은 입술을 핥으며 사람들을 슬그머니 곁눈질로 쳐다보았다.

"자, 자, 틸러."

판사가 답답하다는 얼굴로 말했다.

"그 편지는 자네 앞으로 온 건가? 이 문제를 끌고 나오는 걸 보니 분명 자네는 긴히 할 말이 있거나 이 흉측한 사건과 관련된 무언가를 알고 있는 게 분명한 것 같군."

"중요하거나 관련이 있는 건 아닙니다, 판사님."

하인이 나직하게 말했다.

"죄송하지만 그렇다고 말씀드릴 수는 없습니다. 왜냐하면 그 편지는 제 이름으로 온 것이 아니기 때문입니다. 다만 그것은…… 존 마르코 씨 앞으로 온 편지였습니다."

"마르코?"

경감이 벽력같이 고함을 질렀다.

"그럼 도대체 그게 왜 당신 방으로 간 거요?"

"저도 모르겠습니다, 경감님. 하지만 제가 정황을 말씀드릴 테니 직접 판단해주십시오. 제가 저택으로 돌아온 건 9시 반경이었습니다. 저는 즉시 제 방으로 향했지요. 아, 1층 하인들이 묵는 건물 쪽에 제 방도 있거든요. 한데 방에 가보니 하인용 조끼의 가슴 주머니 바깥쪽에 그 편지가 아주 평범한 핀으로 꽂혀 있더군요. 못 보고 넘길 수가 없는 곳이었습니다. 왜냐하면 저는 매일 밤 9시 반쯤 그 조끼를 입고서 이 댁을 방문한 신사분들이 방으로 돌아오시기를 기다렸다가 방방마다 다니면서 혹시 음료가 필요하지 않으신지 여쭙는 일을 해야 하거든요. 물론 1층에서 집사가 그런 일들을 처리해줍니다. 그래서……."

"이곳에선 늘 그렇게 합니까, 틸러?"

엘러리가 천천히 물었다.

"네, 그렇습니다. 고드프리 부인이 그렇게 지시하셨기 때문에 저는 처음 왔을 때부터 그 일을 해왔습니다."

"이 집에 있는 모든 사람들이 그 일을 압니까?"

"물론입니다. 모든 신사분들이 도착하시자마자 그 사실을 알려드리는 게 제 의무입니다."

"그리고 저녁 9시 반이 되기 전까지는 당신은 그 조끼를 입지 않고요?"

"그렇습니다. 그때까지는 보시는 대로 이렇게 검은 옷을 입고 있습니다."

"흠. 재미있군요……. 좋습니다. 이제 계속해도 좋아요, 틸러."

틸러가 허리를 굽혀 인사를 했다.

"알겠습니다. 그럼 계속하겠습니다. 저는 자연스럽게 편지에서 핀을 뽑았습니다. 그 편지는 봉인이 된 봉투에 들어 있었는데, 봉투에는 봉랍이 찍혀 있어서……."

"봉랍이라고요? 틸러, 당신 정말 굉장하군요. 그럼 그 안에 편지가 들어 있다는 사실은 어떻게 알았습니까? 내 생각에 당신은 그 봉투를 뜯지 않았을 것 같은데요?"

"감으로 알았습니다."

틸러가 정색을 하고 말했다.

"그것은 이 저택 전용 물건이었습니다. 최소한 봉투는 그랬습니다. 그 위에는 '존 마르코 씨에게. 개인적 용무. 중요. 오늘 밤 반드시 은밀히 전달할 것'이라는 글씨가 타자기로 적혀 있었습니다. 한 글자도 틀리지 않고 정확히 그렇게 적혀 있었습니다. 저는 완벽하게 기억합니다. '오늘 밤'이라는 글자에는 밑줄이 쳐 있었고, 대문자로 적혀 있었습니다."

판사가 얼굴을 찌푸렸다.

"그렇다면 자네는 그 편지가 언제 자네의 조끼에 핀으로 꽃

혔는지 그 시간은 정확히 모른단 말이구먼, 틸러?"

"아, 알 수 있습니다."

깜짝 놀란 틸러가 지체 없이 대답했다.

"알고 있습니다, 판사님. 고드프리 마님과 손님들이 저녁을 드신 뒤 저는 제 방으로 가서 옷장 문을 열었습니다. 그러다 그 안에 걸려 있던 하인용 조끼에 걸려서 그 조끼가 획 젖혀졌죠. 우연한 일이었습니다. 그러니 편지가 그때 그 안에 있었으면 제가 모를 리가 없습니다."

"저녁 식사는 몇 시에 끝났소?"

몰리가 험악한 얼굴로 물었다.

"7시 반을 조금 넘긴 시각이었습니다, 경감님. 아마 7시 35분경이었을 겁니다."

"그런 직후에 바로 방을 나왔소?"

"예, 경감님. 그리고 나서 편지를 발견한 9시 반까지 그 방에는 돌아가지 않았습니다."

"그렇다면 그사이에 누군가가 편지를 가져다 놓았다는 말이 되는군요."

엘러리가 중얼거렸다.

"대충 8시 15분에서 9시 30분 새란 말이죠. 누가, 언제 브리지 테이블을 떠나서 이 근방을 어슬렁거렸는지를 정확히 알아내기란 어려운 일이지만……. 그래서 그 뒤로는 어떻게 됐죠, 틸러? 뭘 어떻게 했습니까?"

"그 편지를 들고 마르코 씨를 찾아 돌아다녔습니다. 하지만 거실에서 게임을 하고 계시는 바람에 말이죠. 기억하시겠지만 그때 그분은 테라스에서 막 돌아온 참이었습니다. 저는 그 봉투에 적혀 있는 지시 사항을 충실히 받들어 나중에 은밀히 편지를 전할 기회가 올 때까지 기다리기로 했죠. 그래서 파티오에서 어슬렁거리며 기다렸습니다. 그리고 이윽고 게임을 하던 도중 그분은 더미브리지 게임에서 다른 사람들이 보도록 들춰놓은 패-옮긴이를 만들어놓고 나서 잠시 바람을 쐬러 나오시더군요. 그래서 즉시 그 편지를 건넸고, 마르코 씨는 편지를 읽었습니다. 저는 그분의 얼굴에 몹시 사악한 미소가 떠오르는 것을 보았습니다. 그러고는 다시 한 번 읽더니, 다소……."

틸러는 신중하게 말을 골랐다.

"다소 당황한 듯했습니다. 하지만 곧 어깨를 으쓱하고는 제게 지폐를 한 장 던지시더니, 그러니까…… 이 일을 다른 사람들에게 말하지 말라고 입막음을 하셨습니다. 그러고는 게임 자리로 돌아가시더군요. 그래서 저는 이동식 바를 끌고 신사분들의 방을 돌 때까지 시간을 때우려고 위층으로 올라갔습니다."

"그래서 마르코는 그 편지를 어떻게 했소?"

경감이 물었다.

"구겨서 코트 주머니에 쑤셔 넣으시던데요."

"아하, 왜 게임을 그렇게 빨리 못 끝내서 안달했는지 이유를 알 것 같군요."

엘러리가 중얼거렸다.

"훌륭합니다, 틸러! 당신 없이 우리가 뭘 어떻게 했을지 감도 못 잡겠군요."

"고맙습니다. 정말 관대하시군요. 이제 다 끝난 건가요?"

"그럴 리가."

몰리가 음울하게 말했다.

"마르코의 방으로 안내하시오, 틸러. 거기에 또 무엇이 기다리고 있을지 모르지!"

사복형사 하나가 복도의 동쪽 끄트머리에서 문에 기대 놓은 의자 다리에 자신의 다리를 얽은 채 앉아 있었다.

"아무 일 없나, 러시?"

경감이 물었다

그는 복도 끝의 열린 창밖으로 침을 퉤 뱉은 뒤 고개를 흔들었다.

"쥐새끼 한 마리 없습니다, 대장님. 아무도 여기에는 접근하지 않는데요."

"그것참, 양식 있는 사람들이군."

몰리가 차갑게 말했다.

"바깥 잘 지키고 있어, 러시. 마르코 씨의 은밀한 공간을 좀 훑어봐야 하니까."

경감은 문고리를 돌려 문을 열었다.

이 정성 들여 꾸민 아래층 방이 그들을 위해 준비된 공간이었다면 참 좋았겠지만, 그렇지 않았기에 일행은 그저 눈앞에 펼쳐진 스페인 곶 저택의 한 객실을 빤히 바라보기만 했다. 그 방은 마치 왕의 침실 같았다. 그 방은 최고급의 스페인 양식을 동원해 장식되어 있었다. 검은 목재와 연철 그리고 원초적인 빛깔을 띤 물건들로부터 우아한 풍미가 유감없이 발산되고 있었다. 고급스러운 캐노피가 달린 거대한 침대에는 묵직한 태피스트리 천이 둘러씌워져 있었다. 기둥, 침대, 탁자, 의자, 책상은 무엇 하나 빠질 것 없이 멋들어지게 조각되어 있었다. 거대한 체인 뭉치와 연철 그리고 유리가 교묘하게 촛불 모양으로 장식되어 머리 위에서 빛을 냈다. 실제 촛불은 단 두 자루뿐이었는데, 괴물 모양으로 조각된 그 왁스 덩어리는 아름다운 철제 상자에 담겨 책상 위에 안정적으로 자리 잡고 있었다. 석조 벽난로에는 통나무 하나를 통째 깎아 만든 거대한 크기의 맨틀피스가 설치되어 있었고 불을 자주 지핀 흔적이 역력했다. 손님을 위해 유용하게 쓰이고 있는 모양이었다.

"고드프리 영감도 이 방을 보면 뿌듯하겠군요."

엘러리가 방 안으로 걸어 들어가며 중얼거렸다.

"그런데 도대체 이게 다 뭐죠? 본인의 귀중한 인생과는 완전히 딴 세계에 사는 남자, 집주인에게는 그저 짜증만 유발하는 별로 달갑지도 않은 손님 하나 맞이하려고 이런 방을 내줬단 말입니까? 솔직히 말해 마르코가 그렇게 사려 깊은 손님도 아니었을 테고요. 게다가 이 번쩍번쩍한 방 안에서도 그 친구는 혼자 유달리 돋보였겠지요. 심지어 죽음을 둘러싸고도 어렴풋이 스페인적인 분위기가 흐르고 있어요. 마르코한테 몸에 딱 붙는 긴 바지와 상의를 입혀서……."

"2미터 깊이의 무덤 속에 파묻어버리면 딱 좋겠군그래."

몰리 경감이 으르렁거렸다.

"여기서 꾸물거리고 있을 시간 없습니다, 퀸 씨. 러시가 그러는데 하녀들한테 물어봤더니 오늘 아무도 이 방에 들어온 사람이 없다고 합니다. 우리가 너무 빨리 도착한 바람에 아무도 이 근처에 접근할 수조차 없었던 데다, 러시는 6시 45분부터 이 방 앞에 진을 치고 앉아 있었거든요. 그러니 이 방은 어젯밤 마르코가 브리지 게임을 끝내고 올라온 바로 그 순간과 똑같다고 봐야겠지요."

"누군가가 밤새 올라오지 않았다면 말이오."

매클린 판사가 수심 어린 얼굴로 지적했다.

"내가 궁금한 건……."

판사는 앞으로 걸어 나와 긴 목을 침대 쪽으로 쭉 뻗었다. 침대보는 누군가가 치웠는지 보이지 않았으며 시트와 모노그램 자수가 들어간 퀼트 이불은 깔끔하게 개켜 있었다. 아마도 어젯밤 하녀가 손님이 자러 올 것으로 생각하고 정돈해놓았던 모양이다. 커다랗고 네모진 베개는 팽팽해 구김 하나 없는 상태 그대로였고, 캐노피 아래에 사람의 몸이 누웠던 흔적은 눈을 씻고 찾아봐도 없었다. 이불 위에는 약간 구겨진 리넨 정장과 흰 셔츠, 회색 넥타이, 위아래 속옷, 구깃구깃 뭉쳐진 손수건, 흰색 실크 양말 한 켤레가 아무렇게나 내팽개쳐져 있었다. 전부 입었던 흔적이 역력했다. 침대 근처 마룻바닥에는 남성용 흰 송아지 가죽 구두 한 켤레가 놓여 있었다.

"틸러, 이게 전부 마르코가 어젯밤에 입었던 옷인가?"

노신사가 물었다.

열린 문간 근처에 소리 없이 서 있던 몸집 작은 하인은 약간 놀란 표정을 한 러시 형사의 눈앞에서 문을 닫았다. 그러고는 매클린 판사의 옆으로 다가와서 허리를 숙이고 침대 위의 옷가지들을 유심히 살펴본 뒤 이어 신발도 훑어보았다. 틸러는 그 속을 헤아릴 수 없는 눈동자를 들고 공손히 말했다.

"맞습니다, 판사님."

"뭐 없어진 건?"

몰리가 물었다.

"없습니다, 경감님."

틸러가 또렷하게 말한 뒤, 약간의 틈을 두고 덧붙였다.

"주머니에 들어 있던 물건들은 잘 모르겠지만요. 시계……엘진 시계가 있었을 겁니다. 문자반이 방사형이고 백금으로 되어 있으며 보석이 열일곱 개 박혀 있는 시계인데, 여기엔 없네요. 그리고 마르코 씨의 지갑과 담뱃갑도 보이지 않습니다."

몰리가 아깝다는 듯 약간의 존경을 담아 털러를 쳐다보았다.

"당신 굉장하군요. 혹시 탐정 일을 하고 싶어지면 언제든 나한테 연락하시오. 자, 퀸 씨. 당신은 어떻게 생각합니까?"

엘러리는 두 손가락으로 흰 바지를 아무렇게나 집어 들었다가 어깨를 으쓱하고는 다시 침대 위에 내동댕이치던 참이었다.

"내 생각이라뇨?"

"자, 자."

판사가 짜증 섞인 목소리로 말했다.

"처음에는 벌거벗은 사람이 발견됐고, 이제 그 사람이 어젯밤 입었던 옷들이 나왔소. 그럼 얘기가 뻔하지 않소? 나 스스로도 이상하고 터무니없는 결론이라고 생각은 하지만 아무리 생각해봐도 어젯밤 이 남자가 애초에 테라스에 내려갈 때 알몸에 망토만 두르고 갔다는 결론밖에 나지 않는데!"

"말도 안 됩니다."

몰리 경감이 쏘아붙이듯 말했다.

"정말 죄송합니다. 판사님. 하지만 도대체 제가 왜 제 부하들한테 이 근방을 둘러보면서 피살자의 옷을 찾아보라고 했을 것 같습니까? 젠장, 제가 그런 생각을 했더라면 제일 먼저 이 방부터 수색했겠지요!"

"자, 자, 여러분."

엘러리가 벗이 던져놓은 옷가지에서 시선을 떼지 않은 채 킬킬 웃으면서 말했다.

"친애하는 솔론이시여, 아무래도 마르코의 살인자가 그를 여기서 죽이고 옷을 벗긴 다음에 시체를 둘러메고서 사람이 북적거리는 집 안을 지나 테라스로 운반했을 거라는 그로테스크한 대안은 생각하지 않으시는 모양이군요. 아닙니다, 아니에요. 판사님, 경감님 말씀이 옳아요. 그것보다 훨씬 간단하게 설명이 될 것 같은데요. 그리고 아마도 틸러가 증명해줄 수 있을 겁니다. 그렇죠, 틸러?"

"할 수 있습니다."

틸러가 반짝이는 눈으로 엘러리를 보며 공손하게 말했다.

"좋아요."

엘러리가 천천히 말했다.

"틸러가 숨김없이 전부 말해줄 겁니다. 내 생각에 마르코는 어젯밤 이 방으로 돌아온 다음에 즉시 머리끝부터 발끝까지 완전히 새 옷으로 갈아입었을 것 같습니다."

매클린 판사의 여위고 늙은 얼굴이 흐려졌다.

"아무래도 내가 나이 때문에 머리가 몽매해진 모양이다. 내 실수야. 그놈의 나체 사태 때문에 온통 정신이 없구나. 물론 그랬겠지."

"맞습니다, 판사님."

틸러가 진지하게 고개를 끄덕였다.

"저는 홀의 서쪽 끝에 거의 창고나 다름없는 방 한 칸 얻어서 지내고 있습니다. 저녁 늦게 손님분들께서 각자 방으로 돌아가실 때까지 거기서 대기하고 있지요. 11시 45분쯤 버저가 울렸습니다. 침대 옆에 버튼 붙어 있는 것 보이시지요, 몰리 경감님? 그래서 저는 마르코 씨의 방으로 불려왔습니다."

"게임이 끝나고 방으로 올라왔을 때로군."

몰리가 중얼거렸다. 그는 벗어놓은 흰 옷가지들의 주머니를 뒤적거리고 있었으나 수확은 없었다.

"틀림없습니다, 경감님. 마르코 씨는 제가 방으로 들어왔을 때 그 흰 코트를 벗고 있었습니다. 얼굴이 시뻘겠고, 뭔가 짜증이 났던 모양이었습니다. 들어오는 저를 보고 '뭘 그리 굼뜨게 미적거리고 있느냐'고 에둘러 비난하면서 독한 위스키소다 한 잔과 입을 옷을 준비해 오라고 하더군요."

"당신에게 욕을 퍼부었단 말이죠?"

경감이 차분하게 말했다.

"계속 이야기해보시오."

"그래서 저는 위스키소다를 가져다 드리고, 그분이 그걸 벌컥벌컥 마시는 동안 지정하는 옷을 꺼내서 펼쳐 놓았습니다."

"어떤 옷들이었습니까?"

엘러리가 재촉했다.

"자, 틸러. 굳이 점잖은 말을 골라 할 필요는 없습니다. 시간이 없어요. 알잖습니까?"

"알겠습니다."

틸러가 입술을 깨물고 눈썹을 찌푸리며 말했다.

"옥스퍼드 천으로 된 회색 더블브레스트 수트가 있었습니다. 조끼도 딸려 있었고요. 그리고 검은색 포인트가 들어간 옥스퍼드 구두, 칼라가 달린 흰색 셔츠, 짙은 회색의 넥타이, 깨끗한 새 속옷 위아래 한 벌, 검은색 실크 양말, 검은 가터_{양말이나 스타킹이 흘러내리지 않게 두르는 둥근 고무줄 - 옮긴이}, 검은 멜빵, 가슴 주머니에 회색 실크 손수건을 장식용으로 꽂고 있었고 검은색 펠트 중산모, 무거운 흑단 지팡이 그리고 그 모든 복장 위에 긴 검은색 오페라 망토를 걸쳤습니다."

"잠깐만요, 틸러. 그 망토 이야기를 하기 전에 물어볼 것이 있는데, 왜 그 사람이 어젯밤에 그런 옷차림을 했는지 혹시 이유를 압니까? 듣자하니 상당히 진기한 차림새로군요."

"그렇습니다. 하지만 마르코 씨는 취향이 좀 별난 분이셨습니다. 특히 옷차림 취향은 더욱……."

틸러가 매끈하고 가무스름한 얼굴을 슬프게 흔들었다.

"아무튼 그분이 저녁이 되니 쌀쌀해졌다고 투덜거리는 혼잣말을 들었습니다. 추워진 게 사실이긴 합니다. 그러면서 저한테 다른 옷들과 함께 망토도 같이 꺼내달라고 하셨습니다. 그리고……."

"외출하려고 했습니까?"

"저도 정확히 말씀드릴 수는 없습니다. 그런 인상은 받았지만요."

"보통 그렇게 밤늦게 옷을 갈아입는 습관이 있었습니까?"

"아, 아닙니다. 그건 좀 이상한 일이었습니다. 아무튼 제가 옷가지들을 꺼내 늘어놓자 그분은 욕실로 들어가 샤워를 하셨습니다. 그리고 깔끔히 면도를 하고 머리를 빗은 뒤 로브와 슬리퍼 차림으로 나와서……."

"세상에, 도대체 그 한밤중에 어딜 가려고 그랬담? 세상에 그런 시간에 몸치장을 하는 놈이 어디 있어?"

몰리 경감이 폭발했다.

"옳으신 말씀입니다."

틸러가 중얼거렸다.

"저도 이상하다는 생각을 했습니다. 하지만 아마도 어느 숙녀분을 만나러 가느라 그랬던 게 아닐까 싶었습니다. 아시다시피……."

"숙녀라고?"

판사가 소리를 높였다.

"자네가 그걸 어떻게 알았지?"

"마르코 씨 얼굴에 그렇게 쓰여 있었습니다, 판사님. 그리고 셔츠 칼라의 아주 세밀한, 정말 세밀한 주름까지 신경을 쓰셨습니다. 어떤…… 음, 특별한 숙녀분을 만나러 가실 때는 늘 그런 식으로 행동하셨거든요. 사실 저한테도 상당한 욕설을……"

이번만큼은 틸러도 적절한 말을 찾기가 어려운 모양이었다. 그의 눈빛에 기이한 표정이 깃들었다가 눈 깜짝할 사이에 사라졌다.

엘러리는 틸러를 빤히 바라보았다.

"당신은 마르코 씨를 그리 좋아하지는 않았던 모양이군요?"

틸러가 침착하면서도 다소 애원하는 듯한 미소를 지었다.

"그런 말씀을 드리려는 건 아닙니다만…… 그분은 상당히 까다로운 신사분이셨습니다. 제가 만나 뵌 분들 중 가장 까다로웠죠. 그리고 굳이 말하자면, 외모에도 지나칠 정도로 신경을 쓰는 분이었습니다. 화장실 거울에 얼굴을 이리저리 비춰보는 데 십오 분에서 삼십 분은 족히 들이곤 했고, 땀구멍 하나하나까지 전부 완벽한지, 또 왼쪽 얼굴이 오른쪽 얼굴보다 더 매력적인지 아니면 그 반대인지 확인하는 것 같았습니다. 거의 뭐…… 자아도취였죠."

"자아도취라고!"

충격을 받은 판사가 소리를 질렀다.

"이거 충격적이군요, 틸러. 상당히 충격적이에요."

엘러리가 웃으면서 말했다.

"당신이 내 특이한 습관에 대해서 이러쿵저러쿵 늘어놓아도 나는 절대로 신경 쓰지 않겠습니다. 하인의 시점이란…… 정말로 훌륭하군요! 그래서 마르코가 욕실에서 나와서 이떻게 했습니까?"

"여자가 있었단 말이지?"

몰리는 마치 다른 일에 마음을 뺏긴 듯 중얼거렸다.

"예, 샤워를 마친 뒤 욕실에서 나오자 저는 그분의 옷 주머니에 있던 내용물들을 비웠습니다. 좀 전에 말씀드린 대로 잔돈푼과 손목시계, 지갑, 담뱃갑 그리고 몇 가지 잡동사니들이 있더군요. 물론 저는 그것들을 전부 검은색 수트 주머니로 옮기려고 했습니다. 하지만 그, 굳이 말하자면 구김이 있었던 칼라 때문에 마음이 불쾌하셨던 마르코 씨는 저에게 무어라 화를 내시고는 제 손에서 흰 코트를 낚아챘습니다. 정확히 이렇게 말씀하셨는지는 잘 모르겠습니다만, 저에게 '참견 작작하고 썩 꺼져.'라고 하셨습니다. 그러고는 옷을 직접 갈아입겠으니 밖으로 나가라고 화가 난 얼굴로 소리를 지르셨습니다."

"그렇게 된 거구먼."

몰리가 무어라 말하려는데 엘러리가 그를 가로막고서, 틸러를 보며 생각에 잠긴 얼굴로 말했다.

"아마 당신은 마르코가 짜증을 내는 이유를 어렴풋이나마 파악한 모양이군요? 혹시 호주머니에서 뭔가 좀…… 개인적인 물건을 발견한 것 아닙니까?"

틸러가 명랑하게 고개를 끄덕였다.

"맞습니다. 그 편지지요."

"아! 당신이 방에서 쫓겨난 게 그것 때문이었나요?"

"그렇다고 봅니다."

틸러가 한숨을 내쉬었다.

"사실은 확신합니다. 왜냐하면 제가 문을 열고 들어갔을 때 마르코 씨는 편지를 봉투째 쫙쫙 찢어서 벽난로 속에 집어 던지고 있었거든요. 제가 저녁 이른 시간에 작게 불을 피워 놓은 그 벽난로에 말입니다!"

 암묵적인 합의하에 세 명의 덩치 큰 남자들은 벽난로 옆으로 모여들었다. 그들의 눈이 기대감으로 빛났다. 틸러는 공손한 얼굴로 그들을 바라보며 제자리에 서 있었다. 그들은 무릎을 꿇고 벽난로 속의 다 식은 잿더미를 쑤석거리기 시작했다. 틸러는 헛기침을 하고 눈을 몇 번 깜박인 뒤 방의 제일 끄트머리에 있는 커다란 옷장 앞으로 조용히 이동했다. 그는 옷장 문을 열고 안을 뒤지기 시작했다.
 "이게 발견만 된다면……."
 몰리가 중얼거렸다.
 "조심하세요!"
 엘러리가 소리를 질렀다.
 "아직 남아 있을지도 모릅니다. 만약 부분적으로 탔다면 잘못 건드렸을 때 버스러질지도 몰라요……."
 오 분 후 세 남자는 지저분한 손을 탈탈 털면서 심각하게 얼굴을 찌푸렸다. 아무것도 없었다.
 "다 타버렸구먼. 그렇게 운 좋은 일이 가능할 리가 없지."
 경감이 투덜거렸다.
 "잠깐만요."
 엘러리가 벌떡 일어나 재빨리 주위를 둘러보았다.
 "왠지 저 난로 안의 잿더미들은 종이가 타서 생긴 재 같지는 않군요. 설명이 안 되는데요……."
 갑자기 말을 뚝 끊은 엘러리가 날카롭게 틸러를 쳐다보았다.
 "당신 지금 도대체 뭐 하는 겁니까, 딜러?"

"마르코 씨의 옷들을 살펴보고 있었습니다."

틸러가 공손하게 대답했다.

"제가 몇 분 전에 열거한 물건들 외에도 혹시 없어진 게 있지 않을까, 그런 게 있으면 분명 선생님께서 알고 싶어 하지 않을까, 그런 생각이 들었기 때문입니다."

엘러리가 입을 딱 벌리고 그를 쳐다보다가 갑자기 소리 내어 웃음을 터뜨렸다.

"틸러, 허심탄회하게 털어놓고 얘기합시다. 우리 서로 상당히 좋은 친구가 될 수 있을 것 같군요. 그래서 뭐 없어진 게 있습니까?"

"없습니다."

틸러가 유감스러운 얼굴로 말했다.

"확신해요?"

"그렇습니다. 보시다시피 저는 지금 마르코 씨의 옷을 굉장히 꼼꼼하게 확인했습니다. 만약 책상 쪽도 확인하기를 원하신다면……."

"그거 좋은 생각이군요. 해봐요."

틸러가 다갈색 얼굴에 만족스러운 미소를 띠고 화려하게 조각된 책상으로 다가가 서랍을 여는 동안, 엘러리는 마치 무언가를 찾는 양 돌아서서 다시 한 번 방 안을 두리번거렸다. 몰리 경감이 소리 없이 터벅터벅 그에게로 걸어왔다.

엘러리와 매클린 판사 사이에 무언의 시선이 오갔다. 그들은 흩어져서 침실을 수색하기 시작했다. 아무도 말이 없었다. 들리는 소리라고는 책상 서랍 여닫는 소리뿐이었다.

"아무것도 없습니다."

이윽고 틸러가 책상의 마지막 서랍을 닫으며 우울하게 보고

했다.

"여기 있어서는 안 될 것도 없고, 없어진 것도 없습니다. 죄송합니다. 선생님."

"당신 잘못이 아닙니다."

엘러리가 문이 열려 있는 욕실 쪽으로 걸어가며 느릿느릿 말했다.

"하지만 좋은 생각이었어요, 틸러……."

엘러리의 모습이 욕실 안으로 사라졌다.

"빌어먹을 편지 같은 건 하나도 없는데. 엄청나게 신중한 벼룩 같은 놈이었구먼. 아마 여기서 더 할 일은 없을 것 같은데……."

몰리가 으르렁거렸다.

엘러리의 강렬하고 차가운 목소리가 그의 말을 가로막았다. 욕실 문간에 똑바로 서서 뻣뻣하게 굳어버린 그의 모습에 사람들의 시선이 모였다. 엘러리는 틸러의 표정 없는 얼굴을 뚫어져라 바라보고 있었다.

"틸러."

엘러리가 단호하고 억양 없는 목소리로 말했다.

"예, 부르셨습니까?"

몸집 작은 남자의 눈썹이 호기심으로 치켜세워졌다.

"당신, 그거 거짓말이었죠? 마르코 씨에게 편지를 배달해주기 전 내용물을 읽지 않았다는 것 말입니다."

틸러의 눈에서 무언가가 번득였고, 귓불 끄트머리가 천천히 붉게 물들었다.

"죄송합니다만, 뭐라고 말씀하셨습니까?"

두 사람의 눈이 마주쳤다. 엘러리가 한숨을 내쉬었다.

"미안한 건 내 쪽입니다. 하지만 이건 꼭 알아야겠습니다. 어젯밤 마르코가 당신을 내보낸 다음에 당신은 다시 이 방으로 돌아오지 않았습니까?"

"그러지 않았습니다."

하인이 여전히 차분한 목소리로 말했다.

"그럼 바로 자러 갔습니까?"

"그랬습니다, 선생님. 우선 제 하인용 방으로 가서 다른 분이 부르지 않았는지 확인했습니다. 아시다시피 문 씨와 코트 씨 그리고 쿠머 씨도 남아 계시니까요. 그때는 쿠머 씨가 납치되었다는 사실을 몰랐습니다. 하지만 부름이 없었기 때문에 제가 기거하는 방으로 내려가서 잤습니다."

"그럼 마르코의 명령으로 이 방을 떠난 건 몇 시였습니까?"

"아마 거의 자정 즈음이었을 겁니다."

엘러리는 다시 한숨을 쉬고 나서 몰리 경감과 매클린 판사 쪽으로 고개를 홱 돌렸다. 두 남자는 당황한 얼굴로 엘러리 쪽으로 다가왔다.

"그런데 틸러, 당신은 문 씨와 문 부인이 여기서 자기 방으로 올라가는 모습을 봤다고 했죠?"

"문 씨는 11시 반쯤에 올라가셨습니다. 문 부인은 잘 모르겠습니다."

"알았습니다."

엘러리가 옆으로 비켜섰다.

"자, 신사 여러분."

엘러리가 멍하니 말했다.

"편지 여기 있습니다."

그들의 눈에 처음으로 들어온 것은 세숫대야 가장자리에 걸쳐 있는 몇 가지 면도용품들이었다. 말라붙은 비누거품이 들러붙어 있는 솔, 안전 면도날, 녹색 로션이 들어 있는 작은 병과 셰이빙 파우더 캔. 하지만 엘러리는 엄지손가락으로 안쪽을 가리켰고, 그들은 안으로 들어가 커버가 덮인 변기 위에 놓여 있는 편지 조각들을 발견했다.

조각조각 찢어진 크림색 종잇조각들이 한 무더기 놓여 있었다. 그들이 둥근 테라스 탁자 위에서 발견한 것과 같은 재질의 편지지였다. 수많은 조각들은 하나같이 구깃구깃하고 귀퉁이가 까맣게 탔으며, 드문드문 비어 있는 것으로 볼 때 빠진 조각들이 있었다. 그 조각들이 서로 찢어진 부분끼리 맞대 있고 얼기설기 짜 맞춰져 있는 것으로 보아 누군가가 이미 편지를 불 속에서 건져낸 것이 분명해 보였다.

변기 옆의 타일 바닥에 또 다른 크림색 종잇조각들이 어수선하게 쌓여 있었다.

"바닥에 있는 것들은 건드리지 마십시오."

엘러리가 지시했다.

"그건 봉투 파편입니다. 굉장히 많이 타버렸지요. 편지지를 보십시오."

"엘러리, 네가 이 조각들을 짜 맞췄니?"

판사가 물었다.

"서요?"

엘러리가 어깨를 으쓱했다.

"제가 찾아냈을 때부터 이런 상태였는데요."

나이 든 두 남자가 변기 쪽으로 걸어왔다. 단편적이긴 했지만 메시지는 어느 정도 읽을 수 있었다. 날짜나 인사말은 적혀 있지 않았다. 메시지는 타자기로 친 모양이었고, 글귀는 이러했다.

...늘밤 1시... 라스로 ...와줘요.
매우 중.............. 꼭 만나야..... 나는 혼.... 갈 거예요.
제발.............. 망시키............ 요.
로사.

"로사!"
판사가 입을 떡 벌렸다.
"원 세상에…… 이럴 수가 있나! 설마…… 이건 물리적으로 말이 안 되는데!"
"어처구니가 없군요."
몰리 경감이 중얼거렸다.
"맙소사, 어이가 없어서. 뭐 이런……. 사건이 전체적으로 다 황당하기 짝이 없습니다."
"이해가 안 가……. 재미는 있어지는구려."
"극심하게 말입니다."
엘러리가 차갑게 말했다.
"적어도 마르코는 그렇게 받아들였을 겁니다. 그러니까 이 지시에 따라서 그 유명한 '죽음의 신의 팔' 안으로 걸어 들어갔던 거겠죠."
"그럼 너는 이게 인과 관계에 따른 일이라고 생각하는 게냐? 이 편지 때문에 마르코가 죽음을 맞이했다고?"
판사가 물었다.
"쉬운 결론이죠."

"편지 내용은 별것 아닌 것 같은데."

노신사가 얼굴을 찌푸렸다.

"'오늘 밤 1시에 테라스로 나와줘요. 매우 중……' 그래, '매우 중요한 일이에요. 꼭 만나야 해요. 나는 혼……' 어디 보자, '혼자서 갈 거예요.' 이런 말일 것 같구먼. 나머지는 쉽네. '제발 나를 실망시키지 말아줘요. 로사.'"

"지금 당장 그 젊은 아가씨하고 얘기를 좀 해봐야겠군요."

경감이 뚱한 얼굴로 말하고는 문 쪽으로 걸어갔다. 그러다 문득 천천히 뒤를 돌아보았다.

"잠깐만, 한 가지 생각이 났는데 말입니다. 도대체 그 조각들을 맞춰놓은 건 누굽니까? 아마 틸러였겠지만……."

"틸러의 말은 사실입니다."

엘러리는 멍한 얼굴로 코안경 알을 닦으며 말했다.

"그건 저도 확신합니다. 게다가 틸러가 그 조각들을 맞췄다면 설마 멍청하게 그게 발견되도록 그냥 내버려둘 리가 없겠죠. 이 친구는 상당히 똑똑하고 영리합니다. 틸러가 한 일이 아니니 잊어버리십시오.

어젯밤 마르코가 이 방을 나가서 자신의 불운한 운명과 조우하고 있을 무렵 누군가가 몰래 숨어 들어와서 난롯불 속에서 이 편지 조각들을 끄집어냈던 겁니다. 아마도 묘한 흥분 상태에 빠져 있던 마르코는 눈치채지 못했겠지만, 그 불씨는 그리 활활 타오르지 않았을 겁니다. 따라서 그 누군가는 종잇조각들을 여기 욕실로 가지고 와서 잘 분류한 다음, 별 필요가 없어 보이는 봉투 조각들은 버리고 남은 편지지 조각들만을 조심스럽게 모아놓았던 거겠죠."

"왜 욕실로 가져온 걸까요? 뭔가 있을 것 같은데."

몰리 경감이 으르렁거리듯 말했다.

엘러리는 어깨를 으쓱했다.

"저는 그게 그렇게 중요한 일인지 잘 모르겠습니다. 아마도 조각들을 짜 맞추고 있는데 갑자기 누군가가 문을 열고 들어올 것을 대비해서 숨었던 거겠죠."

엘러리는 지갑 속에서 반투명 봉투를 하나 꺼내어 편지지 조각들을 조심조심 쓸어 넣었다.

"이게 필요할 것 같습니다, 경감님. 물론 제가 잠깐 맡아두는 것뿐입니다."

"서명도 타자기로 쳤을 테지. 아마도……."

멍하니 생각에 잠겨 있던 매클린 판사가 중얼거렸다.

엘러리는 욕실 문 쪽으로 걸어가 부드러운 목소리로 말했다.

"틸러."

작은 남자는 여전히 공손한 태도로 아까 그 자리에 계속 서 있었다.

"부르셨습니까?"

엘러리가 틸러 쪽으로 걸어가 담뱃갑을 꺼내어 열고 말했다.

"한 대 피울래요?"

틸러는 깜짝 놀란 얼굴이었다.

"아, 아닙니다. 괜찮습니다!"

"이유는 모르겠지만 그럼 뭐 마음대로 해요."

엘러리는 한 개비를 빼물었다. 나이 든 두 남자는 영문을 모르겠다는 얼굴로 문간에 말없이 서 있었다. 틸러는 몸 어딘가에서 성냥개비를 찾아내어 잽싸게 불을 붙인 뒤 엘러리의 담배 끝에 공손히 붙여주었다.

"고마워요, 틸러."

엘러리가 유쾌하게 연기를 뿜으며 말했다.

"당신은 이 사건에서 지금까지 참 잘해주었습니다. 당신 없이 어떻게 했을지 알 수가 없군요."

"과찬의 말씀이십니다. 정의는 이루어져야 하는 법입니다."

"물론이죠. 그런데 이 집 안에 혹시 타자기 있습니까?"

틸러가 눈을 껌벅였다.

"있습니다, 선생님. 서재에요."

"한 대 입니까?"

"그렇습니다. 고드프리 씨는 여름휴가 동안에는 그런 통상적인 거래 업무를 안 하시기 때문에 여기에는 비서조차 데리고 오지 않으십니다. 타자기를 쓸 일이 거의 없죠."

"흠……. 틸러, 실은 당신에게 한두 가지의 불운이 뒤따르고 있다는 사실을 굳이 지적해줄 필요는 없겠죠?"

"예?"

"예를 들어, 고드프리 씨의 말을 빌리자면 마르코를 해치움으로써 인류의 이익에 공헌한 그 사람을 제외하면 당신은 살아 있는 마르코를 마지막으로 본 사람이죠. 이거 안 좋아요. 만약 정말로 행운의 여신이 우리 편이라면……."

"하지만 행운도 따르고 있습니다."

틸러가 작은 두 손을 가슴 앞에서 맞잡고 공손하게 말했다.

"뭐라고요?"

엘리리기 물고 있던 담배를 입에서 재빨리 뺐다.

"선생님, 살아 있는 마르코 씨를 마지막으로 본 사람은 제가 아닙니다……. 그러니까 살인자를 제외하면 말입니다."

틸러는 짧게 기침을 하고는 입을 다물며 신중하게 눈길을 내리깔았다.

몰리가 방 건너편에서 달려오며 고함을 질렀다.

"이 빌어먹을 버러지 같은 놈! 네놈이 아는 걸 전부 불게 하려면 도대체 뭘 어떻게 해야 하는 거야! 왜 그 이야기를 진작 하지 않은……."

"잠깐만요, 경감님."

엘러리가 중얼거렸다.

"틸러와 저는 지금 서로를 이해하고 있습니다. 이 폭로를 다루는 데는 일종의…… 섬세함이 필요할 것 같군요. 그렇죠, 틸러?"

몸집 작은 남자가 다시 한 번 기침을 했다. 그러나 이번 기침에는 쑥스러움이 묻어났다.

"사실 이런 이야기를 제가 해도 좋을지 모르겠습니다. 아시다시피, 말씀하신 대로 이건 아주 미묘한 문제이기 때문에……."

"당장 말해!"

경감이 울부짖었다.

"마르코 씨가 이 방에서 당장 나가라고 명령하신 뒤, 제가 제 하인용 방으로 가려고 할 때였습니다."

틸러가 침착하게 말을 이었다.

"누군가가 계단을 걸어 올라오는 소리가 났습니다. 그 숙녀분은……."

"지금 여자라고 했습니까, 틸러?"

엘러리가 눈짓으로 몰리를 제지하며 부드럽게 물었다.

"그렇습니다, 선생님. 그 숙녀분은 마르코 씨의 방을 향해서 발끝으로 살금살금, 빠른 속도로 복도를 걸어갔습니다……. 그리고 노크도 안 하고 들어가셨습니다."

"노크도 안 했다고?"

판사가 중얼거렸다.

"그럼 그 여자는…… 누군지는 모르겠지만, 여하간 그 여자가 그 벽난로에서 편지를 건져낸 사람인 모양이군!"

"저는 그렇게 생각하지 않습니다."

틸러가 공손하게 말했다.

"왜냐하면 마르코 씨는 아직 옷을 다 갈아입지 않으셨기 때문입니다. 방에 계셨죠. 제가 그 방에서 나온 지 아마 채 일 분도 되지 않았을 때의 일입니다. 그러니 아직 침실에 계셨을 겁니다. 게다가 방 안에서는 다투는 소리가 들렸고……."

"싸웠다고!"

"아, 예. 그랬습니다. 상당히 난폭한 분위기였습니다."

"내가 듣기로 당신의 하인용 방은 복도 끄트머리에 있다고 했죠, 틸러. 마르코의 방문에 혹시 귀를 대고 엿들었습니까?"

엘러리가 부드럽게 물었다.

"아닙니다. 하지만 그분들께서는 상당히 큰 목소리로 말씀을 하셨습니다. 들리지 않을 수가 없었습니다. 그러더니 갑자기 조용해졌습니다."

몰리가 입술을 깨물며 이리저리 걸어 다녔다. 틸러의 매끈한 머리통을 노려보는 품이, 마치 어디에 망나니의 도끼라도 있었으면 참 좋겠다는 표정이었다.

"자, 자, 틸러."

엘러리가 순수한 동지애가 깃든 얼굴로 웃으면서 말했다.

"그러면 도대체 이 비밀스러운 마르코 씨의 야간 방문자가 누구였습니까?"

틸러가 입술을 핥으며 영감의 눈치를 보았다. 그러더니 충격

받은 표정으로 입꼬리를 축 늘어뜨렸다.

"정말로 끔찍한 일이었습니다. 마르코 씨가 가장 큰 소리로 그 숙녀분을 지칭했을 때, 저는 그 말을 정확하게 기억합니다. 용서하십시오. '이 빌어먹을 참견꾼 개 같은 년…….'"

"그게 도대체 누구였는데?"

몰리가 더는 못 참겠다는 듯 악을 썼다.

"고드프리 마님이셨습니다."

7:
도덕성, 살인자, 하녀에 관한 학위논문

"경감님, 아무래도 우리는 금맥을 발견한 모양입니다. 틸러의 존재에 다시 한 번 감사드려야겠는데요."

엘러리 퀸 씨가 꿈꾸는 듯한 얼굴로 말했다.

"도대체 무슨 말을 하는 거요? 그게 고드프리 부인이었다고? 마르코는 그렇게 무례하게 굴었고?"

격분한 매클린 판사가 캐물었다.

엘러리가 한숨을 내쉬었다.

"그리고 그 사람들은 갓난아기들의 순수성에 대해 대화를 나누었죠. 친애하는 솔론이시여, 판사님께서는 일반 재판소 법정에서 꾸벅꾸벅 조실 바에야 가정법원에서 몇 년 정도 시간을 보내시는 게 좋을 뻔했습니다."

"이런 세상에, 도대체 지금 무슨 생각을 하고 있는 겁니까, 퀸 씨? 이런 식으로 당신을 제지하고 싶지는 않지만, 이것 봐요! 이건 살인 사건 수사지 커피를 앞에 놓고 수다 떠는 모임이 아니란 말입니다! 제발 아는 게 있으면 나 털어봐요!"

몰리가 절망적인 얼굴로 말했다.

"틸러, 우리는 당신이 인간이라는 짐승과 그 생활 양태에 관한 상당히 날카로운 관찰자라는 사실을 충분히 잘 압니다."

엘러리가 눈을 반짝였다. 그러고는 존 마르코의 침대에 풀썩 주저앉으며 머리 뒤에 깍지를 꼈다.

"여성을 모욕하는 남성이란 어떤 종류의 남성일까요?"

틸러는 신중하게 헛기침을 한 뒤 나지막이 말했다.

"예, 선생님. 소설로 표현하자면…… 아마도 대실 해밋 같은 타입이라고 생각합니다."

"아하. 하드보일드한 외견 속에 황금의 심장을 갖고 있는 사나이 말이죠?"

"그렇습니다. 신성모독적인 발언을 내뱉고 폭력을 일삼으며……."

"우리가 다루는 화제는 현실 속에서 실제 벌어지는 일로만 제한합시다. 한데 보아하니 당신은 탐정소설을 즐겨 읽는 모양이로군요?"

"예, 물론입니다! 실은 선생님의 작품도 상당히 많이 읽었습니다. 그리고……."

"흠."

엘러리가 잽싸게 끼어들었다.

"그 얘긴 나중에 합시다. 현실에선 어떻죠, 틸러?"

"안타깝지만 현실 세계에서 황금 같은 심장을 가진 사나이는 대단히 적습니다. 외견만 사나울 뿐이죠. 굳이 말하자면 여성에게 모욕적인 말을 퍼붓는 남성은 두 종류로 나눌 수 있다고 생각합니다. 지독한 여성 혐오자거나, 그렇지 않으면…… 남편이겠지요."

하인은 안타까운 목소리로 나직이 말했다.

"브라보!"

침대에 앉아 있던 엘러리가 허리를 쭉 폈다.

"대단합니다. 다시 한 번 브라보! 지금 얘기 들으셨어요, 판사님? 여성 혐오자가 아니면 남편이래요. 아주 좋아요, 틸러. 거의 격언 수준에 가까운데요. 아니, 정정하죠. 이건 격언이에요……."

판사는 껄껄 웃을 수밖에 없었다. 그러나 몰리 경감은 주먹을 치켜들고 엘러리를 노려보며 문 쪽으로 쿵쿵 걸어갔다.

"잠깐만요, 경감님."

엘러리가 느릿느릿 불렀다.

"그냥 헛소리 같은 대화를 나누는 게 아닙니다."

몰리가 걸음을 멈추고 천천히 뒤를 돌아보았다.

"지금까지 아주 좋아요, 틸러. 우리는 지금 존 마르코라는 이름의 신사를 염두에 두고 대단히 철학적인 대화를 나누고 있습니다. 아주 간단한 분석만으로도 그 사람이 그 두 분류 중 어느 쪽에도 들어가지 않는다는 걸 알 수 있죠. 우리가 피살자에 대해 아는 모든 정보에 의하면 그는 지독한 여성 혐오증 환자와는 정반대의 타입이죠. 숙녀들을 진심으로 경애했으니까요. 또한 어젯밤 어느 특정한 숙녀를 향해 생생한 욕설을 퍼부었지만, 그는 그 숙녀의 남편은 절대로 아닙니다. 그 어떤 숙녀의 남편도 아니죠. 이제 뭔가 좀 보입니까?"

"예, 선생님. 하지만 저는……."

틸러가 중얼거렸다.

경감이 으르렁거렸다.

"지금 그러니까 피살자가 고드프리 부인 주위를 맴돌면서 가지고 놀았다는 말을 하려는 거요? 젠장, 좀 쉬운 영어로 이야기할 수 없소?"

엘러리가 침대에서 기어 내려오더니 한차례 짝 하고 손뼉을 쳤다.

"늙은 베테랑 경찰을 믿으라 그리하면 바로 문제의 핵심에 접근할 수 있을지니!"

엘러리는 키득키득 웃었다.

"맞습니다, 경감님. 그게 제가 하려던 말입니다. 틸러, 거기에는 한 가지 종류가 더 있습니다. 그건 바로 사랑에 지친 남자죠. 타블로이드 신문과 시인이라면 그들을 '사랑에 목마른 자'라 부르겠지요. 그들은 '성스러운 불길'에 온몸을 불태우다 얼마 지나지 않아 금세 지쳐버리곤 합니다. 오호, 통재라! 그리고 나면 욕설의 시대가 도래하는 거죠."

매클린 판사가 얼굴을 찌푸렸다.

"설마 엘러리, 마르코와 고드프리 부인이……."

엘러리가 한숨을 쉬었다.

"'설마'의 가능성만을 자꾸 제시하는 건 아주 몹쓸 습관이긴 합니다만, 못난 탐정이 그 외에 무슨 일을 더 할 수가 있겠습니까? 친애하는 법조관이시여, 우리는 사실에서 눈을 돌려서는 안 됩니다. 고드프리 부인이 한밤중에 마르코의 방에 몰래 숨어 들어갔습니다. 노크도 안 하고요. 그녀가 그 스페인식 방을 얼마나 아끼는지는 모르겠으나 평범한 집주인이 섣불리 취할 행동은 아니지요. 게다가 얼마 안 있어 마르코는 큰 소리로 그녀가 간섭이 심하다면서 '말해서는 안 되는 더러운 말'로 모욕했습니다. 그 또한 평범한 객이 내뱉을 잡담의 부류에는 들어가지 않지요. ……예, 맞습니다. 라로슈푸코의 말이 맞아요. 여주인을 경애한다면 그만큼 여주인을 미워해야 하는 법입니다. 마르코는 한때 사랑스러운 스텔라에게 커다란 열정을 바쳤기에, 어젯밤에 그렇게 심한 욕설을 퍼부은 게 아니겠습니까?"

"확실히 그 두 사람 사이에 뭔가 있기는 있는 것 같소. 하지만 당신 생각에……."

몰리가 화난 목소리로 말했다.

"드 스탈이 말하길 사랑은 여성 인생의 역사이며 남성 인생의 한 에피소드라고 했죠."

엘러리가 부드럽게 말했다.

"감히 말하건대 그런 상황에서 여성은 사랑의 종말을 더욱 심각하게 받아들이게 됩니다. 이 상황에서는 틀렸다고 말할 수 있을지도 모르겠지만……."

러시 형사가 문을 열고 들어와서는 무기력하게 말했다.

"식사 시간이랍니다, 경감님."

스텔라 고드프리가 문간에 나타났다. 방금 전까지 수다의 도마 위에 올라와 있던 장본인이 등장하자 그들은 모두 껄끄러운 기분을 금치 못했다. 틸러만이 공손하게 고개를 숙이고 서 있었다.

고드프리 부인은 본인 나름대로 애를 쓰고 있는 모양이었다. 얼굴은 단정하게 새로 화장을 했고, 쥐고 있는 손수건도 깨끗하고 빳빳했다. 그들은 모두 뼛속까지 남성적인 존재들이었기에 이브의 영원한 수수께끼가 새삼스럽게 놀라웠다. 이 여성은 스스로가 차지하고 있는 최상급의 사회적 카스트에 걸맞게 놀라우리만치 자제력을 발휘했고 여전히 아름다우며 우아하고 기품이 있고 분티가 났다. 찬찬히 그녀를 뜯어보다 보면 그녀가 도대체 어떻게 추한 공포의 늪 속에서 허우적거리지 않을 수 있는지, 어떻게 늙은 어리석음 속으로 몸을 웅크리고 파고들지 않을 수 있는지, 또 그 늘씬하고 예의 바른 두 손을 격렬하게 불끈 쥐지 않을 수 있는지 궁금해질 정도였다. 그녀 자신,

그녀라는 사람, 외모와 태도 전부가 너무나 완벽했다. 깔끔하고 잘 다듬어져 있었으며 주위와 유리되어 있었다.

"방해해서 죄송해요, 신사 여러분. 요리사에게 뭘 좀 준비하라고 시켰어요. 분명 여러분 모두 배가 고프실 테니까요. 버레이 부인을 따라가시면……."

부인은 싸늘하게 말했다.

고드프리 부인은 음식 생각을 하고 있었다! 매클린 판사는 마른침을 꿀꺽 삼키고는 시선을 돌렸다. 엘러리는 맥베스의 한 구절 같은 말을 입속으로 중얼거리고는 재빨리 미소를 지었다.

"고드프리 부인……."

몰리가 목이 졸린 듯한 목소리로 입을 열었다.

"감사합니다. 참으로 배려가 깊으십니다."

엘러리가 몰리의 갈비뼈를 쿡 찌르며 명랑하게 말했다.

"사실 매클린 판사님과 저는 오전 내내 배 속에 이렇다 할 만한 걸 제대로 집어넣지 못했거든요. 어젯밤 저녁 식사 이후 아무것도 먹지 못했습니다."

"이쪽이 저희 집 가정부 버레이 부인이에요."

스텔라 고드프리가 옆으로 물러나면서 차분하게 말했다.

소심한 목소리가 들렸다.

"네, 마님."

작은 몸집에 근엄하고 나이 든 여성이 여주인의 뒤에서 모습을 드러냈다.

"저를 따라오시면 작은 식당으로 안내해 드리겠습니다. 여러분 모두……."

"기꺼이 가겠습니다, 버레이 부인! 물론 가고말고요. 그런데 무슨 일이 일어났는지 들으셨습니까?"

"아, 물론이죠. 정말 끔찍한 일이에요."

"그럼요. 한데 저희를 좀 도와주실 수 있겠습니까?"

"제가 말인가요?"

버레이 부인의 두 눈이 커다란 레코드판처럼 커졌다.

"그건 힘들어요. 저는 그 신사분을 지나가다 얼핏 본 적밖에 없는걸요. 제가 어떻게……."

"잠깐, 머물러주십시오. 고드프리 부인."

키가 크고 가무스름한 부인이 몸을 돌리려 할 때, 몰리가 느닷없이 말했다. 부인이 눈썹을 치켜세웠다.

"가려던 게 아니에요. 난 그냥……."

"부인과 할 얘기가 있습니다. ……아뇨, 퀸 씨. 난 내 방식대로 해야겠습니다. 고드프리 부인……."

"내 생각에 우리가 오찬을 좀 미뤄야 할 필요성이 있는 것 같군요, 버레이 부인. 완강한 권위의 화신이 결코 굽히지 않을 것 같으니 말입니다. 요리사에게는 음식을 따뜻하게 데워두라고 전해주세요."

엘러리가 얼굴을 찌푸리며 말했다.

버레이 부인이 애매한 미소를 짓고는 물러갔다.

"그리고 고마워요, 틸러. 당신 없이 우리가 뭘 어떻게 했을지 상상도 안 되는군요."

하인이 허리를 굽혀 절했다.

"이제 나 끝났습니까, 선생님?"

"당신이 감추고 있는 것을 다 털어놓기 전까지는 끝나지 않습니다."

"그런 것은 없습니다."

틸러가 유감스럽다는 표정으로 말했다. 그러고는 고드프리 부인 옆을 지나가며 인사를 하고는 사라져버렸다.

가무잡잡한 여인은 갑자기 얼어붙은 듯 굳어버렸다. 그러나 시선만은 부지런히 움직였다. 두 눈동자는 바쁘게 돌아다니다가 침대 위에 아무렇게나 널브러져 있는 남자의 옷가지와 서랍, 옷장 위에 머무르더니 갑자기 오그라들었다. 몰리 경감은 날카로운 시선으로 부인을 쳐다보았고, 부인은 천천히 뒷걸음질 쳤다. 경감은 러시에게 의미 있는 눈짓을 보내며 문을 닫아버리고는 의자 쪽을 발로 가리키며 부인에게 앉도록 했다.

"이번엔 뭐죠?"

부인이 중얼거리면서 자리에 앉았다. 그녀는 말라붙은 입술을 혀끝으로 축였다.

"고드프리 부인, 왜 전부 털어놓지 않는 겁니까? 당신이 감추고 있는 진실이 따로 있지 않습니까?"

경감이 씁쓸하게 말했다.

"네?"

부인은 잠시 뜸을 들였다.

"도대체 무슨 말씀을 하시는지 모르겠어요."

"내가 무슨 말을 하는지는 당신이 가장 잘 알 거 아닙니까!"

몰리가 손짓 발짓을 하며 부인의 앞을 오락가락했다.

"도대체 지금 무슨 일이 터졌는지 당신네들은 알고나 있는 거요? 사람 목숨이 달린 문제 앞에서 그 사소한 개인적 문제가 그렇게나 중요합니까? 이건 살인 사건이란 말입니다, 고드프리 부인. 살 인 사 건!"

걸음을 멈춘 몰리 경감이 의자 팔걸이를 움켜잡고 부인을 내려다보았다.

"이 나라에서는 살인범을 전기의자에 앉힙니다, 고드프리 부인. 살인이라고요. 살인! 이제 내 말을 이해하겠습니까?"

"도대체 무슨 말씀을 하시는지 모르겠어요. 지금 저를 겁주려는 건가요?"

돌처럼 굳은 고드프리 부인이 다시 한 번 말을 반복했다.

"알고 싶지도 않은 거겠지! 당신네들끼리 서로 말이 맞지도 않는 증언만 잔뜩 해놓고 이 사건에서 발을 뺄 수 있을 것 같소?"

"전 진실만을 말했어요."

부인이 나지막이 말했다.

"당신은 거짓말만 산더미처럼 했소!"

몰리가 분통을 터뜨렸다.

"스캔들이 터지는 게 두려워서 그랬겠지. 이 일이 들통 나면 남편이 무슨 말을 할지 겁나서……."

"스캔들이라고요?"

부인이 떨리는 목소리로 말했다. 그녀의 경계가 조금씩 풀어지는 것이 보였다. 마음속의 고뇌가 이미 남들에게 다 드러나 보일 정도였다.

몰리 경감이 자신의 목깃을 휙 잡아당겼다.

"도대체 이 방, 마르코의 방에서 당신은 어젯밤 한밤중에 무슨 짓을 한 거요, 고드프리 부인?"

성벽이 또 하나 무너졌다. 부인은 젖은 잿빛 얼굴로 입을 멍하니 벌린 채 그를 쳐다보았다.

"저는……."

부인은 갑자기 손으로 얼굴을 가리고 흐느끼기 시작했다.

마르코의 침대 위에 올라앉아 있던 엘러리가 소리 없이 한숨을 내쉬었다. 그는 배가 고프고 졸렸다. 매클린 판사는 주름진 양손으로 뒷짐을 진 채 창문을 향해 걸어갔다. 바다가 참 푸르고 아름다워 보였다. 이런 바다를 매일같이 볼 수 있는 사람들은 정말로 행복하리라. 겨울에도 경치는 여전히 멋질 것이다. 절벽 밑에서 하얗게 부서지는 파도, 마치 휘파람으로 노래를 부르는 듯한 물보라 소리, 누군가의 뺨을 때리는 듯 바람결을 따라 몰아치는 포말의 채찍……. 판사가 눈을 가늘게 떴다. 작고 주름지고 부산스럽기까지 한 두 개의 새 둥지가 허리가 굽은 남자의 모습을 포착했다. 정원을 영원히 파헤치고 다니는 조럼이었다. 그리고 땅딸막한 월터 고드프리가 낡아 빠진 밀짚모자를 쓰고 그 옆에 서 있었다. 어쩌면 저렇게도 살찌고 더러운 비둘기 같이 생긴 남자가 다 있을까! 판사는 그런 생각이 들었다. 고드프리는 조럼의 어깨에 손을 얹고 마치 고무 같은 입술을 움직여 무어라 말하고 있었다. 조럼이 고개를 들고 짤막하게 미소를 지은 뒤 계속해서 잡초를 뽑았다. 매클린 판사는 그들 둘 사이에서 어떠한 연대감, 암묵적인 동지애를 느꼈고 그 사실이 다소 혼란스러웠다. ……백만장자는 허리를 굽히고 새빨간 꽃 한 송이를 빤히 들여다보았다. 그 모습은 너무나 아이러니했다. 판사는 왠지 월터 고드프리가 이 집안의 그 어떤 사람보다도 정원에 피어나는 꽃 쪽에 훨씬 마음을 쓰고 있다는 인상을 받았다. 혹시 누군가가 그의 코앞에서 아주 귀중한 꽃이라도 훔쳐간 걸까.

판사는 한숨을 내쉬고 창문에 등을 돌렸다.

몰리 경감의 얼굴에는 상당한 변화가 일어나 있었다. 그는 마치 아버지와도 같은 연민을 그대로 드러냈다.

"자, 자."

경감은 달콤한 베이스 톤으로 구슬리듯 말하며 스텔라 고드프리의 가냘픈 어깨를 토닥거렸다.
"힘들다는 거 잘 압니다. 인정하기 어렵겠지요. 특히 낯선 사람들 앞에선 더욱 말입니다. 하지만 퀸 씨와 매클린 판사님과 나는 보통 사람이 아닙니다, 고드프리 부인. 굳이 말하자면 성직자나 마찬가집니다. 비밀 이야기를 듣고 나서는 입을 꼭 다물어야 한다는 사실을 잘 아는 사람들입니다. 그러니 이야기해주지 않겠습니까? 누군가에게 털어놓고 나면 훨씬 후련해질 겁니다."

경감의 손은 줄곧 그녀의 어깨 위에 얹혀 있었다.

엘러리는 줄담배를 피워댔다. 저 위선자! 엘러리는 소리 없이 키득거렸다.

부인이 고개를 들었다. 뺨에 칠한 파우더 위로 눈물 자국이 나 있었고, 눈가와 입가에는 마치 기적처럼 주름이 나타났다. 그러나 입은 여전히 꼭 다문 채였으며, 결코 침묵을 견디지 못하는 여성의 표정은 아니었다.

"좋아요."

부인은 흔들림 없는 목소리로 말했다.

"아무래도 다 아시는 것 같으니 굳이 부정할 필요가 없겠군요. 그래요. 난 여기 있었어요. 어젯밤, 그 사람과 단둘이서."

몰리의 어깨가 마치 '내 전략 잘 봤소?'라고 말하기라도 하는 양 실룩거렸다. 엘러리는 다소 서글픈 놀라움을 안고 그의 넓은 등을 바라보았다. 몰리는 여인의 눈빛에 드러난 표정이나 굳어진 입술 모양을 눈치채지 못한 듯했다. 스텔라 고드프리는 영혼의 어느 어두운 창고 안에서 새로운 방패를 하나 꺼내 든 듯했다.

"그래요."

경감이 중얼거렸다.

"이제야 좀 말이 통하는군요, 고드프리 부인. 그런 식으로 비밀을 지킬 수는……."

"없죠."

부인이 차갑게 말했다.

"물론 안 되겠죠. 틸러가 말했겠죠? 맞아요, 하인용 방에 있었을 거예요. 틸러를 깜박 잊고 있었군요."

그 목소리는 몰리를 소름 끼치게 했다. 그는 손수건을 꺼내 주저하는 손길로 뒷목을 문지르며 시야 끄트머리에 있는 엘러리 쪽을 쳐다보았다. 엘러리는 어깨를 으쓱했다.

"좋습니다. 그럼 거기서 뭘 하고 있었던 겁니까?"

몰리가 천천히 물었다.

"그건 내 사적인 문제예요, 경감님."

부인은 마찬가지로 차갑게 대답했다.

"노크도 안 하고 들어갔다지 않았소!"

격노한 몰리가 고함을 질렀다. 말을 뱉은 후에야 자신이 이성을 잃었음을 깨달은 듯했다.

"내가 그랬던가요? 참 부주의했네요."

몰리는 분노를 억누르려 애쓰고 있었다.

"한밤중에 남자 방에 몰래 숨어 들어간 이유를 말하지 않겠다는 겁니까?"

"숨어 들어갔다고 하셨나요, 경감님?"

"오늘 나한테 말하기로는 당신이 어젯밤 일찍 자러 갔다고 하지 않았소? 거짓말이지 않습니까! 게다가 당신이 마지막으로 마르코를 봤던 건 아래층 브리지 테이블을 떠날 때 모습이었다는 것도!"

"당연하죠. 누가 그런 얘기를 술술 털어놓겠어요, 경감님?"

부인은 주먹을 너무 꼭 쥔 나머지 손가락 관절이 마치 죽은 사람처럼 새하얘 보였다.

몰리가 심호흡을 하고는 담배 한 대를 입에 쑤셔 넣고 불을 붙였다. 이성을 유지하려 노력하는 모양이었다.

"좋습니다. 그런 이야기를 안 할 거라 이거죠. 하지만 마르코 랑 싸웠다는 건 뭡니까?"

부인은 입을 다물었다.

"부인을 모욕하고 더러운 말을 퍼붓지 않았습니까?"

고드프리 부인의 눈에 고통이 떠올랐으나, 그녀는 입술을 꼭 깨물 뿐이었다.

"언제까지 이 이야기를 질질 끌 셈입니까, 고드프리 부인? 그래서 얼마나 이 방에 있었습니까?"

"12시 50분에 이 방을 나왔어요."

"사십오 분도 넘게 있었군!"

몰리가 으르렁거리듯 말했다. 그는 답답해 죽겠다는 얼굴로 담배를 뻐끔뻐끔 피웠다. 부인은 의자 끄트머리에 오도카니 앉아 있었다.

엘러리가 다시금 한숨을 내쉬었다.

"어…… 고드프리 부인, 부인이 이 방에 들어왔을 때 마르코는 옷을 전부 차려입고 있었습니까?"

이번에는 부인도 바로 대답하지 않는 것 같았다.

"아뇨. 그러니까…… 전부는 아니었어요."

"뭘 입고 있었습니까? 부인의 개인사를 저희가 이러쿵저러쿵 짓밟는 게 물론 마땅치는 않으시겠지만, 어젯밤에 피살자가 뭘 입고 있었는지는 이 사건에서 상당히 치명적으로 중요하니다. 그리고 부인이 그 정보를 꼭꼭 감추실 이유는 없지 않습니까? 마르코가 어제저녁 내내 입고 있던 흰옷들은 지금 저 침대 위에 널브러져 있는 것들이 맞죠?"

"맞아요."

부인은 주먹 쥔 손가락 관절을 내려다보며 대답했다.

"제가 들어왔을 때 그 사람은…… 바지를 갈아입고 있었어요. 진회색의 바지를요. 우리가 대화……를 나누는 동안 그 사람은 계속 옷을 갈아입었어요. 옥스퍼드 천으로 된 회색 더블브레스트 수트 그리고 그에 잘 어울리는 몇 가지 회색 장식품을 달았던 것 같아요. 흰 셔츠랑…… 아, 기억이 나지 않아요!"

"모자와 지팡이, 망토는 어땠습니까?"

"글쎄요……. 맞아요, 저 침대 위에 있는 것들이에요."

"부인이 방을 나갈 때쯤에는 옷을 완전히 다 입은 상태였습니까?"

"음…… 네. 제가 나갈 때 그 사람은 넥타이를 매고 코트를 걸쳤어요."

"두 분이 함께 나오셨습니까?"

"아뇨. 저는…… 먼저 방을 나와서 제 방으로 돌아갔어요."

"혹시 피살자가 방을 나오는 장면을 보셨습니까?"

"아뇨."

부인은 무의식적인 공포로 덜덜 떨면서 몸을 움츠렸다.

"제가 제 방으로 간 뒤에, 그러니까 바로 직후에…… 문이 쾅 닫히는 소리가 들렸어요. 그래서 당연히 그 사람이…… 나가는 소리인가 보다 했죠."

엘러리가 고개를 끄덕였다.

"그리고 부인은 문을 열고 내다보지는 않았군요?"
"당연하죠!"
"흠. 고드프리 부인, 피살자는 왜 한밤중에 새 옷으로 갈아입는지 부인에게 말해주지는 않았습니까? 아니면 어디로 간다는 이야기라든가요."
"안 했어요!"
부인의 목소리가 기이한 울림을 띠고 쨍 퍼졌다.
"말 안 했어요. 하지만 왠지 마음이 굉장히 조급해 보였어요. 누구랑…… 약속이라도 있는 것처럼."
"그런 모습을 보고도 뒤를 밟지 않았단 말입니까? 허 참."
몰리 경감이 코웃음을 쳤다.
"안 따라갔다고 했잖아요!"
부인이 갑자기 벌떡 일어났다.
"나…… 나는 더는 못 견디겠어요. 지금까지 말한 건 전부 다 진실이에요. 너…… 너무 마음이 아파서 그 사람 뒤를 따라가지 못했어요. 찾으러 갈 수도 없었다고요. 이제 도…… 도저히 여러분하고 대화를 못 나누겠네요. 나, 난 바로 잠이 들었고, 그 뒤로는 그 사람이 살아 있는 모습을 못 봤어요."
세 남자는 부인의 목소리에 깃든 무게를 재고 그 진실성과 말 뒤에 숨겨져 있는 것, 그 감정의 깊이를 곰곰이 따져보았다.
이윽고 경감이 말했다.
"좋습니다. 이제 가보셔도 됩니다."
부인은 뻣뻣한 몸을 일으켜, 일 분 일 초도 더 있고 싶지 않다는 듯 나가버렸다. 부인의 온몸에서 안도감이 뿜어져 나왔다.
"이제 보셨겠지만, 부인은 아직 완전히 무너질 준비가 되지 않았습니다, 경감님. 타이밍이 나빴어요. 이 여성은 지적 능력이 아주 뛰어난 편은 아니지만 정신적 근간은 결코 일그러지지 않았습니다. 경고하려고 했는데요."

엘러리가 말했다.

"빌어먹을, 또 엿 먹었잖아!"

몰리가 신음했다.

"그……."

그리고 몇 초간 경감은 아주 난폭한 태도로 존 마르코의 천성과 습관, 성격, 이전의 행적(추정한 것)을 포괄적이고 명료하고 풍부한 언어를 동원하여 줄줄 읊어댔다. 매클린 판사는 깜짝 놀랐고 엘러리의 눈은 감탄으로 커졌다.

"오, 아주 좋습니다."

몰리가 숨을 가다듬느라 잠시 말을 멈추었을 때, 엘러리가 따뜻하게 말했다.

"욕설 분야의 아주 섬세한 실례들을 잘 들었습니다. 이제 정신적으로 기분이 좀 나아지셨다면 경감님, 우리 이제 그만 버레이 부인의 초대를 받아들여 보다 동물적인 욕구를 충족시키러 가는 게 어떻겠습니까?"

장엄한 사라센 스타일의 '작은' 식당에서 마치 왕족처럼 하급 집사의 시중을 받으며 나이 든 버레이 부인의 음식을 대접받는 동안 몰리 경감은 우울의 화신이 되어 있었다. 그는 축 처진 기분 때문에 상다리가 부러져라 차려진 진수성찬을 앞에 두고도 넋이 나가 있었다. 여러 사람이 유쾌하게 떠들어대는 소리도 귀에 들어오지 않는 듯했다. 경감은 얼굴을 찌푸렸다가 음식을 씹었다가 했고, 커피 한 잔을 앞에 놓고도 보란 듯이 한숨을 푹푹 내쉬었다. 주위를 뱅뱅 맴돌던 하인들도 그 모습을 보고 뭔가를 깨달았는지, 식탁 주위에서 재치 있게 침묵을 지켰다. 엘러리와 판사만이 식사에만 열중해서 정신이 없었다. 그들은 배가 고파 죽을 지경이었다. 죽음을 목전에 놓고도 식욕이 먼저인 듯했다.

"두 분은 속 편해서 좋으시겠구려."

몰리가 오스트리아 풍 타르트 접시 너머로 투덜거렸다.

"큰 부담 없이 잠깐 여흥 삼아 도와주는 거고, 만일 내가 이 사건을 해결 못 한다 하더라도 두 분께는 아무런 해도 가지 않을 테니까요. 도대체 제 발로 죽을 자리를 찾아가는 놈은 무슨 생각을 하는지 모르겠단 말입니다!"

엘러리가 마지막 한 입을 꿀꺽 삼키고는 냅킨을 옆으로 치운 뒤 만족스러운 포만감에 한숨을 내쉬었다.

"판사님, 중국인들은 참 좋은 사회적 습관을 가지고 있지요. 버레이 부인의 이 축제 음식을 든 뒤에는 제왕과도 같은 트림으로 감사를 표해야 할 것 같습니다. ……아뇨, 아뇨. 경감님. 저희를 오해하고 계신 모양이로군요. 만일 경감님이 이 사건에서 실패하신다면 그건 우리 모두가 최선을 다하여 힘을 합했는데도 실패했다는 뜻이 됩니다. 사실 이건 전 세계를 통틀어 보았을 때 그렇게나 독특한 문제는 아닙니다. 나체의 문제라……."

"뭔가 생각이 있습니까?"

"모든 신의 아들에게는 생각이 있는 법이지요. *유진 오닐이 하곡 〈모든 신의 아들에게는 날개가 있다〉의 패러디 - 옮긴이* 그래서 그 문제가 저를 지금 심히 괴롭히고 있습니다. 그리고 어떤 생각을 떠올려보아도 무엇 하나 마음에 차는 것이 없고요."

"이제 편지도 손에 넣었는데……."

몰리가 투덜거렸다.

"나는 낮잠을 좀 자고 싶구려."

판사가 커피 잔을 내려놓으며 말했다.

무어 풍의 아치형 입구에서 서늘한 목소리가 들렸다.

"그럼 가서서 한숨 주무세요, 판사님."

로사 고드프리의 등장에 모든 사람들이 벌떡 일어섰다. 짧은 바지로 갈아입은 로사는 탄력 있는 황금빛 허벅지가 도드라져 보였다. 관자놀이에 남은 멍만이 전날 밤 워링의 별장에서 겪었던 끔찍한 경험을 떠올리게 했다.

"좋은 생각이에요, 아가씨."

판사가 멋쩍은 얼굴로 말했다.

"혹시 괜찮으면 차로 나를 그 별장으로 좀 데려다 줄 수 있겠어요? ……내가 먼저 가 있어도 괜찮겠지, 엘러리? 좀 피곤하구나……."

"이미 준비는 다 마쳤어요."

로사가 고개를 흔들며 대꾸했다.

"경찰들 호위를 받으며 차를 끌고 가서 그쪽 별장에 있던 판사님 짐이랑 물건들은 다 여기다 가져다 놓았거든요. 두 분 다 어디 가지 말고 저희랑 같이 계셔야 해요."

"아니, 그게……."

노신사가 무어라 말하려 했다.

"친절의 현현이로군요."

엘러리가 명랑하게 말했다.

"고드프리 양, 고결한 배려 정말로 고맙습니다. 나도 넘치는 열정을 가지고 달걀이나 휘젓고 싶지는 않았거든요. 이런 식사를 대접받은 후에는 더 말할 나위도 없죠. 친애하는 솔론이시여, 정말로 피곤하신 것 같습니다. 가서 쉬세요! 몰리 경감님이랑 제가 둘이서 어떻게든 해볼게요."

"그 말이 맞습니다. 이 저택 내에 계시는 편이 좋을 것 같군요. 좋은 생각입니다. 판사님, 좀 쉬십시오."

생각에 잠긴 경감이 말했다.

"차 안에 두었던 식료품들은 다 어쩌나……. 허허, 솔직히 말해 거절할 수 없는 제의로군요."

매클린 판사가 턱을 문지르고는 흐려진 눈을 껌벅였다.

"당연히 여기 계셔야죠."

로사가 단호하게 말했다.

"틸러!"

작은 하인이 어디선가 나타났다.

"매클린 판사님께 동쪽 동에 있는 파란 방을 보여드려요. 퀸 씨한테는 그 옆에 있는 침실을. 버레이 부인한테는 이미 말해뒀으니까."

"고드프리 양, 아가씨는 저 어르신께 친절하게 대했으니 나 역시 그만큼의 친절을 기대할 수 있겠죠?"

판사가 틸러의 뒤를 따라 사라지자 몰리 경감이 말했다.

"무슨 말씀이시죠?"

"아가씨 아버지의 서재를 보여줬으면 합니다."

로사는 여러 개의 으리으리한 방들을 지나 어느 보석 같은 서재로 그들을 인도했다. 그 방에서는 애서가의 짙은 향기가 났고, 엘러리는 경의를 담아 그 냄새를 깊숙이 들이마셨다. 이 방은 다른 어떤 곳보다도 스페인의 모티프가 강렬하게 적용되어 있었다. 모로코 가죽으로 장정된 책들이 눈에 띄었다. 자긍심 높은 서재라면 응당 그러하듯 그림자가 드리워진 높은 방이었으며, 방 곳곳에 움푹 들어간 구석과 벽감들이 있어서 사람 하나가 쿠션에 깊이 몸을 묻은 채 두꺼운 종이와 가죽 양장 속에서 안식을 얻을 수 있도록 되어 있었다.

그러나 몰리 경감의 분노한 영혼은 그런 아름다움을 즐길 여유가 없었다. 험악한 작은 두 눈으로 방 구석구석을 훑으며 그가 무뚝뚝하게 물었다.

"타자기는 어디 있소?"

로사는 놀란 얼굴이었다.

"타자기요? 글쎄요…… 아, 저기 있네요."

로사는 한 벽감 쪽으로 그들을 데리고 갔다. 책상과 타자기, 파일 캐비닛 등이 놓여 있는 곳이었다.

"여기가 아버지의 '사무실'이에요. 뭐, 굳이 말하자면 그렇다는 얘기지만요. 적어도 아버지가 '곶'에 계시는 동안 업무 처리는 대개 여기서 하시거든요."

"타자기도 직접 씁니까?"

몰리가 의심스러운 얼굴로 물었다.

"거의 안 쓰세요. 서신 교환을 굉장히 싫어하시거든요. 아버진 저쪽에 있는 전화로 대부분의 거래를 처리하세요. 뉴욕 사무실과 직접 연결되어 있거든요."

"하지만 타자기를 쓰실 줄은 알죠?"

"한때 유행했으니까요."

로사는 엘러리가 내민 담배를 한 대 받아들고 긴 가죽 의자에 털썩 주저앉았다.

"아버지 일에 왜 이렇게까지 관심을 보이시는 거죠, 경감님?"

"당신 아버지는 이곳을 자주 드나듭니까? 이 '사무실'에?"

몰리가 냉정하게 물었다.

"하루에 한 시간 정도요."

로사는 그를 똑바로 쳐다보며 대답했다.

"혹시 아가씨가 직접 아버지를 대신해서 타자를 치는 일은 없습니까?"

"제가요?"

로사는 웃었다.

"전혀 없어요, 경감님. 전 이 집에서 제일 게으른 존재인걸요. 아무 일도 안 해요."

몰리가 순간적으로 입을 다물었다. 그러고는 재떨이에 천천히 담배를 털더니 무심히 말했다.

"아, 그럼 아가씨는 타자기를 다룰 줄 모르는군요?"

"네, 못 다뤄요. 퀸 씨, 이게 다 뭐 하는 짓인가요? 뭐 새로운 단서라도 발견했나요? 뭔가……."

로사는 꼬았던 다리를 풀며 갑자기 허리를 펴고 바로 앉았다. 그녀의 푸른 눈에 아주 기이한 빛이 반짝였다.

엘러리가 양손을 펼쳤다.

"이건 몰리 경감님의 일입니다, 고드프리 양. 수사의 우선적인 권한은 모두 경감님에게 있지요."

"잠깐 실례하겠습니다."

몰리가 말하고는 서재에서 나가버렸다.

로사가 몸을 뒤로 젖히며 담배를 피웠다. 꿈꾸는 듯한 얼굴로 천장을 응시하는 로사의 갈색 목덜미가 엘러리의 눈앞에 완전히 드러났다. 엘러리는 반쯤 미소를 지으며 그 모습을 찬찬히 관찰했다. 이 아가씨는 아주 괜찮은 배우였다. 겉으로만 봐서는 냉정하고 사세력이 있으며 아주 평범한 젊은 여성이지만,

그녀의 목젖 깊은 곳에는 마치 감금당한 사람처럼 어쩔 줄 모르고 이리저리 펄쩍펄쩍 뛰어다니는 불안한 신경이 존재하고 있었다.

엘러리는 무기력한 걸음걸이로 책상 쪽으로 다가가 그 뒤에 있는 회전의자에 앉았다. 뼛속 깊이 피곤함이 느껴졌다. 너무나 피로한 일이 오랫동안 이어졌기에 그는 잔뜩 지친 상태였다. 그러나 엘러리는 한숨을 내쉬고 코안경을 벗어 렌즈를 열심히 문질러 닦으며, 지금 당면한 문제와 맞설 준비를 했다. 로사는 비스듬한 자세로 고개를 숙이지 않은 채 엘러리 쪽을 쳐다보았다.

"그거 아세요, 퀸 씨? 당신 안경을 벗으니까 잘생겼네요."

로사가 중얼거렸다.

"네? 아, 물론이죠. 그러니까 안경을 쓰고 다니는 겁니다. 여성들이 저에게 반하지 않도록 말이죠. 가엾은 존 마르코는 이런 보호 도구를 전혀 갖추지 않았지만요."

엘러리는 계속해서 안경알을 닦았다.

로사는 잠시 동안 아무 말이 없다가, 좀 전과 마찬가지로 가볍게 말을 시작했다.

"전에 당신 이야기를 들은 적이 있어요. 우리 대부분 다 들어 봤을 거예요. 왠지는 모르겠지만 당신은 내가 상상했던 것처럼 험상궂고 무섭게 생기지 않았네요. 수많은 범죄자들을 잡지 않았나요?"

"부정할 수는 없군요. 내 핏줄부터 그렇습니다. 실은 체내에 어떤 화학 성분이 있어서 자꾸만 범죄의 끓는점 쪽으로 나를 밀고 가는 것 같다는 생각도 듭니다. 전혀 프로이트적인 이야기가 아닙니다. 오히려 내 안의 수학자에 가깝죠. 사실 고등

학교 다닐 때는 기하에서 낙제를 했는데 말입니다! 이해가 안 되죠? 왜냐하면 나는 서로 결합하지 못하고 자꾸만 서로를 멀리하는 쌍들을 대단히 사랑하거든요. 특히 폭력이라는 언어로 표현되었을 때 말입니다. 마르코는 방정식을 이루는 요소들 중 하나를 대표합니다. 내 입장에서 봤을 때 이 사내는 상당히 매력적이에요."

엘러리는 갑자기 책상 위에서 무슨 일인가를 바쁘게 하기 시작했다. 로사는 살그머니 그 모습을 훔쳐보았다. 자잘한 종잇조각들이 가득 들어 있는 반투명 봉투 같았다.

"예를 들어 살해당할 때 온통 벌거벗고 있던 그 외설적인 습관 말입니다만, 그건 굉장히 참신한 모습이더군요. 더 난해한 수학적 풀이를 요구하는 모습이었습니다."

로사의 목덜미 신경이 더욱 격렬하게 뒤틀렸다. 엘러리는 모르는 척하면서 그 사실을 주의 깊게 살펴보았다. 로사의 어깨가 약간 떨렸다.

"그건…… 너무나, 너무나 끔찍했어요."

로사가 목멘 소리로 말했다.

"아닙니다, 단순히 흥미로운 일이지요. 이런 일을 할 때는 감정을 개입시켜서는 안 됩니다. 그건 대단히 위험한 일이에요."

엘러리는 입을 다물고 자신의 작업에 몰두했다. 로사는 엘러리가 주머니에서 신기하게 생긴 작은 도구 주머니를 끄집어내서는 주둥이를 열고 그 속에서 작은 솔과 회색 가루가 든 병을 꺼내는 것을 지켜보았다. 엘러리는 깔끔하게 잘 배열해둔 그 종잇조각들 위에 가루를 뿌리고는 가볍고 익숙한 동작으로 솔을 써서 그 가루를 골고루 잘 펼쳤다. 휘파람으로 음울한 곡조를 읊조리며 힘들게 그 조각들을 하나하나 뒤집은 엘러리는 다시금 그 기이한 일을 반복했다. 무언가가 시선을 끌었는지, 엘러리는 도구 주머니에서 작은 돋보기를 하나 꺼내어 책상 위 램프 불빛에 비추고는 그 종잇조각을 자세히 살펴보았다. 이번에는 고개를 절레절레 흔들었다.

"뭐 하세요?"

로사가 불쑥 물었다.

"별로 대단한 건 아닙니다. 지문을 찾는 중이지요."

엘러리는 여전히 우울한 멜로디를 휘파람으로 불며 가루가 든 병과 솔을 다시 도구 주머니에 집어넣고, 책상 위에 놓여 있는 풀 단지 쪽으로 손을 뻗었다.

"이런 것 한두 가지 좀 쓴다고 당신 아버님이 역정을 내지는 않으시겠죠."

엘러리는 서랍을 뒤져 누런 새 종이를 한 장 꺼냈다. 그러고는 그 조각들을 종이 위에 차분하게 붙이기 시작했다.

"그건……."

"우린 지금 몰리 경감님을 기다리고 있는 겁니다. 알겠죠?"

엘러리가 갑자기 심각하게 말했다. 그러고는 종이를 책상 위에 펼쳐놓은 채 일어났다.

"자, 고드프리 양. 부디 저의 작은 변덕에 맞추어 제가 당신의 손을 잡는 일을 허락해주셨으면 합니다."

"제 손을요?"

로사가 자세를 반듯하게 고치며 눈을 커다랗게 떴다.

"물론입니다."

엘러리는 로사의 옆에 앉으며 그녀의 뻣뻣한 양손을 모두 쥐고 나지막이 말했다.

"탐정이 어떤 종류의…… 노동을 함에 있어서 이런 기쁨은 보통 잘 누릴 수 없는 법입니다. 참 부드럽고 매력적인, 작은 다갈색 손이군요. 여기까지는 제 안의 왓슨이 하는 말입니다. 자, 그럼 홈스를 내보내 볼까요. 긴장 푸십시오."

로사가 너무 놀라서 손을 빼지 못하는 사이에 엘러리는 그 손 위로 몸을 굽히고 손바닥을 뒤집어 보거나 손가락 끝의 부드러운 부분을 면밀히 살펴보았다. 그러고는 그녀의 손을 뒤집어 손톱을 관찰하고, 자기 손끝으로 그녀의 손끝을 가볍게 훑었다.

"흠, 굳이 필요한 결론은 아니지만 적어도 당신이 거짓말하지는 않았다는 건 알겠군요."

로사는 몸을 뒤로 살며시 빼고 손을 뿌리쳤다. 눈빛에 약간 겁먹은 기색이 찾아들었다.

"도대체 무슨 소릴 중얼거리시는 거예요, 퀸 씨?"

엘러리는 한숨을 내쉬고 담배에 불을 붙였다.

"금방 알게 될 겁니다. 그저 진정한 인생의 기쁨은 감질날 만큼 짧은 시간 동안밖에 지속되지 않는다는 사실을 다시 한 번 증명했을 뿐이지요······. 자, 자. 제 정신 나간 사소한 짓거리는 신경 쓰지 마십시오, 고드프리 양. 전 그냥 당신의 진실성에 대해 제 스스로 만족시키고자 했을 뿐입니다."

"지금 제가 거짓말을 했다는 거예요?"

로사가 어처구니없다는 얼굴로 말했다.

"그런 생각은 버리십시오. 아시다시피 물리적인 습관은 인체에 눈에 띄는 흔적을 남기게 마련이지요. 벨 교수가 그것을 도일에게 가르쳤고, 도일은 그것을 홈스에게 강요하다시피 전수했지요. 이를테면 이것이야말로 바로 셜록의 마술 같은 추론 속에서 가장 중요한 비밀이라 할 수 있지요. 티지기를 지주 디루면 손가락 끝에 굳은살이 박입니다. 그리고 여성 타이피스트들은 대부분 손톱을 짧게 깎지요. 당신의 손끝은, 대충 어느 편리한 시인의 말을 빌자면 마치 새의 가슴처럼 부드럽습니다. 그리고 당신의 손톱은 흥미로운 여느 여성들의 몸단장 습관 못지않게 길죠. 결국 당신이 평상시에 타자기를 잘 다루지 않는다는 사실을 제외하면 아무것도 증명되지 않는 셈입니다. 그러나 최소한 제가 당신의 손을 잡아볼 기회는 얻었군요."

"그건 신경 쓸 필요 없는 일이오."

서재로 걸어 들어온 몰리 경감이 말했다. 그는 로사를 향해 친근한 표정으로 고개를 끄덕였다.

"이건 그냥 내가 훈련받던 풋내기 시절에 배운 케케묵은 장난입니다, 퀸 씨. 그 젊은 아가씨는 결백해요."

"이리하여 숙고는 우리 모두를 겁쟁이로 만드는구나.⟨햄릿⟩ 3막 1장, 햄릿의 대사-옮긴이"

엘러리가 부끄러운 듯 뺨을 붉히며 고분고분 말했다.

"하지만 저도 의심한 적은 없습니다, 경감님."

로사가 작은 뺨에 긴장한 기색을 띠며 일어섰다.

"그러니까 지금 나도 용의자라고 생각했단 말인가요? ······ 지금은 풀렸지만?"

"자, 착한 아가씨."

몰리가 미소를 지었다.

"모든 사람과 모든 일에는 반드시 용의를 두게 되어 있어요. 그게 풀릴 때까지는 말이지요. 어쨌든 이제 아가씨가 결백하다는 사실은 알았습니다. 고드프리 양은 이 편지를 쓰지 않았어요."

로사가 절망적인 얼굴로 웃음을 터뜨렸다.

"지금 무슨 얘기 하시는 거예요? 무슨 편지요?"

엘러리와 경감은 시선을 교환했다. 그러고는 엘러리가 일어서서 책상 쪽으로 다가가 펼쳐놓았던 종이를 집어 들었다. 마르코 방의 욕실에서 발견했던 종잇조각들을 모아서 풀로 붙여 놓았던 문제의 종이였다. 엘러리는 아무 말 없이 그것을 로사에게 건넸고, 로사는 당황해서 얼굴을 찌푸린 채 편지를 읽었다. 서명을 보고 그녀는 놀란 듯 입을 딱 벌렸다.

"뭐예요, 저 이런 거 쓴 적 없어요! 도대체 누가……."

"그 사실은 아가씨의 진술로 확인이 되었습니다."

몰리가 얼굴에서 웃음을 지우고 말했다.

"아가씨가 타자기를 사용할 줄 모른다는 사실은 확인했으니까요. 퀸 씨, 이것은 사실입니다. 물론 손가락 하나만 가지고 새가 모이를 쪼듯 톡톡 메시지를 쓸 수는 있겠지만, 이 편지의 타이핑은 그렇다고 하기에는 너무 능숙해요. 게다가 아가씨가 어젯밤 꽁꽁 묶인 채 워링의 별장에 납치당해 있었다는 사실을 고려해보았을 때, 결백합니다. 이건 누군가가 누명을 씌우려고 저지른 일입니다."

로사가 긴 의자에 주저앉았다.

"지문은 없네요. 아무짝에도 쓸모가 없습니다. 그냥 얼룩덜룩 지저분하기만 할 뿐이고요."

엘러리가 몰리에게 말했다.

"이건…… 난 도저히 아무것도 모르겠어요. 언제…… 어디서…… 이게 도대체 무슨 뜻인지조차 모르겠는데요."

"이건 어젯밤 늦은 시각에 존 마르코 앞으로 비밀스럽게 배달된 편지입니다. 편지에 적힌 바에 의하면 고드프리 양이 보낸 것으로 되어 있고, 뭐 간결하게 설명하자면…… 새벽 1시에 테라스로 나오라고 마르코를 불러내는 내용이었습니다."

엘러리는 차근차근 설명하고는 책상 주위를 돌아 타자기의 커버를 벗기고 고드프리가의 문장이 찍힌 짙은 크림색 종이를 한 장 끼워 넣었다. 그러고는 빠른 속도로 타자기를 두드리기 시작했다.

서재의 어둑어둑한 불빛 밑에서 로사의 얼굴은 시체처럼 창백해 보였다.

"그럼…… 그 사람이 이 편지를 받고서 나갔다가 죽었단 말이에요? 미…… 믿을 수가 없어요!"

로사가 가느다란 목소리로 말했다.

"하지만 그게 사실입니다."

몰리가 말했다.

"그렇지 않소, 퀸 씨?"

엘러리는 타자기에서 종이를 뽑아내어, 종잇조각들을 다닥다닥 붙인 원래 편지와 나란히 책상 한구석에 펼쳐 놓았다. 몰리가 무거운 발걸음으로 걸어와 엘러리의 뒤에 서서 함께 두 장의 편지들을 골똘히 들여다보았다. 엘러리가 새로 쓴 것은 복원한 편지에 본래 쓰여 있었던 내용과 같았다.

"같은 기계로군요."

엘러리가 돋보기를 꺼내 각각의 글자들을 자세히 관찰하면서 말했다.

"흠, 이건 명백합니다. 경감님, 대문자 I를 보세요. I의 아래쪽 가로선 오른쪽이 희미하게 번져 있죠. 그리고 대문자 T의 가로선 오른쪽에도 똑같은 자국이 있습니다. 타자기 리본의 잉크 농도가 똑같다는 소립니다. e와 o의 아래쪽에도 같은 얼룩이 있죠."

엘러리가 돋보기를 건네주자 몰리는 그것을 받아들고 종이를 잠시 관찰한 뒤 고개를 끄덕였다.

"맞구먼. 같은 기계요. 누가 쳤는지는 모르겠지만 여하간 이 의자에 앉아서 쳤다는 데에는 이의를 제기할 수가 없군요."

엘러리는 말없이 타자기의 커버를 다시 덮고 자신의 도구 주머니도 갈무리했다. 몰리가 거친 눈빛을 하고는 잠시 오락가락했다. 그러다 갑자기 어떤 생각이 떠올랐는지, 그는 아무 설명도 없이 방에서 뛰쳐나가 버렸다. 로사는 축 늘어진 채 커다란 충격을 받은 얼굴로 긴 의자에 앉아 있었다. 이윽고 몰리가 승리에 찬 쉰 목소리로 고함을 지르며 돌아왔다.

"생각했던 대로였습니다. 이 기계가 이 집 밖으로 나간 적은 한 번도 없다더군요. 단 한 번도! 드디어 뭔가 단서를 잡은 것 같습니다."

"경감님이 찾으신 것은 살인자가 이 저택과 관련이 있다는, 움직일 수 없는 증거입니다. 하지만 정확히 누구인지는 아직 모르죠. 맞습니다, 우주적인 발견입니다. 덕분에 명확해진 점은 몇 가지 없지만요……. 고드프리 양, 혹시 전문적인 가설에 대해서 몇 가지 들어볼 생각은 없습니까?"

"당연히 듣고 싶죠!"

로사의 푸른 눈이 번뜩였다.

"너무 듣고 싶어서 죽을 지경이에요. 이 집에 있는 사람과 관련이 있다면……. 살인은 어떤 상황에서도 비열한 행위예요. 제발 말씀해주세요. 제가 도울 수 있는 거라면 뭐든 돕겠어요."

"그러다 손가락을 델지도 모릅니다."

엘러리가 다정하게 말했다. 그러나 로사의 입매에서는 굳건한 외지가 느껴졌다.

"아주 좋습니다. 자, 우리가 갖고 있는 정보를 한번 정리해볼까요. 잠정적인 살인자를 X라고 부르겠습니다. X에게 고용된 그의 사절은 존 마르코를 납치하여 바다로 데려가 죽이고, 시체를 바다에 던져버릴 예정이었죠. 이 사절, 그러니까 저 끔찍한 키드 선장은 멍청하게도 당신의 삼촌, 데이비드 쿠머를 존 마르코로 착각하는 실수를 저질렀습니다. 이 이야기 속에 당신이 끼어든 건 일종의 사고였죠, 고드프리 양. X는 키드에게 마르코가 당신과 함께 있을 것이라고 알려주었습니다. 따라서 당신이 워링의 별장에 묶여 있었던 것은 단순히 당신이 사람들에게 예정보다 이르게 구조를 요청하지 못하도록 한 처사에 불과했던 겁니다. 키드는 당신의 삼촌을 잡아서 워링의 크루저로 떠나기 전 X에게 전화를 했습니다. ……여러 가지 정황으로 볼 때 X는 이 집에 있었죠. 키드는 X에게 '마르코'를 잡았다고 연락했습니다. 여기까지 볼 때 X의 계획은 완벽했습니다."

"계속하세요!"

엘러리가 천천히 말했다.

"하지만 키드는 멍청한 실수를 저질러 X의 계획을 망쳐버렸습니다. 키드의 전화를 받은 지 얼마 지나지 않아 X는 하늘이 무너지는 충격을 받았습니다. 이미 죽어서 먼 바다 저편에 떠돌고 있어야 할 사람과 집 안에서 얼굴을 딱 마주쳤기 때문이죠. X는 순간적으로 무슨 일이 벌어졌는지 깨달았습니다. 약간의 탐구 또는 개인적인 관찰만으로도 키드 선장이 납치한 건 쿠머라는 사실을 금세 알아챘던 거죠. 마르코는 여전히 살아있었습니다. 쿠머는 이미 죽었을 테고……. 미안합니다, 고드프리 양……. X는 어떻게 손쓸 길이 없었죠. 키드에게 연락할 방법도 없었습니다. 그리고 물론 X가 마르코에게 품은 원래의 살인 동기는 해소되지 않은 채 남아 있었죠. 당연히 마르코를 죽이고 싶은 마음은, 처음 이 계획을 시작했을 때보다 조금도 줄어들지 않았을 테죠."

"불쌍한 삼촌……. 삼촌이 너무 불쌍해요."

로사가 나지막이 말했다.

"그래서요?"

경감이 으르렁거리며 재촉했다.

엘러리가 정색을 하고 말했다.

"지금까지의 모든 행동들을 종합해볼 때, 제가 맞게 해석을 했다면 X는 악랄하면서도 영리한 범죄자입니다. X는 살아 있는 마르코의 모습을 보고 충격을 받았으나, 그 충격에서 상당히 빨리 회복하여 새로운 계획을 짰습니다. X는 고드프리 양, 당신이 워링의 별장에 꽁꽁 묶인 채 잡혀 있으며 누군가가 당신을 구해주러 올 때까지는 무력한 상태에 놓여 있을 거라는 사실을 알았습니다. 또한…… 아, 다시 한 번 미안합니다……. 그 누구보다도 당신의 이름으로 마르코를 불러내는 것이 가장 효과적이라는 사실도 알고 있었습니다. 그래서 X는 이 자리에 앉아 편지를 한 장 쓰고 당신의 이름으로 서명을 한 뒤 새벽 이른 시각, 이 저택 안 가장 한적한 장소에서 마르코와 만날 약속을 잡았습니다. 그리고 틸러의 방에 있는 틸러의 코트 속에 핀으로 편지를 꽂아놓고, 편지 배달 시각에 대한 구체적인 지시를 남겨놓았죠."

"왜 하필 틸러였을까요?"

몰리가 낮은 목소리로 중얼거렸다.

"틸러의 방은 1층입니다. 가장 접근성이 좋죠. 그리고 자기가 마르코의 방에 들어가는 모습을 남들에게 들킬 위험성은 피하고 싶었을 겁니다. 아주 괜찮은 계획이었고, 또 생각대로 잘 이루어졌습니다. 마르코는 약속을 지켜서 1시에 테라스로 나왔고 살인자 또한 내려와서 마르코의 모습을 발견하자마자 뒤에서 다가가 실신시킨 뒤 목을 졸랐습니다……"

엘러리는 말을 끊었다. 그의 얼굴 위로 짜증스러운 표정이 떠올랐다. 그것은 상당히 독특한 표정이었다.

"그러고 나서 옷을 홀랑 벗겼던 거요. 이게 가장 어처구니없는 부분이에요. 제일 골치 아픈 부분 말입니다. 도대체 왜 그런 거요?"

경감이 비꼬듯이 말했다.

엘러리는 자리에서 일어나 뻣뻣한 걸음걸이로 점잖게 걸어가 책상 앞에 서서 내려다보았다. 이마에 고통스러운 주름이 잡혀 있었다.

"네, 네. 경감님 말씀이 맞습니다. 어디서 시작을 하건 간에 항상 이 문제로 돌아오게 되어 있죠. 왜 X가 마르코의 옷을 벗겼는지 알아내기 전까지, 아무것도 확신할 수 없습니다. 그 어떤 생각을 해도 결코 들어맞지 않는 유일한 조각이죠."

놀랍게도 로사는 다부진 어깨를 떨면서 울고 있었다.

"왜 그러죠?"

엘러리가 관심을 나타내며 물었다.

"모…… 몰랐어요. 누군가가 저에게 누명을 뒤집어씌울 정도로 악의를 갖고 있었을 줄은……."

로사가 흐느낌 속에서 먹먹한 목소리로 말했다.

엘러리가 키득키득 웃었다. 너무 놀란 로사는 울음을 그칠 정도였다.

"자, 자. 고드프리 양. 그건 잘못된 생각이에요. 전혀 사실이 아닙니다. 언뜻 보기에는 마치 살인자가 당신에게 누명을 씌우려 하는 것처럼 보인다는 사실을 나도 인정합니다. 짐작건대 당신 이름으로 서명된 편지를 마르코에게 보내서 그를 죽음으로 인도했으니까요. 하지만 잘 검토해보면 전혀 다른 이야기가 됩니다."

로사가 약간 코를 훌쩍이면서 불안한 눈길로 엘러리를 올려다보았다.

"잘 생각해봐요. X는 결코 당신을 살인범으로 몰아갈 수가 없습니다. X는 당신이 아주 확고한 알리바이를 갖고 있다는 사실을 알기 때문이죠. 그런 식으로 워링의 별장에 묶여 있었고 수수께끼의 외부인이 코트 청년에게 전화해 당신이 있는 곳도 알려주었죠. 그 편지를 보니 살인자는 아마도 마르코가 그것을 금세 파기할 거라고 예상했던 것 같았습니다. 만약 마르코가 편지를 없애버린다면 거기에 적혀 있는 당신의 이름도 지워질 테니 당신이 의혹을 받을 일은 사라지고, 따라서 당신과는 전혀 무관한 일이 되겠죠. 하지만 만약 마르코가 편지를 없애버리지 않아서 발견된다고 해도 X는 당신의 알리바이를 알고 있는데다가 당신은 타자기를 다룰 줄도 모르고 거기 서명된 이름도 타자기로 친 것이기 때문에 수상쩍죠. 따라서 이 모든 것이 거짓으로 조작되었다는 사실을 암시합니다. 사실 나는 X가 이것이 조작이라는 사실을 경찰이 알아도 별로 개의치 않을 것이리고 생각합니다. 그걸 알아냈다고 해서 X의 인신이 위태로워질 일은 없을 테고, 마르코는 그때쯤에는 이미 죽고 없을 테니까요. 자, 고드프리 양. 나는 X라는 남자가 당신을 상당히 배려하고 있다고 봅니다. 쿠머나 마르코에 대한 태도와는 비교가 안 될 정도죠."

로사는 손수건 끄트머리를 잘근잘근 씹으며 엘러리의 이야기를 조용히 반추했다. 그리고 마침내 낮은 목소리로 입을 열었다.

"당신 말이 맞는 것 같아요."

그러고는 이상하다는 듯 엘러리를 올려다보았다.

"그런데 왜 X를 '남자'라고 말씀하신 건가요, 퀸 씨?"

"내가 남자라고 말했습니까?"

엘러리가 멍청한 얼굴로 대답했다.

"그냥 별 생각 없이 내뱉은 말일 겁니다."

"고드프리 양, 아가씬 정말 아무것도 몰라요?"

몰리가 다그쳤다.

여전히 엘러리를 쳐다보고 있던 로사가 시선을 떨어뜨렸다.

"전혀 몰라요. 전 아무것도 몰라요."

엘러리가 몸을 일으키며 안경을 벗고 눈을 문질렀다. 그의 목소리에서는 지친 기색이 묻어났다.

"자, 알아낸 것이 없지는 않습니다. 마르코를 죽인 범인이 이 편지를 썼다는 것, 그리고 타자기가 집 밖으로 나간 적이 없으므로 범인은 이 집 안에서 타자기를 이용했다는 것. 고드프리 양, 당신의 식구들은 가슴 안에 독사를 한 마리 키우고 있었습니다. 말하기는 쉽지만 실제로는 결코 웃을 만한 일이 아니죠."

지친 얼굴의 형사가 하나 문간에 나타났다.

"웬 노인네가 경감님하고 이야기를 하고 싶다는데요. 그리고 고드프리는 우리를 여기서 내쫓지 못해서 안달이고요."

몰리가 획 돌아보았다.

"노인네라니 누구 말이야?"

"정원사 조럼이라는 친굽니다. 뭐 중요한 얘기가 있다

고……."

"조림?"

몰리가 놀란 듯 되뇌었다. 마치 그 이름을 생전 처음 듣는다는 표정이었다.

"그 친구 이리로 데리고 와, 조."

그러나 먼저 모습을 드러낸 것은 더러운 바지를 입고 뒷목에 지저분한 밀짚모자를 맨 월터 고드프리였다. 그의 무릎에는 흙먼지가 묻어 있었으며 손톱은 흙이 껴서 새까맸다. 그는 엘러리와 경감을 뱀처럼 날카로운 눈빛으로 노려본 뒤 그 자리에 자기 딸이 있다는 사실에 놀랐다. 그러고 나서 문 쪽으로 몸을 돌렸다.

"들어와, 조림. 아무도 자넬 물어뜯지 않아."

고드프리의 목소리는 다정했다. 엘러리는 그가 로사나 자기 아내를 대할 때도 이만큼 다정하게 말하는 목소리를 들은 적이 없었다. 늙은이가 뒤뚱뒤뚱 걸어 들어왔다. 낡아 빠진 커다란 신발창이 마룻바닥에 지저분한 먼지 자국을 남겼다. 가까이서 보니 그의 피부는 멀리서 보았을 때보다 더욱 굉장했다. 온통 주름이 졌고 풍화된 바위 같은 빛깔이었다. 모자를 비트는 그 손은 커다랗고 굵은 핏줄이 도드라져 보였다. 마치 살아 움직이는 미라 같은 노인이었다.

"우리 집 조림이 뭘 좀 아는 모양이오, 경감."

백만장자가 불쑥 말했다.

"나한테 먼저 얘기를 하더라고. 물론 나야 당신네들이 성공을 하건 실패를 하건 별 관심은 없지만, 그래도 댁들이 알아야 할 것 같아서."

"그것 참 고마운 얘깁니다."

몰리가 이를 악물고 말했다.

"한데 뭘 알고 있었다면 왜 나한테 바로 직접 오지 않았던 거요, 조럼?"

정원사가 비쩍 마른 어깨를 으쓱했다.

"경감님이 어디 계시는지 알 수가 있어야지요. 저도 바쁜 사람입니다."

"그래서 뭘 안다는 거요? 어서 말해요."

조럼이 회색 수염으로 까칠한 턱을 어루만지며 말했다.

"솔직히 나는 별로 할 말이 없었습니다. 고드프리 씨가 말하라니까 하는 거죠. 아무도 나한테 질문을 안 했지 않습니까? 그래서 난 혼자 이렇게 생각했죠. '도대체 내가 왜 먼저 나서서 말을 해야 하지?' 질문하는 건 당신들 일 아닙니까?"

조럼은 적의 어린 표정으로 몰리의 굳은 얼굴을 쳐다보았다.

"테라스에서 봤습니다."

"누구를요?"

엘러리가 튀어나왔다.

"그리고 언제 말입니까?"

"저 신사분 질문에 대답해, 조럼."

고드프리가 여전히 상냥한 목소리로 말했다.

"네, 알겠습니다."

노인은 공손하게 대답했다.

"어젯밤 여기 테라스에 마르코 씨가 피츠라는 여자와 같이 있는 걸 봤습니다. 둘이서······."

"피츠?"

경감이 펄쩍 뛰었다.

"고드프리 부인의 몸종이라는 그 여자 말이오?"

"네, 맞습니다."

조럼이 파란색 손수건을 꺼내서 경멸 섞인 몸짓으로 코를 풀었다.

"그 건방진 계집 말입니다. 늙은 암탉 같은 년! 뭐 하나 제대로 할 줄 아는 것도 없고 말이죠. 솔직히 그 계집이 그런 말을 했을 때 나는 하나도 놀랍지가 않았습니다……."

"자, 조럼. 이야기를 정리해봅시다. 당신은 마르코 씨와 그 피츠라는 몸종이 어젯밤 이 테라스에서 만나는 광경을 보았어요. 아주 좋아요. 그때가 몇 시쯤이었죠?"

엘러리가 차분하게 말했다.

조럼은 이끼가 낀 귀를 긁었다.

"글쎄요, 정확히는 기억이 안 나는데요."

그의 말투는 꽤 그럴싸했다.

"시계를 안 가지고 다니거든요. 하지만 새벽 1시 조금 넘은 시각이었을 겁니다. 저는 저쪽 길을 통해서 테라스 쪽으로 오고 있었거든요. 주위를 둘러보느라……."

"조럼은 우리 집 경비원 노릇도 하고 있소이다. 원래 이 친구가 할 일은 아니지만, 항시 눈을 번득이며 주위를 지켜보고 있소."

고드프리가 끼어들어 설명했다.

노인이 말을 계속했다.

"테라스는 달빛 때문에 밝았습니다. 그리고 마르코 씨는 나한테서 등을 돌린 채 탁자에 앉아 있었죠. 마치 연극배우처럼 옷을 전부 갖춰 입고서……."

"그때 망토도 두르고 있었습니까, 조럼?"

엘러리가 잽싸게 물었다.

"예, 그랬습니다. 전에도 그걸 입은 모습을 본 적이 있었습니다. 예전에 마르틴스 거리에서 봤던 오페라에 나오는 메피스토펠레스처럼 생겼더군요."

조림이 음탕한 생각이라도 하는 듯 히죽 웃었다.

"피츠는 하녀복을 입고서 마르코 씨 옆에 서 있었죠. 얼굴이 잘 보이더군요. 그 여잔 아주 화가 난 얼굴이었습니다. 그 사람들이 눈에 들어오기 전에 뭔가 철썩 때리는 소리가 났지요. 게다가 화난 얼굴로 서 있었으니, 저는 생각했죠. '오호, 조림. 이건 아주 불순한 일이구먼!' 그리고 피츠가 성난 목소리로 말하는 게 들리더군요. '마르코 씨, 당신 나한테 그딴 식으로 말하면 안 돼요. 난 그런 대접을 받을 만한 여자가 아니라고요!' 그러고는 발끈 토라진 채 내 쪽으로 성큼성큼 걸어 올라왔습니다. 나는 냉큼 몸을 숨겼지요. 마르코 씨는 마치 아무 일도 없었던 것처럼 그저 가만히 서 있더군요. 마르코 씨 그 사람 여자 문제에 관해서는 참말이지 손 빠른 양반이에요. 지난번에는 부엌에서 일하는 테시한테 집적거리는 걸 내가 봤거든요. 하지만 이 피츠라는 계집은 마르코 씨의 코를 아주 납작하게 만들어놓았더구먼요. 이상해……."

로사가 주먹을 부르쥐고 서재에서 뛰쳐나갔다.

"피츠 데려와."

몰리 경감이 문간에서 대기하고 있던 형사에게 짤막한 지시를 내렸다.

백만장자가 정원사를 자랑스러운 사냥개처럼 재촉해 데리고 나간 뒤 몰리 경감은 손을 허공에 내저었다.

"또 문제가 복잡해졌구먼. 빌어먹을 하녀 같으니!"

"더 복잡해진 것 같지는 않습니다. 조림의 시간 감각이 올바르다면 우리가 재구성했던 사건의 모양새에 들어맞으니까요. 검시관은 마르코가 1시에서 1시 반 사이에 죽었다고 말했죠. 피츠라는 여성은 딱 그 시간대에 얌전한 얼굴로 마르코 옆에 서 있었다고 합니다. 그리고 조림은 피츠가 떠나는 모습을 확실하게 보았죠."

"어쨌든 이 피츠라는 여자의 문제가 별것 아닌지, 중요한 문제인지는 확인해볼 필요가 있겠습니다."

몰리는 의자에 털썩 주저앉아 굵은 다리를 쭉 뻗었다.

"빌어먹을, 피곤해 죽겠소! 퀸 씨도 지쳐 나가떨어질 정도일 텐데."

엘러리는 유감스럽다는 듯 미소를 지었다.

"그런 말씀 마십시오. 지금 제 머릿속 어디쯤에서는 매클린 판사님이 자리를 차지하고 누워서 아주 유쾌하게 코를 골며 주무시고 있거든요. 저도 잠깐 눈을 붙였으면 좋겠습니다. 그러지 않으면 이 자리에서 픽 쓰러질 것 같군요."

엘러리는 힘없이 주저앉았다.

"여하튼 여기 문제의 살인 편지가 있습니다. 이 사건이 기소가 될 경우, 이곳의 지방 검사님은 이 편지를 상당히 중요한 단서라고 판단하겠지요."

몰리는 종잇조각을 더덕더덕 붙인 편지를 품속에 잘 갈무리했다. 그들은 앉아서 머리를 텅 비운 채 서로의 얼굴을 쳐다보며 잠시 숨을 돌렸다. 서재는 대혼란 속의 작은 수도원처럼 적막하고 고요했다. 엘러리의 고개가 툭 떨어졌다.

그러나 곧 밖에서 들려오는 쿵쿵 소리에 두 사람 모두 정신을 차렸다. 경감은 바짝 긴장한 채 휙 돌아보았다. 경감이 피츠를 불러오라고 보냈던 형사가 고드프리 부인과 함께 나타났다.

"무슨 일인가, 조? 그 하녀는 어쨌어?"

"사라졌습니다."

형사가 숨을 헐떡거리며 말했다.

"고드프리 부인의 말로는······."

두 사람 모두 벌떡 일어났다.

"사라졌다고요?"

엘러리가 중얼거렸다.

"고드프리 부인, 오늘 아침에 그 얘기를 따님한테 하셨던 걸로 기억하는데요."

"맞아요."

가무스름한 부인의 얼굴에 걱정이 드리워져 있었다.

"사실은 아까 점심 드시라는 얘기 하러 위층에 올라갔을 때 피츠가 없어졌다는 말도 하려고 했었어요. 하지만 깜박 잊어버렸어요."

부인이 가녀린 손을 이마에 짚었다.

"그게 그렇게 중요한 일인 줄 몰라서······."

"중요한 일인 줄 몰랐다고요!"

몰리 경감이 펄쩍펄쩍 뛰면서 버럭 고함을 질렀다.

"도대체 이 집 안에서 중요한 얘기를 해주는 사람이 누굽니까! 조림도 닥치고 있었고, 부인은 아무 말도 안 해주고, 모두 다 똑 같아요······. 피츠는 어디 있습니까? 피츠를 마지막으로 본 게 언제요? 입이 있으면 말을 좀 해보시오, 고드프리 부인!"

"소리 지르지 마세요."

가무스름한 여인이 차갑게 말했다.

"난 하인이 아니에요. 진정하시면 제가 아는 걸 다 말씀드리겠어요, 경감님. 오늘은 워낙 많은 일이 터지다 보니까 처음에는 피츠가 없어진 일 정도는 별것 아니라고 생각했어요. 보통은 아침에 세수를 하고 나서 아침 식사를 하기 위해 옷을 갈아입을 때까지 피츠를 볼 수가 없어요. 오늘 아침에도 자연스럽게 그랬죠……. 하지만 이리 돌아와서 시…… 시체를 찾은 뒤에도, 피츠를 찾았지만 어디 있는지 보이지 않았어요. 아무도 피츠가 어디 있는지 모른다더군요. 그리고 나는 다른 일들 때문에 너무 당황하고 지쳐서 계속 피츠를 찾을 정신이 없었어요. 하녀라면 또 있었고요. 때때로 정신을 차리고 주위를 둘러볼 때마다 피츠는 보이지 않았어요……."

"피츠는 어디서 잡니까?"

몰리가 쏠쏠하게 물었다.

"여기 1층 하인용 방에서요."

"거기 찾아봤나?"

몰리는 부하 형사를 향해 짖듯이 물었다.

"물론입니다, 경감님."

형사가 겁먹은 얼굴로 대답했다.

"설마 했지만…… 정말로 사라졌습니다. 흔적을 깨끗이 지웠어요. 옷가지랑 가방, 짐을 전부 싹 챙겨 갔습니다. 설마 그랬을 줄은……."

"그 여자가 자네들 코를 베어 가도 모르겠구먼. 배지 몽땅 압수할 줄 알아!"

몰리는 심하게 화를 냈다.

"자, 자, 경감님."

엘러리가 얼굴을 찌푸리며 말했다.

"이건 충분히 있을 수 있는 일입니다. 모든 순경들이 전부 경비를 서고 있는 건 아니잖습니까. 피츠를 마지막으로 본 게 언제였죠, 고드프리 부인?"

"제 방으로 돌아오고 나서, 그러니까……."

"마르코의 방을 떠난 직후였단 말이군요. 알겠습니다. 그리고요?"

"피츠는 보통 제 침대를 손보고, 머리를 빗겨주거든요. 그래서 벨을 울렸는데 꽤 오랜 시간 동안 오지 않았어요."

"평상시 그런 일이 있습니까?"

"이상한 일이었죠. 겨우 모습을 드러냈을 때 피츠는 몸이 안 좋다면서 늦어서 죄송하다고 사과했어요. 얼굴이 새빨갛고, 눈에는 열이 오른 듯 충혈되어 있더군요. 물론 나는 피츠에게 알았으니 가보라고 했죠."

"핑계구먼."

경감이 으르렁거리듯 말했다.

"피츠가 부인 방을 나간 게 몇 시였습니까?"

"정확히는 모르겠어요. 1시쯤 되지 않았을까 싶네요."

엘러리가 중얼거렸다.

"한데 고드프리 부인, 이 피츠라는 여성이 부인 밑에서 일한 지는 얼마나 되었습니까?"

"별로 오래되지 않았어요. 전에 일하던 하녀가 봄에 갑자기 그만두고, 그 직후에 피츠가 왔거든요."

"부인은 그 여자가 원래 어디서 왔는지도 모를 것 같군요. 이게 다 무슨 난장판이람!"

몰리가 짜증스러운 듯 말했다.

순경 제복을 입은 거구의 짐승이 문간에서 말했다.

"코코런 경위님이 보고하라고 하셔서 왔습니다. 경감님. 차고에서 노란색 로드스터가 한 대 사라졌다고 합니다. 조림과 다른 두 운전사들에게서 확인을 받았습니다."

"노란 로드스터라고요? 맙소사, 그건 존 마르코의 차예요!"

스텔라 고드프리가 놀라서 말했다.

몰리가 충혈된 눈을 번득이고는 부하 형사에게 고함을 지르며 펄쩍 뛰어올랐다.

"이 친구야, 뭘 그렇게 멍청하게 미라처럼 서 있어? 당장 가서 그 차를 추적해! 피츠라는 여자는 밤새 달려갔을 거야! 당장 수색 시작해, 이 얼간이 같은 놈들!"

엘러리 퀸 씨는 한숨을 내쉬었다.

"한데 고드프리 부인, 전직 하녀가 상당히 다급하게 일을 그만두었다고 하셨죠? 부인이 아는 한 그 하녀가 일을 그만둔 이유는 뭔가요?"

"글쎄요, 모르겠어요."

가무잡잡한 부인이 천천히 말했다.

"저도 가끔 궁금해요. 그 앤 참 착한 애였고, 보수도 섭섭지 않게 줬거든요. 때로는 자기가 이 일을 하게 되어서 참 기쁘다고 말한 적도 많고요. 그런데…… 갑자기 떠났어요. 전혀 이유를 모르겠어요."

"아마 공산주의자였나 보지!"

몰리가 소리를 질렀다.

"하하하."

엘러리가 웃었다.

"그리고 물론 부인은 병들고 몸이 약한 피츠 양을 직접 직업소개소에서 데리고 오셨겠죠?"

"아니에요. 소개장을 받았어요. 저는……."

고드프리 부인은 갑자기 말을 뚝 끊었다. 몰리도 놀라서 발걸음을 멈추고 부인 쪽을 빤히 쳐다볼 정도였다.

"소개장을 받으셨다고요? 도대체 누가 그런 친절한 일을 해준 겁니까, 고드프리 부인?"

엘러리가 물었다.

부인은 손등을 물어뜯으며 기어 들어가는 목소리로 말했다.

"참 이상한 일이죠. 방금 생각났어요……. 존 마르코였어요. 그 사람이 말하길, 자기가 아는 여자애 하나가 요즘 일을 찾고 있다면서……."

"의심할 여지가 없군요."

엘러리가 차갑게 가라앉은 목소리로 말했다.

"그런 대접을 받을 만한 여자가 아니라고 했던가요……, 경감님? 자, 그렇다면 테라스에서의 사건은 존 마르코의 이득을 위한 어떤 행위였다고 볼 수밖에 없겠군요. ……경감님, 경감님 부하들이 이 문제 많은 바다를 수색하는 동안 저는 낮잠을 한 숨 자야 할 것 같습니다. 고드프리 부인, 부디 저의 지친 몸에 자비를 베풀어 당신의 따님으로 하여금 이 집 안에서 제게 쉴 수 있는 안식처를 안내하도록 해주시지 않으시겠습니까?"

8:
집주인의 호의

배 한 척이 바다에 가라앉고 있었다. 거세게 몰아치는 새빨간 파도 속에서 배는 그저 장난감 같았다. 대담하게 벌거벗은 한 거인이 두 다리를 떡 벌린 채 용맹스럽게 서서 머리 위로 쏟아지는 어두운 달빛을 바라보며 씩 웃고 있었다. 배가 가라앉고 거인도 사라졌다. 얼마 지나지 않아 거인의 머리가 작아지면서 고요한 수면 위로 떠올랐다. 그 얼굴은 어두운 하늘 쪽을 멍하니 쳐다보고 있었다. 달빛이 그의 얼굴을 밝혔다. 존 마르코였다. 이윽고 바다는 사라지고 존 마르코는 작은 도자기 인형이 되어 찻잔 속을 헤엄쳤다. 그는 뻣뻣한 시체가 되어 있었다. 흰 에나멜 몸을 둘러싼 맑은 물이 곱슬곱슬한 그의 머릿결을 매만졌고, 그의 몸을 찻잔 벽에 아무렇게나 내팽개쳤다. 물이 점점 새빨간 색으로 물들어갔다. 그것은 마치……

엘러리 퀸 씨는 갈증을 느끼고 어둠 속에서 눈을 떴다.

잠시 후 그의 두뇌가 약간의 현기증과 함께 기억을 더듬었다. 기억이 물밀듯이 밀려들자 엘러리는 마른 입술을 핥으며 일어나 앉아서는 더듬더듬 침대 옆의 램프를 찾았다.

"내 잠재의식이 큰 도움이 된다고 어디 가서 자랑삼아 말할 수는 없겠군."

엘러리는 손가락으로 스위치를 누르며 혼잣말을 했다. 방이 갑자기 살아났다. 엘러리의 목은 바싹 말라 있었다. 그는 침대 옆에 있는 버튼을 누르고, 나이트테이블 위에 있던 담배를 한 대 뽑아 몸을 뒤로 젖히며 담배를 피웠다.

꿈을 꾸었다. 남자, 여자, 바다, 숲, 기묘하게 살아 움직이는 콜럼버스 조각상, 피투성이로 뒤엉킨 전화선 뭉치와 전진하는 크루저, 외눈박이 괴물 그리고…… 존 마르코. 망토를 입은 마르코, 벌거벗은 마르코, 흰 무명셔츠를 입은 마르코, 연미복을 입은 마르코, 이마에서 뿔이 튀어나온 마르코, 뚱뚱한 여인과 마치 할리우드 영화처럼 사랑을 나누는 마르코, 꼭 끼는 옷을 입은 채 아다지오 박자로 춤을 추는 마르코, 몸에 딱 붙는 상의와 바지 차림으로 노래를 부르는 마르코, 욕설을 퍼붓는 마르코. 그러나 엘러리의 그 격렬한 꿈 어디에서도 마르코가 살해당한 사건의 해결책을 찾을 수는 없었다. 엘러리는 머리만 아팠고, 쉬었다는 느낌은 전혀 들지 않았다.

문을 노크하는 소리와 함께 틸러가 유리잔과 병을 올린 쟁반을 들고 미끄러지듯 걸어 들어왔다. 틸러는 마치 아버지 같은 미소를 짓고 있었다.

"편안히 주무셨습니까, 선생님?"

틸러는 나이트테이블에 쟁반을 내려놓으며 물었다.

"끔찍했습니다."

엘러리는 병 속의 내용물을 흘끗 쳐다보았다.

"그냥 물 좀 줘요, 틸러. 불구덩이 속 악마처럼 목말라 죽을 지경입니다."

"알겠습니다."

틸러는 가느다란 눈썹을 살며시 치켜세우더니 쟁반을 들고 나갔다가 즉시 물병을 들고 돌아왔다.

"시장하지 않으십니까? 식사를 준비하도록 하겠습니다."

엘러리가 물 석 잔을 연거푸 들이켜는 가운데 옆에 서 있던 틸러가 말했다.

"고맙군요! 지금 몇 시죠?"

"저녁 시간도 지난 지 오랩니다. 고드프리 부인이 피곤하실 테니 깨우지 말라고 하셔서요. 선생님과 매클린 판사님 두 분 모두요. 지금 거의 10시쯤 되었습니다."

"고드프리 부인께 고맙다고 전해주시죠. 식사 가져다준다고요? 세상에, 배고파 죽을 지경입니다. 판사님은 아직 주무시고 계시고요?"

"그럴 겁니다. 벨을 울리지 않으셨거든요."

"그대 잠들라, 브루투스여. 로마는 여전히 쇠사슬에 매여 있을지니.볼테르의 말-옮긴이"

엘러리가 안타까운 목소리로 말했다.

"그것이 바로 노쇠한 세포에 가장 요긴한 조처겠지요. 그 노신사분은 쉬도록 내버려둡시다. 더 쉬셔야 해요. 자, 내가 내 몸의 더께를 벗겨내는 동안 그 식사를 가지고 오도록 해요. 우리는 신에게, 사회에게, 그리고 우리 자신에게 숭배의 의식을 올려야 하는 법이죠.청결에 관한 베이컨의 격언에서 인용-옮긴이"

"알겠습니다, 선생님."

틸러가 눈을 깜박거렸다.

"주제 넘는 말씀이라 드려도 될지 모르겠습니다만, 이 댁에서 제가 모신 신사분들 중 볼테르와 베이컨을 한 번에 인용하는 분은 처음 뵙습니다."

그러고 나서 틸러는 눈이 휘둥그레진 엘러리를 남긴 채 태연한 표정으로 잽싸게 걸어 방을 나갔다.

이 얼마나 놀라운 하인이란 말인가! 엘러리는 침대에서 껑충 뛰어 빠져나와 빙그레 웃으며 욕실로 들어갔다.

산뜻하게 씻고 면도를 마친 뒤 욕실에서 나오자 틸러가 흰 식탁보를 덮은 탁자 위에 음식을 차리고 있는 모습이 보였다. 커다란 쟁반 위에 은 접시가 가득했고, 따뜻한 음식에서 피어오르는 은은한 향기 덕분에 엘러리의 입에는 침이 고였다. 엘러리는 재빨리 드레싱 가운으로 갈아입고(꼼꼼한 틸러는 엘러리가 욕실에 있는 동안 짐을 풀고 정리해두었다.) 앉아서 정신없이 식욕을 충족시켰다. 틸러는 소리 없이 옆에 서서 능숙하게 시중을 들었다. 그의 수많은 재주들 속에는 집사로서의 소양도 확실하게 들어 있는 모양이었다.

"어…… 당신의 완벽한 모습에 비난을 가하려는 의도는 아니지만 틸러, 이건 보통 집사들이 하는 일 아닙니까?"

엘러리가 잔을 내려놓으며 물었다.

"물론 그렇습니다, 선생님. 하지만 집사가 일을 그만두었거든요."

틸러가 바삐 접시를 치우며 대답했다.

"일을 그만둬요? 무슨 일이 있었기에?"

"아마 무서워서 도망쳤을 겁니다. 워낙 보수적인 친구여서요. 살인이나 그런 건 그 친구 상식선 밖의 일이거든요. 게다가 몰리 경감님 부하들의 '충격적인' 언동을 도저히 못 견디겠다고 하더군요."

엘러리가 씩 웃었다.

"내가 몰리 경감이란 사람을 제대로 이해하고 있다면, 집사 한두 명 도망쳤다고 해서 이 사건에서 손을 떼진 않을 겁니다. 적어도 사건이 끝나기 전까진 말이죠. 그런데 내가 무의식의 세계에 빠져 있는 동안 무슨 일은 없었습니까?"

"아무 일도 없었습니다. 몰리 경감님이 부하 몇 명을 배치하고 가셨습니다. 아침엔 돌아올 거라고 전해달라 하시더군요."

"흠, 고마워요. 그리고 이걸 좀 치워주면 더 고맙겠군요....... 아뇨, 됐습니다. 옷 정도는 나 혼자서도 입을 수 있어요! 몇 년 동안이나 해온 일이니까요. 이런 일에까지 당신을 집사처럼 부려 먹고 싶진 않군요."

틸러가 간 뒤 엘러리는 재빨리 새하얀 새 옷으로 갈아입고는 별 의미도 없는 노크를 몇 번 한 뒤 옆방으로 살금살금 들어갔다. 매클린 판사는 번쩍번쩍 빛나는 감청색 방에서 코를 골며 평화롭게 잠들어 있었다. 잠옷은 화려했으며 흰 머리칼이 마치 후광처럼 머리 뒤로 천진하게 펼쳐져 있었다. 엘러리가 보기에 노신사는 밤의 휴식을 충분히 만끽하고 있는 듯했다. 그래서 엘러리는 다시 살금살금 걸어 나와 아래층으로 내려갔다.

천성적으로 상냥한 성격의 리건이 글로스터의 턱수염을 잡아뜯었을 때, 그는 "나는 이 집의 주인이니 내 친절한 호의를 도둑의 손으로 이렇게 함부로 대해서는 아니 되는 법."이라고 호소하듯 말했다.셰익스피어의 《리어 왕》 3막 7장 중에서-옮긴이 이 책망이 리어 왕의 딸을 진심으로 뉘우치게 만들었다는 기록은 남아 있지 않다.

엘러리 퀸 씨는 진퇴양난에 빠졌다. 물론 처음 겪는 일은 아니었다. 월터 고드프리는 빈말로도 결코 좋은 집주인이라 말할 수 없었고, 작고 뚱뚱한 데다 얼굴에는 털 한 올 없는 사람이었다. 비록 엘러리가 그가 대접하는 음식을 먹고, 또 굳이 말하자면 그의 침대에서 잠을 자긴 했지만 말이다. 그리고 위 인용구 외 연장선상에서 말하자면 고드프리의 수염을 뽑는 일은 그나

마 있던 호의를 배신하는 일이었다.

요컨대 엘러리는 자주 겪는 딜레마에 빠져 현재 자신이 높은 횃대 끝으로 몰려 있다는 사실을 깨달았다. 엿들을 것인가, 엿듣지 않을 것인가. 엿듣는 행위는 집주인의 호의를 정면으로 무시하는 일이었지만, 범행 수사에 있어서는 반드시 필요했다. 그리고 엘러리의 마음속을 지배하는 가장 큰 의문은 바로 이것이었다. 나는 지금 여기에 손님으로 왔는가, 그렇지 않으면 탐정으로서 왔는가? 그는 특수한 상황이라는 핑계하에서 암묵적으로 손님으로 받아들여진 그 기회를 놓치지 않기로 신속하게 결정했다. 그리하여 의무감과 진실을 추구하고 싶은 마음에 그는 온 힘을 날카로운 귀에 집중했다. 그리고 납득할 수 있는 결과를 손에 넣었다. 성배 탐색 모험의 고통은 사실 단 하나의 꾸밈없는 진실을 찾는 데 비하면 고생도 아니었다.

예상치도 못한 순간 일어난 일이었다. 엘러리는 그 순간 자신의 양심과 씨름을 하다시피 했다. 엘러리는 아무도 없는 집 안으로 내려갔다. 커다란 동굴 같은 거실에는 사람 그림자도 비치지 않았다. 서재 안으로 고개를 들이밀어 보았지만 어둡기만 할 뿐이었다. 파티오는 사막처럼 썰렁했다. 사람들이 다 어디로 갔을까 궁금해하면서 엘러리는 어슬렁어슬렁 향기로운 정원 쪽으로 걸어갔다. 미지근한 달빛 밑에서 그는 혼자였다.

적어도 본인의 생각에는 혼자인 줄 알았다. 그러나 조개껍데기가 깔린 돌길로 접어들었을 무렵, 어딘가에서 여인이 우는 소리가 들렸다. 정원은 녹음이 무성하고 덤불이 높아, 엘러리가 들킬 위험은 거의 없었다. 남자의 말소리가 들렸다. 엘러리는 길 너머에 있는 그 사람들이 예측할 수 없는 고드프리 부부라는 사실을 깨달았다.

고드프리는 낮으면서도 질책이 섞인 목소리로 말했다.
"스텔라, 당신한테 할 말이 있소. 무슨 일이 있어도, 억지로라도 답을 들어야겠소. 거짓말하면 안 되오. 그렇지 않으면 내가 직접 알아낼 테니까. 내 말 알아듣겠소?"
엘러리는 가느다란 밧줄 하나에만 의지한 채 횃대 끄트머리에 서게 되고 말았다. 목소리가 아주 가까운 곳에서 들렸다.
"오, 월터."
스텔라 고드프리는 울고 있었다.
"저…… 정말 다행이에요. 누군가에게 터놓고 말하고 싶었어요. 설마 당신이……."
고백의 시간이 이어졌다. 달빛이 녹아서 쏟아졌고 정원은 무거운 짐을 짊어진 영혼을 손짓하여 초대했다.
백만장자는 끙 하고 신음했으나, 그 소리는 평소보다 부드러웠다.
"맙소사, 스텔라. 당신을 도대체 이해할 수가 없어. 왜 우는 거요? 당신은 결혼했을 때부터 지금까지 쭉 우는 것 말고는 아무것도 안 했잖소. 당신이 원하는 건 내가 뭐든 다 줬지 않소? 게다가 나는 다른 여자에게 손댄 적도 없고. 지금 이게 그 마르코라는 작자의 수법이오?"
"당신은 내게 모든 걸 줬지만 관심은 주지 않았어요, 월터. 항상 나를 무시했죠. 결혼할 때만 해도 당신은 로맨틱했고, 그렇게 뚱뚱하지도 않았잖아요. 여자는 로맨스를 바라는 법이에요, 월터……."
스텔라 고드프리가 목멘 목소리로 더듬더듬 말했다.
"로맨스?"
월터 고드프리가 콧방귀를 뀌었다.

"기가 막히는군. 당신이 어린애요, 스텔라? 그런 건 로사와 그 코트라는 총각 둘이서 실컷 하라지. 하지만 나와 당신은…… 이미 그럴 나이를 훌쩍 지났잖소. 나는 그렇소. 그리고 당신도 정신을 차려야 해. 자꾸 이렇게 사고만 치고 다니니, 언제 어른스러워질 거요? 조금만 있으면 손자가 생길지도 모르는 나이가 되었다는 자각은 있소?"

그러나 그의 목소리에서도 흔들림이 느껴졌다.

"난 아직 그 나이가 아니에요."

스텔라 고드프리가 소리쳤다.

"당신이 이해 못 하는 건 바로 그거예요. 그리고 그뿐만이 아니죠."

부인의 목소리가 점점 차분해졌다.

"단순히 당신이 나를 더는 사랑하지 않게 되었다는 것뿐 아니라, 당신이 삶에서 나를 밀어내고 있다는 게 문제예요. 월터, 당신 저 더러운 늙은이 조럼한테 기울이는 정성의 십 분의 일만이라도 나한테 쏟는다면 나는…… 얼마나 행복했을까!"

"헛소리 마시오, 스텔라!"

"난 도대체 왜 당신이……. 월터, 난 단언할 수 있어요! 당신이…… 당신이 나를……."

"내가 뭘?"

"당신이 나를 이 모든 끔찍한 일들 속으로 밀어 넣은 거예요. 마르코가……."

고드프리는 한참 동안 말이 없었다. 엘러리는 그가 가버린 줄 알았다. 그러나 고드프리는 곧 목쉰 소리로 말했다.

"이제야 알겠군. 내가 멍청이였어. 더 똑똑하게 굴었어야 했는데. 당신 설마…… 스텔라, 내가 언젠가 당신을 죽여버릴 거야!"

"내가 나를 죽일 수도 있어요."

그녀는 속삭이듯 말했다.

기이한 음악을 연주하듯 긴 꼬리를 끌며 바람이 정원을 휩쓸고 지나갔다. 엘러리는 그 바람 한가운데에 서서 이 시간에 눈을 뜨게 해준 운명에 감사했다. 폭로의 분위기가 사방에 퍼졌다. 그리고 누군가는 영원히 모를······.

"얼마나 오래되었소, 스텔라?"

백만장자가 차분하게 물었다.

"월터, 나를 그렇게 쳐다보지 마요······. 그러니까······ 보, 봄부터였어요."

"그러니까 만나자마자란 말이지? 내 눈은 옹이구멍이었구면. 월터 고드프리의 주머니를 탈탈 터는 일은 식은 죽 먹기보다도 더 쉬웠겠지. 이런 얼간이가 세상에 있나. 눈이 있어도 소용이 없으니, 바로 내 코앞에서······."

"일어나지 않을 수도 있는 일이었어요."

스텔라는 목이 졸린 듯한 목소리로 말했다.

"그 사람이······. 오, 월터. 그날 밤 당신이 내게 너무나 싸늘하게······ 무관심하게 굴지만 않았어도 나는······. 그 사람은 나를 자기 집으로 데려갔어요. 나를 데려가서······ 관계를 가졌어요. 난 거부하려고 했지만······. 그 사람은 내게 술을 한 잔 건넸어요. 아니, 여러 잔. 그러고 난 뒤에는 나도 모르겠어요. 오, 월터. 그 사람이 나를 자기 집으로 데려가서······ 그리로 가서······."

"그런 식으로 몇 놈들이나 꼬드겼지, 스텔라?"

몸집 작은 남자의 목소리는 얼어붙은 금속처럼 쨍했다.

"월터!"

깜짝 놀라 목소리가 높아졌다.

"맹세할 수 있어요. 그 사람이 처음이었어요! 유일한 사람이었어요. 나는 오래 버틸 수 없었어요. 아, 당신에게 말해야만 했는데. 그 사람은…… 그 사람은 이제……."

엘러리는 그녀의 앳된 어깨가 떨리는 모습이 눈에 보이는 듯했다.

작고 뚱뚱한 고드프리의 그림자가 길 위를 이리저리 오갔다. 신발이 자갈길에 부딪쳐 짧게 돌 튀는 소리가 들렸다. 엘러리는 깜짝 놀랐다. 나폴레옹 같은 저 작은 생물체가 한숨을 내쉬고 있다니!

"음, 그래. 스텔라, 내 잘못도 당신 잘못 못지않게 크다는 걸 인정하겠소. 난 가끔 부정한 아내를 둔 남자의 심경이 어떨까 궁금했었지. 당신도 신문에서 읽은 적 있을 거요. 남자가 리볼버로 아내의 머리를 날려버린 뒤 자살한 사건 말이오……."

고드프리가 잠시 말을 멈췄다가 다시 말했다.

"마음이 아파. 빌어먹을 마음이 아파서 죽을 것 같아, 스텔라."

"이것만은 말해두겠어요, 월터. 난 그 사람을 사랑한 적 없어요. 그건 그냥…… 내 말 무슨 뜻인지 알겠죠? 그 일이 끝난 후에 차라리 자살하고 싶었어요. 그 사람이 나에게 술을 먹여 취하게 했더라도……. 난 당신이 생각하는 것보다 훨씬 미안하게 느끼고 있어요. 하지만 그 사람이 덫을 놓아서……. 오, 그 사람은 정말 끔찍해요."

아내가 꺼질 듯한 목소리로 말했다.

"그래서 당신이 그 작자를 여기로 초대한 거로군. 내가 비록 동물적 감각이 둔하긴 하지만, 이유가 궁금했거든. 당신은 늘 별 가당치도 않은 사람들을 자주 초대하곤 하지만, 그자는 독특했으니까 말이오. 세상에, 애인이었다니!"

고드프리가 중얼거렸다.

"아니에요, 월터. 난 그 사람이 오길 원치 않았어요! 나한테는 이미 다 끝난 일이었어요. 하지만 그 사람이…… 나를 협박했어요. 손님으로 부르라고……."

자갈길 밟는 소리가 멈췄다.

"당신 지금 거기 앉아서 한다는 소리가, 그놈이 자기 자신을 초대했다는 거요?"

"그래요. 오, 월터……."

"이거 재미있구먼. 자기가 자기를 초대해서 내 음식을 먹고, 내 말을 타고, 내 꽃을 꺾고, 내 술을 마시고 내 아내를 안았다니. 하루하루 얼마나 즐거웠을까! ……그럼 다른 사람들은? 그 문이라는 부부와 뚱뚱하고 너저분한 컨스터블이라는 여자는? 그 사람들은 어디서 온 거요? 평범한 무대 장친가? 아는 것 있으면 다 말하시오, 스텔라. 당신은 자각이 없을지도 모르겠지만 당신은 지금 우리 전부를 흙탕물 지옥 속으로 끌어들인 거야. 경찰이 당신과 그자가 그렇고 그런 사이란 걸 알면……."

고드프리가 씁쓸하게 말했다.

여자 옷이 날카롭게 획 히고 바람을 가르는 소리가 들렸다. 엘러리는 부인이 남편의 품속으로 뛰어들었다는 사실을 알 수 있었다.

고드프리는 움찔 놀랐다. 상당히 불쾌해 보였다. 마치 시체 해부를 참관하는 듯한 얼굴이었다. 그러나 그는 입을 꾹 다물고 한층 더 귀를 기울였다.

"월터, 꼭 안아줘요. 무서워요."

부인이 속삭였다.

"괜찮아, 스텔라. 괜찮아, 다 괜찮아."

고드프리가 점점 더 부드럽게, 기계적으로 말했다.

"이제 다 알았소. 하지만 당신은 내게 모든 진실을 다 말해야 해. 다른 사람들은 어떻지? 그 사람들은 어디서 난 거요?"

부인은 한참이나 말이 없었다. 귀뚜라미 한 마리가 덤불 속에서 미친 듯이 울어댔다. 이윽고 부인이 아주 허스키한 목소리로, 마치 낱말들이 그 호흡 속에 묻혀버릴 듯 말했다.

"월터, 난 그 사람들을 여기 오기 전까지 단 한 번도 본 적 없어요."

엘러리는 경악하는 고드프리의 모습을 느낄 수 있었다. 미지근한 공기 속으로 퍼지는 그 감정은 마치 손에 잡힐 듯 생생했다. 고드프리가 숨이 막힌 듯 컥컥 기침을 했다. 제대로 된 단어를 골라 말을 내뱉기까지 시간이 좀 걸렸다. 이윽고 그는 씨근덕거리며 물었다.

"스텔라! 어떻게 된 거요? 로사가 아는 사람들이오? 아니면 데이비드 친구들?"

"아뇨, 아니에요."

그녀가 신음했다.

"그럼 도대체 어떻게……."

"내가 초대했어요."

"스텔라, 말 같은 소리를 해야지! 자, 고개 들고. 이런 망할, 이건 심각한 얘기요. 도대체 당신이 알지도 못하는 사람들을 어떻게 초대를……."

고드프리는 여태껏 진실을 꿰뚫어보지 못하는 모양이었다.
"마르코가 시켰어요."
스텔라가 꿈꾸듯 말했다.
"그놈이 당신한테! 마른하늘의 날벼락처럼 난데없이 이름과 주소를 줬단 말이오?"
"그래요, 월터."
"아무 설명도 없이?"
"아무 설명도 없이."
"도대체 무슨 일이 있었던 거요? 게다가 그 사람들도 초대장이 날아온 이유를 몰랐을 텐데……"
"나도 모르겠어요. 정말 이상해요. 모든 것들이 그저 끔찍한 악몽 같아요. 그 중에서도 컨스터블 부인은 제일 이상해요. 처음부터 그녀는, 마치 내 평생의 친구인 척했어요……"
부인이 천천히 대답했다.
"처음부터? 그 여자는 여기 오자마자 마르코부터 만났단 말이오?"
고드프리의 목소리에 늙은이 특유의 쇳소리가 묻어났다.
"그래요. 난 솔직히 컨스터블 부인이…… 그 사람을 보자마자 기절하는 줄 알았어요. 하지만 그러고는 곧 모르는 척하더군요. 강철 같은 의지로 그 사람을 무시했지만, 아무리 봐도 그녀는 그 사람을 아는 게 분명했어요. 뭘 어떻게 해도 놀란 표정을 지울 수는 없었으니까요. 마르코는 냉정했고…… 비아냥거리기까지 했어요. 마치 처음 보는 사람인 양 소개를 받았고……. 하지만 그녀는 그 속임수에 금세 섞여들었어요. 굉장히…… 죽을 만큼 겁을 먹은 게 분명했어요."
겁을 먹었단 말이지. 엘러리는 음울하게 생각했다. 그렇다면 스텔라 고드프리, 당신도 같은 일 때문에 겁을 먹은 거로군. 그리고 당신은 지금도 등 뒤에 무언가를 감추고 있어. 지금 이 순간에도 무언가가 스텔라 고드프리, 당신을 끔찍하게 겁주고 있고, 당신은 감히 그에 대해 말을 꺼낼 수도 없지…….

"그 뚱뚱한 할망구가 말이지."

백만장자가 생각에 잠긴 채 말했다.

"그럴 수도 있겠군……. 그럼 문 부부는?"

"그 사람들도 이상해요. 특히 문 부인 말이에요. 그녀는…… 뭔가, 웃겨요. 월터, 그녀는 그냥 싸구려에 나대기 좋아하는 사람이에요. 당신 좋아하는 타블로이드지에 종종 실리곤 하는 욕심 많은 코러스 걸 같은 여자 말이죠. 그런 여자는 세상에 무서울 것이 없지 않겠어요? 그런데 문 부인이 마르코를 처음 본 순간 그녀 역시 죽을 만큼 놀랐단 말이에요. 우리는…… 마치 눈가리개를 한 채 지옥 끄트머리를 걷는 세 여자 같았어요. 세 사람 모두 잔뜩 겁을 집어먹고 말도 제대로 못 하고, 숨도 쉬지 못하고 남들에게 이야기조차 털어놓지 못하고……."

대답하는 부인의 목소리에서는 공포와 피로가 느껴졌다.

"그럼 문은?"

고드프리가 짤막하게 물었다.

"그 사람은…… 난 전혀 몰라요. 월터 당신도 이해 못 할 거예요. 그 사람은 잔혹하고 난폭하고 힘도 억세요. 그리고 자기 생각을 결코 드러내지 않아요. 그런 부류의 사람치고는 여기서 꽤 잘 처신하고 있는 편이죠. 그 사람은 '상류사회'에 편입하려고 애쓰는 거예요. 상류사회!"

"그자는 마르코를 어떻게 대했소?"

고드프리 부인이 약간 히스테릭하게 웃었다.

"오, 월터. 정말 우스워서 견딜 수가 없어요. 당신과 한 지붕 밑에 살고 있던 남자가 어떤 모습이었는지 알려주고 싶네요……. 그 사람은 마르코를 정말 싫어했어요. 눈길도 한 번 주지 않았죠. 한번은 마르코가 정원 산책을 하자며 문 부인을 끌어낸 적이 있었는데, 그때 그의 눈을 보고 난…… 몸이 벌벌 떨리더라니까요."

다시금 정적이 깔렸다. 마침내 고드프리가 차분하게 말했다.

"이 모든 상황이 아주 명확해 보이는군. 그놈이 당신 세 사람을 돌아가면서 침대로 끌어들였다는 거 아니겠소? 그리고 당신의 약점을 잡아서 이 집에 빌붙어 쾌적하고 깔끔하며 유쾌한 여름을 보낼 기회를 손에 넣은 거지. 지저분한 쥐새끼 같은 놈! 그리고 다른 여자들까지도 이리로 불러들이고……. 내가 알았어야만 했어. 진작 알았어야 했어. 로사가 도대체 어떤 꼴을 당할 뻔한 건지 생각만 하면……. 그놈은 로사한테까지 손을 댄 거지, 지옥에나 떨어질 놈! 어떻게 내 딸한테……."

스텔라 고드프리가 비통한 비명을 질렀다.

"아니에요, 월터! 그 사람이 로사에게 집적거렸을 수는 있지만…… 그보다 더한 짓을 했을 수도 있지만, 로사는 아니에요. 로사는 무사해요, 월터. 난 내 일에 너무 정신이 팔려서 주위에서 무슨 일이 어떻게 돌아가는지 살펴볼 여유가 없었어요. 얼의 태도를 보고 진작 알았어야 했는데……. 그 딱한 청년은 제정신이 아니리서……."

엘러리는 순간적으로 부인이 헉하고 숨을 들이마시는 소리를 들었다. 조심스럽게 덤불을 헤치자 작은 가지들이 서로 스치며 소리를 냈지만 부부 쪽에는 들리지 않은 모양이었다. 달빛 속에서 부부는 길에 선 채 서로 바짝 몸을 맛대고 서 있었다. 아내가 남편보다 키가 컸다. 그러나 남편은 아내의 손목을 꽉 쥐고 있었고, 그의 못생기고 거만한 얼굴에는 기이한 표정이 떠올라 있었다.

고드프리가 또렷한 목소리로 말했다.

"내가 당신을 도와줄 수도 있을 거요. 하지만 당신은 아직 내게 모든 것을 다 말하지 않았어. 당신이 그 빌어먹을 지골로의 요술지팡이 노릇을 한 이유가 오로지 공포 때문이었다는 말을 나한테 지금 믿으라는 건가? 정말로 무서워서 그랬던 거요, 아니면 뭔가 다른 이유가 있었던 거요? 다른 두 여자들까지 돌처럼 굳어버리게 만든 그게 뭐지?"

그러나 그때 어떤 힘이 작용하여 안주인의 권리를 지킬 수 있었다. 어차피 엿듣는 것은 아무리 좋게 생각해도 불확실한 방법이었다.

누군가가 다가왔다. 느리지만 무겁게 질질 끄는 발걸음 소리에서는 극심하고 끔찍한 피로가 느껴졌다.

엘러리는 잽싸게 울창한 덤불 속으로 뛰어들었기에 그날 밤 스텔라 고드프리가 무슨 대답을 했는지 들을 수 없었다. 몸을 웅크리고 숨을 죽인 채 엘러리는 방금 전 재빨리 도망쳐 왔던 길을 주시했다.

고드프리 부부도 사람 소리를 들었다. 그들은 석상처럼 굳어버렸다.

나타난 사람은 컨스터블 부인이었다. 기괴하게 여기저기 튀어나온 오건디 드레스 때문에 그녀는 새하얗고 거대한 유령 같은 모습이었다. 뚱뚱한 맨팔이 달빛 속에서 대리석처럼 빛났다. 여전히 발을 질질 끌고 있어서 자갈길 위에서 시끄러운 소리가 났다. 거대한 얼굴은 마치 몽유병 환자처럼 아무런 표정이 없었다. 혼자였다.

컨스터블 부인이 길모퉁이를 돌 때, 그녀의 거대한 엉덩이가 엘러리의 머리 바로 몇 센티미터 위를 지나갔다.

동시에 외치는 소리가 났다. 마치 장난감 새가 기계적으로 짹짹 노래를 부르는 듯한 가식적인 목소리였다.

"컨스터블 부인! 어디 계셨어요?"

"안녕하시오, 컨스터블 부인."

"안녕하세요. 저…… 전 그냥 산책을 좀…… 하고 있었어요. 오늘은 정말 끔찍한 날이어서……."

"맞아요. 우리 모두가……."

엘러리는 운명의 보복에 씁쓸함을 곱씹으며 스스로를 비웃었다. 그러고는 기어가듯 길을 지나서 발소리를 죽이고 아주 조용히 그 자리를 벗어났다.

9:
검푸른 사냥꾼, 밤

매클린 판사가 눈을 떴다. 한동안은 시꺼멓고 짙은 안개 속에서 몸을 일으키려 발버둥을 쳤으나, 이제는 완벽히 눈을 뜨고 온몸의 세포가 살아나는 것을 느꼈다. 정신을 차리기 전부터 들리는 소리를 듣고, 눈이 뜨이기 전부터 어둠 속을 꿰뚫어 보려 애쓰고 있었다. 늙은 심장이 피스톤처럼 뛰는 것이 느껴졌다. 판사는 위험을 감지하고 조용히 누워 있었다.

누군가가 이 방에 있었다.

판사는 눈동자를 굴려 스페인식 발코니로 통하는 유리창 쪽을 보았다. 커튼이 반쯤 걷혀 있었으므로 자잘한 별들이 돋아 있는 밤하늘이 보였다. 상당히 늦은 시각일 터였다. 몇 시쯤 되었을까? 판사는 무심결에 몸을 부르르 떨었다. 그러는 바람에 이불이 버스럭거렸다. 그는 한밤중의 방문자를 별로 좋아하지 않았다. 더구나 살인이 일어난 집에서는 말할 나위도 없었다.

그러나 점점 맥박이 평상시 수준으로 돌아오고, 제대로 된 상식이 머릿속에 내려앉았다. 판사는 우울하게 생각했다. 누군지는 모르지만 쓴맛을 보여줘야겠구먼. 그는 노쇠한 근육에 힘을 주고 침대에서 벌떡 일어났다. 그래도 아직 거한 몸싸움 한판 벌이지 못할 정도로 늙지는 않았다······.

갑자기 문 쪽에서 철컥 소리가 났다. 판사는 어둠에 익숙해진 눈으로, 무언가 하얀 것이 문 쪽으로 휙 움직이는 것을 볼 수 있었다. 방문자가 나간 모양이었다.

"휴우."

판사가 맨발을 바닥에 디디면서 커다랗게 한숨을 내쉬었다.

차갑고 건조한 목소리가 어딘가에서 들려왔다.

"드디어 일어나신 모양이군요?"

판사가 펄쩍 뛰었다.

"맙소사! 엘러리냐?"

"네, 접니다. 판사님도 웬 낯모를 놈이 이 근처를 배회하는 소릴 들으셨군요? 아, 안 돼요. 아직 불 켜지 마세요."

"그럼 방금 전에 나간 게 너였니?"

판사가 숨을 헐떡이며 물었다.

"네? 아닙니다. 질량을 가진 두 개의 물체가 동시에 같은 곳에 존재할 수 없다는 게 보데의 법칙이었던가요? 뭐, 틀려도 상관은 없습니다. 전 과학에는 약하거든요. 그건 제가 아니라 제가 기다리던 용의자였습니다."

"기다렸다고?"

"솔직히 고백하자면 그녀가 이 방에 침입할 거라고는 예상 치 못했습니다만, 그래도 그 이유는 쉽사리 설명할 수 있는데……."

"여자?"

"아, 네. 여성입니다. 파우더 냄새 못 맡으셨어요? 물론 메이커와 화장품 이름까지는 모르겠지만요. 저는 그런 방면에서는 파일로 밴스만 못하거든요. 사실은 그 여성은 길고 하늘거리는 흰 드레스를 입고 있었지요. 전 여기저기 둘러보면서 적어도 한 시간은 기다린 것 같네요."

"여기서 말이냐?"

노신사가 숨 막히는 목소리로 물었다.

"아뇨, 주로 제 방에 있었죠. 하지만 그녀가 이 방문을 열고 들어가려 하는 것을 보고, 어…… 비상사태구나 싶었죠. 그래서 제 방에서 이 방으로 바로 통하는 안쪽 문으로 슬며시 들어와야겠다고 생각했습니다. 판사님이 마치 숭고한 늙은 천사처럼 주무시고 계셔서요. 어쩌면 판사님이 천상의 미녀와 나른한 시간을 보내는 꿈을 꾸고 계시는 동안 그녀가 해를 가할지도 모른다고 생각했죠."

"천박한 소리 좀 그만해라!"

판사가 화를 버럭 냈으나, 곧 목소리를 낮췄다.

"도대체 왜 나를 해치려 한단 말이냐? 난 이 집안사람들 중 아는 사람도 없고, 그들이 지금껏 뭘 하고 살았는지도 모르지 않느냐? 실수일 게야. 아마 다른 방으로 가려다 잘못 들어온 것이겠지."

"물론이죠. 그냥 장난이에요."

여전히 침대에 앉아 있던 판사는 한동안 아무 소리도 듣지 못했다. 잠시 후 엘러리의 목소리가 방의 다른 쪽에서 들려왔다. 문간 쪽인 듯했다.

"흠, 잠시 전략적 후퇴를 한 모양이군요. 아무래도 좀 더 기다려야 할 것 같네요. 판사님이 너무 시끄럽게 소리를 내면서 일어나려 하시는 바람에 그녀가 겁먹고 도망쳤나 봅니다. 도대체 뭘 하실 생각이었어요? 타잔처럼 펄쩍 뛰어들어 덤벼들려고 하셨어요?"

엘러리가 키득키득 웃었다.

"여자인지 몰랐다."

판사가 고분고분 대답했다.

"하지만 그렇다고 여기 손 놓고 누워 있다가 다진 고기가 될 수는 없는 노릇 아니냐. 도대체 그게 누구지?"

"저도 알면 좋겠습니다만, 그 누구라도 가능하겠죠."

매클린 판사가 한쪽 팔꿈치로 몸을 받치며 다시 누웠다. 시선은 아마도 문이 있으리라 짐작되는 방향에 고정되어 있었다. 엘러리가 꼼짝 안 하고 가만히 서 있는 그림자만이 어렴풋이 보였다. 판사는 결국 참지 못하고 분통을 터뜨렸다.

"그래서 끝까지 말 안 하겠다는 얘기냐? 여기서 도대체 무슨 일이 일어난 게냐? 넌 누굴 기다리는 거고? 왜 의심하는 거냐? 내가 여기서 잠든 지는 얼마나 되었니? 이런 버르장머리 없고 답답한 젊은 놈……."

"후, 한 번에 하나씩만 하세요. 손목시계를 참고하면 지금은 새벽 2시 반이고요. 판사님은 아주 마음 놓고 푹 잘 주무셨어요."

"그 망할 여자가 다시 오지만 않는다면 더 잘 수 있을 텐데 말이다. 아이고, 뼛골이 쑤시기 시작하는구나. 그래서 뭐가 어떻게 됐다는 거야?"

"얘기하자면 길어요."

엘러리가 문을 열고 고개를 살짝 내밀었다. 그러고는 잽싸게 문을 닫고 되돌아왔다.

"아무도 오는 기척이 없어요. 저도 10시까지는 정신없이 잤고요. 배 안 고프세요? 틸러가 엄청 맛있는……."

"그놈의 틸러! 난 배 안 고프다. 내 질문에 대답이나 해라, 이 얼간이 같은 놈! 도대체 밤에 누군가가 이리저리 돌아다닐 거라는 의심은 왜 하게 된 거냐? 그리고 뭘 찾느라 그리 부산

한 게야?"

"누군가가 옆방에 들어가기를 기다리고 있었죠."

엘러리가 말했다.

"옆방! 네 방 말이냐?"

"반대쪽이오. 끄트머리 방요."

"마르코의 방 말이군."

노신사가 한동안 생각에 잠겨 말이 없었다.

"하지만 이미 경찰들이 지키고 서 있지 않느냐? 그 러시라는 친구가……."

"참 이상한 일이죠? 그 러시라는 친구는 제자리를 벗어나 틸러의 침실에서 아주 달콤한 꿀잠을 자고 있으니 말이에요."

"몰리가 불같이 화를 낼 텐데!"

"글쎄요, 적어도 러시한테는 화 안 낼 겁니다. 다른 사람한테 그 임무를 위임하고 갔거든요. 그러니까…… 저한테요."

판사가 입을 딱 벌린 채 어둠 속에서 멍하니 허공을 쳐다보았다.

"너한테! 맙소사, 이 녀석아. 혹시 함정을 판 게냐?"

엘러리가 다시 한 번 복도 쪽을 빠끔히 내다보았다.

"상당히 겁을 먹은 모양이로군요. 아마 그녀는 판사님이 유령이 아닐까 생각했는지도 모르죠……. 네, 맞아요. 함정입니다. 대부분의 사람들은 자정이 되기 전에 자기 방으로 물러갔어요. 다들 딱하죠! 굉장히 지쳤을 겁니다. 그리고 저는 참 부주의하게도 그 사람들에게 우리가 이미 피살자의 방을 다 둘러보았으므로 그 방문 앞을 지키는 사람은 없을 것이고, 러시는 꿈나라로 갔다는 사실을 흘리고 말았죠."

"알았다."

판사가 중얼거렸다.

"그래서 도대체 누굴 그렇게 함정에 빠뜨리려고 그랬던 게야?"

"그건 또 다른 이야긴데요……. 쉿!"

엘러리가 부드럽게 말했다.

판사가 숨을 죽였다. 머리털이 삐죽 서는 것이 느껴졌다.

"돌아왔어요. 소리 내지 마세요. 잠깐 스파이 원정 갔다 올게요. 제발, 솔론이시여. 끼어드시면 안 됩니다!"

엘러리가 판사의 귀에 대고 속삭였다.

그러고는 가버렸다. 창문의 커튼이 소리 없이 약간 펄럭거렸다. 사람 그림자가 드리워졌다가 사라졌다. 판사의 눈에 다시 별이 뜬 하늘이 보였다. 별들은 차갑고 아주 먼 곳에 있었다.

판사는 몸을 떨었다.

십오 분 정도가 지나가는 동안, 들리는 것이라고는 바위에 파도가 부딪쳐 부서지는 소리와 바다에서 불어오는 얼음처럼 차가운 바람이 창문을 때리는 소리밖에 없었다. 매클린 판사는 소리 없이 침대를 빠져나와 파자마를 입은 여윈 몸 위에 퀼트 이불을 두르고서 살며시 발끝으로 실내용 슬리퍼를 꿰어 신고 창문 쪽으로 다가갔다. 정수리의 머리칼 한줌이 꼭 스캘프 록
북미 인디언 전사가 적에게 도전하기 위해 머리 가죽에 남기는 한 줌의 머리털-옮긴이 뭉치 같아서, 그의 모습은 마치 출정을 떠나는 고대 인디언 척추병처럼 기괴한 분위기를 자아냈다. 그는 우스꽝스러운 전통 인디언의 모습을 한 채 살금살금 걸어 길고 가느다란 쇠막대 난간이 있는 발코니로 나가 엘러리가 있는 곳, ……죽은 존 마르코의 침실 창 발코니에서 몇 미터 떨어진 곳에 자리를 잡았다.

한편 엘러리는 불편한 자세로 바닥에 드러누워 한 줄기 불빛 쪽에 시선을 고정하고 있었다. 침입자 쪽에서는 얼핏 간과하기 쉽겠지만, 베네치아식 블라인드를 완전히 내리지 않았으므로 바닥 쪽 틈새로 방 전체의 상태를 파악할 수가 있었다. 엘러리는 판사가 나오는 모습을 보고 경고를 보내듯 고개를 젓고는 약간 몸을 꿈틀거렸다.

노신사는 차분히 퀼트 이불을 펼치고는 웅크려 앉더니 몸을 꺾어서 문제의 방 쪽을 들여다보았다.

거대한 스페인식 침실은 어수선하기 짝이 없었다. 옷장 문은 열려 있었고 죽은 이의 모든 소지품들이 온통 방바닥에 널려 있었으며 찢어진 상자 몇 개가 뒤집혀 있었다. 트렁크 하나가 방 한복판에 너부러졌고 튀어나온 트렁크 서랍은 텅 빈 채였다. 누군가가 뒤져보고는 실망해서 내던진 듯, 작은 여행 가방과 수트케이스들이 아무렇게나 널려 있었다. 침대도 가차 없이 쑤셔본 모양이었다. 칼을 가지고 매트리스를 찢었는지 속이 드러나서 박스 스프링이 보였고 스프링 자체도 마구 튀어나와 있었다. 침대 커버가 젖혀져 있음은 두말할 나위도 없었다. 온 방 안의 서랍들이 다 끌려나와 내용물이 엉망진창으로 방바닥에 흩어져 있었다. 벽에 걸려 있던 그림들조차도 비뚜름한 것이 그 뒤까지 샅샅이 찾아본 모양이었다.

판사의 뺨이 온통 시뻘게졌다. 그는 목소리를 낮추고 으르렁거렸다.

"도대체 이게 다 웬 난장판이냐? 누군지 몰라도 그 여자의 목을 아주 졸라버리고 싶구나!"

"원상복구를 할 수 없을 정도의 위해를 가하진 않았잖아요."

엘러리가 빛이 새어 나오는 틈새에서 눈을 떼지 않으며 중얼거렸다.

"보이는 것만큼 나쁜 상황은 아니에요. 그녀는 지금 욕실에 들어가서 이와 비슷한 일을 하고 있을 겁니다. 칼을 가지고 있어요. 그 여자가 벽 위로 날아다니는 걸 판사님도 보셨어야 하는데! 마치 오펜하임이나 월리스의 작품에 나오는 비밀 통로를 지나다니기라도 하는 듯한 모습이었다니까요……. 조용히 하세요. 저 숙녀분이 들어가네요. 아름답군요."

판사의 눈이 둥그레졌다. 세실리아 문이었다.

화장실 문간에 서 있는 여성은 드디어 가면이 벗겨진 세실리아 문이었다. 그녀가 평상시 사람들 앞에서 보이는 얼굴은 짙은 화장으로 두껍게 가린 얼굴이었던 모양이었다. 그 속에 도사리고 있던 전혀 다른 무언가가 지금 부끄러운 줄도 모르고 노골적으로 드러나 있었다. 벌거벗고 천박한 날것의 무언가, 비틀린 입술과 새파랗고 팽팽한 피부, 마치 호랑이 같은 눈빛. 한 손이 허공을 할퀴고, 다른 한 손으로는 부엌에서 슬쩍한 것이 분명한 빵 써는 칼을 휘두르고 있었다. 옷깃 앞섶이 벌어져서 작게 헐떡이는 가슴팍이 엿보였다.

그녀의 얼굴에는 인간의 분노와 당황, 절망, 공포가 그 누구보다도 날카롭게 아로새겨져 있었다. 금발조차 그 영향을 받은 듯 마치 마른 대걸레처럼 삐죽삐죽 소름 끼치게 솟아 있었다. 생생한 분노에 찬 끔찍한 모습에 엘러리와 매클린 판사 모두 구역질이 났다.

노신사가 숨을 들이마셨다.

"세상에, 저 여자는…… 짐승이야. 저런 건 난생 처음 보는구먼……."

"섭을 먹은 거예요."

엘러리가 중얼거렸다.

"저 여성은 겁을 먹었어요. 모든 사람들이 다 공포에 떨고 있어요. 놈은 자기 특유의 방식대로 마키아벨리와 바알제불을 섞은 듯한 인물이었을 겁니다. 공포를 유발해서……."

금발의 여인이 전등 스위치 쪽을 향해 고양이처럼 팔짝 뛰어올랐다. 그리고 곧 칠흑 같은 어둠이 그들을 뒤덮었다.

두 사람은 얼어붙었다. 근육이 순식간에 반사적으로 굳어버렸다. 누군가가 오는 소리를 들은 모양이었다.

마치 한 시대가 흐르는 것만 같았다. 실제로는 엘러리의 손목시계가 몇 번 똑딱거리는 소리를 냈을 뿐이었다. 이윽고 다시 불빛이 퍼졌다. 문이 다시 한 번 닫히더니 컨스터블 부인이 등을 돌린 채 서서 기둥 근처에 있는 스위치에 한 손을 얹고 있었다. 문 부인은 사라지고 없었다.

뚱뚱한 여인은 온몸의 살을 젤리처럼 출렁거리면서 눈동자를 데구루루 굴렸다. 눈이 툭 불거져 나왔고 가슴도 커다랗게 부풀었다. 온몸 전체가 온통 불룩한 모양이었다. 그러나 그들의 시선을 끈 것은 그녀의 두 눈이었다. 그 눈은 엉망진창이 된 침대 위와 바닥의 지저분한 물건들 그리고 잔뜩 뽑혀 있는 서랍 위를 헤맸다. 마치 슬로모션 영화의 한 장면 같았다. 그 눈동자와 굼뜬 동작을 보면 그녀가 무슨 생각을 하는지 전부 알아챌 수 있었다. 컨스터블 부인은 더는 목석처럼 무표정한 사람이 아니었다. 몸을 감싼 새틴 드레스 밑에서 그녀는 몸을 부들부들 떨면서 뚱뚱한 세포 하나하나를 바르르 움찔거렸다. 놀람, 경악, 깨달음, 실망. 그리고 마지막으로 모든 것이 뒤섞인 공포. 컨스터블 부인은 마치 공포로 녹아서 뜨거운 촛농이 되어버린 거대한 양초 같았다.

컨스터블 부인은 피부와 살덩어리를 떨면서 가슴이 찢어지는 듯 울음을 터뜨렸다. 소리 없는 울음이었으나 그만큼 그 슬픔은 더욱 끔찍해 보였다. 입을 벌리는 통에 그 시뻘건 목구멍이 다 들여다보였고, 굵은 눈물방울이 뺨을 타고 뚝뚝 흘러내렸다. 무릎 아래 살이 축 늘어진 다리를 드레스 밑으로 내민 채 그녀는 끔찍한 슬픔에 잔뜩 격앙되어 몸을 앞뒤로 흔들어댔다.

문 부인이 침대 뒤에서 고양이처럼 기어 나와서는 바닥에 주저앉아 울고 있는 거대한 여인을 내려다보았다. 그녀의 험악하고 아름다운 얼굴에서 짐승 같은 표정은 이미 사라져 있었다. 그 경멸 어린 시선에는 차라리 동정이 섞인 듯 보였다. 그녀는 손에 쥐고 있는 나이프의 존재를 잊은 듯했다.

"가엾은 뚱보."

문 부인이 바닥에 앉아 있는 컨스터블 부인에게 말했다.

두 사람에게도 똑똑히 들렸다.

컨스터블 부인이 동작을 딱 멈추고 아주 천천히 고개를 들었다. 그리고 그 순간 그녀는 새틴 드레스가 빙빙 돌아갈 정도로 몸을 홱 돌리고 거대한 가슴을 누르며 금발의 여인을 뚫어져라 쳐다보았다.

"나…… 나는……."

충격 받은 두 눈동자가 문 부인의 손에 쥐어진 칼로 향했고, 그 통통한 뺨에서는 핏기가 싹 가셨다. 그녀는 두 번 더 무어라 말하러 시도했으나 성대는 두 번 다 그녀를 배반했다. 그녀는 결국 옹알이하듯 말했다.

"당신…… 칼……."

문 부인이 놀란 표정을 지었다. 그러나 곧 무엇이 이 뚱뚱한 여인을 그렇게니 겁먹게 했는지 깨달은 그녀는 미소를 짓고는 곧 칼을 침대로 던져버렸다.

"아, 이거! 겁먹지 마요, 컨스터블 부인. 내가 아직도 이걸 갖고 있다는 사실조차 잊어버리고 있었어요."

"오."

반쯤 신음하듯 말한 컨스터블 부인이 치맛단을 더듬거리며 반쯤 눈을 감았다.

"내가 아무래도…… 잠결에…… 걸어 나온 것 같네요."

"당신은 발코니에서 귀여운 세실리아와 우연히 마주친 거예요."

문 부인이 차갑게 말했다.

"그러니까 당신도 그 사람 때문에 위험한 선을 넘어버린 거군요? 누구 생각이었죠?"

뚱뚱한 여인이 입술을 핥았다.

"그게, 그러니까…… 그게 지금 무슨 소리예요?"

"내가 진작 깨달았어야 했는데. 당신은 나보다도 더 그 여자 계급과 안 어울리는걸. 그놈이 당신한테도 편지 쓰라고 했죠?"

세실리아 문의 험악한 눈빛에 일그러진 동정심과 업신여김이 섞여들고, 그 눈빛은 못나고 흉한 중년 여자에게 쏟아졌다.

컨스터블 부인은 한층 더 옷깃을 꼭 부여잡았다. 두 사람의 시선이 마주쳤다. 컨스터블 부인은 흐느낌 섞인 목소리로 말했다.

"맞아요."

"이리로 당장 오라고 시켰던 거죠? 지금 당장. 지금 당장, 이거 내 남편이 좋아하는 말인데."

놀랍게도 문 부인은 몸을 부르르 떨었다.

"당신도 고드프리 부인에게서 초대장을 받고 왔다고 했죠.

뻔해요. 다 똑같아. 마치 당신이 평생 동안 알고 지낸 친구인 것처럼, 마치 당신이 어린 시절부터 샬롯 루스에서 산 옷들만 입고 살았던 것처럼……. 나도 알아요. 나한테도 똑같이 일어난 일이니까. 그리고 당신이 왔죠. 도대체 어떻게 온 거예요? 오지 않고 버티기엔 너무 무서웠나 보죠?"

"그래요. 안 오기엔…… 너무 무서웠어요."

컨스터블 부인이 꺼질 듯한 소리로 말했다.

"그 개새끼 같은……."

문 부인이 입술을 비틀며 눈에서 불을 뿜었다.

"당신."

컨스터블 부인이 입을 열었다 금세 말을 멈추고 손으로 주변을 가리켰다.

"당신이…… 이렇게 만들어놓은 거예요?"

"그래요, 내가 했어요!"

금발의 여성이 코웃음을 쳤다.

"내가 그냥 가만히 있을 거라 생각했어요? 그 기름기 잘잘 흐르는 개새끼 같은 놈이 내 인생을 이렇게 망쳐놨는데! 이게 내 유일한 기회라고 생각했어요. 짭새가 자러 가고 없을 때……."

그녀의 어깨가 축 처졌다.

"하지만 아무 소용도 없었어요. 여긴 없어요."

"오."

컨스터블 부인이 속삭이듯 말했다.

"여기 없다고요? 난 또……. 하지만 분명 어디에 있을 텐데! 아예 없어지진 않았을 거예요, 그건 말도 안 돼요! 난…… 난 당신이 먼지 와서 손에 넣은 줄 알았죠."

그녀는 흉포하게 눈을 빛내며 문 부인의 어깨를 움켜쥐었다.
"거짓말 아니죠?"
컨스터블 부인은 목멘 목소리로 다그쳤다.
"나한테 숨기는 거 아니에요? 제발, 부탁이에요. 내 딸은 이제 곧 결혼할 나이가 된다고요. 내 아들은 얼마 전에 막 결혼했어요. 애들도 다 컸어요. 난 항상 존중받고 대접받는 여자였어요. 나…… 난 도대체 이게 다 무슨 일인지 모르겠어요. 항상 그…… 그런 사람이 나타나길 꿈꾸긴 했지만……. 제발 말해줘요……. 당신이 그걸 찾았다고 말해줘요, 제발! 제발!"
컨스터블 부인의 목소리가 점점 비명으로 변해갔다.
문 부인이 그녀의 얼굴을 날카롭게 철썩 때렸다. 비명이 잦아들고 그녀는 비틀거리며 뒤로 물러서더니 뺨을 어루만졌다.
"미안해요."
문 부인이 말했다.
"그 비명을 들으면 죽은 사람도 벌떡 일어날 것 같아서 그랬어요. 옆방에서 그 늙은이가 자고 있거든요……. 좀 전에 잘못해서 그 방에 들어갔지 뭐예요. ……자, 우린 동지예요. 힘을 합치자고요. 여기서 나가야 해요."
컨스터블 부인이 팔을 순순히 내밀었다. 그녀는 이제 소리 없이 눈물만 흘렸다.
"하지만 이제부터 어떻게 해야 하죠? 난 어떻게 해야 해요?"
컨스터블 부인이 칭얼거렸다.
"정신 차리고 주둥이 닥쳐요."
문 부인이 난장판이 된 방 안을 한번 둘러보고는 어깨를 으쓱했다.
"내일 아침 짭새가 와서 이 꼴을 보면 난리를 피우겠군. 우리는 아무것도 모르는 거예요. 알았어요? 하나도 모르는 거예요. 순진한 어린양처럼 자고 있었다고요."

"하지만 당신 남편은……."

"아, 내 남편."

금발 여인의 눈빛이 험악해졌다. 잠시 후 그녀는 툭하고 내뱉었다.

"그이는 지금 정신없이 코 골며 자고 있어요. 갑시다, 컨스터블 부인. 이 방은…… 건강에 안 좋아요."

그녀는 손을 뻗어 스위치를 눌렀다. 전등이 꺼졌다. 잠시 후 창가에 있던 남자들은 문이 닫히는 소리를 들었다.

"쇼가 끝났군요."

엘러리가 힘들게 몸을 일으키며 말했다.

"자, 젊은 분이여. 이제 침대로 돌아가시죠. 폐렴에 걸리시면 안 되잖아요?"

매클린 판사는 퀼트 이불을 집어 들고 아무 말 없이 좁은 발코니를 통해 자기 방 창문으로 향했다. 엘러리는 그를 뒤따라가서는, 방금 전 살짝 열어뒀던 문 쪽으로 바로 직행했다. 그러고는 문을 닫은 뒤 태연한 얼굴로 불을 켰다.

노신사가 침대 끄트머리에 앉아 깊은 생각에 잠겼다. 엘러리는 담배에 불을 붙이고 만족스러운 얼굴로 의자에 푹 기대어 앉았다.

이윽고 엘러리가 아리송한 얼굴로 노신사의 꼿꼿한 모습을 곁눈질하며 중얼거렸다.

"자, 존경하는 재판장님. 평결을 내려주시겠습니까?"

판사가 움찔 놀랐다.

"내가 자는 동안에 무슨 일이 일어났는지 네가 말해준다면 이 상황을 합리적으로 이해하는 데 큰 도움이 될 것 같구나, 얘야."

"별일 없었습니다. 제일 큰 뉴스는 고드프리 부인이 다 털어놓은 것이었고요."

"무슨 말인지 모르겠구나."

"달빛 비치는 정원에서 아내가 남편에게 자신의 부정을 고백했거든요. 결과적으로 그녀가 침묵을 깰 거라고 생각했지만, 설마 고드프리에게 말할 줄은 몰랐습니다. 고드프리 그 양반 정말 대단한 사람이에요. 배짱이 있어요. 그 소식을 아주 깔끔하게 받아들이고 모든 사실들을 고려해주고……. 우리가 좀 전에 했던 이야기들을 부인이 전부 확인해줬습니다. 컨스터블 부인이든 문 부부든, 그 사람들이 스페인 곶에 오기 전까지 한 번도 만난 적이 없다더군요. 게다가 마르코가 부인을 협박해서 그 사람들에게 초대장을 보내게 했던 것 같습니다."

"허허."

판사가 중얼거렸다.

"그리고 컨스터블 부인과 문 부부, 특히 문 부인은 고드프리 부인만큼 지금 이 상황이 당혹스러운 모양이고요."

노신사가 멍하니 고개를 끄덕였다.

"그래, 그건 나도 봐서 알겠다."

"하지만 가장 치명적인 폭로는 컨스터블 부인의 예상치 못한 침입 행위였어요."

엘러리가 한숨을 내쉬었다.

"뭐 그리 대단한 건 아니겠지만, 고드프리 부인이 직접 말하는 이야기들을 좀 더 자세히 들어둘 걸 그랬네요."

"흠, 그러니까 네 말은 그녀가 다른 어떤 폭로보다도 더욱 놀랍고 굉장한 무언가를 감추고 있다는 뜻이냐?"

"명백히 그렇죠."

"하지만 고드프리 부인이 남편한테 한 이야기를 다 들었다면서?"

"아마 그럴 겁니다."

엘러리가 말했다.

판사가 긴 다리를 쭉 뻗고 일어나 욕실로 향했다. 잠시 후 그는 세수한 얼굴을 타월에 묻은 채 나왔다. 웅얼거리는 목소리가 들렸다.

"자, 이제부터 나도 옆방에서 일어난 작은 드라마의 증인 노릇을 해야겠다."

"좋습니다! 공유하죠. 어떤 진단을 내리시겠습니까?"

"나는 스텔라 고드프리 같은 타입을 잘 알지."

매클린 판사가 타월을 집어 던지고 침대에 앉았다.

"고드프리는 별로 사회적 부류에 속하는 인간은 아닌 것 같지만, 그 아내는 이른바 '카스트 제도의 자긍심'이라는 잘난 집안사람들 특유의 중한 병이 있는 모양이더구나. 그 여자는 본래 라위스달 가문의 딸인데, 너는 신문에서 그 가문의 스캔들을 한 번도 읽어 본 적도 없을 게다. 맨해튼 초창기 때부터 사업을 했던 집안이란다. 뼈대 있는 진짜배기 가문이지. 재산은 그리 대단치는 않고 그냥 현대에 어울리는 경제 상태를 유지하고는 있지만, 렘브란트와 반 다이크, 네덜란드 앤티크, 오랜 전통 앞에서는 상당한 권위를 주장하지. 그런 혈통이야."

"그래서 그 주문 같은 얘기들이 다 무슨 뜻이죠?"

"라위스달 가문 사람들이 결코 범해서는 안 되는 죄가 하나 있는데, 바로 황색언론에 딜미를 잡히는 일이지. 스캔들이 터질 만한 일이 있어도 쉬쉬해야만 해. 항상 빈틈없이 행동해야 하지. 엘러리, 그녀의 공포에는 실체가 있단다. 악당에게서 쥐어짜이고 있었던 거야. 그리고 그 악당은 증거를 쥐고 있었지. 뻔한 얘기지 않니?"

"브라보."

엘러리가 킬킬 웃었다.

"약간 어설픈 사회심리학 논문감이로군요. 그리고 딱히 독창적인 소재도 아니고요. 사실이 있다고 해서 항상 자연스럽게 결론이 도출되는 건 아니죠. 하지만 그 악당이 증거를 쥐고 있었던 건 확실합니다. 그자가 악당이라고 가정했을 때, 그가 증거를 쥐고 있다는 결론은 피할 수가 없죠. 제 나름대로 그 문제를 가지고 씨름해본 끝에 여러 가지 결론을 얻을 수가 있었는데요. 그자가 증거를 쥐고 있다는 이론을 도입하면 여러 가지 일들이 아귀가 맞아 돌아가요. 고드프리 부인이 이성을 잃고 동요했던 모습과 고집스럽게 입을 열지 않으려 했던 것……. 이건 판사님 말씀대로 가문의 문제를 암시한다고 봅니다. 컨스터블 부인이 겁을 집어먹고 얼어붙어 있던 모습, 문 부인이 유별나게 주위를 경계하면서 속임수를 썼던 것……. 전 컨스터블 부인과 문 부인이 모두 이곳으로 오라는 명령을 받았다는 사실을 알게 됐을 때, 그 두 사람 또한 마르코가 가진 여성 편력이라는 재능의 가련한 먹잇감이라고 생각했죠. 기본적인 추론이죠. 그리고 만일 그들이 신속하게 마르코의 명령을 따라야 했다면 그들 역시 겁내고 있기 때문이고요. 무서워하는 이유는 마르코가 증거를 갖고 있기 때문이겠죠. 세 사람 모두 마르코가 가진 증거를 무서워했던 거예요."

"당연히 편지겠지."

판사가 중얼거렸다.

엘러리가 손을 내저었다.

"뭔지는 중요하지 않아요. 그게 뭔지는 몰라도 세 여성들이 두려워할 정도로 중요한 물증이라는 사실은 변함이 없죠. 하지만 상황을 잘 들여다보면 더 재미있는 점이 발견됩니다. 왜 마르코가 컨스터블 부인과 문 부인을 이리로 불렀을까요?"

"가학적인 충동 때문이 아니겠느냐? 하지만…… 마르코 같은 성격의 남자는……."

"이제 아시겠죠?"

엘러리가 안타깝게 말했다.

"자꾸 그런 쓸모없는 심리학으로 빠지지 마세요. 사디즘이라니! 그럴 리 없습니다. 솔론이시여. 그보다 훨씬 교묘한 문제예요…… 요컨대 협박이란 거죠."

매클린 판사가 움찔 놀랐다.

"그래, 그렇구나! 오늘 밤은 아무래도 머릿속에 안개가 낀 모양이다. 연애편지…… 협박. 얼마든지 충분히 함께할 수 있지."

"그렇습니다. 그리고 이 세 사람은 이 신사가 무언가를 준비하고 있다는 사실을 알게 되었죠. 그게 뭘까요?"

"마르코가 살해당했을 당시 펜필드에게 쓰고 있던 편지에서 '깨끗하게'라고 표현한 무언가지!"

엘러리가 얼굴을 씨푸렸다.

"그렇게 보자면 어린애 장난이나 다름없습니다. 여자들은 절망에 빠져 있었어요. 세 사람 모두 말이죠. 마르코는 소심한 성격이 아니에요. 적어도 지금까지 우리가 알아본 바에 의하면 말입니다. 만약 그가 협박을 했다면 상당한 액수의 돈을 뜯이

냈을 겁니다. 너무 욕심을 많이 부린 거죠. 아마도 그랬을 거예요. 그래서 누군가가 어쩔 수 없이 그의 가치 없는 삶을 끝장냈고, 일시적인 스테일메이트체스에서 수가 막혀 승자 없이 게임이 끝나게 되는 상태-옮긴이 상태에 빠진 거죠. 하지만 증거…… 편지인지 뭔지 모르겠지만 그 증거는 여전히 존재합니다. 도대체 어디 있을까요?"

엘러리가 다른 담배에 불을 붙였다.

"이 여자들 중 그 누구도 그 증거를 되찾을 기회가 있었다고 봅니다. 그걸 찾기 위해서라면 물불을 가리지 않겠지요. 그리고 수색 작업을 해야 할 가장 타당한 장소는 바로 마르코의 방이었죠. 따라서……."

엘러리가 한숨을 쉬었다.

"저는 그 러시라는 친구한테 수면욕을 채우라고 권했던 겁니다."

"협박 생각은 못 해봤구먼."

노신사가 고백했다.

"하지만 그 일이 있은 후에 이 여자들이 마르코의 방에서 뭘 찾으려 했는지는 이제야 알겠군. 원 세상에!"

판사가 갑자기 침대에서 벌떡 몸을 일으켰다.

"왜 그러시죠?"

"고드프리 부인 말이다! 그녀 역시 오늘 밤 같은 기회를 그냥 놓칠 리가 없을 텐데! 네가 그 방에 지키는 사람이 없다는 말을 했을 때 고드프리 부인은 그 자리에 없었니?"

"있었습니다."

"그럼 그 부인도 찾으러……."

"오스카, 그 부인은 이미 왔다 갔어요."

엘러리가 부드럽게 말하고는 일어나서 기지개를 켰다.

"피곤해 죽겠군요! 저도 가서 좀 자야 할 것 같습니다. 판사님도 그렇고요."

"설마, 고드프리 부인이 오늘 밤 이미 그 방을 한바탕 뒤지고 갔단 말이냐?"

판사가 소리를 질렀다.

"정확히 새벽 1시경이었어요, 존경하는 재판장님. 참 이상하죠? 그녀의 가장 훌륭한 손님이 세상을 떠난 지 딱 스물네 시간이 지난 시점이었다는 거요. 뭐, 우리 어머니 되시는 우연의 일치라는 분이 섬세하게 작용한 결과겠지요. 그때 마침 저는 발코니 창 앞에 있었거든요. 고드프리 부인은 충동적이고 성급한 문 부인보다는 훨씬 용의주도했습니다. 아주 감쪽같이 깔끔하게 정리하고 떠났지요."

"그럼 그 부인이 증거를 손에 넣었다는 말이구나!"

"아니요, 그 부인도 못 찾았습니다."

바로 옆방으로 통하는 문으로 걸어가면서 엘러리가 말했다.

"하지만 그렇다면······."

"그렇다면 거기 없었단 말이죠."

판사가 짜증스러운 얼굴로 윗입술을 물어뜯었다.

"그럼 천 마리 악마의 이름을 걸고 도대체 너는 어떻게 그렇게 확신할 수 있단 말이냐?"

엘러리가 문을 열면서 달콤한 미소를 지었다.

"왜냐하면 12시 반에 제가 이미 그 방을 뒤졌거든요. 사, 사, 솔론이시여. 앞으로 몹시 힘겨운 싸움이 벌어지게 될 겁니다. 주무세요! 지금 필요하신 건 휴식이에요. 내일은 아주 끝내주는 극상의 불꽃놀이 쇼를 볼 수 있을 것 같은 예감이 드네요."

10:
뉴욕에서 온 신사

다음 날 아침, 스페인 곶에서 약 24킬로미터가량 떨어져 있는 군청 소재지 포인세트의 경찰청 본부 몰리 경감의 사무실에는 세 남자가 둘러앉아 있었다. 경감은 심기 불편한 얼굴이었다.

"이봐요, 퀸 씨. 어젯밤에 러시를 가지고 일을 아주 엉망진창으로 만들어놓으셨더구먼. 오늘 아침에야 전화로 보고를 받았소이다. 물론 나는 당연히 그 친구를 다시 제자리로 되돌려 보냈지만 말이오."

"러시를 나무라지 마십시오."

엘러리가 재빨리 대답했다.

"모든 일은 전적으로 제 책임입니다, 경감님. 그 사람은 결코 자기 의무에 태만하지 않았습니다."

"그 친구도 그렇게 말하더군요. 그리고 마르코의 방이 마치 살쾡이 한 떼가 지나간 것처럼 난장판이 되어 있다고 하던데, 그것도 당신이 책임질 거요?"

"소극적인 방식이라면요."

엘러리는 전날 밤에 벌어졌던 이야기를 전부 늘어놓았다. 정원에서 고드프리 부부가 나눈 이야기를 머리 위로 엿들은 것부터 시작해서 한밤중 피살자의 침실에 세 여자가 남몰래 침입한 것까지 남김없이 이야기했다.

"흠. 그거 상당히 흥미로운데요. 잘했소, 퀸 씨. 그런데 왜 날 끼워주지 않은 거요?"

"그건 경감이 이 젊은이를 모르니까 하는 소리요."

매클린 판사가 건조한 목소리로 말했다.

"이 친구는 우리에 갇힌 외로운 늑대라오. 분명 머릿속에서 그 빌어먹을 논리를 완성하기 전까지는 결코 입을 열지 않을 거요. 그건 수학적인 '확실성'으로도 부족하고, 단순한 '개연성'이어야 하지."

"제 행동의 원동력을 아주 잘 파악하고 계시는군요."

엘러리가 소리 내어 웃음을 터뜨렸다.

"뭐, 대충 그런 겁니다. 경감님, 제 변변찮은 이야기를 어떻게 생각하시나요?"

몰리가 자리에서 일어나 쇠창살이 쳐진 창문 쪽으로 다가갔다. 작은 마을의 중심가가 내려다보이는 곳이었다. 그의 무뚝뚝한 목소리가 들렸다.

"굉장한 것 같소. 그 세 부인들이 뭔가를 찾고 있다는 점에는 의심의 여지가 없군요. 그 셋은 마르코의 손바닥 위에서 놀아나고 있었다는 거지. 다소 한물간 옛날식 연애를 갈망하던 세 명의 멍청한 여자들……. 마르코는 여자들에게서 문제의 물건을 얻어내서, 그걸로 그들에게서 터무니없는 돈을 쥐어짜냈던 거요. 뻔한 이야기지. 그래서 여자들이 그 물건을 찾느라 혈안이 된 것이고……. 뭐, 아무튼 내 추측일 겁니다. 실은 마르코에 대한 약간의 극비 정보를 손에 넣었는데요."

"벌써? 일 처리 한 번 빠르구려, 경감."

판사가 놀라서 소리를 질렀다.

"그렇게 힘든 일은 아니었습니다."

몰리가 점잖게 말했다.

"오늘 아침에 우편으로 아주 쏠쏠한 보고를 하나 받았거든요. 조사가 별로 어렵지 않았던 이유는 이 인물이 전에 한 번 거론된 적 있었기 때문입니다."

"오, 뭔가 증거를 가지고 있는 사람인가 보죠?"

엘러리가 물었다.

몰리 경감이 책상 위에 놓여 있던 두툼한 봉투 하나를 휙 뒤집었다.

"엄밀히 말하자면 그런 건 아닙니다. 사실 뉴욕에 내 친구 하나가 사설탐정 사무소를 하고 있는데 말이죠. 이 버러지 같은 마르코에 대해서 어제 오후 내내 머리를 싸매고 생각을 하다 보니 왠지 그 이름이 낯이 익더란 말입니다. 그리 흔한 이름은 아니지 않습니까? 그러다 문득 생각이 난 겁니다. 내가 육 개월 전 뉴욕에 갔을 때 그 친구가 언급한 적 있는 이름이란 걸 말이죠. 그래서 그 친구한테 전화를 해봤더니 내 생각이 역시 맞더군요. 특별 항공편으로 쓸 만한 것들을 잔뜩 보내줬습니다."

"사설탐정이라고? 그런 부류는 질투 많은 남편처럼 신용이 안 가는데."

판사가 생각에 잠긴 채 말했다.

"옳으신 말씀입니다. 레너드⋯⋯ 그 친구 이름입니다만, 전에 누가 레너드를 시켜서 마르코의 뒤를 캐게 한 적이 있다고 합니다. 자기 마누라랑 마르코가 너무 친한 것 같다면서 말이죠. 뭐, 레너드는 프로니까 이 약삭빠른 족제비 같은 마르코가 꼬리를 말고 도망치게 했고, 편지니 사진이니 하는 증거품들을 몽땅 토하게 만들었습니다. 레너드가 아는 범위는 그 특정 사건 한 건에 한정되어 있기 때문에 마르코가 그 문이라는 여자랑 언제 어떻게 엮였는지는 모릅니다. 하지만 컨스터블 부인과의 관계는 어느 정도 알 수 있었습니다. 레너드가 그놈을 족쳐서 알아낸 것들 중 하나였거든요."

"그렇다면 세 여성들 중 컨스터블 부인과의 관계가 제일 오래되었다는 이야기로군요. 흠. 얼마나 되었답니까?"

"몇 달 정도밖에 안 됐더군요. 그 전에도 희생자들이 줄줄이 있었고요. 레너드도 확실한 정보는 그리 많이 입수하지 못했다고 합니다. 아시다시피 마르코의 옛 여자 친구들이 모두 입에 지퍼라도 채운 양 꾹 다물고 있으니까요. 하지만 레너드는 마르코가 자기 의뢰인의 부인에게서는 확실히 손을 떼도록 만들었죠."

"그런 종류의 역사가 길겠구먼. 그런 악당 놈들은 항상 하는 짓이 똑같지."

매클린 판사가 말했다.

"음, 그렇기도 하고 아니기도 합니다. 레너드 말에 의하면 그놈은 육 년 전 어딘가에서 갑자기 툭 튀어나왔다고 하더군요. 레너드는 그 친구가 스페인 사람이고 좋은 집안 출신이지만 아마 그 집안이 쇠퇴한 것 같다고 했습니다. 여하간 교육은 잘 받은 걸로 보입니다. 영어를 원어민처럼 구사하고, 셸리이니 키츠니 브라이언이니 하는 사랑 노래를 읊어댔던 시인들의 말을 항상 인용했으니 말이죠……."

"아마 브라이언이 아니라 바이런 같은데요."

엘러리가 말했다.

"아무튼 박수갈채를 보내고 싶군요, 경감님. 설마 누가 경감님이 그 호색한과 줄이 닿을 기라고 생각이나 했겠습니까?"

"결국 그렇게 된 거지요."

몰리가 윙크를 했다.

"내가 방금 말했던 것처럼, 피살자는 마치 자기가 부유하고 유명한 사람들과 잘 알고 지내는 양 떠들어댔고 칸이니 몬테카를로니 스위스 알프스니 하는 지명들에 친숙한 척하면서 그 외에도 온갖 허풍을 쳐댔다고 합니다. 게다가 자기가 굉장히 돈이 많은 것처럼 행동했다더군요. 물론 다 연극이겠지만요. 그치가 '상류사회'에 편입하는 데는 그리 오랜 시간이 걸리지 않았고, 그 뒤로도 순조로웠습니다. 플로리다, 캘리포니아 해변, 버뮤다 등의 리조트 지역에서 자주 모습을 드러냈다고 합니다. 마치 성스러운 스컹크처럼 자기가 지나간 곳마다 자취를 남겼던 겁니다.

"문제의 협박은 다 불륜이었구먼. 그러니 피해자가 입을 꼭 다문 채 계속해서 돈을 건네줄 수밖에 없었겠지."

판사가 신음했다.

몰리가 얼굴을 찌푸렸다.

"당시 레너드 말로는 뭐 다른 게 또 있었는데 잘 기억이 안 난다더군요."

"다른 것?"

엘러리가 눈을 초롱초롱 빛내며 물었다.

"글쎄요……. 아마 공범이 있다는 아주 미약한 증거인 모양입니다. 그냥 의심 수준이라더군요. 마르코가 꼭 누군가와 함께 일을 했던 것 같다고 말이죠. 하지만 그게 누군지, 또 어떻게 했는지는 알아내지 못했답니다."

"잠깐, 그거야말로 가장 중요한 문제 아니오?"

매클린 판사가 소리를 질렀다.

"저도 그렇게 생각했습니다. 하지만 설상가상으로 그 친구가 손을 잡았던 건 사기꾼이었습니다."

경감이 덧붙였다.

"뭐라고요?"

"아, 공식적인 이름은 '변호사'입니다."

몰리가 대꾸했다.

"펜필드!"

엘러리와 매클린 판사가 동시에 외쳤다.

"최상층으로 올라온 셈이죠. 물론 내가 함부로 그 신사에게 부당한 짓을 할 수는 없습니다만, 그 친구는 분명 사기꾼일 겁니다. 그렇지 않고서야 정직한 변호사가 마르코 같은 작자와 손잡을 일은 없을 테니까요. 그놈은 기소 당하거나, 재판을 받거나, 상담이 필요한 것 같지도 않았죠. 이 펜필드라는 친구가 마르코를 위해 레너드와 관련된 자잘한 문제들을 깨끗이 정리해줬나 봅니다. 이 스페인 놈은 심지어 나타나지도 않았습니다. 펜필드는 레너드를 불러내서 아주 유쾌한 대화를 나눈 다음, 자기 '고객' 한 사람이 이 일을 굉장히 불쾌하게 느끼고 있으며 또 신경을 쓰고 있으므로 레너드가 풀어놓은 개들을 전부 거둬달라고 했다더군요. 레너드는 자기 손톱만 쳐다보다가 자기 고객을 괴롭히는 편지와 사진 및 기타 등등 몇 가지에 관련된 사소한 문제가 있다고 말했고, 펜필드는 '자, 자. 이젠 그렇게까지 문제가 되진 않을 겁니다!'라고 했답니다. 그리고 둘은 악수를 나눴고, 다음 날 아침 레너드는 속달로 그 편지와 사진들을 받게 됐죠. 보낸 사람의 이름은 없었고요. 비록 그 소포 꾸러미에 파크 거리의 우체국 소인이 찍혀 있긴 했지만 말입니다. 펜필드의 사무실 주소 기억하죠? 아주 능구렁이 같지 않습니까?"

 경감이 대단히 의미 있는 말을 혼자서 줄줄이 늘어놓는 동안 엘러리와 판사는 자주 시선을 교환했다. 몰리가 입을 다물자마자 두 사람은 동시에 입을 열었다.

 "알죠, 나도 알아요."

 몰리가 말했다.

 "마르코가 컨스터블 부인, 문 부인, 고드프리 부인 들이 관련된 편지를 고드프리 저택에 놔두지 않았을 거고 아마 이 펜필드라는 친구한테 맡겼을 거라는 얘길 하고 싶은 거죠?"

 그는 책상 위의 버튼을 눌렀다.

 "조금만 기다리면 알게 될 겁니다."

 "펜필드가 지금 밖에 와 있단 말이오?"

 판사가 놀라서 소리쳤다.

 "저희 사무실 사람들은 일처리가 빠릅니다, 존경하는 판사님……. 아, 저기 찰리가 오는군요. 그 신사분, 안으로 들어오시라고 해. 그리고 찰리, 명심해. 절대로 거칠게 다루면 안 돼. '취급 주의' 마크가 붙어 있거든."

 루셔스 펜필드 씨가 문간에서 모습을 드러냈다. 그는 결코 '취급 주의'가 붙을 만큼 연약해 보이는 사람은 아니었다. 묘사하자면 거의 다 벗어진 대머리는 거대한 백과사전 같았고 몸집은 작았으나 듬직하고 건장했다. 회색 콧수염은 짧게 깎아 깔끔했으며 눈동자는 엘러리가 본 인간의 눈 중에서 가장 순수해 보였다. 어린애 같고 천사 같은 커다란 그 눈은 마음을 녹일 듯한 갈색이었으며 아름답게 빛났다. 마치 그 주인의 마음속에서는 끊임없는 재담이 샘솟기라도 하듯 두 눈은 유쾌하게 반짝거렸다. 헐렁하고 낡은 올리브그린 색 양복은 오래 입은 흔적이 역력했으며, 높은 옷깃, 널찍한 넥타이 그리고 말발굽 모양의 다이아몬드 넥타이핀은 마치 디킨스의 소설에 나오는 등장인물 같았다. 마치 딱정벌레 한 마리라도 밟았다가는 악 하고 비명을 지를 것 같은 사람이었다.

그러나 매클린 판사는 그에게서 전혀 그런 인상을 받지 못하는 모양이었다. 판사의 기름한 얼굴에는 굵은 주름이 그어졌고, 그 눈은 두 조각의 빙산처럼 차갑게 얼어붙었다.

"아니, 세상에. 앨바 매클린 판사님 아니십니까!"

루셔스 펜필드 씨가 한 손을 쑥 내밀며 소리를 질렀다.

"여기서 만나 뵙게 될 줄은 몰랐습니다! 맙소사, 마지막으로 뵌 지 벌써 몇 년이나 지났네요, 판사님. 시간이 참 빠르지 않습니까?"

"그게 시간의 몹쓸 단점이지."

판사는 내민 그의 손을 무시하며 퉁명스럽게 말했다.

"하하! 판사님은 여전히 원로 법조인답게 엄격하시군요. 알겠습니다. 전 항상 판사님이 은퇴하신 후 법정은 가장 진실한 법조인을 잃은 셈이라고 말하고 다녔죠."

"자네가 은퇴하고 나면 나도 양심적으로 같은 말을 할 수 있을지 잘 모르겠군. 하긴 자네가 은퇴를 할지 안 할지도 불분명하지만 말일세. 은퇴보다는 변호사 자격을 박탈당하는 게 빠를 것 같은데."

"여전히 날카로우시네요, 판사님. 하하하! 제가 지난번 일반 재판소의 킨지 판사님을 만났을 때 이런 이야기를 했는데 말이죠……"

"잔소리 집어치워, 펜필드. 이쪽은 엘러리 퀸이라네. 자네도 들어봤을지도 모르겠군. 이 친구 앞에서는 행동 조심하는 게 좋을 게야. 그리고……."

"설마 그 엘러리 퀸은 아니겠죠?"

몸집 작은 대머리 남자가 환호성을 지르며 엘러리 쪽으로 우스꽝스러우리만큼 천사 같은 눈동자를 돌렸다.

"원 세상에, 이런 영광이 다 있겠습니까? 여기까지 온 보람이 있군요. 난 당신 아버님을 잘 압니다, 퀸 씨. 센터 스트리트 최고의 베테랑 아니십니까……. 그리고 이 분은 몰리 경감님이라고 소개해주시려 했던 거죠, 판사님? 제가 긴급한 업무 때문에 어딜 좀 정신없이 가고 있는데 중간에 저를 낚아채신 분 아닌가요?"

그는 선 채로 꾸벅 인사를 했다. 그러고는 생글생글 웃는 얼굴로 잽싸게 주위 사람들을 획 돌아보았다.

"앉으시오, 펜필드 씨. 할 이야기가 있소."

몰리가 기분 좋게 말했다.

펜필드가 냉큼 의자에 걸터앉았다.

"혹시나 제 예전 고객 때문에 뭐 하실 말씀이 있다는 겁니까? 존 마르코 말이죠. 정말 불행한 일입니다. 저도 뉴욕 신문에서 그 사람의 부고를 읽었습니다. 그건……."

"호오, 마르코가 당신 고객이었단 말이오?"

"아하, 이것 참. 저를 너무 괴롭히진 마십시오, 경감님. 이건 그러니까…… 비공개 회담 아닙니까? 자유롭게 이야기해도 되겠지요?"

"그렇고말고요. 그러니까 내가 당신을 포인세트까지 끌고 온 거 아니오."

경감이 뚱한 얼굴로 말했다.

"저를 끌고 오셨다고요?"

펜필드의 아치형 눈썹이 평소보다 더 큰 아치를 그렸다.

"그 말씀은 다소 듣기 거북한데요, 경감님. 설마 제가 지금 체포되었다는 말씀은 아니겠지요? 하하하. 경감님 쪽 형사가 설명해준 바에 의하면……"

"거두절미하고 본론으로 들어갑시다, 펜필드 씨."

몰리 경감이 단호하게 말했다.

"당신과 피살자 사이에 도대체 무슨 관계가 있었는지, 내가 알고 싶은 건 그거요."

몸집 작은 남자가 너그러운 표정을 지었다.

"제가 하려던 말이 그겁니다. 경찰들은 항상 다 이렇게 성미가 급하다니까요. 매클린 판사님도 아시겠지만, 변호사란 고객의 하인이나 다름없는 법입니다. 저는 다소…… 음, 광범위한 분야를 맡다 보니 고객이 많은 편입니다, 경감님. 제가 원하는 대로 조심스럽게 고객을 골라 받을 수는 없는 노릇이고요. 따라서 존 마르코 씨가…… 그, 뭐랄까. 아주 바람직한 성품의 소유자는 아니었으므로 그 사람의 일을 의무적으로 맡게 되어서 저도 참 괴로웠습니다. 아주 뒤가 구린 사람 아닙니까. 하지만 제가 그 사람에 대해 말씀드릴 수 있는 건 이게 전붑니다."

"그게 당신 입장이오?"

경감이 으르렁거렸다.

"마르코는 어떤 식으로 당신의 고객이 되었소?"

다이아몬드 반지 두 개를 낀 펜필드의 통통한 손이 희미한 곡선을 그렸다.

"여러 가지 방식으로요. 으음, 그 사람은…… 사업 문제 때문에 저한테 여러 번 연락을 했습니다."

"어떤 사업 문제?"

"경감님, 죄송하지만 제게 그 이야기를 할 권리는 없습니다. 아시다시피 변호사는 고객의 비밀을 지킬 의무가 있기 때문이죠……. 죽음조차도……."

몸집 작은 남자가 안타깝다는 얼굴로 말했다.

"하지만 당신 고객은 살해당했소!"

펜필드가 한숨을 내쉬었다.

"너무나 불행한 일입니다."

잠시 침묵이 흘렀다. 이윽고 매클린 판사가 입을 열었다.

"난 자네가 범죄 전문 변호사인 줄 알았는데, 펜필드. 사업 관련 일도 하고 있나?"

"판사님이 은퇴하시고 나서 시대가 변했거든요."

펜필드가 슬픈 얼굴로 대답했다.

"그리고 저도 먹고살아야 하지 않겠습니까? 요즘 세상 살기가 얼마나 힘든지 판사님은 모르실 겁니다."

"나도 충분히 잘 아네. 특히 자네 일 같은 경우는 말이지. 펜필드, 자네 우리가 마지막으로 만났을 때보다 도덕과 윤리의 테두리를 훨씬 벗어난 것 같구먼."

"장족의 발전이죠."

몸집 작은 남자가 미소를 지었다.

"시대의 흐름에 영향을 안 받을 수가 없죠. 이 분야에서의 뉴딜 정책이랄까요……."

"비열한 놈."

판사가 툭 내뱉었다.

엘러리는 표정이 풍부한 남자의 얼굴에서 한시도 시선을 떼지 않았다. 눈, 입술, 눈썹, 피부 주름 하나까지 그의 얼굴은 끊임없이 변화했다. 창을 통해 들어온 한 줄기 햇빛이 그의 빛나는 정수리 꼭대기를 비추어 마치 후광과 같은 효과를 자아냈다. 걸작이로군! 그리고 만만치 않은 적수야. 엘러리는 그렇게 생각했다.

"마지막으로 마르코를 본 게 언제요?"

몰리가 호통을 치듯 물었다.

펜필드는 두 손끝을 모았다.

"잠깐만요……. 아, 그렇지! 4월쯤이었습니다, 경감님. 그런데 그 친구 이젠 죽고 없군요. 이 또한 운명이 언제나 누군가에게 매수되지 않고 제 갈 길을 간다는 증표겠지요. 그렇지 않습니까, 퀸 씨? 죽음이란 참 고약한 놈입니다. 너무나 시기적절하게 닥쳐오지요. 어떤 끔찍한 살인범이 법정에서 20년형을 선고받았는데 하루도 채 지나지 않아 바나나 껍질을 밟고 미끄러져서 그만 목이 부러져 죽고 말았으니까요. 사법 시스템이란 참 아이러니하지요."

"무엇 때문에 만났소?"

"네? 아, 죄송합니다, 경감님. 마르코가 4월에 무엇 때문에 저를 만나러 왔느냔 말씀이시죠? 네, 네, 맞습니다. 저희의…… 그, 문제의 사업적 회의 때문이었습니다. 제가 할 수 있는 최선의 충고를 해주었죠."

"어떤 충고였소?"

"노선을 바꾸라고 했습니다, 경감님. 전 항상 그 친구에게 설교를 했죠. 여러 가지 약점이 있긴 했지만, 그래도 호감이 가는 친구였거든요. 하지만 그 친군 제 말을 통 듣질 않았습니다. 딱한 그 친구 그래서 지금 어떻게 됐나 좀 보십쇼."

"당신들의 관계가 그렇게 떳떳했다면 그자의 여기가 서툴렀다는 건 어떻게 알았소, 펜필드?"

"직감이죠, 경감님."

변호사가 한숨을 내쉬었다.

"뉴욕 주의 법정에서 삼십 년이나 일하면서 범죄자들과 관련된 날카로운 육감을 기르지 못한다면 형법을 다룰 자격이 없는 거나 마찬가집니다. 제가 확신하건대……."

"펜필드 이 친구랑 계속 이런 식으로 얘기하다가는 한도 끝도 없다오."

매클린 판사가 우울하게 미소를 지으면서 말했다.

"이렇게 계속 시간만 끌거든. 내 얘기를 많이 들었지. 경감, 단도직입적으로 요점만 이야기하시오."

몰리가 변호사를 빤히 노려보면서 서랍을 하나 열어 무언가를 끄집어내서는 그의 앞 책상에 내팽개치듯 집어 던졌다.

"읽어보시오."

루셔스 펜필드 씨는 놀란 얼굴에 애원하는 듯한 미소를 지으며 가슴 주머니에서 뿔테 안경을 꺼냈다. 그러고는 그걸 콧등에 걸고 조심스럽게 그 종이를 집어 들어 훑어보았다. 아니, 아주 천천히 주의 깊게 읽었다. 그러고는 종이를 내려놓더니 안경을 벗어서 주머니에 집어넣고 의자 등받이에 몸을 기댔다.

"어떻소?"

펜필드가 중얼거리듯 말했다.

"그러니까 그 죽은 사람이 제 앞으로 보낸 편지로군요. 편지 내용이 중도에 뚝 끊긴 것을 보니 이 편지를 쓰다가 죽음을 맞이한 게 분명하네요. 그렇다면 이 사람이 살아 있는 동안 마지막으로 제 생각을 했군요. 허허, 이것 참. 감격스러워 눈물이 납니다. 너무나 다정한 마지막 편지가 아닙니까. 경감님. 제가 볼 수 있게 배려해주셔서 정말로 감사드립니다. 여기다 무슨 말을 더 보탤 수 있겠습니까? 감동에 겨워 아무 말도 떠오르지 않는데요."

펜필드는 바지 주머니를 뒤져 손수건을 꺼내서는 코를 팽 풀었다.

"가지가지 하는구먼."

매클린 판사가 부드럽게 말했다.

몰리 경감의 주먹이 책상을 쾅 내리쳤다. 그는 벌떡 일어나서 고함을 질렀다.

"이딴 식으로 구렁이 담 넘어가듯 넘어갈 수 있을 거라고 생각한다면 오산이오! 난 당신과 마르코가 이번 여름 내내 정기적으로 편지를 주고받았다는 사실을 알고 있소! 그리고 최소한 한 번 이상 당신네 둘이 큰 재미를 볼 수 있는 기회를 잡았다는 것도 알지. 당신은……."

"굉장히 많은 걸 알고 계시는 모양이로군요. 설명을 부탁드려도 될까요?"

펜필드가 점잖게 물었다.

"메트로폴리탄 에이전시에서 일하는 내 친구 데이브 레너드가 당신에 대해서 편지로 많은 것을 알려주었지. 내 말 알아듣겠소? 그러니 당신이 이딴 비밀 사업이 어쩌고저쩌고하는 헛소리로 내 귀를 막으려 드는 건 전부 헛수고라는 사실을 알아두시오!"

"흠. 생각만큼 게으른 분은 아니시군요."

몸집 작은 남자가 경탄 어린 시선으로 경감을 쳐다보았다.

"맞습니다. 마르코와 제가 여름 동안 서신을 주고받았다는 긴 사실입니다. 그리고 레너드, 그 매력적인 친구한테 몇 달 전 전화해서 내 고객 얘기를 했던 것도 맞습니다. 하지만……."

"마르코랑 당신이 뭘 '깨끗이' 한다는 거요?"

몰리가 호통을 쳤다.

"자, 자, 경감님. 폭력적으로 나오시는 건 좋지 않습니다. 그리고 전 정말로 마르코가 무슨 생각을 하고 있었는지 모른다고요. 솔직히 이게 다 무슨 말인지도 모르겠습니다. 이 친구 미쳤나 봅니다. 딱한 친구죠."

경감은 입을 떡 벌렸다가 다시 다물고는 펜필드를 노려보았다. 그러다 몸을 휙 돌려 난폭한 걸음걸이로 창문 쪽으로 가서 스스로의 감정을 억제했다. 꽤 애를 먹는 것 같았다. 펜필드는 뭔가 안타까운 미소를 지은 채 앉아 있었다.

"어…… 혹시 제 질문에 한 가지 대답해주실 수 있겠습니까, 펜필드 씨?"

엘러리가 느릿느릿 말했다. 변호사가 약간 피곤한 기색을 띤 채 고개를 휙 돌렸다. 그러나 그 얼굴에는 아직 웃음기가 남아 있었다.

"존 마르코는 유언장을 남겼습니까?"

펜필드가 눈을 껌벅였다.

"유언장이오? 나도 모르겠는데요, 퀸 씨. 그 친구한테 그런 서류를 작성해준 적은 없거든요. 물론 다른 변호사를 시켜서 했을지도 모르는 일이죠. 하지만 제가 아는 한은 없습니다."

"그 사람 재산이 있긴 했습니까? 혹시 부동산 같은 건 안 남겼습니까?"

얼굴에서 미소가 사라지고, 세련된 태도가 처음으로 흔들렸다. 펜필드는 대답하기 전 엘러리의 눈치를 보았다.

"부동산? 글쎄요, 모르겠습니다. 그러니까 말씀드렸다시피 우리 관계는 그다지……."

엘러리가 코안경을 만지작거렸다.

"내가 이런 질문을 하는 이유는 말입니다, 어쩌면 그 사람이 당신에게 상당히 가치가 있는 어떤 서류를 맡겼을지도 모른다는 가능성이 있기 때문입니다. 어쨌든 당신 말마따나 변호사와 고객의 관계란 대략 '성스러운' 관계니까 말이죠."

"대략, 말이지."

판사가 한마디 했다.

"가치 있는 서류?"

펜필드가 천천히 되뇌었다.

"퀸 씨, 당신이 지금 무슨 말씀을 하고 계신지 전혀 감도 못 잡겠습니다. 그러니까 채권이나 주식 같은 걸 말하는 겁니까?"

엘러리는 바로 대답하지 않고, 렌즈에 입김을 불어 열심히 문질러 닦은 뒤 코에 걸쳤다. 그러는 동안 펜필드는 조심스러운 기색으로 엘러리의 모든 동작을 뚫어져라 쳐다보고 있었다. 이윽고 엘러리가 가볍게 말했다.

"로라 컨스터블 부인이라는 사람을 아십니까?"

"컨스터블? 컨스터블? 글쎄요, 모르겠는데요."

"조지프 A. 문은요? 그리고 문 부인은요? 처녀 때는 세실리아 볼이란 이름으로 여배우를 했었다고 하던데요."

"아, 아하!"

펜필드가 무릎을 쳤다.

"그러니까 지금 고드프리 저택에 묵고 있는 그 사람들을 말씀하시는 거군요? 어쩐지 어디서 들어본 이름 같다 했습니다. 아뇨, 그 사람들은 전혀 모릅니다. 하하하!"

"마르코가 편지에 그 사람들 얘긴 안 썼습니까?"

펜필드가 입술을 오므렸다. 엘러리가 무엇을 얼마나 알고 있는지를 알 수 없기에, 마음속으로 상당한 갈등을 겪고 있는 것이 분명했다. 펜필드는 대답하기 전 그 천사 같은 눈동자로 엘러리의 얼굴을 세 번 훔쳐보았다.

"퀸 씨, 저는 기억력이 대단히 나쁘답니다. 썼는지 안 썼는지 기억이 안 나는군요."

"흠, 그런데 혹시 당신이 아는 한 마르코가 아마추어 사진가 취미를 가진 적은 없습니까? 특히 최근 들어서요. 그냥 궁금해서……."

변호사가 눈을 끔벅이고 몰리는 얼굴을 찌푸리며 고개를 돌렸다. 그러나 매클린 판사는 얼음장 같은 시선을 작은 변호사의 얼굴에서 떼지 않았다.

"가끔 뜬금 없는 소리를 하는 습관이 있다는 얘기 안 들으십니까, 퀸 씨?"

이윽고 펜필드가 짜증 섞인 미소를 지으며 중얼거렸다.

"사진이라고요? 뭐 그랬을 수도 있겠죠. 난 모릅니다."

"최소한 당신에게 남긴 사진 같은 건 없단 말이죠?"

"그건 없습니다. 절대로 없어요."

작은 남자가 즉시 대답했다.

엘러리는 몰리 경감 쪽을 흘깃 쳐다보았다.

"경감님, 제 생각에 이 이상 펜필드 씨를 붙잡아둘 이유는 없는 것 같군요. 아무리 봐도…… 그리 큰 도움이 될 것 같지는 않습니다. 여기까지 오시느라 정말 고생이 많으셨습니다. 와주셔서 감사합니다, 펜필드 씨."

"고생은요, 무슨."

펜필드가 목소리를 높였다. 눈 깜짝할 사이에 다시 여유를 되찾은 모양이었다. 그는 팅기듯 의자에서 일어났다.

"뭐 다른 건 없습니까, 경감님?"

"썩 꺼지죠."

몰리가 뚱한 얼굴로 말했다.

펜필드가 손목에 찬 가느다란 시계를 흘끗 쳐다보았다.

"이런, 참. 크로슬리 비행장에서 출발하는 다음 항공편을 잡으려면 서둘러야겠습니다. 자, 신사 여러분. 더 도움이 되어 드리지 못해서 죄송합니다."

펜필드는 엘러리와 악수를 나누고 판사에게 허리를 굽혀 공손히 인사한 다음 몰리 경감은 요령 좋게 무시한 뒤 문 쪽으로 물러났다.

"다시 만나 뵐 수 있어서 반가웠습니다, 매클린 판사님. 킨지 판사님께 안부 전해 드리도록 하죠. 그리고 물론 퀸 씨도요. 퀸 경감님께 안부 전해주시길……."

그 천사 같은 달콤한 눈빛 앞에서 문이 닫히기 직전까지, 펜필드는 웃는 얼굴로 계속 주절주절 말을 늘어놓으면서 꾸벅꾸벅 인사를 했다.

매클린 판사가 문을 노려보면서 말했다.

"저놈은 전문 범죄자들을 수도 없이 배심원들의 평결에서 꺼내준 놈이오. 증인들을 매수하고 선량한 사람들을 위협하지. 판사까지도 조종하면서 끊임없이 증거를 파괴하고 다니고. 한번은 어느 젊고 전도유망한 지방 부검사가 저놈에게 잘못 걸리는 바람에 살인 사건 공판이 열리기 전날, 어느 끔찍한 뒷골목 여자와 스캔들이 터져서 그 젊은이의 미래가 박살 난 적도 있었지……. 저런 놈에게서 뭘 캐내겠다는 거요!"

몰리의 입술이 소리 없이 꿈틀거렸다.

"경감, 내가 당신에게 충고할 말은 이것뿐이오. 저런 작자가 있었다는 사실을 잊어버리시오. 정직한 경찰관이 다루기에는 벅찬 자요. 만약 저자가 마르코의 죽음과 무슨 연관이 있다 하더라도 당신은 영영 그 증거조차 잡지 못할 거요."

생각대로 일이 풀리지 않았다는 사실을 깨달은 몰리 경감은 애꿎은 업무용 책상만 발로 쾅 걷어찼다. 본인은 예상했는지, 아닌지 모르겠으나 루서스 펜필드 씨는 업계에서 일명 '미행'이라 불리는 것을 대롱대롱 달고 뉴욕으로 돌아가는 중이었다.

스페인 곶으로 차를 돌려 돌아가던 도중, 판사가 불쑥 입을 열었다.

"믿을 수가 없구나, 엘러리. 저자는 그런 짓을 하기에는 너무 똑똑한 놈이야."

듀센버그의 핸들을 조작하는 데 정신이 팔려 있던 엘러리가 말했다.

"지금 뭐라고 하셨죠?"

펜필드는 마치 몰리의 사무실에 '아무런 소식 없음'이라는 바이러스를 퍼뜨려놓고 떠난 것 같았다. 영양가 없는 보고들만이 속속 도착했다. 검시관은 존 마르코의 시체를 안팎으로 검시한 다음, 사인에 관해서는 더 보고할 말이 없다고 전했다. 해안 경비대에서 날아온 공고와 해안 근처에 쫙 깔려 있던 지역 경찰들의 수사 '진전' 보고가 산더미같이 들어왔지만 누구 하나 홀리스 워링의 크루저를 발견한 사람도 없으며 살인이 일어난 날 밤 이후로 해안 근처에서 키드 선장의 기이한 생김새를 목격한 사람도 없었다. 근처를 이 잡듯 뒤졌지만 데이비드 쿠머의 시체조차 발견되지 않았다는 이야기들뿐이었다. 하나같이 절망적인 소식들이었기에 두 남자는 무력감에 속을 푹푹 끓이고 있는 몰리를 남겨둔 채 사무실을 나섰다.

"그러니까, 펜필드가 그 편지들을 갖고 있을 거라는 생각 말이다."

판사가 나직이 말했다.

"아, 지금 그걸 걱정하고 계신 건가요?"

"그놈은 깨끗한 손으로 그런 걸 직접 만질 만큼 멍청하지 않단다, 엘러리."

"글쎄요, 전 반대로 오히려 그걸 손에 넣을 수만 있으면 제일 먼저 입수했을 것 같은데요."

"아니, 펜필드는 그러지 않을 거야. 그놈은 남에게 충고하고 지시하지만 자기가 직접 나서서 뭘 하지는 않아. 마르코의 범죄 이력을 죄 꿰고 있는 것만으로도 충분하겠지. 그러기만 하면 마르코를 자기 맘대로 좌지우지할 힘을 얻는 거나 마찬가지니까."

엘러리는 아무 말도 하지 않았다.

듀센버그는 스페인 곶의 입구 반대편에 있는 그리스 풍의 기둥 앞에 멈춰 섰다. 해리 스테빈스가 뚱뚱한 배로 주유소 문을 밀치고 나왔다.

"아니, 판사님 아니십니까! 퀸 씨도 있었군요."

스테빈스가 듀센버그의 차문에 편안하게 팔을 걸쳤다.

"두 분이 어제 스페인 곶으로 들락날락하시는 모습을 봤습니다. 살인이라니 세상에, 끔찍하지 않아요? 순경 한 명이 말해줬는데……."

"암, 아주 끔찍하지."

핀시기 무심히 말했다.

"경찰들이 범인을 잡을 수 있을까요? 마르코는 발견됐을 당시에 완전히 벌거벗었다면서요? 세상이 어떻게 되려고 이러는지 모르겠습니다, 정말로요. 하지만 전 항상……."

"해리, 우린 지금 스페인 곶 저택에 묵고 있다네. 그러니 가정부 문제는 신경 쓰지 않아도 돼. 신경 써줘서 고맙구먼."

"고드프리네 집에 묵고 계신다고요?"

스테빈스가 입을 딱 벌렸다.

"하느님 맙소사!"

마치 눈앞의 두 사람이 하느님이라도 되는 양 열심히 쳐다보았다.

"알겠습니다. 그렇군요."

그는 기름 묻은 손을 작업복에 벅벅 문질러 닦았다.

"그렇다면 딱히 놀라울 것도 없군요. 사실 어젯밤 애니한테 사람을 구해달라고 얘길 했는데 말이죠. 애니가 그러는데……."

"시간이 있다면 스테빈스 부인의 매력적인 의견을 경청하고 싶은 마음은 굴뚝같지만 말입니다."

엘러리가 다급하게 말을 가로막았다.

"저희가 좀 바쁘거든요, 스테빈스 씨. 한두 가지 여쭤볼 게 있어서 들렀습니다. 토요일 밤에는 몇 시까지 주유소 문을 열어두죠?"

판사가 당황한 얼굴로 엘러리를 쳐다보았다. 스테빈스가 머리를 긁었다.

"토요일 밤에는 밤새 가게를 엽니다, 퀸 씨. 그날이 엄청 대목이거든요. 여기서 남쪽으로 16킬로미터쯤 가면 웨이랜드라는 놀이동산이 있는데 거기서 사람들이 엄청나게 올라와요. 아시겠죠?"

"그러니까 가게 문을 안 닫는다는 말씀이십니까?"

"그렇죠. 난 토요일 낮이면 와이에서 온 꼬마 하나를 가게에 보내놓고 미리 눈을 좀 붙여둡니다. 우리 집은 바로 여기서 몇백 미터 정도밖에 안 떨어져 있거든요. 그리고는 밤 8시쯤 주유소로 돌아와서 그때부터 밤새 일하는 거죠. 그러다 가끔 그 꼬마가 교대해주면 나는 잠깐 쉬고요. 애니가 뜨끈한 음식을……."

"그럼요. 스테빈스 씨. 그것이야말로 결혼 생활의 기쁨 아니겠습니까. 그런데 주유소가 토요일 밤에는 항상 열려 있다는 건 다들 아는 사실입니까?"

"어, 저쪽 기둥에 안내문을 붙였으까요. 그리고 적어도 십이 년은 제가 여기서 이 장사를 해먹었으니 알 만한 사람들은 알겠죠."

스테빈스가 껄껄 웃으며 말했다.

"흠. 그리고 스테빈스 씨도 토요일 밤에 여기 계셨단 말이죠?"

"암요. 방금 전에 말했잖아요? 나는……."

"새벽 1시쯤에 밖에 나와 계셨습니까?"

배불뚝이 남자는 잠시 멍청한 표정을 지었다.

"1시라, 글쎄요……. 잘 모르겠는데요. 퀸 씨, 까놓고 말해 토요일 밤엔 엄청 바빴습니다. 거의 정신을 빼놓고 있었을 지경이었죠. 도대체 이놈의 차들이 다 어디서 솟는지는 모르겠지만 계속해서 끊임없이 기름을 바닥내는 것 같더라니까요. 하나 나가면 하나 들어오고……."

"밖에 계셨죠?"

"아마 그랬을 겁니다. 밤새 사무실에 들락거렸거든요. 그런데 왜요?"

엘러리가 엄지손가락으로 자기 어깨 뒤를 가리켰다.

"혹시 스페인 곶에서 나와서 이 길을 따라 내려가는 차량은 못 보셨습니까?"

"아!"

스테빈스가 눈치 빠르게 그들을 번갈아 쳐다보았다.

"그 얘기였군요. 글쎄요, 다른 날 밤 같았으면 기억할지도 모릅니다. 가게 앞에 항상 훤하게 불을 밝혀서 저 쪽 돌덩이들이 다 보이니까요. 하지만 토요일 밤에는……."

그는 고개를 저었다.

"새벽 3시까지 차들이 끊임없이 들어옵니다. 난 주유대 안쪽에서 정신없이 거스름돈을 거슬러줘야 하고……. 누가 나오는지 안 나오는지 볼 수가 없죠."

"정말 아무도 못 봤습니까? 확신합니까?"

엘러리가 물었다.

스테빈스는 고개를 흔들었다.

"나왔는지 안 나왔는지 모르겠다니까요. 나왔을지도 모르죠."

엘러리가 한숨을 내쉬었다.

"너무 안타까운데요. 적어도 둘 중 하나에는 확신을 가져줬으면 했는데."

엘러리는 자동차 브레이크 쪽으로 손을 뻗다가 문득 마음을 바꾸고 다시 몸을 돌렸다.

"그런데 고드프리 저택의 운전사들이 여기서 주유를 하고 갑니까, 스테빈스 씨?"

"그럼요. 전 항상 최고의 연료만을……."

"아, 그렇겠죠. 고맙습니다, 스테빈스 씨."

엘러리는 브레이크를 풀고 핸들을 휙 잡아당겨, 길 건너편의 석상 쪽으로 차를 돌렸다.

"왜 그런 질문을 한 게냐?"

정원을 지나 시원한 그늘 밑으로 들어와 차를 달리는 동안 판사가 물었다. 엘러리는 어깨를 으쓱했다.

"별로 대단한 이유는 아니에요. 하지만 스테빈스가 눈치를 못 챘다는 건 유감스럽네요. 만약 그랬다면 이 모든 일들이 단번에 끝났을 텐데. 우린 어젯밤에 살인자가 바다가 아니라 육지 쪽으로 도주했다는 사실을 증명했어요. 이 길로 나오지 않았다면 어디로 갔겠습니까? 절벽에서 몸이라도 던지지 않은 이상 다른 곳으로 나가는 것은 불가능합니다. 정원을 통해서 샛길로 샐 수도 없죠. 저 높은 울타리 위로는 고양이도 기어오르지 못할 테니까요. 스테빈스가 주유소 앞으로 아무도 지나가지 않았다고 말만 해줬다면 최소한 범인이 아직…… 집 안에 있다는 뜻이겠죠."

"난 도대체 네가 왜 그런 의문을 품는지 이유를 모르겠다."

노신사가 투덜거렸다.

"뻔히 보이는 사실을 가지고 '증명'하겠다니 그게 무슨 터무니없는 헛짓이냐! 어차피 이제 남의 일이라고는 할 수 없을 만큼 우리 둘 다 너무 많은 것을 알아버렸지 않느냐."

"무엇이든 증명되기 전까지는 안다고 말할 수 없는 법입니다."

"그만해라. 인생 전부를 수학으로 재단할 수는 없어."

판사가 대꾸했다.

"대부분의 경우에는 물리적인 증거가 없어도 '안다'라고 말할 수 있는 법이야."

"전 콜리지가 말하는 '사고의 어둠에 사로잡힌 회의론자'니까요."

엘러리가 부루퉁한 얼굴로 말했다.

"모든 것에 의문을 품습니다. 가끔 제 자신의 머릿속에서 생각한 결과조차 의심하곤 하죠. 그래서 제 정신 상태는 항상 복잡합니다."

엘러리는 다시 한숨을 쉬었다.

판사는 코웃음을 쳤다. 듀센버그가 집 앞에 도착할 때까지 두 사람 모두 아무 말도 하지 않았다.

코트 청년이 파티오 쪽으로 난 문 앞에서 시무룩한 얼굴로 의자에 늘어져 있었다. 그 뒤에는 로사가 손바닥만 한 수영복 차림으로 덱 체어에 누워 일광욕을 하는 중이었다. 그 외에는 아무도 없었다.

"안녕하세요."

코트가 기운 없는 목소리로 말했다.

"뭐 소식 없습니까?"

"아직 없소."

판사가 중얼거렸다.

"함구령이라도 내려진 겁니까?"

젊은이의 갈색 얼굴 위로 먹구름 같은 불쾌감이 뒤덮였다.

"저도 점점 견디기가 어렵습니다. 저도 직업이 있는 사람이란 말입니다. 제 말 아시겠습니까? 이 빌어먹을 곳에서 나갈 수가 없잖습니까. 온 집 안에 형사들이 개미 떼처럼 득실거리고……. 오늘 아침엔 글쎄 내가 화장실 가는 데까지 졸졸 따라오더란 말이죠. 도대체 뭘 기대하는지……. 아, 참. 몇 분 전에 당신한테 전화가 왔었습니다, 퀸 씨."

"전화요?"

엘러리가 차에서 뛰어내렸다. 노신사도 그 뒤를 따랐다. 제복 차림의 운전사가 달려와 그들의 차를 끌고 갔다.

"누구한테요?"

"글쎄요, 몰리 경감이었던 것 같은데……. 아, 버레이 부인!"

연배가 있고 몸집 작은 가정부가 위쪽 발코니를 지나가는 것이 눈에 띄었다.

"아까 전에 퀸 씨한테 전화왔던 게 몰리 경감 아니었나요?"

"네, 맞아요. 퀸 씨, 여기 도착하시는 대로 바로 전화 달라고 하셨어요."

"당장 가겠습니다!"

엘러리가 고함을 지르고는 파티오를 가로질러서 무어식 아치형 입구 밑으로 뛰어 들어가더니 모습을 감췄다. 판사는 바닥에 돌이 깔린 공간으로 천천히 걸어가서는 가볍게 탄성을 지르는 로사의 옆에 자리를 잡고 앉았다. 코트는 파티오의 스투코 벽에 등을 문지르며 못마땅해 죽겠다는 표정으로 그들을 퉁명스럽게 지켜보았다.

"왜요?"

로사기 낮은 목소리로 물었다.

"아무것도 아니라오, 아가씨."

그들은 한동안 온몸으로 햇볕을 받으며 말없이 앉아 있었다. 잠시 후 거구의 조지프 문이 지루한 얼굴의 형사와 함께 한가롭게 문간에 모습을 드러냈다. 문은 수영 팬티 차림이었는데 거대한 상체가 어두운 구릿빛으로 그을려 있었다. 판사는 반쯤 감은 눈으로 그 남자의 얼굴을 관찰했다. 크게 힘들이지도 않고 그렇게 자기 표정을 완벽하게 제어하는 남자를 판사는 처음 보았다. 수 년 동안 청소를 한 번도 하지 않은 것 같은 지저분한 창을 내다보던 판사는 문득 다른 얼굴을 하나 떠올렸다. 생김새는 전혀 닮지 않았으나 표정은 놀랄 만큼 비슷했다. 그 얼굴이란 여러 주에 걸쳐 여러 건의 강간, 살인, 은행 강도 그리고 그 밖의 수많은 경범죄를 저지르고 다녔던 끔찍한 범죄자의 얼굴이었다. 판사는 지방 검사가 배심원들 앞에서 그에게 독설을 퍼부으며 맹렬하게 비난하는 동안 그의 얼굴을 유심히 살펴보았다. 분노에 찬 평결이 내려지고 이윽고 사형 선고가 내려질 때도 빤히 쳐다보았다. 그 얼굴에는 한 점의 동요도 없었다. ……조지프 A. 문은 그와 마찬가지로 차분하고 냉정한 성정의 소유자인 모양이었다. 그의 눈빛을 아무리 들여다보아도 무슨 생각을 하는지 통 알 수가 없었다. 그 냉혹한 두 눈동자는 머나먼 나라의 이글거리는 태양 밑에서 평생을 보낸 온몸의 주름들 속에 반쯤 감춰져 있었다.

"안녕하십니까, 판사님."

문이 중후한 목소리로 유쾌하게 인사를 건네며 씩 웃었다.

"이거 좋군요. '안녕하십니까, 판사님!' 그래서 일이 어떻게 되어가고 있습니까?"

"시원치 않소."

노신사가 중얼중얼 대답했다.

"문 씨, 지금 돌아가는 상황을 볼 때 범인은 여전히 활개 치고 다니고 있으며 정체 또한 여전히 파악하지 못했다고 생각하는 게 옳소."

"그거 안 좋군요. 난 그 마르코란 친구 별로 안 좋아하긴 했지만 그렇다고 죽일 것까지는 없었으니 말입니다. 누구든 자기 멋대로 살아갈 권리가 있다는 게 내 모토거든요. 내가 지내던 곳에서는 모든 사람들이 공공연하게 자기가 원하는 일을 원할 때 하지요."

"아르헨티나 말이오?"

"그 부근이 다 그렇습니다. 거긴 아주 좋은 나랍니다, 판사님. 생각날 때마다 항상 다시 돌아가고 싶어지지요. 물론 실제로 그러진 못하겠지만요. 그곳과 이 대도시는 판이하게 다릅니다. 여기서 나가기만 하면 내 마누라 데리고 그리로 가버리고 싶군요. 마누라도 거기 목동들하고 잘 지내겠지요."

문은 낄낄 웃으며 말했다.

"당신 부인이 그런 삶의 방식을 좋아할 거라 보오?"

판사가 건조한 목소리로 물었다.

웃음기가 사라졌다.

"내 마누라는 그걸 좋아하는 법을 배우게 되겠지요."

문은 담배에 불을 붙이며 말했다.

"안녕, 고드프리 양. 너무 힘들어하지 마요. 당신 같은 아가씨는 어떤 남자에게도 아까워요……. 음! 나는 수영이라도 하고 와야겠습니다."

그는 친근한 동작으로 근육질의 손을 흔들고는 파티오의 출구 쪽으로 걸어갔다. 그의 구릿빛 상체가 햇빛을 반사하여 번쩍번쩍 빛났다. 로사와 판사는 그의 뒷모습을 쳐다보았다. 문은 여전히 문간에 뚱한 얼굴로 서 있는 코트 옆에 멈춰 서서 몇 마디 하더니 건장한 어깨를 으쓱하고는 파티오에서 걸어 나갔다. 형사가 하품을 하면서 그의 뒤를 따랐다

"저 사람 보면 소름이 끼쳐요."

로사가 움찔거리며 말했다.

"저 미국의 피르포루이스 앙헬 피르포, 아르헨티나의 복서-옮긴이 같은 사람에게는 분명 뭔가 있어요……."

엘러리가 어슬렁어슬렁 걸어 들어왔다. 신발 뒤축이 돌바닥에 부딪쳐 맑은 소리를 냈다. 눈이 반짝반짝 빛나고 야윈 뺨에는 심상찮은 홍조가 돌았다. 판사가 의자에서 몸을 반쯤 일으켰다.

"뭐 좀 찾았다니?"

"네? 아, 몰리가 피츠에 대한 보고를 받았다고 전화한 거였어요."

"피츠? 잡았대요?"

로사가 고함을 질렀다.

"그렇게 흥분할 건 없습니다. 고드프리 양, 당신 어머니의 몸종은 상당히 교묘하게 모습을 감춘 것 같네요. 하지만 도주에 사용한 자동차는 찾았답니다. 북쪽으로 한 80킬로미터가량 떨어진 곳에 있었다고 합니다. 마르틴스에 있는 기차역 근처에서요."

"마르코의 로드스터 말인가요?"

"네. 버려져 있었다더군요. 차 안에는 별 단서가 없었지만 버려진 위치는 상당히 중요하죠."

엘러리는 담배에 불을 붙이고 그 끄트머리를 불타는 듯한 시선으로 내려다보았다.

"그게 다냐?"

판사가 몸을 도로 기대면서 물었다. 엘러리가 나지막이 대답했다.

"제가 아주 굉장한 생각을 해내도록 촉발하는 데는 충분한걸요. 우스울 만큼 엉뚱하고……."

엘러리의 얼굴이 어두워졌다.

"또 충격적인 생각 말입니다. 명심하세요, 판사님. 우리 모두 이제 곧 정신을 빼앗길 거예요."

"무엇에 말이냐?"

"이제 곧 눈앞에 닥칠 일들에요."

11:
카론의 뱃삯

엘러리 퀸 씨는 이런 관찰을 한 적이 있었다.

"이 말을 한 게 듀카미에인지 아니면 다른 누구인지는 잘 모르겠지만, 범죄는 사회를 좀먹는 암세포라고 했다. 이 말은 사실이지만, 상당히 독특한 면에서만 그렇다. 암세포가 신체의 기관들을 갉아먹을 때는 난폭하게 움직이는 것 같지만 실은 반드시 패턴이 있기 마련이다. 연구원들이 실험실에서 알아내려 애쓴 바에 의하면(성공했는지 실패했는지는 그리 중요하지 않다.) 과학 또한 마찬가지다. 그리고 범죄 수사에 있어서도 같은 이야기를 할 수 있다. 패턴을 알아내는 순간 궁극적인 진실로 향하는 지름길을 밟을 수 있게 된다."

엘러리가 큰 식당에 앉아 사람들과 함께 다소 거북한 분위기에서 이른 점심을 먹은 뒤 자기 방에서 담배를 피우며 냉정한 머리로 생각해본 바에 따르면, 현재 당면한 가장 큰 문제는 문제의 패턴이 전혀 손에 잡히지 않는다는 것이었다. 솔직히 말하자면 그 미세한 먼지 같은 개념은 때때로 어렴풋이 보일 듯 말 듯 하다가도 마지막에는 잽싸게 춤을 추면서 달아나 엘러리를 약 올리곤 했다.

무언가가 잘못되었다. 그게 무엇인지는 몰랐지만, 엘러리 자신이 어딘가에서 실수를 저질렀거나 누군가가 계속해서 엘러리로 하여금 같은 자리만 뱅뱅 돌도록 교묘하게 속임수를 쓰고 있다는 것은 확실했다. 존 마르코 살해는 대단히 놀라운 범죄적 성취였으며 논리적 계획 아래에서 이루어진 논리적 결과였다. 엘러리는 그 점을 점점 더 마음에 깊이 새겼다. 범죄 행위의 곳곳에 냉정하면서도 정확한 숙고의 흔적이 엿보였으며, 이른바 살의도 확실하게 느껴졌다. 그것이 엘러리를 괴롭히는 가장 큰 문제였다. 계획이 논리적이면 논리적일수록 그 정체를 파악하기도 쉬워진다. 회계 장부 담당자는 아주 복잡하지만 정확한 계산을 어렵지 않게 해내곤 한다. 실수는 단순히 불운의 산물일 뿐이다. 그리고 존 마르코 살해의 복잡한 양태는 여전히 수수께끼로 남아 있었다. 어딘가 아귀가 맞지 않는 부분이 분명히 있었다. 엘러리가 느끼는 현재의 기묘한 정신적 무기력 상태는 어쩌면 범죄자의 타고난 독창성이나 범인의 실수보다는 어쩌면 정말로 단순한 사고에 의해 촉발된 것일지도 모른다는 생각이 들었다……

사고! 갑자기 흥분의 물결이 거칠게 밀려왔다. 그것만이 모든 질문의 답이 될 수 있었다. 엘러리는 경험상 아무리 계획을 잘 짜더라도 전부 생각처럼 잘 되지는 않는다는 사실을 잘 알고 있었다. 오히려 계획이 교묘하면 교묘할수록 빗나가기도 쉬운 법이었다. 계획 설계자는 대체로 보면 수많은 요소들이 서로 완벽한 협력을 이룰 것이라는 믿음을 전제로 계획을 짜게 된다. 엘러리는 이것이 범죄를 계획할 때도 필수적으로 똑같다는 사실을 알고 있었다. 한 가지 요소가 적절한 위치에서 기능하는 데 실패한다면 전체 계획이 위태로워진다. 계획자는 임기응변을 발휘하여 그 사태를 모면해야 하지만, 사실 한 번 상황이 어그러지면 그 뒤로는 손쓸 수조차 없게 되고 만다……. 영망이 된 논리 속으로 불협화음이 기어들어 균형을 무너뜨리고 수사하는 사람의 눈에 짙은 안개를 드리우는 바로 그 지점이 여기였다.

그랬다. 엘러리가 생각하면 생각할수록 존 마르코를 살해한 범인이 사건을 헝클어지게 만든 실수를 저질렀다는 사실은 분명했다. 도대체 어디서 사고가 일어난 것일까? 엘러리는 의자에서 벌떡 일어나 방 안 여기저기를 돌아다니기 시작했다.

회색 뇌세포를 아무리 움직여도 이 답답한 문제를 즉시 해결할 수 있을 것 같지 않았지만, 왠지 갑자기 가능성이 보이는 듯했다. 벌거벗고 있던 존 마르코……. 그놈의 지긋지긋한, 빌어먹을 나체. 장애물과 안개 제조기는 바로 거기에 있다! 아무리 생각해도 제정신으로 저지른 짓은 아니다. 분명 범인이 처음부터 마르코의 옷을 벗기는 일을 염두에 두고 계획을 짜지는 않았을 것이다. 엘러리는 그렇게 느꼈고, 그렇게 '알았다'. 그렇다면…… 도대체 그것은 무엇을 의미할까? 무엇을 의미할 수 있을까?

엘러리는 얼굴을 찌푸리고 입술을 짓씹으며 마룻바닥 위에서 발을 쾅쾅 굴렀다. 그러던 중 갑자기 떠오른 것이 키드 선장의 실수였다. ……실수! 엘러리는 지금까지 범인의 불운에 대해 계속해서 생각했지만, 이 멍청한 선원의 실수는 한 번도 생각하지 않았다! 데이비드 쿠머가 범인의 초점 안으로 들어가게 된 것은 순전한 우연과 부주의였다. 아마도 쿠머가 이 모든 문제의 열쇠를 쥐고 있는 것은 아닐까! 물론 이 운 나쁜 사람은 자기가 무슨 상황에 처했는지, 즉 키드 선장이 자신을 마르코라 착각했다는 사실을 알 방법조차 없겠지만 말이다. 이 때문에 계획이 망가졌음이 분명했다. 그래서 범인이 성급하게 나설 수밖에 없었던 걸까? 이 모든 일들은 전부 너무 서두른 바람에 저질러진 실수에서 파생된 헤프닝이었던 걸까? 하지만 무엇보다 성가신 문제는 바로 이것이었다. 도대체 키드의 실수와 범인이 마르코의 옷을 벗긴 일 사이에 무슨 연관 관계가 있단 말인가?

엘러리는 고개를 흔들면서 한숨을 내쉬었다. 정보가 너무나 부족했다. 아니면 눈앞에 있는 진실을 명확하게 주시하지 못하도록 그를 방해하는 무엇인가가 존재했다. 엘러리는 이것이 지금까지 자신이 겪은 수많은 범죄 수사들 가운데서 가장 골치 아픈 사건이 아닐까 하는 생각이 들기 시작했다. 그래서 그는 그 생각을 재빨리 접고 다른 생각에 몰두했다.

생각할 일들은 얼마든지 많았다. 앞으로 무슨 일들이 일어날지, 그는 얼마든지 명료하게 눈앞에 그려낼 수 있었다.

마지막으로 매클린 판사를 보았을 때, 이 덕망 있는 법률가는 스페인 곶의 반대쪽 골프 코스가 있는 곳에서 긴 다리를 뻗고 누운 채 앞일을 예측하는 데 골몰하고 있었다. 다른 사람들은 각자의 방에 있거나 혹은 주택 부지 곳곳에 흩어져 불안한 마음으로 존 마르코의 유령에게서 벗어나기 위해 애쓰는 중이었다. 형사들은 나른하게 늘어져 자기들끼리 즐겁게 잡담을 나누었다. 엘러리는 지금이 기회라고 판단했다. 만일 어둠 속을 더듬어 목표를 정확히 겨냥하고 맞혀야 한다면, 바로 지금 해야 하는 일이었다.

엘러리는 흰 외투를 걸치고 담배를 재떨이에 집어 던진 뒤 조용히 계단을 내려갔다.

2시 반 정도였다.

엘러리가 아래층 메인 홀에 있는 작은 칸막이 방을 어슬렁어슬렁 끈기 있게 순찰하는 데 족히 한 시간 이상이 걸렸다. 이 칸막이 안에는 다양한 전화선과 그 연장선을 관할하는 작은 교환대가 설치되어 있었다. 이곳은 본래 하급 집사가 담당하는 구역이었지만 엘러리는 그를 재빨리 쫓아냈다. 교환대 위에는 방에 묵는 손님들의 이름과 각 방으로 연결된 연장선들의 상황을 깔끔하게 정리한 표가 붙어 있었다. 기다리는 일 이외에는 달리 할 일이 없었다. 엘러리는 누군가 미지의 인물에게서 걸려 올 전화를 참을성 있게 기다렸다. 교환대의 버저는 한 시간이 넘도록 잠잠했다.

그러나 요란한 소리가 울리자, 자리에 앉아 있던 엘러리는 번개같이 교환대 앞으로 튀어 가서는 헤드셋을 머리에 걸치고 본선 플러그를 조작했다.

"여보세요?"

엘러리는 자기 목소리가 가능한 한 거만하게 들리도록 애쓰며 말했다.

"월터 고드프리 씨의 저택입니다. 어느 분과 통화하기를 원하십니까?"

엘러리는 조용히 기다렸다. 그의 고막을 진동시키는 목소리는 너무나 특이했다. 쉰 목소리 같기도 했고 멍멍해서 잘 들리지 않았다. 마치 목소리의 소유자가 입에 무언가를 물고 있거나, 혹은 천 한 장을 사이에 두고 말하는 것 같았다. 말투에서는 진심이 느껴지지 않았고 인공적인 소리로 들렸다. 목소리를 위장하기 위해 매우 공을 들인 모양이었다.

"로라 컨스터블 부인과 통화하고 싶소. 연결해주시겠소?"

이상한 목소리가 말했다.

연결! 엘러리의 입매에 힘이 바짝 들어갔다. 그렇다면 전화를 건 사람은 이곳에 교환대가 있다는 사실을 안다는 뜻이다. 엘러리는 이것이 바로 자신이 기다리던 전화라는 사실을 깨달았다.

"잠시만 기다려주십시오."

엘러리는 마찬가지로 거만하게 말하고는 컨스터블 부인의 방이라 쓰여 있는 꼬리표 밑의 레버를 누르고 벨을 울렸다. 그러나 대답이 없었으므로 엘러리는 다시 한 번 누르고, 또 눌렀다. 이윽고 부인이 수화기를 찰칵 집어 드는 소리 그리고 허스키하고 불분명한 그녀의 목소리가 들렸다. 마치 잠에서 깨어 전화를 받은 듯했다.

"전화 왔습니다, 부인."

엘러리는 감정 없는 목소리로 말하며 두 선을 연결했다.

그러고는 헤드셋에 손을 댄 채 의자에 쪼그리고 앉아 무시무시한 기세로 집중했다.

"네, 여보세요? 제가 컨스터블인데요. 누구시죠?"

낮잠이 덜 깬 듯한 컨스터블 부인이 웅얼거렸다.

"내가 누군지는 당신이 알 것 없고. 혼자가? 주위에 아무도 없나?"

묘하게 울리는 목소리가 말했다.

뚱뚱한 여인이 거칠게 숨을 훅 들이마시는 소리가 엘러리의 고막을 울렸다. 그 순간 잠이 확 달아난 목소리로 여지기 비명을 질렀다.

"그래요! 혼자예요! 누구……."

"내 말 잘 들어. 당신은 날 몰라. 날 본 적도 없어. 내가 전화를 끊어도 당신은 이 전화를 추적 못 해. 경찰에 말해서도 안 돼. 이건 당신과 나 사이의 아주 사소한 사업적 거래야."

"사업적 거래?"

컨스터블 부인이 숨을 헐떡거렸다.

"도대체 그게 무슨…… 말이죠?"

"내 말이 무슨 뜻인지 알 텐데. 나는 지금 어떤 사진을 가지고 있지. 당신이랑 어떤…… 지금은 죽은 남자가 애틀랜틱시티의 어느 호텔방 침대에 함께 누워 있는 모습이 찍혀 있군. 그리고 그때는 죽지 않은 채였지. 한밤중에 플래시라이트를 터뜨리고 찍은 사진이야. 당신은 잠들어 있었기 때문에 그 뒤로 오랫동안 이런 사진이 찍힌 줄도 몰랐지. 8밀리미터 영화 필름도 한 롤 있어. 당신과 그 남자가 키스하고 섹스하는 영상이 찍혀 있는 필름 말이야. 센트럴 파크에서 찍힌 건데, 당신은 지난 가을까지 이런 게 있는 줄도 몰랐지. 그리고 나는 당신이 지난 가을부터 겨울까지 고용했던 한 하녀가 진술하고 서명한 서류도 가지고 있어. 그 하녀는 가족들이 멀리 간 틈을 타서 당신이 센트럴 파크 웨스트에 있는 당신 아파트에서, 당신이 그 죽은 남자와 벌인 낯 뜨거운 일들을 증언해주었지. 그리고 당신이 쓴 편지 여섯 통도……."

"하느님 맙소사."

컨스터블 부인이 괴상한 소리로 신음했다.

"당신 도대체 누구야? 그런 건 다 어디서 났지? 그 사람이 갖고 있었을 텐데. 난……."

"내 말 잘 들어."

어렴풋한 목소리가 말했다.

"그리고 내가 누군지 또 어디서 입수했는지는 신경 쓰지 말라고. 중요한 건 내가 그걸 전부 갖고 있다는 점이지. 당신은 이것들을 되찾고 싶을 테지?"

"물론, 당연해요."

컨스터블 부인이 모기 소리만 한 목소리로 말했다.

"좋아. 그럼 돈을 내면 돼."

여성은 한참 동안이나 말이 없었다. 엘러리가 혹시 무슨 일이 생긴 건 아닌가 생각할 정도였다. 그러나 곧 대답 소리가 들렸다. 무기력하고 낙담하고 희망이 없는 그 목소리에 엘러리조차 동정하는 마음이 생길 정도였다.

"그런 돈은…… 낼 수 없어."

협박범이 당황했다. 놀란 모양이었다.

"무슨 말이지? 돈을 낼 수 없다니! 컨스터블 부인, 만약 내가 필름이나 편지를 갖고 있다는 말이 전부 허풍이라고 생각한다면……."

"아니, 당신이 갖고 있을 거라고 생각해. 내가 찾아봤는데도 없었으니까. 누가 가지고 갔겠지……."

뚱뚱한 여인이 중얼거렸다.

"그것 봐! 내가 갖고 있다니까. 돈 안 내면 안 준다는데 무섭지 않아? 이봐, 컨스터블 부인……."

별 이상한 협박범도 다 있지! 엘러리는 얼굴을 찌푸리며 생각했다. 협박범이 이렇게 저자세로 나오는 것을 엘러리는 처음 봤다. 일이 잘못되어 가는 징조일까?

"그 사람이 나한테서 몇천을 쥐어짰어."

컨스터블 부인이 목멘 소리로 말했다.

"몇천. 내 재산을 전부 다 가져갔어. 나한테 약속할 때마다……. 하지만 약속을 지키지 않았지. 언제나 약속을 어기고, 나를 속였어. 비열한……."

"난 안 그럴 거야. 이래 봬도 이런 일에 있어서는 정직하다고. 내 몫만 받으면 앞으론 당신을 괴롭히지 않겠어. 당신이 지금 어떤 기분인지 알아. 돈만 받으면 물건은 넘겨주겠어. 내 말 믿어도 돼. 그냥 내가 말하는 방법으로 나한테 5천 달러만 보내면, 증거는 다음번 우편으로 바로 보내주지."

묘하게 울리는 소리에 열기가 담기기 시작했다.

"5천 달러!"

컨스터블 부인이 웃음을 터뜨렸다. 엘러리는 그 으스스한 웃음소리에 머리끝이 쭈뼛 서는 것을 느꼈다.

"5천을 달라고? 난 지금 5천 센트도 없어. 난 쥐어짜일 만큼 쥐어짜였고, 이젠 한 푼도 없어. 내 말 알아듣겠어? 한 푼도 없단 말이야!"

"그게 당신의 입장인가?"

익명의 목소리가 코웃음을 쳤다.

"가난하니까 봐달라고? 그 사람이 잔뜩 쥐어짰으니까? 당신 부자잖아, 컨스터블 부인. 겨우 그 정도 가지고 무너질 당신이 아니지. 5천 달러 정도는 충분히 줄 수 있을 텐데……."

"제발……."

엘러리의 귀에 비통에 찬 여인의 목소리가 들려왔다.

"안 그러면 뜨거운 맛을 보게 될걸? 당신 남편에게서 짜낼 수 있잖아? 이 년 전에 한 재산 모았다면서? 그걸 받아낼 수는 없나?"

"안 돼!"

여인이 갑자기 비명을 질렀다.

"그것만은 안 돼! 그 사람한테는 말할 수 없어!"

그녀의 목소리가 갈라졌다.

"제발, 이해 못 하겠어? 난 결혼한 지 오래됐어. 난…… 나이 먹을 만큼 먹은 여자란 말이야. 다 큰 애들도 있어. 착한 애들이야. 내 남편이…… 이 일을 알면 쓰러져 죽을 거야. 그 사람은 지금 몸이 너무 안 좋아. 그 사람은 항상 날 믿어줬고, 그래서 우린 언제나 행복했어. 그 사람한테 말할 바에야…… 차라리 내가 죽는 편이 나아!"

"컨스터블 부인."

협박범의 목소리에서 필사적인 기색이 묻어났다.

"당신 정말 지금 자기가 어떤 상황에 처했는지 모르나 본데. 말해두겠는데 난 무슨 짓이든 할 수 있다고. 그렇게 고집 부려야 아무 소용 없어. 내가 직접 당신 남편을 찾아가서 돈을 받아낼까?"

"당신은 그 사람 못 찾을걸. 어디 있는지도 모르잖아."

부인이 목 쉰 소리로 말했다.

"그럼 당신 자식들한테 가면 되지!"

"그래 봤자 아무 소용없어. 걔들이 쓸 수 있는 돈이 없으니까. 재산이 다 묶여 있는걸."

"좋아, 이 망할 년!"

목소리의 묘한 울림 속에서도 엘러리는 격한 분노를 느낄 수 있었다.

"내가 경고한 적 없다고 말하지 마. 이거 매운 맛을 보여 줘야지 안 되겠어. 지금 나를 가지고 장난하는 모양인데……. 사진, 필름, 증언, 편지, 그게 전부 다 몰리 경감 손에 넘어가는 날에는……."

"안 돼, 제발! 절대 안 돼!"

컨스터블 부인이 부르짖었다.

"그러지 마! 난 정말 돈이 없고, 구할 데도 없어……."

"구해 오라니까!"

"안 된다고 했잖아."

여인이 흐느껴 울기 시작했다.

"이런 얘긴 아무한테도 말 못 해……. 정말 이해 못 하겠어? 다른 사람한테 돈 받아내면 안 돼? 난 내 죗값은 충분히 치렀는데……. 벌써 수천 번이나 치렀는데……. 눈물과 피 그리고 내가 가진 모든 돈을 다 내줬는데……. 당신은 어떻게 그렇게 무자비하게……."

"아무래도 당신, 몰리 경감이 그 증거들을 신문기자들한테 넘겨줘야만 5천 달러를 마련할 모양이군! 좋아, 이 뚱뚱하고 멍청한 암소 같은 년!"

목소리가 찢어질 듯한 고함을 질렀다.

그러고는 난폭하게 수화기 내려놓는 소리가 났다.

엘러리의 손가락이 교환대 위를 정신없이 달렸다. 엘러리는 컨스터블 부인의 순수한 절망에 찬 흐느낌 소리를 희미하게 들으며 연결을 끊고 교환원에게 전화를 걸었다.

"교환원! 지금 전화 어서 추적해요. 방금 끊은 전화. 경찰입니다! 고드프리 저택이오! 어서!"

엘러리는 손톱을 깨물며 기다렸다. '뚱뚱하고 멍청한 암소 같은 년.' 마르코의 불륜 문제에 대해 상당히 잘 아는 게 분명했다. 단순히 협박 재료인 사진과 서류를 가지고 있다는 것을 떠나 그 이상으로 이 일에 깊이 개입돼 있는 사람이라는 느낌이 들었다. 치명적인 관계가 있는 사람 말이다. 엘러리는 그 점을 확신했다. 방금 전의 사건이 그의 의심을 더욱 단단하게 굳혔다. 판단을 명확히 할 때가 왔다. 사고를 조금만 더 빨리 전

개할 수 있다면······.

"죄송합니다, 고객님."

교환원의 목소리가 들렸다.

"방금 전화는 다이얼식 자동 전화기에서 걸려 온 전화입니다. 따라서 추적이 불가능합니다. 감사합니다."

그리고 찰칵하고 수화기 내려놓는 소리가 났다.

엘러리는 얼굴을 찌푸리고 의자에 기대어 앉으며 담배에 불을 붙였다. 그리고 한동안 아무 말 없이 가만히 앉아 있었다. 그러다 갑자기 포인세트에 있는 몰리 경감의 사무실에 전화를 걸었지만 전화를 받은 몰리의 부하 직원은 경감이 현재 부재중이라고 말했다. 엘러리는 몰리가 돌아오면 자신에게 전화를 하게끔 전해달라고 부탁한 후 헤드셋을 벗어 내려놓고 어슬렁어슬렁 걸어 나갔다.

메인 홀에서 모래로 가득 찬 쇠 항아리에 담배를 비벼 끄던 중 갑자기 어떤 생각이 떠오른 엘러리는 발길을 돌려 위층으로 올라가 컨스터블 부인의 방으로 향했다. 그러고는 염치없는 짓이란 것을 알면서도 문짝 한가운데에 귀를 대고 안의 소리를 엿들었다. 아무래도 흐느끼는 소리인 것 같았다.

엘러리는 문을 두드렸다. 울음 소리가 그치고 컨스터블 부인의 갈라진 목소리가 들렸다.

"누구세요?"

"잠시 시간 괜찮으십니까, 컨스터블 부인?"

엘러리가 친근한 목소리로 물었다.

침묵이 이어졌다. 그러고 나서 소리가 들렸다.

"퀸 씨인가요?"

"그렇습니다."

"안 돼요."

부인은 여전히 갈라진 목소리로 말했다.

"싫어요. 당신하고 이야기하고 싶지 않아요, 퀸 씨. 나……난 지금 몸이 안 좋아요. 제발 가줘요. 나중에 얘기해요."

"하지만 드리고 싶은 말씀이……."

"제발요, 퀸 씨. 지금은 정말 안 돼요."

"좋습니다. 실례했습니다."

엘러리는 문을 노려보다가 어깨를 으쓱하고는 터벅터벅 걸어갔다.

자기 방으로 돌아간 엘러리는 수영복으로 갈아입고 캔버스화를 신은 뒤 가운을 뒤집어쓰고 만 쪽으로 향했다. 이 빌어먹을 사건이 끝나기 전에 대서양에서 수영 한 번 정도는 할 수도 있겠지. 그렇게 우울하게 생각하며 엘러리는 테라스에 있던 순경에게 고개를 끄덕였다. 하루 종일 전화 교환대에 매달려 있어보았자 별로 건질 것도 없어 보였다. 이것도 교훈이라면 교훈일 터……. 금세 몰리 경감에게서 전화가 걸려 오리라.

파도가 꽤 높았다. 엘러리는 소지품을 모래사장 위에 던져놓고 물속으로 뛰어들어, 거센 파도와 함께 대양으로 향했다.

누군가가 어깨를 거칠게 흔드는 통에 눈을 떴다. 몰리 경감이 그의 위로 몸을 기울이고 있었다. 경감의 거대하고 시뻘건 얼굴에는 기이한 표정이 떠올라 있었다. 덕분에 엘러리는 잠기운을 떨치고 모래사장 위에 벌떡 일어나 앉았다. 태양이 수평선 쪽으로 상당히 기울어 있었다.

"지금 자빠져 잠이나 자고 있을 시간이오?"

몰리 경감이 말했다.

"몇 십니까?"

엘러리가 몸을 부르르 떨었다. 맨가슴 위로 스쳐 가는 산들바람에 추위가 느껴졌다.

"7시 좀 넘었소."

"흠, 제가 수영을 좀 오래 하는 바람에 만으로 돌아오니 이 하얗고 부드러운 모래의 유혹에 저항할 수가 없었습니다. 그런데 무슨 일 있었습니까, 경감님? 경감님 얼굴에 큰일 났다고 쓰여 있는데요. 제가 다시 전화해달라고 경감님 부하한테 메시지를 남겼는데 들으셨습니까? 오늘 낮 이른 시각에 말입니다. 2시 반 이후로 사무실에 안 돌아가셨나요?"

몰리가 입술을 깨물고 무언가를 찾는 듯한 표정으로 고개를 돌렸다. 그러나 테라스에는 근무 중인 순경들밖에 없었으며 절벽 가장자리는 사람 그림자 하나 없이 그저 하늘 밑에 노출되어 있었다. 경감은 엘러리의 옆에 쪼그리고 앉아 불룩한 주머니를 뒤졌다.

"이거 보시오."

경감이 조용히 말했다. 그것은 작고 납작한 꾸러미였다.

엘러리가 손등으로 코를 문지르며 한숨을 내쉬었다.

"벌써 왔습니까?"

그러고는 꾸러미를 받아 들었다.

"뭐라고?"

"죄송합니다, 경감님. 제가 좀 큰 소리로 생각했군요."

갈색 종이로 포장되고 때 묻은 흰색 싸구려 끈으로 묶인 물건이었다. 몰리 경감의 이름과 포인세트의 사무실 주소가 꾸러미 한쪽에 활자체로 쓰여 있었다. 아마도 우체국 비품으로 보이는 연한 파란색 잉크였다. 엘러리는 끈을 풀고 포장을 벗겼다. 얇은 종이봉투 한 묶음과 작은 사진 그리고 영화 필름으로 보이는 작은 릴이 하나 들어 있었다. 엘러리는 편지를 하나 꺼내어 서명을 쓱 확인하고는 다소 짜증스러운 얼굴로 사진을 꼼꼼히 보고 나서 필름을 몇 센티미터 정도 풀어 셀룰로이드 칸 하나를 빛에 비추어 보았다. ……그러고는 다시 꼼꼼히 정리하여 꾸러미를 몰리에게 내밀었다.

몰리가 잠시 후 으르렁거렸다.

"이상하군. 당신 별로 안 놀라는군요? 흥미 없습니까?"

"첫째 질문은, 별로 안 놀랍습니다. 둘째 질문, 흥미야 엄청나게 가지고 있지요. 담배 있습니까? 제 걸 안 가지고 나와서요."

경감이 불을 붙여주자 엘러리가 꾸벅 고개를 숙였다.

"사실 아까 전화했을 때 이 이야기를 하려 했던 겁니다."

몰리가 어처구니없는 얼굴로 씨근덕거렸다.

"알고 있었소?"

엘러리는 참을성 있게 컨스터블 부인과 수수께끼의 협박범 사이에서 오갔던 대화를 자세히 이야기했다. 몰리는 생각에 잠긴 듯 얼굴을 찌푸린 채 이야기를 들었다.

"흠."

엘러리가 이야기를 끝내자 경감이 말했다.

"그래서 누군지는 모르겠지만 하여간 이놈은 나한테 이걸 보냄으로써 자신의 협박을 달성한 셈이군. 하지만 퀸 씨, 하나만 묻겠습니다."

그는 엘러리의 눈을 빤히 쳐다보았다.

"도대체 전화가 올 줄은 어떻게 알았습니까?"

"나도 몰랐습니다. 그냥 가능성이 높은 우연이었죠. 실질적인 사고 과정에 관한 논의는 추후로 미룹시다. 언젠가 모두 말씀드리죠. 그러니 무슨 일이 생겼는지 말씀해주십시오."

"난 그 피츠라는 여자가 어떤 경로로 도주했는지 알아보기 위해 나가 있던 중이었소. 마르틴스까지 갔지. 하지만 거기서 흐지부지되는 바람에 사무실로 돌아갔더니 내 부하가 당신한테 전화가 왔었다고 하더군요. 그래서 당신한테 다시 전화하려던 찰나…… 한 시간쯤 전이었는데, 심부름꾼 하나가 왔소."

몰리가 꾸러미를 손에 쥐고 말했다.

"심부름꾼?"

"그렇소. 한 열아홉 살쯤 되어 보이는 소년이었는데, 작년에 20달러를 주고 샀다는 낡은 포드 자동차를 몰고 오더군요. 그냥 어린애였소. 몸수색을 해봤지만 아무런 문제가 없더군."

"그 꾸러미를 어떻게 손에 넣었답니까?"

"마르틴스에 사는 앤데, 동네에선 유명하지. 과부가 된 어머니랑 함께 살고 있어요. 그래서 얼른 마르틴스 경찰에 연락을 해봤지요. 그 애의 말은 그 애 어머니가 확인을 해주더군. 오늘 낮 3시쯤인가 둘이서 집에 있는데 집 앞 포치에 뭐가 툭 떨어지는 소리가 났다는 거요. 그래서 나갔더니 이 꾸러미가 떨어져 있는 걸 발견했고. 위조된 쪽지와 10달러짜리 지폐가 하나 붙어 있었다고 하더군요. 쪽지에는 이 꾸러미를 포인세트에 있는 나에게 당장 가져다주라고 쓰여 있었다고 합니다. 그래서 그 꼬마가 포드를 몰고 니힌데 배달하러 온 거지. 10달러가 남나서."

"누가 포치에 물건을 던졌는지는 못 봤고요?"

"둘이 나갔을 때는 이미 아무도 없었다더군요."

"유감입니다."

엘러리가 생각에 잠긴 채 담배를 피우며 자줏빛으로 물들어가는 바다를 바라보았다.

"안 좋은 일은 그뿐만이 아니오."

몰리가 손으로 모래를 한 줌 퍼올려서는, 굵은 손가락 사이로 스르르 흘러내리는 모래 알갱이들을 쳐다보며 중얼거렸다.

"내가 이걸 받고 나서 뜯어본 다음에 컨스터블 부인한테 전화를 했는데……."

"뭘 어쨌다고요?"

엘러리가 깜짝 놀라서 담배를 손가락 사이로 떨어뜨렸다.

"내가 뭘 어떻게 할 수 있었겠습니까? 난 당신이 그 모든 이야기를 다 들었을 줄도 몰랐는데 말이오. 정보가 필요했어요. 전화를 해봤더니 그 여자 상태가 이상하더군요. 그래서……."

엘러리가 신음했다.

"설마 부인한테 편지랑 기타 등등의 물건을 받았다는 이야기를 다 한 건 아니겠지요!"

"어……."

경감의 표정이 일그러졌다.

"나도 모르게 그런 암시를 준 것 같습니다. 그리고 이 물건을 보낸 놈을 잡기 위해 마르틴스 경찰과 접촉하려면 좀 여유가 없을 것 같아서, 부인한테 차 몰고 이리로 와서 내 사무실에서 잠깐 얘기 좀 하자고 했지요. 거기 있던 내 부하 중 하나가 그게 좋을 것 같다고 해서 말이죠. 부인도…… 자기는 괜찮으니 금방 오겠다고 했고요. 그러고 나서 나는 전화 연락 때문에 엄청 바빴고, 정신을 차리고 보니 한 시간이 훌쩍 지나 있었소. 한데 그 뚱뚱한 부인은 아직 안 온 거요. 분명 그때쯤이면 와 있어야 하는데. 여기서 포인세트까지 아무리 천천히 달려도 삼십 분이면 충분하니까 말이지요. 그래서 여기 있는 내 부하한테 전화했더니 부인은 저택을 출발하지도 않았다는 거요. 그래서 여기 와본 거죠……."

경감의 목소리에서 깊은 절망이 배어났다. 양심에서 우러난 목소리였다.

"도대체 왜 그녀가 마음을 바꿨는지 이제부터 알아보려 합니다."

엘러리는 바다 쪽을 향해 눈을 껌벅거렸다. 눈빛에 갑자기 폭풍우가 몰아쳤다. 그러고는 가운과 캔버스화를 집어 들고 벌떡 일어났다.

"경감님, 당신이 이 모든 일들을 끔찍하게 망쳐버렸습니다."

엘러리가 버럭 소리를 지르며 가운을 걸치고 신발을 꿰어 신었다.

"당장 따라와요!"

몰리 경감이 고분고분 일어나 옷을 툭툭 털고는 새끼 양처럼 뒤를 따라갔다.

파티오에서 조립이 화단의 꽃을 옮겨 심는 모습이 보였다.

"컨스터블 부인 못 봤습니까?"

엘러리가 다그치듯 물었다. 테라스 계단을 정신없이 올라오는 바람에 숨이 거칠어졌다.

"뚱뚱한 부인 말씀이십니까? 못 봤는데요."

노인은 고개를 젓고는 고개도 들지 않고 무신경한 태도로 자기 일에만 열중했다.

그들은 바로 컨스터블 부인의 방으로 직행했다. 엘러리가 노크했지만 아무 대답이 없었으므로 그는 문을 열고 안으로 들어섰다. 방은 엉망진창이었다. 침대의 이부자리는 온통 헝클어져 있었고 바닥에 드레싱 가운이 아무렇게나 내팽개쳐졌으며 나이트테이블 위의 재떨이는 매캐한 담배꽁초로 가득했다……. 그들은 말없이 서로의 얼굴을 마주 보고는 밖으로 나왔다.

"도대체 어디 갔을까요?"

몰리가 엘러리의 시선을 피하며 신음했다.

"누굴 찾는 게요?"

부드러운 바리톤 목소리가 들려왔다. 뒤를 돌아보니 계단 반대편의 복도 중간에 매클린 판사가 서 있었다.

"컨스터블 부인 말입니다! 못 보셨나요?"

엘러리가 재빨리 물었다.

"봤다. 무슨 일 있니?"

"없었으면 좋겠는데요. 어디서 보셨죠?"

노신사가 그들을 쳐다보았다.

"곶 반대편에 있더구나. 바로 몇 분 전에 봤는데. 너도 알다시피 난 골프장 쪽을 자주 산책하잖니. 부인은 절벽 끄트머리에 앉아서 다리를 공중에 띄운 채 바다를 바라보고 있더구나. 북쪽 말이다. 그래서 그쪽으로 가서 무어라 말을 걸었지. 딱하게도 너무나 외로워 보여서 말이다. 말을 걸어도 고개를 돌리지 않는 것이, 내 말이 들리지 않던 모양이다. 계속 물만 쳐다보고 있는 거야. 그래서 생각에 깊이 잠겼나 하고……."

엘러리는 이미 계단을 향해 복도를 돌진하고 있었다.

세 사람은 돌벽 위로 올라가는 가파른 계단을 정신없이 뛰어올랐다. 엘러리가 앞장을 섰고 몰리 경감이 숨을 헉헉 내쉬면서 그 뒤를 따랐으며 늙은 매클린 판사는 맨 뒤에서 그들을 따라가느라 고생을 했다. 스페인 곶의 북쪽 구역은 남쪽 구역과 마찬가지로 평탄했으나 나무와 관목들이 남쪽 구역보다 훨씬 적고 얕은 풀과 잔디들이 깔끔하게 정돈되어 있어서 정원사가 솜씨를 발휘할 여지가 없었다. 계단 꼭대기에 이르자 매클린 판사는 똑바로 정면을 가리켰다. 셋은 나무 덤불 하나를 헤치고 나아가, 이윽고 탁 트인 공간이 눈앞에 펼쳐진 순간 걸음을 멈췄다.

그곳에는 아무도 없었다.

"이상하군. 분명 이 근처 어딘가를 거닐고 있을 텐데……."

판사가 말했다.

"흩어집시다. 부인을 꼭 찾아야 해요."

엘러리가 신속하게 말했다.

"하지만……."

"제 말 들으세요!"

하늘이 보라색으로 물들어 갔다. 서서히 땅거미가 내리고 있었다.

이들은 각자 흩어져 북쪽 구역에서 그나마 가장 나무가 울창한 부분 한가운데를 헤매고 다녔다. 때때로 셋 중 하나가 트인 공간으로 튀어나와 주위를 둘러보고는 다시 덤불 속으로 들어가곤 했다.

로사 고드프리는 어깨에 골프 가방을 멘 채 곶으로 들어오는 좁은 길목을 어슬렁어슬렁 걸어 바다 쪽으로 향하고 있었다. 그녀는 피곤했으며 머리칼이 바람에 아무렇게나 날렸다.

로사가 순간 걸음을 멈췄다. 먼 거리, 절벽 끄트머리 가까운 곳에서 무언가 하얗고 반짝이는 것이 시야에 휙 스친 것 같았다. 그녀는 아무 생각 없이 몸을 휙 돌려 근처에 있는 잡목림으로 뛰어들어 숨었다. 혼자 있고 싶었다. 해 질 녘의 하늘에 무언가가 떠 있는 듯싶었고, 다가오는 바다의 주름을 보니 인간들에 대한 혐오가 치밀었다.

얼 코트는 6번 티 근처를 어슬렁거리다 문득 주위를 두리번거렸다.

컨스터블 부인은 풀이 무성한 절벽 끝에 앉아 있었다. 굵은 두 다리가 허공에서 흔들렸다. 고개를 푹 숙인 탓에 얼굴이 가슴에 거의 닿다시피 했다. 그녀는 흐릿한 눈으로 발아래를 내려다보았다.
 잠시 후 부인은 포동포동한 양손을 절벽 끝에 대고 바다를 향해 꿈지럭꿈지럭 나아갔다. 엉덩이가 풀뿌리 뭉치 위를 긁고 지나갔다. 하마터면 비스듬한 자세로 아래를 향해 떨어질 뻔했다. 그러더니 그녀는 다리를 모으고 일어나 발밑으로 펼쳐진 지옥의 끄트머리에 섰다.
 두 눈은 여전히 바다를 바라보고 있었다.
 부인은 물결치는 파도를 향해 똑바로 섰다. 슬리퍼 끄트머리는 절벽 끝 겨우 몇 센티미터에만 걸치고 있었다. 가운 스커트가 바람에 펄럭였다. 그녀는 꼼짝도 하지 않았다. 몸은 요지부동인 채 가운 자락만이 바람에 흩날릴 뿐이었다. 그녀는 그저 어둠 속에 서서 하늘만을 올려다보았다.

엘러리 퀸 씨는 열 번째로 나무 덤불 속을 빠져나왔다. 긴장된 수색 탓에 눈에는 피곤이 깃들었다. 뱃속 깊은 곳에 구덩이가 팼고 자꾸만 그리로 끌려 들어가는 듯 마음이 무거웠다. 심장이 거세게 뛰었다. 엘러리는 속도를 올렸다.

한순간 컨스터블 부인은 절벽 끄트머리에서 바다를 내려다보며 가만히 서 있었다. 다음 순간 그녀의 모습이 사라졌다.
무슨 일이 일어났는지 정확히 말하기란 어려웠다. 부인은 팔을 활짝 벌렸고, 꽉 막혔던 목구멍 사이로 거칠고도 광포한 소리가 흘러나오더니 밤공기를 뒤흔들었다. 그러고는 마치 지구가 그녀를 통째로 집어삼키기라도 한 듯, 흔적도 없이 모습을 감추었다.
황혼 녘의 어스름 속에서 벌어진 마술 같은 일이었다. 마술 같지만 끔찍한 일이었다. 해가 수평선 너머로 넘어가는 속도가 조금만 더 빨라서 바다가 눈 깜짝할 사이에 사라졌다 하더라도 이보다 더 끔찍할 수는 없었으리라. 마치 연기처럼 사라져······.

엘러리가 잡목림을 헤치고 나오다 말고 걸음을 멈췄다.
한 여인이 절벽 끝 풀밭 위에 엎드려 있었다. 손으로 얼굴을 가리고, 부들부들 어깨를 떨고 있었다. 헐렁한 반바지를 입은 남자 하나가 절벽 끝에서 약간 떨어진 곳에서 주먹을 부르쥐고 서 있었다. 근처에 골프 클럽이 가득 든 가방이 놓여 있었다.
뒤에서 버스럭거리는 소리가 나서 엘러리가 돌아보니 몰리 경감이 수풀을 헤치고 나오는 것이 보였다.
"저 소리 들었습니까? 누가 비명 지르는 소리 말입니다."
몰리가 쉰 목소리로 외쳤다.
"들었습니다."

엘러리가 의미심장한 한숨을 내쉬었다.

"누가……."

몰리가 남자와 여자의 모습을 발견하고는 얼굴을 찌푸리더니 마치 황소 같은 기세로 달려갔다.

"이봐!"

몰리가 소리를 쳤지만 남자는 돌아보지 않았고 여자도 고개를 들지 않았다.

"너무 늦었나?"

떨리는 목소리가 들려왔다. 매클린 판사가 엘러리의 어깨를 쳤다.

"무슨 일이냐?"

"가엾은 바보."

엘러리가 부드럽게 혼잣말을 하고는 대답 없이 절벽 끝 쪽으로 걸어갔다.

몰리가 여자를 내려다보며 서 있었다. 여자는 로사 고드프리였다. 남자의 머리는 금발이었으며 모자를 쓰지 않았다. 얼 코트였다.

"누가 소리를 지른 거요?"

두 사람 모두 그 질문을 듣지 못한 듯했다.

"컨스터블 부인은 어디 있소?"

몰리가 바싹 쉰 목소리로 물었다.

코트가 갑자기 부르르 떨더니 몸을 획 돌렸다. 납빛이 된 얼굴에는 땀이 뻘뻘 흘렀다. 코트는 로사 옆에 무릎을 꿇고 그녀의 검은 머리를 어루만졌다.

"괜찮아요, 로사."

그는 멍한 목소리로 같은 말을 반복했다.

"괜찮아요, 로사."

엘러리를 비롯한 세 사람이 절벽 끝으로 다가갔다. 18미터 아래에서 흰색을 띤 무언가가 천천히 흔들리는 모습이 보였다. 그들이 있는 쪽에서는 한쪽 면밖에 보이지 않았다. 엘러리는 배를 깔고 엎드려 앞으로 기어가서는 절벽 끝에서 얼굴을 내밀었다.

절벽 발치 휘도는 물결 속에 컨스터블 부인이 큰대자로 누워 있었다. 얼굴은 위를 향해 있었다. 나이프처럼 뾰족하게 튀어나온 바윗돌 위였다. 풀어진 긴 머리는 물 위에 마구 흐트러져 있었고, 가운과 다리도 아무렇게나 내팽개쳐진 모습이었다. 몸 주위의 물이 붉게 물들어 있었다. 그녀는 마치 높은 절벽 위에서 떨어져 박살 난 굴과 꼭 닮은 모습이었다.

12:
협박범이 난처해지는 순간

고요한 죽음이라는 특권은 대개 별 볼일 없는 사람들에게 예약되어 있다. 폭력에 의한 죽음은 기계적으로, 사소한 일을 중요하고도 비참한 일로 변화시킨다. 그리고 그것은 공공연하게 상식을 벗어난 일의 상징이 되곤 한다. 로라 컨스터블의 죽음은, 그녀에게 스스로의 삶에서 필사적으로 도망치기를 원했다는 악명을 안겨줬다. 그녀의 너덜너덜해진 몸뚱이는 사법 당국의 호기심 어린 시선을 모았다. 풀이 무성한 절벽 끝에서 시커먼 물속에 솟은 회색 바위 위로 뛰어내린 그 짧은 사건 덕분에 그녀는 현대의 뉴스 속에서 불멸을 획득했다.

남자들이 왔다. 여자들도 왔다. 카메라 렌즈가 부인의 흉한 몸뚱이를 더욱 흉하게 만들어놓고는 하나둘씩 사라졌다. 펜들이 외설적인 단어들을 써 내려갔다. 전화통은 단편적인 메시지들로 불이 났다. 비쩍 마른 검시관이 그녀의 파랗게 질린 육체를 다소 권태에 찌든 손가락으로 무정하고 난폭하게 더럽혔다. 이상하게도 가운은 어디론가 사라지고 없었다. 굶주림에 도덕성을 초월한 누군가가 몰래 훔쳐 간 모양이었다.

눈앞에서 미쳐 돌아가는 이 모든 일 속에서 몰리 경감은 고개를 숙이고 생각을 감춘 채 소리 없이 움직였다. 부하들에게 자기 방식대로 시체를 살피게 했으며 스페인 곶의 북쪽 구역과 얼룩진 피로 물든 바위를 조사하도록 했다. 급변하는 상황에 당황한 부하들은 마치 목 없는 닭처럼 정신없이 뛰어다녔다. 고드프리 일가와 코트, 문 부인은 파티오에 옹기종기 모여 열망에 찬 카메라맨들 앞에서 멍한 얼굴로 포즈를 취하고 기계적으로 질문에 답했다. 몰리의 부하 중 하나가 이미 컨스터블 부인의 집 주소를 알아내어 아들에게 전화를 했다. 엘러리가 죽은 여인의 애절한 목소리를 기억해내고서 그녀의 남편에게 연락하는 일을 반대했기 때문이었다. 모든 일이 다 일어났고 아무 일도 일어나지 않았다. 악몽이었다.

기자들이 몰리를 둘러쌌다.

"좀 어떻습니까, 경감님?"

몰리는 신음했다.

"범인이 누구죠? 그 코트라는 청년입니까? 자살입니까, 아니면 타살입니까? 이 컨스터블이란 여성과 마르코는 어떤 관계죠? 누가 불륜 관계라고 하던데 그게 사실인가요, 경감님? 제발 뭐라고 말 좀 해주십쇼. 상황이 이렇게 난리법석인데 한마디 안 해주실 겁니까?"

모든 일이 끝나고 마지막 기자가 강제로 쫓겨나자 경감은 램프 불빛이 밝혀진 파티오의 문간에 서 있던 부하에게 마구 손짓을 한 뒤 지친 듯 이마를 문지르며 짜낼 수 있는 가장 친근한 목소리로 물었다.

"그래, 코트. 이게 어떻게 된 거요?"

젊은이가 핏발 선 눈으로 몰리를 응시했다.

"안 그랬습니다, 안 그랬어요!"

"누가 뭘 안 그랬다는 겁니까?"

밤은 깊었고, 활활 불타오르는 스페인식 햇불(물론 전깃불이었다.)이 바닥 돌 위로 긴 불빛을 드리웠다. 로사는 몸을 웅크리고 의자에 앉아 있었다.

"로사 말입니다. 로사가 그 사람을 민 게 아니에요. 맹세합니다, 경감님!"

"밀어……?"

몰리는 잠시 젊은이를 멍청한 얼굴로 쳐다보다가 그만 폭소를 터뜨렸다.

"누가 컨스터블 부인이 떠밀렸다고 했소, 코트 씨? 아니, 난 그냥 기록을 남기기 위해서 사실을 알고 싶은 것뿐이오. 알다시피 보고서를 제출해야 하는 몸이라."

"그러니까 경감님…… 이게 타살이란 걸 안 믿으시는 겁니까?"

젊은이가 중얼거렸다.

"내가 뭘 믿고 안 믿고는 중요한 게 아니오. 도대체 무슨 일이 일어난 거요? 당신은 고드프리 양과 함께 있었소?"

"네!"

코트가 이글이글 타는 눈으로 외쳤다.

"계속 같이 있었습니다. 그래서……."

"아니에요."

로사가 지친 목소리로 말했다.

"그만해요, 얼. 괜히 일만 더 복잡하게 만들지 마요. 난…… 그 일이 일어났을 때, 혼자였어요."

못생긴 괴물 석상 같은 월터 고드프리가 걱정하는 기색을 띠며 으르렁거렸다.

"이보게, 얼. 그러면 못써. 진실을 말해야지. 이건…… 그러니까……."

그가 얼굴을 쓱 훔쳤다. 그러나 그 동작은 상당히 냉랭하게 느껴졌다.

코트가 마른침을 꿀꺽 삼켰다.

"전 사실…… 로사를 찾아다니는 중이었습니다."

"또요?"

경감이 미소를 지었다.

"그렇습니다. 왠지 마음이 불안해서요. 딱히 뭐랄 건 없었지만……. 누군가가, 아마도 문 씨였던 것 같은데…… 로사가 길목 근처를 어슬렁거리고 있는 걸 봤다고 했거든요. 그래서 그쪽으로 갔습니다. 덤불을 헤치고 나왔을 때…… 그곳에 로사가 있는 걸 봤지요."

"그래서?"

"절벽 끄트머리에 엎드려 있더군요. 전 처음엔 이해를 못 했습니다. 그래서 고함을 질렀지만 내 목소리를 듣지 못한 모양이었습니다. 그러더니 갑자기 몸을 뒤로 젖히면서 풀밭 위에 쓰러져서 울기 시작했습니다. 가까이 다가가서 아래를 내려다보니 시체가 저 밑에 있는 바위 위에 너부러져 있었습니다. 그게 답니다."

"그럼 고드프리 양, 당신은?"

몰리가 다시 미소를 지었다.

"그러니까 아까도 말했지만 기록을 남겨야 하는 관계로 말이오."

"얼이 말한 대로예요."

로사가 손등으로 입술을 문지르며 발개진 얼굴로 눈을 내리깔았다.

"그래서 이 사람이 나를 발견했어요. 그가 소리 지르는 건 들렸지만, 난…… 너무 무서웠어요."

로사는 몸서리를 치면서 빠른 말투로 말을 이었다.

"혼자서 골프를 치던 중이었어요. 이 근처는…… 그…… 일이 있은 이후로 거의 사람이 오지 않아서……. 그러다 갑자기 피곤해져서 절벽 근처를 산책하다가 좀 누워서 쉬려고 했어요. 그냥…… 눕기만 했어요. 혼자 있고 싶었거든요. 하지만 뒤엉킨 덤불숲 속을 헤치고 나오니…… 그녀가 보였죠."

"그래요, 그래. 그게 제일 중요한 부분이에요, 로사 양. 부인은 혼자였어요? 아가씨는 뭘 봤지요?"

매클린 판사가 열성적으로 말했다.

"혼자였던 것 같아요. 전 아무것도 못 봤어요……. 부인밖에 보이지 않았어요. 저에게 등을 돌리고 바다를 보고 서 있었거든요. 너무 아슬아슬하게 절벽 끝에 서 있는 바람에 저는 더럭 겁이 났어요. 너무 무서워서 꼼짝도 못 했고, 소리를 지르지도 못하고 아무것도 할 수 없었어요. 만약 제가 바스락 소리라도 냈다가 그녀가 놀라서 균형을 잃고 떨어질까 봐 두려웠어요. 그래서 전 그냥 부인을 쳐다보면서 가만히 서 있었어요. 마치…… 아아, 이 모든 게 너무 바보 같고 히스테릭하게만 느껴져요!"

"아니에요, 고드프리 양. 계속 얘기해봐요. 당신이 본 것, 느낀 것 전부 다."

엘러리가 진중하게 말했다.

로사는 트위드 스커트를 잡아 뜯었다.

"너무 이상했어요. 정말 이상했어요! 날은 점점 어두워져 가는데 부인은 그냥 멍하니 서서 검은 그림자만 드리우고. 마치……."

로사가 비명을 질렀다.

"그냥 석상 같았어요! 그 뒤로는 저도 좀 제정신이 아니었나 봐요. 왜냐하면 그 모든 장면 전체가…… 꼭…… 무슨 영화 속의 한 장면처럼 보였거든요. 아주 잘…… 짜인 영화 말이에요. 그러니까 빛과 그림자를 잘 활용한……. 아마 제가 너무 흥분했었나 봐요."

"자, 고드프리 양."

몰리 경감이 다정하게 말했다.

"다 좋습니다. 그런데 컨스터블 부인은 어땠죠? 정확히 무슨 일이 일어난 겁니까?"

로사는 아주 가만히 앉아 있었다.

"그리고 나서…… 갑자기 부인이 사라졌어요. 마치 석상처럼 서 있던 사람이 말이에요. 그다음 제가 깨달은 것은 부인이 양팔을 벌리고 비, 비명을 지르며 절벽 끝에서 앞으로 떨어졌다는 거였어요. 사라졌다고요. 그…… 그 쿵 하고 땅에 부딪히는 소리가 들려서……. 아아, 그 소리는 죽을 때까지 잊지 못할 거예요!"

로사는 의자에 앉은 채 몸을 뒤틀며 입을 뻐끔거리다가 어머니의 손을 더듬어 잡았다. 얼어붙은 고드프리 부인은 뻣뻣한 손길로 딸을 어루만졌다.

침묵이 이어졌다.

"뭐 다른 것 본 사람은 없습니까? 소리를 들은 사람은요?"

이윽고 몰리가 말했다.

"없습니다. 음, 그러니까, 저는 없어요."

코트가 중얼중얼 말했다.

그 밖에는 아무도 대답하지 않았다. 몰리는 몸을 휙 돌려 엘러리와 판사에게 입술만 움직여서 말했다.

"갑시다."

세 사람은 각자 생각에 잠긴 채 흩어져서 계단을 올라갔다. 컨스터블 부인의 방 앞 복도에는 복지국의 제복을 입은 남자 두 명이 낯이 익으면서도 다소 섬뜩한 상자 하나를 발치에 내려놓고 있었다. 몰리가 툴툴거리면서 문을 열었고 엘러리와 판사가 뒤따라 들어갔다.

검시관이 시트를 다시 덮던 참이었다. 그는 허리를 펴고는 씁쓸한 표정으로 돌아보았다. 침대 위 시체가 마치 산더미 같았다. 시트에는 핏자국이 하나 가득 묻어 있었다.

"블래키, 어떤가?"

몰리가 물었다.

비쩍 마른 남자는 문 쪽으로 가더니 밖에 있던 사람들에게 무어라 말했다. 그들은 상자를 가지고 들어와 침대 쪽으로 향했다. 엘러리와 판사는 반사적으로 시선을 피했다. 다시 고개를 돌렸을 때 침대는 비어 있었고 상자는 가득 찼으며 제복 차림의 두 남자가 눈썹 근처를 손으로 훔치고 있었다. 그들이 떠날 때까지 아무도 입을 열지 않았다.

"어떠냐고요?"

검시관이 화난 표정으로 내뱉었다. 창백한 두 뺨에서 핏방울이 번쩍였다.

"내가 무슨 마술사인 줄 아십니까? 허 참! 죽었잖아요, 보면 모릅니까? 높은 곳에서 떨어졌으니 당연히 죽었죠. 더 자세히 말하면 척추가 두 쪽으로 쪼개졌습니다. 상대적으로 두개골과 다리뼈는 크게 손상되지 않았고요. 나 참, 정말 환장하겠군요."

"뭐라고? 총알 자국이나 칼자국 같은 게 하나도 없어?"
몰리가 천둥 같은 목소리로 물었다.
"없습니다!"
"잘됐군."
몰리가 천천히 양손을 비볐다.
"훨씬 낫네. 이거 뭐 물을 것도 따질 것도 없는 사건이네. 컨스터블 부인은 곤경에 처했지. 다 죽어가는 남편, 중산층 계급이라는 대외적인 입장 등등 여러 가지가 뒤섞여서 한층 더 난처해진 거야. 사랑하는 남편에게 이런 추태를 알릴 수도 없었지만 스스로 돈을 마련할 방도도 없었고. 그래서 뭐, 안타까운 일입니다만 편지와 증거들이 내 손에 들어갔다는 소식을 듣자마자 자기가 취할 수 있는 유일한 길을 선택한 것 같군요."
"자살이라는 거요?"
판사가 물었다.
"의문의 여지가 없지 않겠습니까, 판사님."
검시관이 난폭한 동작으로 가방의 지퍼를 잠그면서 코웃음을 쳤다.
"이제야 겨우 말이 통하는구먼요. 내 말이 그렇습니다. 누군가 흉악한 짓을 했다는 물리적 증거가 없단 말입니다."
"그럴 수 있네. 정서불안, 와르르 무너진 내면의 정신세계, 우울증이 와도 이상하지 않은 여성 나이……. 그래, 그래, 충분히 가능해."
매클린 판사가 중얼거렸다.
"게다가 만약 저 로사라는 아가씨가 말한 게 사실이라면…… 물론 사실로 받아들여도 괜찮을 것 같습니다만, 자살 외에 다른 것이 될 수가 없지요."

몰리가 만족스러운 듯 다소 기이한 어조로 말했다.

"아뇨, 될 수 있습니다."

엘러리가 느릿느릿 말했다.

"뭐요?"

몰리가 깜짝 놀랐다.

"경감님, 만약 지금 저와 논쟁을 벌이길 원하신다면…… 그리고 이론적으로 말한다면, 다시 한 번 말씀드리겠습니다만 얼마든지 자살 외의 다른 것이 될 수 있습니다."

"이봐요. 세상에 다이빙을 하려고 18미터 높이에서 떨어지는 여자가 어디 있습니까? 그렇다고 총에 맞은 것도 아니고 칼에 찔린 것도 아니잖아요. 방금 들었잖소. 제발 조서에 별것 아니라고 쓸 수만 있었으면 참 좋겠소!"

그러나 몰리의 시선은 여전히 의심에 가득 찬 채 엘러리의 얼굴에 꽂혀 있었다.

"제 생각은 좀 다릅니다. 박사님, 이 여성은 등을 아래로 향하고 떨어졌다고 하셨죠?"

검시관이 가방을 집어 들며 얼굴을 찌푸렸다.

"내가 이 친구한테 대답을 해줘야 합니까?"

그는 불평 섞인 어조로 몰리에게 물었다.

"무슨 입만 열면 한다는 질문이 다 이 모양입니까? 처음 본 순간부터 마음에 안 들더라니."

"자, 블래키. 귀여운 소리는 그만해."

경감이 으르렁거렸다.

"알겠습니다, 선생. 댁 말이 맞습니다."

검시관이 비웃듯 말했다.

"당신은 소크라테스식 문답법도 좋아하지 않을 것 같군요."

엘러리는 씩 웃었으나 곧 웃음은 사라졌다.

"부인은 절벽에서 떨어지기 전에 바로 절벽 끄트머리에 서 있었죠? 그렇죠. 균형을 잃는 건 그리 어려운 일이 아니었겠죠? 그럼요."

"도대체 무슨 소릴 지껄이는 게냐, 엘러리?"

판사가 물었다.

"몰리 경감님, 그리고 친애하는 솔론이시여, 시저는 '*fere libenter homines id, quod volunt, credunt.*' 인간은 모름지기 자신이 믿고 싶은 것만을 믿는 법, 《갈리아 전기》 중에서 - 옮긴이 이라고 했습니다. 컨스터블 부인이 자살했다면 경감님 입장은 대단히 편해지겠죠?"

"그건 또 무슨 소리요?"

"그리고 이렇게 골치를 썩일 문제가 더는 안 생겼으면 하고 바라시죠?"

"이거 봐요……."

"자, 자."

엘러리가 느릿느릿 말했다.

"이게 자살이 아니라는 말이 아닙니다. 다만 만약 컨스터블 부인이 타살을 당한 거라면 그건 과연 어떤 상황이었을까, 저는 그 가능성을 지적하고 싶었던 겁니다."

"뭐요?"

몰리가 폭발했다.

"그게 무슨 소리요? 아무리 당신이 잘났어도 모자 속에서 난데없이 토끼를 끄집어낼 수는 없지 않소! 당신 말은……."

"지금부터 그러려는 참입니다. 아, 방법이 굉장히 원시적이긴 하지만 이 사건의 경우에는 허술한 현대식 방법보다는 훨씬 낫나고 봅니다. 누군가가 근처 덤불 속에 숨어서 고드프리 양과 우리의 시야를 피해 컨스터블 부인의 등에 돌멩이 하나를 던졌을 수도 있지 않겠습니까? 그녀의 신체 구조를 해부학적으로 판단해봤을 때 목표는 상당히 넓었을 테니까요."

그들은 무거운 침묵에 빠졌다. 검시관은 패배감에 찬 얼굴로 엘러리를 물어뜯을 듯 쳐다보았다. 몰리가 손톱을 깨물었다.

"로사 양은 아무 소리도 못 들었고, 누가 오는 것도 못 봤다고 했지. 하지만 로사 양은 컨스터블 부인을 똑바로 보고 있지 않았니? 설마 돌이 날아오는 것을 못 봤을 리가 없는데?"

매클린 판사가 말했다.

"그래요. 그 말씀이 맞습니다, 판사님! 당연히 고드프리 양이 볼 수 있지 않았겠소, 퀸 씨?"

몰리가 즉시 표정을 밝게 바꾸며 말했다.

"글쎄요."

엘러리가 어깨를 으쓱했다.

"하지만 그런 의견도 제시할 수 있겠지요. 미리 말씀드리지만 전 '무슨 일이 일어났는지'를 말하는 게 아닙니다. 그저 너무 비약적으로 결론을 내리는 위험한 행위를 지양하자는 거죠."

"난 솔직히 이 자살 사건에 무슨 의문을 더 제기할 수 있다는 건지 모르겠소. 당신 말은 다 그럴듯하고 좋아 보이지만 그렇다고 실속이 있는 건 아니잖소. 게다가 이미 내 마음속에서 이 사건은 전부 매듭이 지어졌단 말입니다. 당신이 아무리 말해도 이 이론을 흔들 순 없을 거요, 퀸 씨."

몰리가 흐늘흐늘한 손수건으로 얼굴을 문지르며 말했다.

"그 이론은 모든 사실 요소들을 고려하고 있는 건가요?"

엘러리가 눈에 띄게 놀라면서 물었다.

"만약 그게 진실이라면 경감님, 저는 사과를 드려야 할 것 같 군요. 제가 간과한 무언가를 확인하셨다는 말씀이시니까요. 꼭 한 번 경청하고 싶은데요."

그 말에는 어떤 비아냥거림도 섞여 있지 않았다.

"설마 누가 마르코를 죽였는지 안다는 거요? 아니, 난 진심으로 당신이 알고 있길 바라오. 솔직히 말해 난 여기 와서 변변한 휴가를 즐기지도 못했으니 여기서 벗어날 수만 있다면 빨리 벗어나고 싶구려!"

판사가 말했다.

"물론 압니다. 컨스터블 부인이지요."

몰리 경감이 구깃구깃해진 궐련을 한 개비 꺼내어 입술 사이로 찔러 넣으며 말했다.

다 함께 침실을 나와서 계단을 내려와 검시관을 자동차로 데려다줬다. 그다음 파티오를 빠져나와 달빛으로 흠뻑 젖은 정원으로 걸어가는 동안, 엘러리는 내내 몰리 경감 쪽을 곁눈질했다. 몰리는 레슬링 선수처럼 입을 꽉 다물고 있었으며, 딱히 지적인 성과를 냈다는 사실을 기뻐하는 기색은 없었다. 그러나 엘러리는 어렵게 얻은 경험 덕분에 사람을 겉모습이나 피상적인 지식으로 판단해서는 안 된다는 사실을 잘 알았다. 몰리는 지금 상당히 뿌듯해하고 있을지도 모른다. 엘러리는 줄곧 이 사건에 관한 그의 판단이 상당히 진부하고 무익하다고 생각했다. 그래서 자기 생각에 도취되어 있는 것 같은 몰리가 머릿속을 빨리 털어 알려주기를 초조한 마음으로 기다렸다.

시커먼 잎사귀들이 쌓여 있는 어느 조용한 곳에 도착하기까지 몰리는 아무 말도 하지 않았다. 그는 궐련 연기를 흰 모금 내뱉은 뒤 산들바람이 그 매캐한 연기를 휙 낚아채 가는 모습을 바라보며 충분히 뜸을 들였다.

이윽고 몰리 경감이 도발하려는 것처럼 질질 끄는 말투로 입을 열었다.

"보시다시피 이 사건은 아주 단순 명쾌하고 간단합니다. 이제 그녀가 자기 손으로 목숨을 끊었으니까요."

몰리는 아주 근엄하고 겸손한 태도로 말을 이었다.

"이전까지는 그 여자가 용의자일 가능성에 대해는 생각해보지 않았다는 사실은 인정합니다. 하지만 다 이렇게 되려고 그런 거죠. 안개 속을 헤매면서 때를 기다리다가, 빙고! 무언가가 시끄러운 소리를 내면서 확 튀어 오르고, 모든 일이 끝납니다. 참을성 있게 기다리기만 하면 되는 거죠."

엘러리가 한숨을 내쉬었다.

"시루스가 이런 말을 했습니다. '너무 자주 화를 내면 광기로 변하게 된다'고요. 툭 털어놓고 말 좀 해보세요!"

몰리가 소리를 내어 웃었다.

"마르코는 이 컨스터블이란 여자와 평소 습관대로 신 나게 놀아났습니다. 하룻밤 같이 자고 마음의 벽까지 무너뜨려 애인이 되었죠. 그 여자는 참 쉬운 먹잇감이었을 겁니다. 그 나이쯤 되면 얼굴 반반하고 젊은 남자란 영화 속에서 빛나는 달이고 자기 집에 앉아서 꿈에나 그리던 존재였을 테니까요. 하지만 금세 정신을 차렸던 겁니다. 마르코가 편지와 사진, 필름 등 자기가 쥔 카드를 탁자에 늘어놓았기 때문이죠. 자, 어리석은 바보여. 돈을 내라. 그래서 여자는 죽을 만큼 겁을 집어먹고 돈을 냈습니다. 그녀는 마음에 큰 상처를 입긴 했지만 아마도 달라는 대로 주면 그 증거들을 전부 되찾고 이 모든 일들을 어둠 속에 묻어버릴 수 있을 거라 생각했겠지요. 그건 그냥 하룻밤의 정사에 불과했을 테니까."

"지금까지는 크게 놀라운 점도 없고, 이야기도 대체로 맞습니다. 계속하시죠."

엘러리가 중얼거렸다.

몰리 경감이 차분하게 말을 이었다.

"하지만 바로 당신이 오늘 낮에 엿들은 그 대화 내용으로 볼 때 그 여자는 속았던 겁니다. 돈을 뜯겼지만 증거품을 하나도 되찾지 못했죠. 그래서 돈을 주고 주고 또 줬지만…… 어떻게 되었습니까?"

몰리는 담배를 휘두르며 몸을 앞으로 숙였다.

"마지막 한 푼까지 탈탈 털렸죠. 이 스컹크 같은 놈의 주둥이에 전 재산을 다 쏟아부었던 겁니다. 하지만 뭘 어떻게 할 수 있겠습니까? 그녀는 절망에 빠졌습니다. 남편에게는 말할 수 없었습니다. 감히 그런 생각조차 하지 못했죠. 그래서 이젠 돈이 나올 구멍이 없어졌습니다. 마르코는 그 말을 믿지 않았습니다. 그래서 여자를 이리로 불렀죠. 만약 마르코가 여자한테서 이 이상 짜낼 것이 없다고 생각했다면 속임수를 써서 여기로 부르지도 않았을 겁니다. 하지만 불렀잖아요?"

"그랬죠. 완벽한 사실입니다."

엘러리가 고개를 끄덕였다.

"마르코는 산뜻한 마지막 무대를 준비했습니다. 자기 희생자들을 한데 모아서 한 번에 박살 낸 다음 돈을 모아서 로사를 데리고 어딘가로 떠나려 했겠죠. 내가 알기로 그 친구 그 아가씨랑 결혼하겠다고 하지 않았습니까? 그러고 나면 평생 먹고 놀아도 되는 돈이 굴러 들어오겠죠. 고드프리는 그런 사위 따위

치워버리고 딸을 되찾기 위해 막대한 액수를 지불할 테니까요. 자, 그래서 어떻게 되었습니까? 컨스터블 부인은 여기로 왔습니다. 왜냐하면 마르코가 그렇게 명령했고, 그녀는 거부할 수 없었으니까요. 그는 더 많은 돈을 요구했지만 여자는 가난을 호소했고, 화가 난 마르코는 징징거리는 소리 그만두지 않으면 가지고 있던 증거품들을 타블로이드 신문이나 그녀의 남편에게 보내겠다고 협박했습니다. 하지만 여자의 말은 사실이었고, 그녀는 막다른 골목에 처했습니다. 뭘 어떻게 할 수 있었겠습니까?"

"아, 알겠습니다."

엘러리가 묘한 목소리로 말했다. 실망스러운 표정이었다.

"그래서 뭘 어떻게 했습니까?"

몰리는 의기양양한 얼굴이었다.

"남자를 죽이기로 결심하고 계획을 짰죠. 그리고 그 참에 놈이 가지고 있던 편지와 물건들을 훔쳐서 처분하기로 한 겁니다. 여기서 지내는 동안 그런 놈이 있다는 얘기를 소문으로 듣고, 그 키드 선장이란 놈을 낚아서 고용한 후에 마르코를 날려버리려고 했습니다. 하지만 키드는 실수로 쿠머를 잘못 죽였고, 상황을 금세 파악한 그녀는 타자기로 가짜 편지를 쳐서 마르코에게 보내 그날 밤 테라스로 나오라 불렀습니다. 그리고 그 콜럼버스 석상을 치켜들어 마르코를 내리친 뒤 미리 준비해 온 끈으로 목을 조른 다음……."

"시체의 옷을 벗겼단 말이죠?"

엘러리가 차분하게 말했다.

몰리는 짜증을 내며 고함을 질렀다.

"그건 그냥 시시껄렁한 장난질이오! 경찰의 눈을 속이기 위한 위장이란 말입니다. 아무 의미도 없어요. 만약 의미가 있다면 그건 여자가 그냥 재미 삼아서…… 내 말 무슨 말인지 아시겠죠?"

"친애하는 경감, 난 당신이 말한 그 어떤 구체적인 사항에도 동의할 수가 없구려."

매클린 판사가 고개를 저었다.

"계속하세요. 판사님, 경감님 말씀 아직 안 끝났어요. 전 이 이론이 어떻게 끝나는지 그 결말을 듣고 싶습니다."

몰리가 울컥한 얼굴로 소리를 질렀다.

"좋소. 그래서 여자는 자기가 이제 안전해졌다고 생각했지. 증거도 남지 않았고 문제의 편지는 사라졌든가 아니면 로사가 지목될 테니까. 그래서 여자는 마르코의 방으로 편지와 사진들을 찾으러 갔소. 하지만 아무것도 손에 넣지 못했지. 그래서 여자는 그다음 날 밤, 그러니까 어젯밤 다시 한 번 가서 찾아봐야겠다고 결심했던 거요. 그리고 그 문이라는 인형 같은 여자하고 고드프리 부인도 왔고. 그러다 그 증거품들을 진짜로 가지고 있던 놈에게서 연락이 왔고, 컨스터블 부인은 이 망할 협박이 또 시작되었다는 사실을 깨달았지. 쓸데없이 사람만 하나 죽인 셈이 되었소. 게다가 이번에는 도대체 어떤 놈이 자길 협박하고 있는지조차 모르게 되고 말았소. 그래서 게임은 끝났고 그녀는 자살했지. 이게 전부요. 자살을 함으로써 자기에게 죄가 있다고 고백한 거요."

"그렇단 거요?"

매클린 판사가 중얼거렸다.

"그렇습니다."

노신사는 고개를 저으며 부드럽게 입을 열었다.

"경감, 당신의 이론에 포함되어 있는 그 수많은 모순들을 볼 때 그 여인은 물리적으로 범행을 저지를 수 없다는 사실을 정녕 모르겠소? 컨스터블 부인은 스페인 곶에 도착했을 때부터 이미 잔뜩 겁에 질려 있던 상태였다오. 부르주아 타입의 중년 여성에, 순수하고 단순한 가정적인 성격이지. 주위 평판도 훌륭하고 깔끔하며 시야가 좁고 도덕적으로밖에 판단하지 못하고 가정과 남편, 아이들에게 집착하는 경향이 있지. 마르코와의 사건은 감정적 폭발에 불과하오. 그야말로 시작하자마자 끝나버린 일이었지. 경감, 그러한 여성은 순간적인 충동으로 살인을 저지를 수는 있을지언정 그렇게 사전에 꼼꼼하게 계획된 독창적인 살인을 범하지는 못하는 법이오. 그렇게 정신이 맑지도 않았고. 게다가 내 솔직히 말하자면 그런 범행을 저지를 정도의 지능이 있을지도 의문이오. 경감, 내게는 썩 와 닿지 않는 이야기였소."

판사는 고상하게 고개를 흔들었다.

"두 신사분께서 서로에게 야유를 보내는 일이 끝났다면, 경감님, 친절을 베풀어 몇 가지 질문에 대답해주시지 않으시겠습니까? 어차피 조만간 기자들 앞에서 이야기하셔야 할 질문들입니다. 그 친구들 하나같이 아주 날카롭지 않습니까? 그리고 시쳇말로 그 친구들 손에 바지가 홀랑 벗겨지고 싶지는 않으시겠지요."

엘러리가 느릿느릿 말했다.

"이런 젠장."

몰리의 얼굴에는 이제 의기양양함도 짜증도 깨끗이 사라지고 없었다. 남은 감정이라고는 걱정뿐이었다. 몰리는 손톱을 물어뜯으며 시원찮은 한마디라도 놓칠세라 고개를 한쪽으로 기울였다.

엘러리가 녹슨 벤치에 털썩 주저앉으며 불쑥 말을 꺼냈다.

"첫째. 경감님은 컨스터블 부인이 마르코의 협박 앞에서 전 재산을 잃어버리는 바람에 그를 죽이기로 작정했다고 말씀하셨습니다. 하지만 그자를 죽이기 위해 부인이 키드 선장에게 그 더러운 일을 시켰다고 하지 않으셨습니까? 여기서 질문입니다. 그렇다면 부인은 키드에게 줄 돈은 어디서 난 걸까요?"

경감은 손톱만 쳐다보면서 초조한 얼굴로 아무 말이 없다가 문득 중얼거렸다.

"당신 듣기에 좀 궁색한 변명일지도 모르겠지만, 어쩌면 일이 끝나면 돈을 주겠다고 약속했는지도 모르죠."

판사가 미소를 짓고 엘러리는 고개를 저었다.

"그랬다가 그 키클롭스가 사기라고 식식거리면서 달려와서 그녀의 목을 따버리면 어쩌려고요? 전 그렇게 생각하지 않습니다, 경감님. 게다가 키드란 자는 선금도 받지 않고 살인을 저지를 악당이라는 느낌은 들지 않는군요. 보셨다시피 우선 경감님의 이론에는 아주 기초적인 약점이 하나 있습니다. 그리고 둘째, 컨스터블 부인은 마르코와 로사의 관계를 어떻게 알았을까요? 그런 편지 쪼가리 하나가 과연 효과가 있을지 없을지 어떻게 그렇게 확신했던 걸까요?"

"그건 쉽소. 눈을 커다랗게 뜨고 지켜보고 있다가 알게 된 거겠지."

엘러리가 웃었다.

"하지만 로사는 그 점에 대해 굉장히 신중하게 행동했습니다. 그러니 이게 제가 말씀드리는 두 번째 약점입니다."

"하지만 그런 건……"

몰리는 잠시 말이 없다가 무어라 말하려 했다.

"그리고 셋째."

엘러리가 미안한 얼굴로 말을 이었다.

"경감님 이론으로는 마르코가 왜 벌거벗고 있는지 그 이유를 설명할 수 없습니다. 이게 가장 치명적이죠."

"그놈의 빌어먹을 나체 타령!"

몰리가 펄쩍 뛰어오르며 고함을 질렀다.

엘러리가 어깨를 으쓱하며 자리에서 일어났다.

"유감스럽지만 이 점을 그리 쉽게 폐기할 수는 없습니다, 경감님. 단 하나라도 설명되지 않는 점이 남아 있는 한 만족스러운 이론을 얻을 수……."

"쉿."

판사가 속삭였다.

세 사람 모두 동시에 같은 소리를 들었다. 그것은 목이 졸린 듯 어렴풋한 여자의 목소리로, 정원 가까운 곳 어딘가에서 지른 비명인 듯했다.

그들은 비명이 난 쪽으로 소리 없이 달려갔다. 무성하게 난 풀이 발소리를 감춰주었다. 비명은 딱 한 번으로 그쳤다. 그러나 기묘하고 웅얼거리는 여성의 목소리는 계속해서 들려왔고, 가까이 다가갈수록 소리가 커졌다. 그들은 본능적으로 소리를 죽이고 다가가야 한다는 사실을 깨달았다.

세 사람은 주목나무 울타리를 통해서 푸른 가문비나무로 빙 둘러싸인 수풀 더미 안쪽을 조심스럽게 들여다보았다. 먼저 들여다본 몰리 경감이 근육을 바짝 긴장한 채 울타리 안으로 뛰어들려 했다. 그러나 엘러리가 경감의 팔을 꽉 잡았고, 몰리는 몸을 뒤로 뺐다.

 포커페이스가 특기인 남미의 백만장자 조지프 A. 문 씨가 분노한 얼굴로 나무들 사이에 뻣뻣이 서서, 큰 갈색 손으로 아내의 입을 틀어막고 있었다.

 손이 얼굴 전체를 온통 덮는 바람에 공포에 질려 제정신이 아닌 두 눈만 볼 수 있었다. 부인은 공황 상태에 빠져 미친 듯 발버둥을 쳤다. 웅얼거리는 소리는 남편의 손에 목이 졸리고 입이 막힌 그녀의 입에서 흘러나왔던 소리였다. 부인은 자기 머리 뒤에 있는 남편의 얼굴을 손으로 때리고 날카로운 힐 굽으로 그를 걷어찼다. 그러나 그녀가 아무리 팔다리로 저항을 해도 그는 꿈쩍도 하지 않았다. 마치 어디 벌레라도 있는지 궁금해하는 얼굴이었다.

 지금 이 순간의 조지프 A. 문 씨는 백만장자도, 포커페이스를 한 도박사도 아니었다. 그가 공들여 만들어 쓰고 있었던 얇은 베니어판은 불꽃 같은 감정과 함께 벗겨졌고, 그 차가운 가면 밑에서 드러난 것은 무시무시한 격노였다. 억센 턱 근육이 야수 같은 울부짖음 때문에 비틀려 있었다. 팽팽한 외투 위에 사납게 툭 튀어나온 상완 근육과 강철 같은 이두박근 덩어리가 눈에 띄었다.

 "아내를 대하는 법은 교과서의 첫 번째 장에 넣어야 하죠. 이건 교육으로 배워야 하는 법입니다……."

 엘러리가 중얼거렸다

 판사가 뾰족한 팔꿈치로 엘러리의 갈비뼈 부근을 쿡 찔렀다.

 "당신이 그 시끄러운 주둥이를 닥치면 놓아주지."

 문이 쉰 목소리로 말했다.

 그녀는 다시 한 번 발버둥을 쳤다. 웅얼거리는 소리가 소름 끼칠 정도로 더욱 높아졌다. 문의 검은 눈이 번득였다. 그녀를 땅바닥에서 번쩍 들어 올리자 그녀의 머리가 뒤로 획 젖혀지면서 숨이 턱 막혔다. 웅얼거리는 소리가 잦아들었다.

문은 자기 부인을 풀밭 위로 집어 던지고는, 마치 더러운 것이라도 만진 듯 코트에 손을 문질렀다. 풀 더미 위로 쓰러진 그녀는 헉헉 숨을 몰아쉬면서 거의 들리지 않는 소리로 훌쩍거리기 시작했다.

"이제야 겨우 말을 들어먹는구먼."

문이 마치 목 졸린 듯한, 탁한 목소리로 말했다.

"그럼 내 질문에도 똑바로 대답해야지. 그 끄트머리가 갈라진 뱀 같은 세 치 혀로 어떻게든 여기서 빠져나갈 꿈은 꾸지도 마."

그는 아내를 사납게 내려다보았다.

문 부인이 신음했다.

"조, 조. 그러지 마요. 제발 날 죽이지 마요. 조……."

"누구 좋으라고 죽여? 네년 같은 건 개미 언덕 위에 홀랑 벗겨서 묶어놓아야 해. 이 배신자, 빌어먹을 콩알만 한 암캐 같은 년!"

"조……."

"나를 조라고 부르지 마! 묻는 말에나 대답해! 얼른!"

"뭘…… 나도 몰라요……."

부인은 마치 바람을 막으려는 듯 맨팔을 치켜든 채 공포에 떨면서 남편을 올려다보았다.

갑자기 허리를 굽힌 조 문은 아내의 겨드랑이 밑으로 손을 쑤셔 넣고 별 힘도 들이지 않고 번쩍 들어 올렸다. 부인은 뒤에 있는 벤치 쪽으로 날아가 쿵 소리와 함께 떨어졌다. 그는 성큼

성큼 걸어와 손을 치켜들고는 아내의 뺨을 그것도 정확히 같은 곳을 세 번이나 연달아 후려갈겼다. 따귀 때리는 소리가 마치 리볼버 연사하는 소리처럼 들렸다. 부인은 온몸을 휘청거렸고 머리가 뒤로 젖혀지면서 금발이 풀어졌다. 그녀는 울음을 터뜨리거나 저항을 하지도 못할 만큼 겁에 질려 있었다. 벤치 위에 축 늘어져 뺨을 감싼 채 눈동자를 데굴데굴 굴리며 남편을 올려다보는 그녀의 눈빛은 마치 생전 처음 보는 사람을 보는 듯했다.

엘러리의 양옆에서 두 남자가 무언가 슬렁슬렁 봉기를 모의하고 있었다. 엘러리가 "안 돼요!" 하고 날카롭게 속삭이며 그들의 팔을 덥석 잡았다.

"빨리 말해, 이 빌어먹을 년."

문이 뒤로 물러서며 차분하게 말했다. 그는 커다란 손을 신사복 상의 주머니에 난폭하게 집어넣었다.

"도대체 당신과 그 벼룩 같은 인간쓰레기는 언제 이런 짓을 저질렀던 거야?"

그녀가 이를 딱딱 맞부딪쳤다. 순간적으로 아무 말도 할 수 없는 모양이었으나, 이윽고 부자연스러운 목소리가 천천히 흘러나왔다.

"당신이…… 애리조나로 출장 갔을 때. 우리가…… 결혼한 지 얼마 안 돼서."

"어디서 만났지?"

"파티에서."

"도대체 얼마나 그놈하고……."

말하다 목이 멘 문은 결국 더럽고도 모욕적인 단어로 말을 끝맺었다.

"이…… 이 주일 정도. 당신이 없는 동안."

문은 다시 아내를 철썩 때렸다. 그녀는 새빨갛게 달아오른 얼굴을 손으로 가렸다.

"내 집에서?"

세 사람에게 문의 목소리는 잘 들리지도 않았다.

"으…… 응."

문이 주머니 속에서 주먹을 움켜쥐었다. 고개를 든 그녀는 그 두둑한 모양새를 보고 서서히 공포를 느끼는 듯했다.

"놈에게 편지를 썼나?"

"한 번."

문 부인의 목소리는 모기 소리만 했다.

"연애편지?"

"응……."

"내가 없는 동안 하녀를 갈아 치웠더군?"

"응."

속삭이는 듯한 그녀의 목소리에는 기이한 울림이 있었다. 문이 아내를 날카로운 시선으로 쳐다보았다. 엘러리가 눈을 가늘게 떴다.

문은 뒤로 물러서서는 마치 사슬에 매인 짐승처럼 풀밭 위를 이리저리 돌아다녔다. 얼굴에는 시커먼 먹구름이 끼어 있었다. 그녀는 상기된 얼굴로 불안한 듯 남편을 유심히 쳐다보았다. 문이 문득 발걸음을 멈췄다.

"걱정 말라고."

코웃음을 치며 문이 말했다.

"당신을 죽이지는 않을 테니까. 알겠어? 딱히 내가 마음이 약해서 그런 건 아니야. 이 근처엔 지켜보는 눈들이 너무 많아.

여기가 서부였거나 리우였다면 계집애처럼 뺨이나 때리는 대신 당신 모가지를 비틀었겠지만."

"오, 조. 난 그런 짓을 하려던 건……."

"그만 좀 깽깽 짖어! 내가 언제 마음을 바꿀지 몰라. 그 마르코라는 개새끼가 당신에게서 얼마나 짜냈어?"

문 부인은 다시 몸을 웅크렸다.

"또…… 또 때리지 마, 조! 당신이 내 계좌에 넣어준 돈…… 그거 거의 전부 다 가져갔어."

"내가 없는 동안 실컷 쓰라고 1만 달러 넣어줬었는데. 그중에서 얼마나 뺏겼나?"

"8천."

그녀는 자기 손을 내려다보았다.

"우리를 여기 스페인 곶으로 초대한 것도 다 그 쇼 때문이었나?"

"응……."

"뭔가 이상하다 싶었지. 내가 이런 얼간이 멍텅구리였을 줄이야!"

문이 씁쓸하게 내뱉었다.

"그 컨스터블이라는 부인이나 고드프리란 여자도 한 배를 탔겠구먼. 그런데 그 뚱뚱한 여잔 왜 자살한 거야? 당신 그놈한테서 편지 찾아오지 않았어?"

"아니, 아냐. 소. 편시가 없있어. 그놈이 널 속였어. 편지를 내주지 않고, 우리가 여기 도착하자마자…… 돈을 더 내놓으라고 요구했어. 5천을 더 달라는 거야. 난…… 돈이 없다고……. 그럼 당신한테 뜯어내라고 했어. 그렇지 않으면 편지를 수지 않겠다고, 그리고 하녀의 증언을 당신에 들려주겠다고. 난 감히 그럴 수 없다고 했고 놈은 그럼 알아서 하라고 했어. 그러더니 누군가가 그놈을 죽인 거야."

"아주 깔끔하게 해치웠더구먼. 다만 방법이 좀 유감스럽던걸. 남미에서는 더 괜찮은 방법으로 처치했을 텐데 말이야. 칼 한 자루만 있으면 못 하는 게 없거든. 당신이 한 일이야?"

"아니야, 조, 난 아니야! 맹세해! 새, 생각은 했지만……."

"어차피 당신이 했을 거란 생각은 안 했어. 당신은 막상 일이 닥치면 나설 배짱은 없는 여자니까. 그렇다고 내가 뭐라고 하진 않아. 젠장, 당신의 그 뚫린 주둥이는 똑바로 진실을 말하는 법이 없지. 편지 찾았어?"

"찾아는 봤는데……."

문 부인이 몸을 부르르 떨었다.

"거기 없었어."

"그건 사실이겠지. 누가 먼저 낚아챈 거야."

문이 생각에 잠긴 채 얼굴을 찌푸렸다.

"그래서 컨스터블이 절벽 끝에서 뛰어내린 거로군. 낯짝 들고 집구석으로 돌아갈 만큼 뻔뻔하지 못해서."

"조, 당신…… 어떻게 알았어?"

금발의 여인이 속삭이듯 물었다.

"몇 시간 전에 전화가 한 통 왔어. 뭔가 구린 냄새가 나는 목소리였는데. 나한테 다 말해주더군. 편지와 하녀의 증언이 적힌 종이를 팔겠다면서. 1만 달러에 말이지. 아무래도 돈이 궁한 것 같아서, 그래서 생각 좀 해보겠다고 하고…… 여기로 온 거지."

문은 천천히 아내의 턱을 잡고 뒤로 젖혔다.

"하지만 그 말 도둑 같은 놈은 이 조 문을 잘 몰랐던 거야. 차라리 당신한테 직접 전화를 걸어서 돈을 훔쳐 오라고 하는 편이 훨씬 나았을 텐데."

그의 손가락이 아내의 살을 잔인하게 파고들었다.

"셸, 당신하고 난 끝났어."

"알았어, 조……."

"빌어먹을 이놈의 살인 사건이 다 끝나면 이혼하자고."

"알았어, 조……."

"내가 당신한테 줬던 보석 다 도로 내놔. 당신이 그렇게 환장하고 좋아했던 것들 전부 다."

"알았어, 조……."

"라 살 로드스터는 폐차장으로 보낼 거야. 당신이 겨울에 입을 거라고 사놓고 한 번도 안 입었던 밍크코트도 태워버릴 거고, 당신이 산 옷들 몽땅 모아놓고 캠프파이어라도 벌여야겠군. 셸."

"조……."

"셸, 당신한테서 마지막 한 푼까지 전부 돌려받아야겠어. 그러고 나면 내가 뭘 할 지 알아?"

"조……!"

"당신을 그 시궁창 똥구덩이로 도로 걷어차서 보내버릴 거야. 거기서 다른 쓰레기들하고 같이 놀아나든지 말든지……."

그 목소리는 한참 동안이나 냉정하게 이어졌고 미국과 스페인의 온갖 외설적인 말들을 쏟아내어 듣는 사람을 몸서리치게 했다. 그런 동안 문의 손가락들은 계속해서 그녀의 뺨을 파고들었고, 그 시커먼 눈동자가 활활 타며 아내를 응시하고 있었다.

그러다 문득 말을 멈춘 문이 그녀의 얼굴을 조심스럽게 제자리로 놀려놓고는 등을 휙 돌려 집 쪽을 향해 디벅디벅 걸어갔다. 그녀는 웅크린 채 추위에 떨듯 몸을 덜덜 떨며 벤치에 앉아 있었다. 얼굴에는 시커멓게 부은 자국이 남았다. 그것은 달빛에 비쳐 더욱 거멓게 보였다. 그러나 세 사람은 그녀의 얼굴에서 극도의 기이한 희열을 느꼈다. 마치 자기 자신이 여태 살아 있다는 사실에 놀란 듯한 표정이었다.

세 남자가 문의 뒤를 따라 저택 쪽으로 재빠르고 조심스럽게 돌아가던 도중 엘러리가 얼굴을 찌푸리고 말했다.

"이건 제 잘못입니다. 그 전화가 걸려 올 거라고 미리 예상을 했어야 했어요. 하지만 그렇게 빨리 올 줄은 몰랐습니다! 협박범은 아마도 절망의 마지막 단계에 이른 모양입니다."

몰리가 숨을 헐떡였다.

"분명 다시 전화가 걸려 올 겁니다. 사실상 문이 그렇게 말한 거나 다름없지요. 문은 그놈한테 지옥에나 떨어질 거라고 욕설만 퍼붓고 돈은 주지 않을 테지만, 어쨌든 어디서 전화가 오는지 우리가 추적할 수는 있을 겁니다. 우리가 아는 거라고는 그 전화가 바로 이 집 어딘가에서 걸려 왔다는 것뿐이고, 그 연장선들 중에서……."

엘러리가 소리를 질렀다.

"안 됩니다! 문을 혼자 내버려두세요. 다시 걸려 올 전화가 첫 번째 전화보다 더 추적하기 쉬울 거라는 근거는 하나도 없습니다. 그러다 괜히 일만 망칠 거예요. 아직 우리한테 카드가 하나 남아 있어요. 너무 늦지 않았으면 좋겠지만……."

엘러리는 걸음을 서둘렀다.

"고드프리 부인 말이냐?"

매클린 판사가 중얼거렸다.

하지만 엘러리는 이미 무어식 아치형 입구 밑으로 자취를 감춘 후였다.

13:
사악한 짓들은 드러나는 법

엘러리는 고드프리 부인의 방문을 끈질기게 노크했다. 놀랍게도 문을 열어준 것은 백만장자 본인이었다. 그는 못생긴 얼굴을 전투적으로 일그러뜨린 채 그들을 보고 얼굴을 찌푸렸다.

"무슨 일이오?"

"고드프리 부인과 할 이야기가 있습니다. 긴급한 일이라서……."

엘러리가 말했다.

"지금은 내 아내의 사적인 문제 때문에 바쁘오. 집 안 기둥부터 우편함까지 온 집 안을 다 냄새 맡고 다니니 내 인내심도 끊어질 지경이오. 지금까지 보아하니 당신네들은 수다나 떨고 정신없이 달려 다니기만 하지 별다른 성과도 못 낸 것 같던데, 그 '긴급한' 일이 뭔지는 몰라도 내일 아침까지 기다려줄 수 없겠소?"

"안 됩니다."

몰리 경감은 엘러리의 의중도 모른 채 무례하게 말하고는 백만장자를 제치고 방 안으로 들어갔다.

스텔라 고드프리가 넓은 소파에서 천천히 몸을 일으켰다. 그녀는 천이 아주 많이 사용된, 얇은 드레스를 입고 맨발에 실내용 슬리퍼를 신었다. 네글리제 자락을 끌어올리며 당황한 듯 기이한 눈빛으로 그들을 쳐다봤다. 부인의 얼굴에는 부드럽고 꿈결 같으며 평화롭기까지 한 표정이 감돌았다.

고드프리는 넓은 드레싱 가운 자락을 펄럭거리며 성큼성큼 걸어와, 마치 아내를 보호하려는 듯 그녀의 앞에 약간 떨어져 떡 버티고 섰다. 세 남자는 당황한 시선을 교환했다. 고드프리의 집에 드디어 평화가 찾아든 것 같았다. 전에는 존재한 적 없었던 평화와 이해의 분위기였다. 몸집 작은 남자는 소문보다 훨씬 변덕스러운 모양이었다……. 이 순간 그들은 정원에서 자기 아내를 내려다보면서 분노에 떨던 조지프 문의 성난 얼굴을 떠올리지 않을 수 없었다. 문은 짐승이었고 심리가 아주 단순한 원시인이었다. 자기 것에 관해서라면 야만인처럼 거칠었고 자기의 소유권을 침해당하면 충동적으로 분노를 터뜨려 타인에게 상처를 주고 마구 때려 부수며 망가뜨리는 타입이었다. 그러나 월터 고드프리의 심리는 훨씬 문명화되고 무력했다. 이십 년 이상 결혼 서약에 충실했던 그의 아내는 이제 사실상 존재하지 않는다고 보아도 좋았다. 그러나 그는 아내의 부정을 깨닫고도 그녀의 존재를 인정했으며 명백히 잘못을 용서하고 다시 한 번 남편에게 헌신할 기회를 주었던 것이다! 물론 그 이유가 로라 컨스터블의 불운한 운명에 있다는 사실은 불 보듯 뻔했다. 뚱뚱한 여인은 침묵 속에서 비극의 상징이 되었고, 그 충격적인 마지막은 집 안 전체에 그림자를 드리웠다. 아니 어쩌면 그것은 닥쳐 온 위험, 머리 위에서 흔들리는 법외 위협, 모두가 함께 나누고 있는 공포의 융합일지도 몰랐다. 어쨌든 문 부부가 돌이킬 수 없는 결렬을 선언하는 곁에서 고드프리 부부는 다정하게 화해했던 셈이다.

눈 밑으로 시커먼 그림자가 깊이진 스텔리 고드프리가 입을 열었다.

"컨스터블 부인은…… 사람들이 부인을 데리고 갔나요?"

"그렇습니다."

몰리가 음울하게 말했다.

"부인은 자살입니다. 어쨌거나 새로운 살인 사건이 터져서 문제가 복잡해지는 것보다는 다행스러운 일입니다."

고드프리 부인이 몸을 부르르 떨었다.

"너무나 끔찍해요. 컨스터블 부인은 정말로…… 고독했을 거예요."

"이런 때 말씀을 방해해서 정말로 죄송합니다만."

엘러리가 중얼거렸다.

"폭력은 폭력을 낳는 법입니다. 부인이 우리 중 그 누구보다도 가장 진심으로 충격을 받았을 것이라는 사실은 의심할 여지가 없습니다. 그런데 고드프리 부인, 저희에게는 해야 할 일이 있습니다. 그리고 솔직히 말해 부인이 저희에게 적극적으로 협력해주실수록 저희는 부인을 더 빨리 놓아드릴 수 있습니다."

"무슨 말이죠?"

그녀가 천천히 물었다.

"아무리 보아도 이제 손에 쥐고 있던 카드를 펼쳐서 탁자 위에 늘어놓을 때가 온 것 같습니다. 부인께서 침묵하시는 바람에 저희는 꽤 여러 가지로 곤란을 겪었지만, 다행히도 다른 방법들을 통해서 거의 모든 진실들을 손에 넣을 수 있었습니다. 제발 제 말을 믿어주시기 바랍니다. 이제 더는 입을 다물고 계실 필요가 없습니다."

가무잡잡한 여인이 남편의 손을 찾아 더듬거렸다.

"좋소."

고드프리가 불쑥 말했다.

"그래야 공평하겠지. 당신들은 얼마나 알고 있소?"

"마르코와 고드프리 부인에 관련된 일이라면 전부 다 압니다."

엘러리가 미안한 얼굴로 말했다.

고드프리 부인이 다른 손으로 자신의 목덜미를 쥐었다.

"도대체 어떻게……?"

"부인이 남편분 앞에서 자신의 과오에 대해 고백하는 이야기를 엿들었습니다. 환대해주신 은혜를 원수로 갚는 셈이라 정말 죄송스러웠지만, 선택의 여지가 없었습니다."

부인이 시선을 내리깔았다. 얼굴에 먹구름이 끼었다.

"이 상황에서 도덕을 논할 순 없겠지. 하지만 설마 대중 앞에서 소비되진 않겠죠?"

고드프리가 차갑게 말했다.

"절대로 기자들에겐 말하지 않을 겁니다. 이봐요, 퀸 씨. 당연히 그럴 거지요?"

몰리가 말했다.

"당연히 우리 다섯 사람만의 비밀로만 남겨놓아야지요. ……고드프리 부인."

엘러리가 말했다.

"네?"

부인이 고개를 들고 엘러리의 눈을 마주 보았다. 엘러리가 미소를 지었다.

"좋습니다. 존 마르코는 당신을 협박했습니까?"

엘러리는 남편과 아내를 주의 깊게 바라보았다. 만일 고드프리 부인이 공포에 떨고 백민장지기 충격을 받거나 분노하는 모습을 기대했다면 엘러리는 아마 실망했을 것이다. 그날 밤 정원에서 고백을 한 뒤, 고드프리 부인은 마음의 짐을 완전히 던 모양이었다. 어느 의미에서 엘러리는 오히려 그것이 반가웠다. 덕분에 문제가 훨씬 간단해졌기 때문이다.

"네."

부인은 머뭇거리지도 않고 대답했다.

"내 아내는 나한테 모든 이야기를 다 털어놓았소, 퀸 씨. 도대체 당신 하고 싶은 말이 뭐요?"

그리고 월터 고드프리가 달갑지 않다는 표정으로 말했다

"고드프리 부인, 그자에게 돈을 몇 번이나 주었습니까?"

"대여섯 번이오. 잘 기억나지 않아요. 처음에는 도시에서 줬고, 그다음엔 여기서 줬어요."

"전부 합치면 대략 얼마나 됩니까?"

"상당한 액수죠."

그녀의 목소리는 너무 작아 잘 들리지도 않을 정도였다.

"핵심만 말하시오!"

월터 고드프리가 버럭 소리를 질렀다.

"하지만 부인의 개인 은행 계좌는 아직 바닥이 나지 않았죠?"

"내 아내는 자기 명의로 물려받은 재산이 제법 되오. 도대체 요점은 언제 말할 거요?"

고드프리가 고함을 쳤다.

"진정하십시오, 고드프리 씨. 혹시나 해서 말씀드리지만 단순한 병적 호기심 때문에 이런 질문을 하는 건 아닙니다. 자, 고드프리 부인. 당신과 마르코 사이의 관계, 그리고 그에게 준 돈에 대해서 당신의 남편을 포함한 다른 사람에게 이 이야기를 한 적이 있습니까?"

"아뇨."

부인이 속삭이듯 말했다.

"잠시만, 퀸 씨."

경감이 몸을 앞으로 쑥 내밀자 엘러리가 희미하게 짜증스럽다는 표정을 지었다.

"고드프리 부인, 난 부인이 토요일 밤에 마르코의 방을 방문했던 일에 대해서 매듭을 짓고 갔으면 싶습니다만."

"오, 저는……."

그녀가 희미하게 말했다.

고드프리가 불쾌한 얼굴로 끼어들었다.

"그 얘기도 이미 나한테 다했소. 그놈한테 애원하러 갔던 거라더군. 그날 일찍 놈이 내 아내에게 최후통첩을 내렸다고 합디다. 월요일까지 막대한 돈을 내라고 말이오. 그래서 토요일 밤에 그놈 방에 가서 이제 그런 요구는 그만하라고 빌려고 했던 모양이오. 아내는 나에게 들키지 않고 그 많은 돈을 건드릴 수가 없지."

"맞아요. 나는…… 그 사람 앞에서 무릎을 꿇고 빌었어요……. 그 작자는 정말 잔혹했어요. 그래서 난…… 컨스터블 부인과 문 부인에 대한 이야기를 물었더니, 그 사람이 나보고 자기 일이나 신경 쓰라는 거예요. 내 집에서!"

가무스름한 여인이 작은 목소리로 말했다.

"그리고 나한테 뭐라고 했느냐면……."

여인의 얼굴이 새빨개졌다.

"알았습니다, 알았습니다."

엘러리가 재빨리 말을 가로막았다.

"이걸로 충분히 만족스럽지 않겠습니까, 경감님? 자, 고드프리 부인. 마르코한테 협박당해서 돈을 뜯겼다는 일을 아무도 모른다는 건 확실하죠?"

"아무도 몰라요. 정말 아무도……."

열린 방문 너머에 나타난 로사가 야무지게 말했다.

"미안해요, 엄마. 들으려던 건 아니었는데……. 그 말은 사실이 아녜요, 퀸 씨. 엄마가 거짓말하고 있다는 뜻이 아니라, 그냥 엄마가 얼마나 비밀을 감추는 데 서투른 사람인지 자신만 잘 모르고 있다는 뜻이에요. 눈먼 아빠만 빼고 모든 사람 앞에서 엄마는 정말 알기 쉬운 사람이죠."

"오, 로사."

스텔라 고드프리가 신음했다. 딸은 어머니 쪽으로 성큼성큼 걸어 다가와 갈색 팔로 어머니를 끌어안았다. 고드프리는 움찔 놀라더니 무어라 중얼거리면서 몸을 살짝 피했다.

"이건 또 뭐요?"

몰리가 버럭 소리를 질렀다.

"새로운 사실이 계속해서 터지는구먼! 고드프리 양, 그러니까 아가씨는 아가씨 어머니와 마르코란 놈 사이에 있었던 일들을 전부 알고 있었다는 얘깁니까?"

로사가 훌쩍이는 어머니를 나지막한 목소리로 달랬다.

"엄마, 괜찮아요."

그러고는 차분한 목소리로 말했다.

"맞아요. 아무도 말해주진 않았지만요. 나도 여자예요. 나도 눈이 있어요. 게다가 저희 엄마는 연기가 정말 서투르죠. 그 짐승 같은 놈이 이곳에 온 후로 엄마의 모든 시간은 고문이나 다름없었고, 전 그 전부를 비밀스럽게 공유했어요. 우린 다 알아요. 분명 데이비드 삼촌도 그걸 다 봤을 거예요. 얼도…… 얼도 알 거라고 생각해요. 그리고 하인들도 전부 다……. 아, 엄마, 엄마. 왜 저한테 한마디도 안 하셨어요?"

"그럼…… 하지만."

스텔라 고드프리가 숨을 몰아쉬었다.

"너랑 그 사람 사이의 일은……."

"로사!"

백만장자가 소리를 버럭 질렀다.

"나도 무슨 일이든 해야 했어요. 그래서 그놈의 주의를 흐트러뜨리기로 했죠. 무슨 수를 써서라도……. 항상 숨기는 일이 하나도 없었던 데이비드 삼촌에게까지도 말하지 않았어요. 그건…… 그건 나 혼자 해야 하는 일이었어요. 아, 나도 그게 멍청한 짓이고 잘못된 일이란 걸 알아요. 차라리 엄마나 아빠한테 다 털어놓고 얘기해서 모든 사람들이 이 문제를 직시하도록 만들어야 했어요. 하지만 난 바보처럼……."

로사가 속삭이듯 말했다.

"바보는 바보라도 아주 용감한 바보로군요."

매클린 판사가 부드럽게 말했다. 그의 눈은 반짝이고 있었다.

"자!"

엘러리가 깊이 숨을 들이마시고는 말했다.

"이 소식이 코트 씨에게는 대단한 희소식이라는 걸 내기를 걸어도 좋겠군요. ……하지만 생각하는 것만큼 시간이 별로 없는 것 같으니 이야기를 진행합시다. 고드프리 부인, 혹시 마르코가 살해당한 이후 제삼의 정체 모를 인물이 부인에게 접근해서 마르코와 당신이 관계가 있다는 물질적인 증거를 가지고 있으니 돈을 내라고 협박하지 않았습니까?"

"아니오!"

그녀는 생각만 해도 끔찍하다는 얼굴로 마치 어린애처럼 로사의 손을 꼭 잡았다.

"만약 그런 식의 협박이 가해졌다면 어떻게 하셨을 것 같습니까?"

"전……."

"싸워야지! 싸워서 그놈을 물리쳐야지."

고드프리가 벽력 같은 고함을 내질렀다.

작고 날카로운 눈이 번뜩 빛났다.

"이보쇼, 퀸. 당신 뭔가 감추고 있는 게 있는 모양이군. 난 당신을 계속해서 지켜봤소. 당신 스타일 마음에 들어. 이건 혹시 우리한테 협력을 요청하는 거요?"

"그렇습니다."

"그렇다면 잘됐소. 스텔라, 진정해. 더 신중해질 필요가 있소. 이 사람들은 아마 우리보다 더 많은 걸 알고 있는 모양이고, 분명 조심스럽게 행동해야 할 테니까."

"훌륭합니다."

엘러리가 진심으로 감탄했다.

"그렇다면 말씀드리죠. 누군가가 고드프리 부인과 피살자 사이의 관계에 대한 증거품을 가지고 있습니다. 그 사람은 반드시 언젠가는 부인에게 접근해서, 그것들을 돌려받고 싶다면 막대한 돈을 내놓으라고 할 겁니다. 만약 부인께서 저희의 지시에만 잘 따라주신다면 저희는 그 협박범을 잡아서, 이 사건의 해결을 막고 있던 아주 커다란 방해물을 깨끗이 치워버릴 수 있을 겁니다."

"알겠어요, 퀸 씨! 제가 할 수 있는 한 최선을 다하겠어요."

"바로 그겁니다. 훨씬 낫죠, 고드프리 부인? 이 협박범도 우리 모두 함께 손을 잡을 거라는 생각은 하지 못할 테니……."

"그렇다면 당신은 그 협박범이 마르코를 죽인 범인이라고 생각하는 거요?"

고드프리가 예리하게 물었다.

엘러리가 미소를 지었다.

"몰리 경감님은 그렇게 생각하시죠……. 자, 고드프리 씨 한 번에 하나씩만 정리합시다. 그럼 경감님, 경감님 부하들 중 경험 많은 사람들을 몇 명만……."

다음 날 아침 10시가 되어도 문제의 전화는 걸려오지 않았다. 세 남자는 불안과 침묵에 싸인 채 집 안 곳곳을 이 잡듯 뒤졌다. 특히 엘러리가 가장 심각했다. 협박범은 분명 이런 함정이 설치되어 있으리라고는 예상치 못할 것이다. 그자는 전날 밤 10시 30분에 전화를 걸어 문을 바꿔달라고 했다. 자기가 감시당하고 있다고는 눈곱만치도 의심하고 있지 않은 문은 협박범에게 짧게 욕설을 퍼붓고는 전화를 끊어버렸다. 엘러리의 경고에도 불구하고, 몰리의 명령을 받아 교환대에서 도청을 하고 있던 형사는 전화를 추적할 수 없었다. 그러나 엘러리는 어차피 그 형사가 아무 수확도 거두지 못한다는 사실을 예상했다. 협박범이 도청을 의심할 테니 말이다.

여러 수수께끼 중 일부가 조간신문 덕분에 밝혀졌다. 지역신문과 마르틴스 시의 유력 타블로이드지는 둘 다 헤드라인에 같은 이야기를 커다랗게 실었다. 죽은 존 마르코와 세실리아 볼문의 부정한 행위에 대한 이야기였다. 소유자가 같은 관계로 두 신문은 똑같은 증거를 실었다. 편지와 사진.

"이것도 예상했어야 하는데."

엘러리가 구역질 난다는 얼굴로 신문을 집어 던지며 투덜거렸다.

"당연히 그 벌레 같은 놈이 똑같은 수법을 두 번 쓰진 않겠지만, 이번에는 그걸 신문에 보내버렸군요. 미치겠습니다."

"이 기회를 이용하지 않으면 이 사실이 전부 조용히 무마될 테니까."

생각에 잠긴 채 판사가 말했다.

"분명 컨스터블 문서를 몰리 경감에게 보내고 문 문서를 언론에 뿌린 행동의 주된 동기는 컨스터블 부인과 문 부부에게 징벌을 가하려는 게 아니라, 고드프리 부인에게 경고를 하기 위해서였던 게야. 전화는 조만간 올 게다."

"빠를수록 좋죠. 전 지금 안달이 나서 가만히 못 앉아 있겠어요. 몰리 경감님 딱해서 어쩝니까! 분명 신문사에서 벌 떼처럼 몰려와서 그 양반을 엄청 괴롭힐 텐데 말이죠. 러시가 그러는데 아주 그냥 숨도 못 쉬게 숨통을 콱 틀어막을 기세랍니다."

두 신문은 모두 편집자란에서 '게을러터진' 경찰이 언젠가는 마르코 살인 사건의 동기를 찾아낼 것이라는 희망을 관대하게 언급했다. 컨스터블 부인의 자살에 관해서도 대안으로 삼을 만한 동기를 찾아내 강조했다. 즉 자살은 부인이 살인자라는 암묵적인 고백이라는 뜻이었다. 그러나 공식적으로는 아무런 증거가 없었다. 분명 경감이 훨씬 나은 '해결책'을 생각해낼 것이 분명했다. 문 부부에게 모든 시선이 집중된 가운데 몰리는 기자들의 시야 속에서 그들을 홱 채갔다. 아내는 히스테리를 일으키기 직전이었고 남편은 지쳐서 입을 다물어버렸으며 눈빛이 위험했다.

경감이 피로와 분노가 뒤엉킨 표정으로 쿵쿵 걸어 들어왔다. 아무 말 없이 세 남자는 전화 교환대가 있는 벽감 쪽으로 향했다. 기다리는 것 외에는 할 수 있는 일이 없었다. 고드프리 부부는 부인의 방에 있었다. 머리 전체에 헤드셋을 낀 형사 하나가 교환대에 앉아, 눈앞에 속기 노트를 펼쳐놓고 있었다. 여분의 전화기들이 모두 주요 라인 하나에 연결되어 있었다. 그들의 머리 높이 정도에 수화기들이 매달려 있었다.

10시 45분경, 시끄러운 알람 소리가 귓전을 때렸다. 첫 마디가 들려오자마자 엘러리가 고개를 끄덕였다. 그 기이하고 턱 막힌 듯한 목소리를 착각할 리가 없었다. 상대방은 고드프리 부인을 바꿔달라고 했다. 형사는 침착하게 2번 라인을 연결해 준 다음 연필을 집어 들고 기다렸다. 엘러리는 부인이 제발 자기 역할을 제대로 다해 주기를 중얼중얼 기원했다.

이번에는 상대방도 공황에 빠질 일이 없었다. 부인은 깜짝 놀라고 순종적인 희생양 역할을 완벽하게 연기했다. 진심으로 안도한 마음에서 우러나는 어떤 열정까지 느껴질 정도였다.

"스텔라 고드프리 부인?"

그 목소리의 밑에는 절박함이 깔려 있었다.

"네, 맞는데요."

"당신 혼자요?"

"혼자…… 누구시죠? 뭘 원해요?"

"혼자요?"

"네. 누구……."

"알 것 없소. 난 바빠. 오늘 아침 〈마르틴스 데일리 뉴스〉 봤소?"

"봤어요! 하지만……."

"세실리아 문과 존 마르코에 대한 기사 읽었나?"

스텔라 고드프리는 침묵했다. 이윽고 그녀가 입을 열었을 때 그 목소리는 갈라졌고 지쳐 있었다.

"읽었어요. 뭘 원하죠?"

목소리가 몇 가지 사실들을 열거했다. 하나하나 들을 때마다 스텔라 고드프리는 신음했다. ……목소리는 이제 단호하고 고집스러웠으며 히스테릭한 것처럼 들렸다. 그것이 너무나도 이상했기에 몰리 경감과 매클린 판사는 당황했다.

"내가 이것들을 신문에 보냈으면 좋겠나?"

"아뇨, 안 돼요! 절대로 안 돼!"

"아니면 남편한테는?"

"안 돼! 당신이 시키는 대로 다 할 테니까……."

"좋아. 이제 좀 말귀를 알아듣는 것 같군. 2만 5천 달러를 내놓도록 해, 고드프리 부인. 당신은 돈 많은 여자니까 자기 주머니에서 꺼내줄 수 있겠지? 아무도 모르게 말이야."

"하지만 이미 돈을 많이 줬어요. 여러 번이나……."

"이번에 마지막이야."

목소리가 열기가 담겼다.

"난 마르코처럼 멍청하지 않아. 이 건에 대해서는 공정하게 진행하고 있어. 당신이 돈을 지불하면 사진과 서류들을 다음 우편으로 당신에게 보내주지. 진심이야. 당신을 속이지는……."

"그것만 돌려준다면 무슨 짓이든 다 할게요."

고드프리 부인이 흐느끼며 말했다.

"그게 들통이라도 나는 날에는…… 아, 내 인생이 완전히 끔찍해질 거예요!"

"그럼, 당연하지."

목소리는 이제 더 강하고 자신만만했다.

"당신 기분 이해해. 마르코는 쓰레기 같은 개새끼였지. 자기가 그동안 해왔던 일을 생각하면 그런 꼴을 당해도 싼 놈이야. 하지만 난 지금 궁지에 몰렸고 돈이 필요해······. 2만 5천 달러, 언제까지 준비할 수 있지?"

"오늘 줄게요!"

부인이 소리를 내질렀다.

"현금으로 줄 순 없지만, 여기 내 개인 금고가······."

"오, 그건 좋지 않아."

목소리가 갑자기 이상해졌다.

"고드프리 부인, 소액권 지폐로 현금이 좋아. 난 그걸 가지고······."

"하지만 그건 현금이나 마찬가지예요!"

사전에 이 일에 관하여 단단히 지시를 받았던 고드프리 부인이 말했다.

"유통 채권이란 말이에요. 게다가 내가 어떻게 소액권으로 현금을 구할 수 있겠어요? 의심을 살 게 뻔하잖아요. 경찰들이 내 집에 쫙 깔려 있어요. 난 여기서 나갈 수도 없다고요."

"뭔가 방법이 있을 거야. 하지만 당신이 나를 속이려 한다면······."

웅얼거리는 목소리가 말했다.

"경찰한테 일러서요? 내가 미쳤어요? 누가 알기라도 하면······ 난 죽을 거예요. 좋아요. 그럼 내가 준 채권을 현금으로 바꿀 때까지 그 증거품을 계속 당신이 가지고 있어요. 제발 너한데 기회를 줘요!"

전화 너머의 상대방은 위험을 가늠해보기라도 하는 듯 침묵을 지켰다. 이윽고 다소 절망적인 목소리가 날아왔다.

"좋아. 그렇게 하자고. 당신을 여기로 오라고 하진 않겠어. 게다가 당신 집에 경찰이 바글바글하니 내가 갈 수도 없지. 나한테 그 채권을 우편으로 부치도록 해. 남들 눈에 띄지 않고 소포를 부칠 수 있겠나?"

"할 수 있을 거예요. 아니, 할 수 있어요! 어디로……."

"받아 적지 마. 누가 쪽지를 발견하기라도 하면 곤란할 테니까. 이 주소를 외워."

목소리가 잠시 멈췄다. 그 짧은 시간 동안 고드프리 저택은 무덤 속처럼 고요했다.

"마르틴스 중앙 우체국, 일반 우편 담당, J. P. 마커스. 내가 불러준 대로 말해봐."

고드프리 부인은 떨리는 목소리로 읊었다.

"좋아. 채권을 이 주소로 보내. 평범한 갈색 종이봉투를 이용하고 단단히 봉랍해. 1등급 우편으로 보내. 지금 당장. 당신이 지금 우편을 보내면 오늘 밤 마르틴스 우체국이 문을 닫기 전까지는 내가 그걸 받아볼 수 있을 거야."

"알았어요. 할게요!"

"혹시라도 당신이 속임수를 쓸 경우에는 이 사진과 물건들이 〈마르틴스 데일리 뉴스〉의 편집자한테 넘어갈 거라는 사실을 명심해. 그럼 당신이 무슨 수를 써도 그 이야기가 신문 1면에 대문짝만 하게 나는 걸 막진 못하겠지."

"절대 안 그럴 거예요! 내가 어떻게……."

"두고 보겠어. 당신도 날 속이지 않는다면 조만간 물건을 받을 수 있을 거야. 내가 그 채권들을 현금으로 바꾸면 즉시 보낼 테니까."

 철컥 소리와 함께 전화가 끊겼다. 위층에 있던 고드프리 부인이 남편의 품에 뛰어들었다. 고드프리의 표정은 이상하리만치 부드러웠다. 교환대에 있던 네 남자가 헤드셋을 귀에서 떼며 서로의 얼굴을 쳐다보았다.

 몰리가 쉰 목소리로 말했다.

 "흠, 이거 괜찮게 돌아가는 것 같소, 퀸 씨."

 퀸 씨는 잠시 아무 말도 없었다. 그는 얼굴을 찌푸린 채 코안경 가장자리로 자기 입술을 툭툭 치고 있었다. 이윽고 엘러리가 입을 열었다.

 "왠지 틸러의 도움을 요청해야 할 것 같습니다."

 "틸러?"

 "만일 일이 제 생각대로 돌아간다면 틸러의 도움이 꼭 필요합니다. 만일 그렇지 않다 하더라도 뭐 해가 되는 일은 없을 테고요. 경감님이 그 친구에게 중요한 이야기를 털어놓으실 필요는 없습니다. 틸러는 그냥 아주 작은 정보의 부스러기를 스쳐 지나는, 소수의 행인들 중 하나에 불과하니까요."

 몰리가 턱을 툭 쳤다.

 "뭐, 이건 당신이 맡은 일이고 적어도 당신은 자기가 무슨 일을 하는지 알고 있을 테죠."

 몰리는 퉁명스럽게 지시를 내리고는 위층으로 올라가 가장 긴급한 눈앞의 우편 문제들 신두시휘했다.

 "궁금한 게 딱 한 가지 있습니다."

 늦은 오후. 시커멓고 커다란 경찰차 뒷좌석에 나란히 앉아 마르틴스를 향해 달려가는 노중 몰리가 고백했다. 앞좌석 조수

석에 앉은, 깔끔한 중산모를 쓴 틸러의 정수리를 쳐다보며 몰리는 목소리를 낮췄다.

"사진이니 증언이니 편지니, 아무튼 협박범은 고드프리 부인을 협박할 수 있는 엄청난 증거물들을 가지고 있지 않습니까? 혹시 그걸 어디 다른 곳에다 숨겨두지 않았을까요? 놈을 잡는다 하더라도 증거들이 우리 손가락 사이로 모래처럼 빠져나가 버릴지도 모르는 일 아닙니까?"

"양심의 문제죠."

엘러리가 담배를 피우며 말했다.

"제 생각에는 말입니다, 경감님은 아무래도 오늘 낮 안에 마르코를 죽인 범인을 잡을 거라고 생각하시는 것 같습니다. 협박에 사용된 증거품들 때문에 마르코가 죽었다는 그럴듯한 이론에 의거할 때, 현재 물건을 가지고 있는 건 범인이겠죠. 설마 하니 갑자기 부인의 고통에 공감이라도 하게 되신 겁니까?"

"뭐, 한 여인이 감당하기에는 너무 지독한 일 아닙니까? 어쨌든 밑바탕은 선량한 여인 아닙니까. 그 부인에게 불필요한 고통을 더 안겨주고 싶진 않소이다."

몰리가 투덜거렸다.

"증거물들이 없어질 거란 걱정은 크게 안 해도 될 것 같소."

매클린 판사가 고개를 저으며 말했다.

"다른 곳에 놓고 돌아다니기에는 너무 위험한 물건이니까 말이오. 게다가 전화 너머의 반응을 고려해볼 때, 놈은 만일 이게 함정이라면 자기는 돈을 받을 희망이 없다는 사실을 알고 있는 것 같소. 컨스터블 부인과 문 부인에 대한 공격이 실패로 돌아간 지금 놈은 상당히 절망에 빠져 있는 것 같으니 말이오. 협박은 그냥 겁을 주려고 한 것에 불과하오. 경감, 당신이 놈을 잡기만 한다면 증거물은 분명 놈의 품속에서 나올 거요."

경감의 주장에 따라 그들은 소리 없이 스페인 곶에서 빠져나왔다. 삼엄했던 경계 태세도 경감의 지시를 받아 많이 풀어진 듯했다. 색깔은 칙칙하지만 힘이 좋아 보이는 차 한 대가 사복 형사들을 가득 태운 채 그들의 뒤를 따랐고, 마찬가지로 칙칙한 색깔에 힘은 좋아 보이는 다른 차가 만일의 사태를 대비하여 스페인 곶 바깥의 주 도로에 잠복하고 있었다. 마르틴스 경찰들도 즉각 시내 중앙우체국 감시체제로 들어가도록 합의된 상태였다. 우체국 직원들은 모두 경찰 보호하에, 경찰 지시를 따르게 돼 있었다. 저택 하인이 다른 우편물들과 함께, 내용물이 가짜 채권이라는 것을 제외하면 겉으로 보기에는 협박범의 지시를 충실하게 따른 소포 꾸러미를, 보란 듯이 옆 동네 와이에서 부쳤다. 우체국에 가는 길은 통상적인 코스를 밟도록 지시받았다. 몰리 경감은 이제 할 일이 아무것도 없었다.

마르틴스 우체국에서 몇 블록 떨어진 곳에서 두 차량에 타고 있던 사람들이 우르르 내렸다. 두 번째 차에 타고 있던 형사들은 한 명씩 거대한 대리석 건물로 들어가 십 분 안에, 눈에 띄지 않는 비상경계선을 세웠다. 몰리 경감 일행은 뒷문으로 몰래 들어갔다. 사전에 여러 가지 지시를 받은 틸러는 작고 밝은 눈에 호기심을 가득 담은 채 거대한 일반우편 보관소 철창 옆에 배치되었다.

"당신이 누군가를 '알아본' 순간 직원에게 신호를 보내야 합니다. 그럼 나머지 일들은 직원이 알아서 할 거예요. 아니면 우리에게 신호를 보내도 좋고요. 누군가가 직원에게 이름을 말할 거니까요."

엘러리가 말을 냈었다.

"알겠습니다, 선생님. 그러니까 이번 사건과 관련된 사람 말씀이시죠?"

틸러가 물었다.

"그래요. 틸러, 목숨을 걸 일이라도 생기지 않는 이상 결코 방심해선 안 됩니다. 몰리 경감은 오늘 오후 작전을 대단히 중요하게 생각하고 있어요. 눈에 띄지 않는 곳에 있되 창 쪽으로 다가오는 사람들의 얼굴을 확실하게 볼 수 있는 곳에 자리 잡아야 합니다. 이번 채굴 작전은 당신에게 달려 있는 거나 마찬가지입니다."

"맡겨만 주십시오."

틸러가 엄숙하게 말하고는 철창 옆에 자리를 잡았다. 몰리와 판사, 엘러리는 문간 근처에 있는 파티션 뒤에 몸을 숨기고 의자에 앉아서, 평소에는 잘 쓰이지 않는 벽에 난 세 개의 구멍에 시선을 못 박았다. 널따란 공간 안에 형사들 여러 명이 자리를 잡고서 탁자에 앉아 무언가 쓰거나 끝없이 길기만 할 뿐 아무런 의미도 없는 우편환 서식의 빈칸을 메우고 있었다. 가끔은 그중 한 명이 바깥 거리로 나갔고, 다른 형사가 신속히 들어오곤 했다. 몰리는 매와 같은 눈빛으로 부하들을 지켜보았지만 잘못된 점은 찾지 못했다. 함정은 준비되었고 겉보기에는 아무런 문제도 없었으며, 이제 할 일은 희생양을 기다리는 것뿐이었다.

한 시간 이십 분 정도 흐르는 동안 거대한 괘종시계의 바늘이 똑딱거리며 움직일 때마다 긴장감은 점점 더 커졌다. 우체국의 일상적인 업무는 평범하게 이루어졌고 사람들이 정신없이 드나들었으며 창구를 통해 우표, 우편환, 소포들이 정신없이 오갔다. 우체국 예금 창구 앞에는 사람들이 끊임없이 길게 줄을 늘어섰고, 그 줄은 사라졌다가 다시 생기곤 했다.

몰리의 궐련은 이미 전부 타들어간 지 오래였다. 입에 물려 있는 꽁초는 마치 썰물 때의 암초 같았다. 아무도 이야기를 나누는 사람이 없었다.

그러는 통에 막상 문제의 그때가 왔을 때는 긴장감과 경계심이 거의 사라진 뒤였다. 덕분에 거의 완벽한 위장이 만들어졌다. 나중에 몰리 경감이 진심으로 감사하게 생각한 일이지만, 직원과 틸러가 아니었다면 복잡한 혼란 속에 범인을 그냥 도망치게 내버려둬 소중한 시간을 낭비할 뻔했다

마감을 고작 십여 분 남긴 시각, 퇴근길에 들른 사람들로 우체국 안이 북적댈 무렵 몸집이 작고 비쩍 말랐으며 얼굴이 가무잡잡한 남자 하나가 밖에서 걸어 들어와 일반우편 창구로 향했다. 옷차림은 단정했으며 작은 검은색 콧수염을 길렀고 왼쪽 눈 밑, 광대뼈 한복판에는 점이 하나 있었다. 그는 길게 늘어선 사람들 뒤에 줄을 서서 때때로 생쥐처럼 몸을 꿈틀거렸다. 크게 눈에 띄는 점은 없었지만, 걸음걸이가 다소 이상해 보였다. 걸을 때마다 가볍게 엉덩이를 실룩거리는 것이 굉장히 독특했다. 그러나 그 외에는 아무런 특징이 없는 사람이었고 군중들 속에 자연스럽게 녹아들었다.

앞사람이 용건을 마치고 창구에서 사라진 뒤 그는 앞으로 한 발 나아가 작고 가무스름한 손을 창구 앞턱에 올려놓고는 목감기라도 걸린 듯 허스키한 목소리로 말했다.

"J. P. 마커스 앞으로 온 물건은 없소?"

창구 구멍으로 밖을 감시하고 있던 세 남자들이 보는 가운데 직원이 오른쪽 귀를 긁으며 몸을 돌렸다. 동시에 틸러의 머리가 구석에서 쑥 튀어나오더니 속삭였다.

"맞습니다. 구역질이 납니다, 선생님! 저놈입니다."

직원의 신호와 틸러의 말에 그들은 충격을 받은 듯 벌떡 일어섰다. 몰리는 문 쪽으로 성큼성큼 걸어가 소리 없이 문을 열고는 왼팔을 치켜들었다. 그의 모습은 커다란 판 유리창을 통해 바깥에서 매우 잘 보였다. 그 순간 갈색 봉투로 싸고 검은 잉크로 주소를 적고 우표에도 소인이 찍힌, 작고 납작한 소포를 들고 우체국 직원이 창구로 돌아왔다. 작은 몸집에 가무잡잡한 그 남자는 여윈 손으로 소포를 낚아채고는 몸을 반쯤 돌려 창구 옆을 걸어갔다.

뒤늦게 육감이라도 발동했는지 그는 고개를 들었다. 그 공간 안에 있던 사람들이 전부 말없이 그를 쳐다보고 있었다. 단호한 표정의 건장한 남자들이 그의 주위를 둘러싸고 천천히 포위망을 좁혀들었다. 남자의 얼굴이 당황으로 파리해졌다.

"그 속에 든 게 뭡니까, 마커스 씨?"

몰리 경감이 왼손으로 남자의 어깨를 툭툭 치며 친근하게 물었다. 오른손은 코트 주머니에 깊숙이 집어넣은 채였다.

남자의 여윈 손에 들려 있던 갈색 봉투가 바닥으로 떨어져 쭉 미끄러졌다. 남자는 동요하더니 모퉁이가 구겨진 소포를 주워 들려 했다. 몰리가 재빨리 다가가서는 남자의 가슴팍을 탁 쳤다. 우스꽝스럽게도 당황한 표정이 남자의 얼굴에 퍼졌다.

"이 남자는 가짜잖아!"

매클린 판사가 고함을 질렀다.

"'남자'가 아닙니다, 판사님."

틸러의 부드러운 목소리가 뒤에서 들려왔다.

"콧수염이 가짜입니다. 굳이 말씀드리자면 판사님, 저자는 여자입니다. 제 생각엔 경감님도 막 깨달으신 것 같습니다."

틸러는 입을 손으로 가리고 예의 바르게 살짝 웃었다.

"여자?"

판사가 입을 떡 벌렸다.

"날 바보로 만들었군. 좋아. 하지만 물건은 이 여자 주머니에 있습니다. 여러분 우리가 해냈습니다!"

경감이 의기양양하게 말하며 일어섰다.

"분장 한번 그럴듯하군. 하지만 걸을 때 엉덩이를 실룩거리는 모양새는 영락없이 여자였지. 이 사람이 고드프리 부인의 전직 하녀요, 틸러?"

엘러리가 중얼거렸다.

"얼굴의 점을 보고 알았습니다. 원, 세상에. 인간이란 얼마나 범죄에 발을 들이기 쉬운 존재란 말입니까! 맞습니다, 선생님. 이 여자가 피츠입니다."

14:
가짜 하녀의 이상한 고백

포인세트의 경찰청 본부는 요 며칠 새 처음으로 잔칫집처럼 들떠 있었다. 사람들은 곳곳에서 소문을 퍼뜨렸고 기자들은 아무 말 없는 문 너머에서 떠들썩하게 고함을 질러댔다. 다른 부서 사람들은 경찰 소속 외과의가 잡혀 온 여인을 보살피고 있는 몰리 경감의 사무실 쪽을 흘끔흘끔 쳐다보았다. 전화기들이 미친 듯이 따르릉거리며 합창을 해댔다. 경감은 기자들 한 무더기를 몰아냈고 이 건물 안에서 가장 차분한 엘러리는 자유롭게 그 모습을 관찰했다. 그러나 새로운 소식은 전혀 없었다. 홀리스 워링의 크루저가 어디로 갔는지, 키드 선장과 데이비드 쿠머는 어떻게 되었는지, 그리고(여기서 엘러리는 혼자 키득거렸다.) 피츠는 도대체 어떻게 된 일인지. 또 형사들이 번갈아가며 아주 조심스럽게 수사했는데도 루셔스 펜필드에 관한 정보 역시 한 톨도 얻을 수 없었다.

사무실 안에 어느 정도 질서가 돌아올 무렵, 외과의는 눈썹을 치켜세우며 이 여성은 진찰을 받을 필요가 있다는 의견을 밝혔다. 사람들은 모두 여성에게로 주의를 집중했다.

그녀는 커다란 가죽의자에 앉아 팔걸이를 꽉 쥐고 있었다. 피부는 탁한 납빛이었다. 검고 곱슬곱슬한 머리를 짧게 자르고 남장을 했지만 모자를 벗고 가짜 콧수염을 떼어내자 여성의 모습이 드러났다. 몸집이 작고 겁을 집어먹었으며 공허한 갈색 눈동자에 나이프처럼 비쩍 마른 여성이었다. 나이는 서른 즈음이거나 좀 더 들어 보였다. 왜 그런지는 모르겠지만 지치고 때 묻은 그 얼굴에서 요정 같은 아름다움까지 느껴졌다.

"자, 피츠."

몰리가 친근하게 말을 걸었다.

"왜 잡혔는지 알고는 있겠지?"

그녀는 아무 말 없이 바닥을 노려보았다.

"본인이 월터 고드프리 부인의 하녀인 피츠라는 점은 부인하지 않겠지?"

경찰 소속 속기사가 책상에 앉아 노트를 펼쳤다.

"부인하지 않습니다."

대답하는 그녀의 목소리는 우체국에서 들었던 허스키한 그 목소리 그대로였다.

"얘기가 빠르군! 그럼 당신이 스페인 곶에서 로라 컨스터블 부인과 문 부인에게 전화를 한 사람이지? 그리고 오늘 아침에는 고드프리 부인에게도 했고."

"도청하셨군요. 맞아요. 저예요."

피츠는 웃었다.

"마르틴스의 꼬맹이를 시켜서 나한테 컨스터블 부인의 증거물들을 보낸 것도?"

"네."

"문 부인에 대한 서류들을 신문사에 보냈고?"

"네."

"아주 좋아. 얘기가 잘 풀리고 있군. 그럼 지난주 토요일 밤과 일요일 아침 이른 시각에 무슨 일이 있었는지 묻고 싶은데 전부 다."

피츠는 처음으로 공허한 갈색 눈동자를 들어 경감을 쳐다보았다.

"제가 말 안 하면요?"

"말을 해야지. 말을 안 하면 안 되지, 아가씨. 지금 자기 입장이 어떤지 모르나 본데, 이 나라에서 협박죄가 얼마나 무거운 죄인지 알아?"

몰리가 어금니를 악물었다.

"죄송하지만 제 생각에 피츠 양은 오히려 살인 쪽에 훨씬 더 깊은 관련이 있는 것 같습니다, 경감님."

엘러리가 점잖게 말했다.

몰리가 엘러리를 의아하게 쳐다보았다. 여성은 마른 입술을 혀로 축이고서 엘러리의 얼굴 쪽을 흘끔 쳐다보더니 고개를 숙이고 바닥을 내려다보았다.

"이 일은 내 소관이오, 퀸 씨."

몰리가 화난 듯 말했다.

엘러리가 담배에 불을 붙이며 나직이 말하기 시작했다.

"죄송합니다. 하지만 아마 피츠 양이 놓인 상황을 확실히 하는 건 제가 나을 것 같습니다. 피츠 양도 곧 침묵을 지키고 있어 봤자 아무 소용이 없다는 사실을 알게 되겠지요.

고드프리 부인의 사라진 하녀가 바로 협박범이었다는 경감님의 생각에는 저도 도의적으로 상당히 동의하는 바입니다. 하지만 왠지 너무나 절묘한 우연들이 연속적으로 이어진다는 생각이 들더란 말이지요. 피츠는 존 마르코와 함께 있는 장면을 조림에게 목격당했습니다. 그것도 마르코를 죽이기에 아주 적절한 시간대에 말이지요. 그러기 직전 누군가가 마르코의 방에 숨어 들어가 테라스로 데리고 나오라는 지령을 적은 가짜 편지 조각을 발견하고 주워 모았습니다. 우연일까요? 고드프리 부인은 토요일 밤 자기 방으로 돌아가서 벨을 울려 하녀를 불렀지만 하녀는 꽤 오랫동안 응답하지 않았습니다. 겨우 응답을 했을 때 몸이 아프다고 변명을 했지만, 얼굴은 상당히 흥분한 것 같았다고 했죠. 우연일까요? 하녀는 살인이 일어난 시간 내내 자취를 감추고 있었습니다. 그러더니 마르코의 차를 타고 도주했지요. 우연일까요?"

여자가 눈을 깜박거렸다.

"피츠의 도주 흔적은 마르틴스에서 끊깁니다. 증거물 꾸러미가 경감님께 발송된 곳도 마르틴스였죠. 우연일까요? 사실상 이 모든 협박 행각은 피츠의 도주 이후부터 시작되었습니다. 우연일까요? 존 마르코는 고드프리 부인의 전 하녀가 아무런 이유도 없이 갑자기 떠난 뒤 부인에게 피츠를 새 하녀로 추천했습니다. 우연일까요? 하지만 이 모든 사실들 중에서도 가장 눈에 띄는 것은 컨스터블 부인, 문 부인, 고드프리 부인 이렇게 불운한 세 부인들이 사건과 연관됐다는 증거입니다. 그 치명적인 증거는 한 부인의 하녀가 서명하고 진술한 증언이었습니다!"

엘러리가 안타깝다는 듯 미소를 지었다.

"우연일까요? 말도 안 되죠. 저는 바로 피츠가 협박범이라고 생각합니다."

"당신 자기가 되게 똑똑하다고 생각하죠?"

피츠가 얇은 입술을 비틀며 코웃음을 쳤다.

엘러리는 가볍게 고개를 숙였다.

"난 내 재능에 늘 감사히면서 살고 있답니다, 피츠 양. 그리고 그뿐만 아니라 난 피츠와 마르코 사이에 근본적인 관계가 있다는 사실을 깨달았지요. 경감님 본인이 언젠가 말씀하셨다시피 경감님의 친구분이자 뉴욕에서 사설탐정 일을 하고 있는 레너드 씨는 마르코가 희생자들에게 덫을 놓았을 때 공범자가 있을 가능성을 암시해주셨죠. 세 건이 각각 다른 사건인데, 그 사건들마다 자기 여주인에게 불리한 증언을 한 하녀가 있었단 말입니다. 당연히 그 증언들은 각각 다른 가명으로 서명이 되어 있을 테지요. 마르코 같은 남자가 누군가를 돈을 주고 고용해서 그런 일을 시켰다는 데에 아무런 위화감도 들지 않죠. 고드프리 부인을 협박한 범인이 바로 그 공범자라는 사실을 떠올리는 데까지는 큰 상상력을 동원할 필요도 없을 겁니다."

"변호사 불러줘요."

피츠가 갑자기 몸을 반쯤 일으키면서 말했다.

"앉아."

몰리가 얼굴을 찌푸렸다.

"당연히 당신은 헌법에 따라 보호를 받으며 법적 보호를 요구할 권리가 있습니다, 피츠 양."

엘러리가 고개를 끄덕였다.

"마음에 둔 변호사라도 있습니까?"

그녀의 눈동자 속에서 희망이 반짝였다.

"그래요, 있어요! 뉴욕의 루서스 펜필드라는 사람이에요!"

모두 놀라서 말을 잃었다. 엘러리가 양손을 펼쳤다.

"이것 보시죠. 증거가 더 필요합니까, 경감님? 피츠가 존 마르코의 쓰레기 같은 변호사를 불러달라고 하지 않습니까. 이것도 우연인가요?"

피츠는 눈에 띄게 동요하여 자리에 털썩 주저앉은 채 입술을 물어뜯었다.

"나는……."

"게임은 끝났습니다, 아가씨. 당신은 지금 모든 일을 깨끗이 자백한 거나 마찬가지예요."

엘러리가 친절하게 말했다.

피츠는 말없이 입술만 물어뜯었다. 갈색 눈동자에서 무언가 필사적으로 계산하는 기색이 엿보였다. 그녀가 마침내 입을 열었다.

"거래를 하겠어요."

"그건 또 뭐야!"

몰리가 버럭 소리를 질렀다.

엘러리가 팔을 내밀어 경감의 가슴팍을 가로막았다.

"안 될 게 뭐 있겠습니까? 우리 모두 다 비즈니스맨이나 마찬가진데 말이죠. 적어도 무슨 제안을 하는지 들어본다고 나쁠 건 없을 겁니다."

"나도 내가 지금 무슨 처지인지 알겠어요. 하지만 나한테도 얼마든지 가지고 있는 카드가 있어요. 설마 고드프리가의 스캔들이 통째로 밖으로 새어 나가게 내버려두고 싶진 않겠죠?"

"그래서?"

몰리가 고함을 질렀다.

"뭐, 나한테 정당한 대우만 해준다면 나도 입을 다물게요. 하지만 내가 마음만 먹는나면 얼마든지 외부에 이야기를 흘릴 수 있다는 사실을 잊지 마요! 신문기자한테 직접 말할 수도 있고, 변호사를 통할 수도 있어요. 날 막진 못할걸요. 숨통을 막지만 않는다면 나도 가만히 있을 거예요."

몰리가 물쾌한 얼굴로 그녀를 바라보고 다시 엘러리에게 시선을 준 뒤 입술을 문지르며 오락가락했다. 그러다가 결국 으르렁거리듯 말했다.

"좋아. 나도 딱히 고드프리 일가한테 해가 되는 일은 하고 싶은 마음도 없고 그 사람들이 피해를 보는 꼴도 보고 싶지 않으니까. 하지만 약속은 못 해. 내 말 알아들었나? 지방 검사한테 말해서 죄질을 좀 가볍게 할 수 있는지 물어는 보겠지만, 어떻게 될지는 몰라."

"경감님이 말씀하신다면야 정상참작이 되겠지요."

엘러리가 점잖게 말했다.

"좋아요."

피츠가 나직하게 말했다. 뾰족한 얼굴이 시무룩해졌다.

"당신네들이 그걸 다 어떻게 알아냈는지는 모르겠지만 다 맞는 말이에요. 처음에 마르코가 나를 컨스터블 부인의 하녀로 심고, 그다음엔 문 부인, 마지막으로 고드프리 부인 집에 보냈어요. 그래서 그날 밤 애틀랜틱시티에서 그 뚱뚱한 부인의 사진을 찍었지요. 내 눈으로 직접 보고 들어서 그 모든 정보를 얻었고요. 컨스터블 부인과 문 부인이 스페인 곶에 왔을 때 그들은 나를 단번에 알아봤어요. 그리고 아마 고드프리 부인도 자기들과 똑같은 처지란 사실을 깨달았겠죠. 하지만, 마르코가 아마 나에 대해서는 단 한마디도 언급하지 말라고 단단히 못을 박았을 거예요. 그 사람들도 차마 무서워서 말도 못 꺼냈겠죠. 이게 다예요. 젠장, 그러니까 빨리 루크 펜필드 불러줘요!"

경감의 눈이 빛났으나 목소리는 차가웠다.

"자기는 그냥 도구였다고? 책임은 몽땅 보스한테 전가하는 건가? 일요일 이른 새벽에 마르코의 방에서 그 증거물들을 몽땅 훔쳐내서 어떻게든 한몫 잡아보려고 한 주제에 말이야."

여자의 가무스름한 얼굴이 격하게 일그러졌다.

"그럼 왜 안 되는데요?"

여자가 악을 썼다.

"그래요, 내가 그랬어요! 나도 내 몫을 받을 권리가 있으니까! 난 항상 그놈의 앞잡이 노릇만 했지만, 항상 모든 일은 내가 좌지우지했어요. 그놈도 그걸 잘 알고 있었죠."

그녀는 잠시 말을 멈추고 숨을 골랐다가, 마치 승리감에 찬 듯한 목소리로 소름 끼치는 비명을 내질렀다.

"도구였느냐고요? 그래요, 그랬어요. 난 그 사람 아내였어요!"

모두가 굳었다. 마르코의 아내였다고! 그 순간 마르코의 행위 전부가 그들의 눈앞을 스쳐 지나갔다. 사람들은 하나같이 로사 고드프리가 하마터면 겪을 뻔했던 위험을 생각하고 속이 메스꺼워졌다. 또한 세상에서 제거되어야 할 쓰레기가 응당 받을 죗값을 치렀다는 생각에 열두 번도 더 가슴을 쓸어내렸다.

"그놈이랑 결혼했다고?"

몰리가 겨우 정신을 차리고 무거운 목소리로 물었다.

"그래요, 결혼했어요."

그녀는 씁쓸한 목소리로 말했다.

"지금은 별로일지도 모르지만, 나도 한때는 몸매도 소녀 같았고 얼굴도 그리 못 봐줄 정도는 아니었어요. 결혼은 사 년 전 마이애미에서 했어요. 그 사람은 그때 어느 돈 많은 미망인을 낚으려고 거기 눌러앉았고 나도 한밑천 벌어보려던 중이었죠. 그때 서로를 낚은 거예요. 그 사람은 나 같은 스타일을 좋아했어요. 나 같은 스타일을 환장할 정도로 좋아한 나머지 일른 걸

혼해서 너무너무 즐기고 싶어 하더군요. 그래서 난 내가 그 사람이 지금까지 만난 여자들 중 최고인 줄 알았죠……. 그 뒤로 둘이서 엄청나게 많은 게임을 했어요. 아줌마들로 재미 보자는 건 그 사람이 아주 최근에 생각해낸 계획이었어요. 난 솔직히 마음에 안 들었지만, 우린 돈이 필요했고……."

그들은 여자가 마음껏 이야기하도록 내버려두었다. 피츠는 의자 팔걸이를 꼭 붙잡은 채 허공을 노려보았다.

"그냥 사소한 돈벌이였어요. 여름휴가 동안 간단하게 해치우고 나서 손을 뗄 계획이었죠. 돈이 떨어지면 그때 또 다른 사기를 치면 되니까. 항상 그래 왔으니까요. 마르코가 죽고 나서 나는 어려움에 빠졌어요. 벌어놓은 돈도 없었고, 입장도 아주 곤란했죠. 나도 살아야 하지 않겠어요? 그 사람이 그렇게 형편없이 욕심을 부리지 않았으면 지금도 살아 있었을 거예요. 누가 그놈을 때려죽였는지 몰라도 아주 잘한 일이죠. 나도 뭐 선량한 시민은 아니지만 그놈은 정말 이 세상에서 가장 썩어 빠진 스컹크 같은 놈이었어요. 정말 생각만 해도 역겨워요. 그리고 나도 꼴이 이렇긴 하지만, 세상 어떤 여자가 자기 남편이 딴 여자랑 놀아나는 걸 보고 좋아하겠어요? 그 사람은 항상 비즈니스라고 말했지만 분명 자기도 엄청 즐겼을 거예요. 빌어먹을 개새끼!"

몰리가 피츠의 앞으로 걸어갔다. 그녀는 말을 끊고 놀란 듯 고개를 들어 쳐다보았다.

"그래서 당신이 피살자의 목에 철사를 감았단 말이군. 놈을 죽이고 돈을 차지하려고!"

냉혹한 목소리가 쏟아졌다.

피츠는 비명을 지르며 벌떡 일어났다.

"아니에요! 그렇게 생각할 줄 알았어요! 그래서 내가 항상 걱정했다고요. 멍청한 경찰들은 분명 이해해주지 않을 거라고."

그녀는 엘러리의 팔을 붙잡고 그 소맷자락에 매달렸다.

"내 말 좀 들어봐요. 당신은 좀 머리가 있는 것 같으니까. 저 사람 말이 틀렸다고요! 나도 정말 그러고 싶었어요……. 마르코를 죽여버리고 싶었어요. 하지만 그렇게 하지는 않았단 말이에요! 맹세할 수 있어요! 하지만 내가 거기 계속 있었으면 분명 발각됐을 거예요. 돈을 생각하지 않았더라면 아마 성공했을 거예요. 아, 나도 내가 지금 무슨 말을 하는지 모르겠네요……."

피츠는 몹시 불안한 얼굴이었다. 엘러리는 부드럽게 그녀의 팔을 잡고 살짝 밀어서 다시 의자에 앉혔다. 그녀는 몸을 웅크린 채 훌쩍훌쩍 울었다.

"내 생각에, 어쩌면 우리가 당신에게 자신의 무죄를 입증할 기회를 줄 수도 있을 것 같습니다. 당신이 결백하다면 말이죠…… 마르코 부인."

엘러리가 피츠를 달래듯 말했다.

"오, 나는……."

"어디 한번 되짚어봅시다. 그래서 토요일 밤에 마르코의 방에는 왜 갔죠?"

피츠는 그들이 선날 전화로 들었던 비로 그 목멘 소리로 말했다.

"고드프리 부인이 그 방에 들어가는 모습을 보았거든요. 어쩌면 난 그때 조금 질투가 났던 건지도 몰라요. 게다가 그때 난 며칠 동안 마르코와 단둘이서 이야기를 나눌 기회를 얻지 못했죠. 그래서 그 세 여자들을 어떻게 다루고 있는지 궁금했어요. 전부 깨끗하게 털어낼 준비가 되면 내게 말해주기로 했었거든요."

피츠는 입을 다물고 코를 훌쩍거렸다. 판사가 엘러리의 귀에 대고 소곤거렸다.

"아마 마르코가 로사 양을 어떻게 해보려 했다는 건 모르는 모양이다. 마르코는 정말로 중혼을 저지를 생각이었던 건지도 모르겠다. 천하의 몹쓸 놈 같으니!"

"글쎄요, 제 생각은 다른데요."

엘러리가 목소리를 낮추고 말했다.

"그런 위험을 감수하지는 않았을 겁니다. 결혼까지는 생각 안 했을걸요……. 아무튼 계속 이야기해보시죠, 마르코 부인!"

"아무튼 그래서 난 몇 분 정도 지켜봤어요. 그랬더니 고드프리 부인이 방에서 나오더군요."

피츠는 얼굴에서 손을 떼고 자세를 고쳐 앉은 뒤 멍한 얼굴로 엘러리를 바라보았다.

"마르코도 방에서 나왔기 때문에 난 그냥 잠깐 그 사람 방에 슬그머니 들어가 있으려고 했어요. 그 사람을 불러 세우거나 말을 걸기는 좀 그랬거든요. 누가 우릴 볼지도 모르니까. 옷차림을 보아하니 어디 가려는 눈치더군요. 아주 쫙 차려입었던데요. 상황이 이해가 안 됐어요……. 그래서 그 사람 방으로 들어가서 돌아올 때까지 기다리기로 했죠. 그러다 벽난로 속에서 종잇조각들을 발견했고, 그래서 몽땅 건져 올려 화장실로 들어갔어요. 누가 들어왔다가 내가 그러고 있는 모습을 들키면 안 되니까. 편지를 읽으면서 아마 난 얼굴이 시뻘게졌던 것 같아요. 그 로사라는 여자애에 대해서는 아무것도 몰랐거든요. 그 여자애하고는 더러운 짓거리를 할 계획은 없었기 때문이죠. 그래서 분명 그놈이 비즈니스 겸해서 재미를 보려나 보다 하는 생각이 들어서……."

피츠가 주먹을 부르쥐었다.

"그래서?"

몰리 경감이 갑자기 친절하게 말했다.

"당신이 그때 어떤 기분이 들었는지는 알겠어. 배우자가 바람을 피웠으니 배신감도 들었겠지. 그래서 마르코가 어떻게 하고 있나 보려고 테라스로 몰래 내려간 거로군?"

피츠는 속삭이듯 대답했다.

"맞아요. 고드프리 부인이 나를 놓아주지 않으려고 난리를 피웠지만…… 몸이 안 좋다고 거짓말을 했죠. 내 눈으로 똑똑히 확인하고 싶었어요. 온 집 안이 조용했고, 상당히 늦은 시각이어서……."

"그게 몇 시였지?"

"테라스로 내려가는 계단 맨 위에 도착했을 때가 1시 20분이었어요. 그런데……."

피츠는 마른침을 꿀꺽 삼켰다.

"그 사람이 죽어 있었어요. 제일 먼저 그것부터 보였어요. 나한테 등을 돌리고 아주 가만히 앉아 있었어요. 달빛이 그 사람 목덜미 위에서 빛나더고요. 머리카락 밑으로 빨간 선이 보였어요."

피츠가 몸을 부르르 떨었다.

"하지만 문제는 그게 아니었어요. 그 사람은…… 홀딱 벗고 있었어요. 알몸이었다고요!"

그녀는 울음을 터뜨렸다.

"그게 무슨 말입니까? 당신이 마르코를 봤을 때 말입니까? 너무 빠른데요! 그게 무슨 뜻이죠?"

엘러리가 움찔 놀랐다.

하지만 피츠는 엘러리의 목소리가 전혀 들리지 않는 듯 울기만 했다.

"계단을 내려가서 테라스 탁자 쪽으로 갔어요. 나도 어리둥절했어요. 그 사람 앞에 종이 한 장이 놓여 있었고, 펜을 들고 있던 한쪽 팔이 축 늘어져 딜렁거렸던 것 같아요. 하지만 난 너무 무서워서……. 그러다 갑자기 발소리가 들렸어요. 자갈길을 밟고 내려오는 소리였어요. 그때 정신이 번쩍 들면서 내가 지금 무슨 상황에 놓였는지 깨달았어요. 테라스 쪽으로 다가오는 사람의 눈에 띄지 않고 이 자리를 피할 수 있는 방법이 없었던 거예요. 난 빠르게 머리를 굴렸어요. 어스름한 달빛 속에서라면 아직 기회가 있었어요……. 난 다른 손에 지팡이를 쥐여주고 머리에 모자를 씌운 뒤 어깨에 망토를 두르고 목에 묶어서…… 빨간 선을 가렸어요."

그녀는 달빛 속의 그 장면에서 공포를 느끼면서도 매혹된 듯 멍하니 허공을 노려보았다.

"망토를 입혀놓으면 벌거벗었다는 사실은 감출 수가 있었으니까요. 그래서 발소리가 가까이 다가올 때까지 기다렸다가 입을 열었어요. 그냥 생각나는 대로 읊어댔어요. 지나가던 사람이 그냥 날 흘끗 쳐다보고 지나가도록, 차분하면서도 화난 목소리로 말했죠. 누군지는 모르겠지만 여하튼 그 사람은 가만히 듣고 있더군요. 그러고 나서 난 계단 위로 뛰어올라 갔어요……. 그 사람은 계단 꼭대기에 숨어 있었지만 난 못 본 척하고 지나쳤어요. 조림이었어요. 조림이 싸우는 소리를 듣고 나서 바로 내려가진 않을 거라고 생각했지만, 난 마음을 놓을 수가 없었어요. 그래서 집으로 정신없이 달려가서 마르코의 방에서 그 편지와 사진들을 긁어모아 가지고 나왔어요. 옷장 속에 다 숨겨놓았더라고요. 그래서 그걸 가지고 내 방으로 가서 짐을 쌌고 차고로 가서 그 사람 차를 타고 도망쳤어요. 나한테 열쇠가 있었거든요. 내가 그러면 안 될 이유가 없잖아요? 난…… 그 사람 아내였다고요. 안 그래요?"

"당신이 결백했다면 왜 죄 지은 사람처럼 도망친 거지?"

몰리가 딱딱하게 말했다.

"다른 수가 없었어요."

피츠는 절망에 찬 목소리로 말했다.

"사람들이 날 찾아낼까 봐 무서워 죽을 것 같았어요. 만약 조림이 마르코가 죽은 걸 발견하면 바로 고함을 지를 테고, 그럼 난 도망칠 수 없을 테니까요. 게다가 그 서류들도 있었고."

몰리가 귀를 긁으며 얼굴을 찌푸렸다. 피츠의 이야기와 목소리에는 결코 의심할 수 없는 진정성이 깃들어 있었다. 정황적 증거만 보면 충분히 그녀에게 죄를 물을 수 있었고 속기 기록도 아주 잘 이루어지고 있었지만……. 몰리는 엘러리의 얼굴을 슬쩍 쳐다보았다가 그 비쩍 마른 젊은이가 몸을 휙 돌리는 것을 보고 깜짝 놀랐다.

엘러리는 한 바퀴 빙글 돌아 여자 쪽으로 다가가 그녀의 팔을 움켜쥐었다. 피츠는 비명을 지르며 몸을 웅크렸다.

"더 명쾌한 설명이 필요합니다!"

엘러리가 사납게 말했다.

"마르코를 테라스에서 처음 봤을 때 이미 완전히 나체였었다고요?"

"그래요."

그녀가 떨리는 목소리로 말했다.

"모자는 어디 있었죠?"

"네? 탁자 위에요. 지팡이도 거기 있었어요."

"망토는?"

"망토요?"

피츠의 두 눈이 순수한 놀람으로 커졌다.

"내가 망토도 탁자 위에 있었다고 말했던가요? 말 안 했던가요? 너무 정신이 없어서……."

엘러리가 천천히 피츠의 팔을 놓았다. 회색 눈동자 속에서 희망에 찬 번민이 번득였다.

"탁자 위에 없었습니다."

마치 목이 졸린 듯한 목소리였다.

"어디 있었죠? ……그래요, 테라스 바닥 돌 위에 놓여 있었죠? 당연한 일이죠. 살인자가 그의 옷을 벗기고 나서 아무렇게나 집어 던졌을 테니까."

그는 유리알 같은 눈동자로 피츠의 입술을 온 정신을 집중해 쳐다보았다.

피츠는 당황했다.

"아뇨, 아예 테라스에 없었어요. 그러니까…… 아니, 지금 도대체 무슨 소리 하는 거예요? 내 말뜻은 그런 게 아니에요! 그런 말을 하려던 게 아니라고요! 난 당신이 무슨 생각을 하는지……."

피츠의 목소리가 점점 높아지더니 다시 비명으로 바뀌었다.

"내가 무슨 생각을 하는지는 신경 쓰지 말고요."

엘러리가 다시 그녀의 팔을 움켜잡으며 숨을 몰아쉬었다. 너무나 격하게 그녀를 흔들어댄 나머지 피츠의 머리가 앞뒤로 마구 흔들렸다.

"제발! 도대체 망토는 어디 있었습니까? 도대체 그게 왜 테라스에서 발견된 거죠?"

얼굴이 완전히 납빛이 된 채 피츠가 중얼거렸다.

"그 사람 방에서 편지를 읽다가, 문득 테라스에 내려갈 때 빈손으로 가면 안 되겠다는 생각이 들었어요. 누가 나를 발견했을 때 둘러댈 핑곗거리가 필요했어요. 그런데 침대 위에 망토가 놓여 있더군요. 분명 그가 가져가려다가 깜박 잊은 게 분명했어요."

엘러리의 얼굴에 뜨겁고도 사나운 무언가가 번쩍 스쳐 지나갔다.

"그래서 망토를 가지고 갔어요. 만약 누가 날 불러 세우면 그 사람이 나한테 망토를 가져오라고 시켰다고 말하려고요. 하지만 아무에게도 들키지 않았죠. 그 사람이 벌거벗고 있는 꼴을 보았을 때, 내가 그걸 가져와서 얼마나 다행이었는지……."

그러나 엘러리는 피츠의 팔을 놓고 뒤로 물러나, 발끝으로 서서 잠시 숨을 가다듬었다. 몰리와 판사, 속기사는 당황하다 못해 겁먹은 얼굴로 엘러리를 쳐다보았다. 그는 갑자기 무언가로 가득 채워진 듯 충만한 얼굴이었다.

엘러리는 아주 가만히 서서 피츠의 머리 너머로 몰리 사무실의 텅 빈 벽을 빤히 쳐다보았다. 그러더니 아주 천천히 손가락을 주머니에 찔러넣고 담배를 한 개비 꺼냈다.

엘러리는 너무 낮아서 잘 들리지 않는 목소리로 말했다.

"망토. 그래, 망토……. 빠진 조각."

갑자기 손가락으로 담배를 짓이긴 엘러리는 몸을 천천히 돌렸다. 눈이 미친 사람처럼 번쩍거렸다.
"여러분, 이제야 알았습니다!"

독자에의 도전

"진실의 산을 결코 헛되이 오르는 일은 없다."

니체가 한 말이다.

동화 나라를 벗어나면 산기슭에 서서 그냥 산꼭대기에 오르고 싶다는 생각만으로는 결코 산을 오를 수 없다. 현실은 냉혹하고 성취를 이루려면 노력이 요구된다. 탐정소설을 읽으면서 가장 충만한 기쁨을 누리기 위해서는 독자 역시 탐정의 발자취를 뒤쫓는 노력을 어느 정도 기울여야 한다는 것이 나의 지론이다. 젖 먹던 힘까지 쥐어짜 그 흔적을 샅샅이 검토하고 생각할수록 독자는 가장 궁극적인 진실에 가까워지고, 독자가 얻을 수 있는 기쁨 역시 커지기 마련이다.

몇 년에 걸쳐 나는 내 독자들에게 도전해왔다. 면밀한 관찰과 정제된 사실들을 적용한 논리 그리고 여러 결론들 사이의 최종적인 상관관계를 검토하는 과정을 거쳐 사건을 해결하라는 도전이었다. 독자들은 수많은 편지들을 보내어 이 도전을 끊임없이 계속할 수 있도록 따스하게 격려해주었다. 단 한 번도 해결하려고 시도한 적이 없다면 나는 진심으로 한번 해보기를 권하고 싶다. 실을 더듬다가 어딘가에서 문제가 생겨 뒤엉킬 수도 있고, 너무 많이 생각한 나머지 오히려 아무런 결론도 내리지 못하게 될 수도 있다. 그러나 성패에 상관없이 그러한 경험을 많이 하다 보면 그 노력들은 한층 더 커진 기쁨으로 충분히 보답받을 수 있으리라.

기술적으로는 아무런 문제도 없다. 존 마르코의 죽음에 얽힌 이야기에 관련된 사실들은 지금 이 시점에서 빠짐없이 모였다. 이 모든 사실들을 하나로 취합하여 당신의 손가락으로 단 하나의 논리적인 선택지 즉, 유일하게 범행이 가능했던 사람을 지목할 수 있을 것인가?

E. Q.

15:
방해를 받아

스페인 곶으로 돌아가는 차 안에 앉은 사람들은 마치 하나같이 감전이라도 된 듯 침묵을 지키고 있었다. 엘러리 퀸 씨는 커다란 차량의 뒷좌석에 허리를 굽히고 앉은 채 아랫입술을 핥으며 머리끝까지 깊은 생각 속에 푹 잠겨 있었다. 매클린 판사는 가끔 호기심에 찬 얼굴로 엘러리의 얼굴을 흘끔흘끔 훔쳐보았다. 앞좌석에 앉은 틸러는 끊임없이 뒤를 자꾸만 돌아보았다. 아무도 말하지 않았고, 들리는 소리라고는 숫구치는 바람이 위협적으로 스쳐 지나가는 소리뿐이었다.

몰리 경감이 미친 듯이 질문을 퍼부어댔지만 엘러리는 꿈쩍도 하지 않았다. 가엾은 경감은 불안과 흥분에 사로잡힌 채 엘러리 옆에 앉아 있었다.

엘러리는 이렇게 말했다.

"아직 이릅니다. 제가 이 기이한 문제에 대한 총체적인 답을 갖고 있다는 인상을 드렸다면 죄송합니다. 피츠가 해준 마르코의 망토 이야기…… 그게 핵심을 찔렀거든요. 아주 분명하게 말이죠. 이제 제가 어디서 틀렸는지, 그리고 살인범의 계획이 어디서 어그러졌는지 알았습니다. 하지만 완벽한 전체 그림은 아직 완성하지 못했습니다, 경감님. 시간을 좀 주십시오. 생각할 시간을요."

몰리는 미칠 듯한 광란에 사로잡힌 채, 이미 기력을 탈진하고 당혹감에 빠진 죄수에게 매달렸다. 마르코 부인, 일명 피츠는 공식적으로 협박 미수 혐의로 기소되어 카운티 감옥에 송치되었다. 그리고 울어서 눈이 퉁퉁 부은 두 젊은이가 카운티의 시체 안치소를 찾아와 법적 절차를 밟고 로라 컨스터블의 시체를 인계했다. 형사와 기자들이 질문 공세를 퍼부으며 엘러리를 괴롭혔다. 그러나 대혼란의 한복판에서도 엘러리는 웃음기 없는 얼굴로 평온을 유지하며 제일 먼저 포인세트를 빠져나갈 기회를 낚아챘다.

침묵이 깨진 것은 메인 도로를 타고 해리 스테빈스네 주유소 앞을 지나 정원 도로로 접어들어 스페인 곶을 향해 달려갈 즈음이 다 되어서였다.

"심한 폭풍우가 올 모양입니다. 전에도 저런 바람을 여기서 본 적이 있는데요. 하늘 좀 보세요."

경찰차 운전자가 불안한 듯 말했다.

정원의 나무들이 사납게 흔들리고 강풍이 점점 더 거세졌다. 정원을 가로질러 본토에서 곶의 목 부분을 가로질러 들어가자 저녁 하늘이 보였다. 지저분한 납빛 하늘에서 잔뜩 부풀어 오른 먹구름이 수평선 쪽에서 그들을 향해 무시무시한 속도로 다가왔다. 목 부분에서 강력한 바람과 마주친 바람에 운전사는 차가 도로에서 밀려나지 않도록 핸들을 쥐고 온 힘을 다해 버텨야 했다.

그러나 아무도 말을 꺼내지 않았고, 그들은 별다른 사고 없이 안전하게 곶의 돌벽 안쪽으로 진입했다.

엘러리가 몸을 앞으로 내밀고 운전자의 어깨를 두드렸다.

"여기서 차 세우시죠. 집으로 들어가기 전에요."

차가 끽 소리를 내며 급정거했다.

"도대체……."

판사가 텁수룩한 눈썹을 치켜세우며 입을 열었다.

엘러리가 차 문을 열고 길로 나섰다. 이마에는 온통 주름이 잡혀 있었으나 두 눈은 흥분으로 반짝거렸다.

"금방 돌아오겠습니다. 아무래도 송곳니로 이걸 제대로 문 것 같네요. 그 장면 자체가……."

엘러리는 어깨를 으쓱하고는 마지막으로 미소를 지어 보인 뒤 테라스로 향하는 길을 타박타박 걸어갔다.

하늘은 빠른 속도로 어두워져 갔다. 길 위에서 번갯불이 번쩍했다. 엘러리가 테라스 계단 꼭대기에 도착해 걸어 내려가는 모습이 보였다.

"우린 집에 들어가 있는 게 좋겠소. 금세 비가 올 테고, 저 녀석도 금방 돌아온다고 했으니."

매클린 판사가 한숨을 내쉬었다.

차가 집 쪽으로 올라갔다.

엘러리 퀸 씨는 천천히 테라스 계단을 내려가 밝은 빛깔의 바닥 돌 위에서 잠시 멈춰 섰다가 존 마르코가 죽었던 원탁 쪽으로 다가가 자리에 앉았다. 12미터 높이의 깎아지른 돌벽 사이 깊은 곳에 위치한 테라스는 돌풍에도 끄떡없는 피난처 같았다. 엘러리는 의자에 편안하게 앉은 채 자신이 가장 좋아하는 자세로 등을 깊숙이 기대고서 바닷가의 만 입구 쪽을 바라보았다. 시야에는 배 한 척도 들어오지 않았다. 폭풍우를 감지하고 모두 안전한 곳으로 도피한 모양이었다. 만 쪽의 바다는 끊임없이 포말을 피우며 하얗게 끓어올랐다.

그러나 엘러리의 눈앞에서는 모든 것이 무의미하고 머나먼 저편에 있는 듯, 뿌옇게 흐려질 뿐이었다.

앉아 있는 동안 테라스는 점점 더 어두워졌다. 이윽고 땅거미가 내린 것을 깨달은 엘러리는 한숨을 내쉬며 일어서서 계단 꼭대기로 올라가 머리 위의 램프를 켰다. 테라스의 파라솔이 펄떡펄떡 흔들렸다. 엘러리는 다시 자리에 앉아 종이와 펜을 꺼내 펜촉을 잉크병에 꽂았다가 무언가를 쓰기 시작했다.

파라솔 위로 무언가가 엄청나게 쏟아지는 소리가 나는 것을 보니 비가 제법 오는 모양이었다. 엘러리는 쓰기를 멈추고 종이를 구겼다. 이윽고 그의 눈에 무언가 가늠하는 듯한 빛이 어렸다. 엘러리는 자리에서 일어나 계단 아래쪽 왼편에 놓인 거대한 스페인 항아리 쪽으로 다가가 그 안을 들여다보았다. 잠시 후 그는 항아리 뒤편으로 돌아갔다. 다시 나온 엘러리는 혼자 고개를 끄덕이면서 오른편에 있는 항아리 쪽으로도 가서 같은 행동을 반복했다. 이윽고 탁자로 다시 돌아와서는 다시 자리에 앉아 머리카락이 바람에 날리는 것도 아랑곳 않고 다시 글쓰기에 열중했다.

한참 동안이나 무언가를 썼다. 빗방울은 점점 더 커졌고 흉포해졌으며 빨라졌다. 한 방울이 엘러리 앞의 종이에 떨어져 글자가 번졌다. 엘러리는 더 빠른 속도로 써내려갔다.

굵은 장대비를 동반한 돌풍이 불어올 때 엘러리는 글쓰기를 끝냈다. 종이를 주머니에 쑤셔 넣은 엘러리는 재빨리 일어나 불을 끄고 서둘러 돌계단을 올라가 안전한 집 쪽으로 향했다. 안식처와도 같은 파티오에 도착했을 때 그의 어깨는 흠뻑 젖어 있었다.

약간 뚱뚱한 집사가 가장 큰 복도에서 엘러리를 기다리고 있었다.

"저녁 식사가 준비되어 있습니다. 고드프리 부인께서 시키셔서……."

"고마워요."

엘러리는 무심하게 대답하고는 손을 내저었다. 그러고는 전화 교환대가 있는 벽감 쪽으로 성큼성큼 걸어가 어떤 번호로 전화를 걸고는 평온한 표정으로 기다렸다.

"몰리 경감님 부탁합니다. ……아, 경감님. 전화 받으실 줄 알았습니다. ……네, 그렇습니다. 지금 당장 스페인 곶으로 내려오기만 하시면 됩니다. 전 오늘 밤 안에 이 슬픈 사건을 경감님이 만족하실 만큼 깨끗하게 처리할 수 있을 거라고 확신합니다!"

거실의 독특한 인테리어가 딱 하나 있는 조명 빛을 반사했다. 파티오 바깥과 지붕 위에서는 장대비가 미친 듯 몰아쳤다. 성난 바람이 창문을 두들겼다. 심지어 빗소리를 뚫고 스페인 곶 절벽으로 몰아치는 위풍당당한 파도 소리까지도 들려왔다. 실내에 있기 딱 좋은 밤이었고, 사람들은 모두 은혜로운 얼굴로 난롯불만 쳐다보고 있었다.

"다 모이셨군요."

엘러리가 부드럽게 말했다.

"그런데 틸러는 어디 갔죠? 틸러가 꼭 필요한데 말입니다. 고드프리 씨, 괜찮으시겠죠? 이번 사건에서 틸러는 가장 빛나는 위치에 있었으니 보상을 받아도 좋을 거라고 생각합니다만."

월터 고드프리는 어깨만 으쓱했다. 그가 이렇게 제대로 옷을 차려입은 모습은 처음이었다. 마치 아내의 복권과 함께 그 또한 사회적 책임에 대한 감각을 되찾기라도 한 듯했다. 그는 벨에 매달린 줄을 잡아당기고 달려온 집사에게 무어라 말한 뒤, 스텔라 고드프리의 옆에 털썩 주저앉았다.

모두 모여 있었다. 고드프리 일가 세 가족, 문 부부 두 사람, 얼 코트. 매클린 판사와 몰리 경감은 차분하면서도 호기심에 찬 얼굴로 그들에게서 약간 떨어진 위치에 자리를 잡았다. 딱히 미리 말이 오간 바가 없는데도 몰리의 의자는 문가에서 가장 가까웠다. 아홉 사람 중 유일하게 얼 코트만이 기분이 좋아 보였다. 로사 고드프리의 무릎 근처에 웅크리고 앉은 그의 얼굴은 너무나 만족스러운 나머지 멍청해 보였다. 그리고 로사의 푸른 눈에 깃든 꿈결 같은 시선을 보자 그들 두 사람에게 드리웠던 존 마르코의 그림자가 완전히 사라졌다는 느낌이 들었다. 문은 긴 갈색 시가를 이로 씹고 있었고, 문 부인은 죽은 듯 고요했다. 스텔라 고드프리는 차분하지만 긴장된 표정으로 쥐고 있는 손수건을 마구 쥐어짰다. 몸집 작은 백만장자는 경계하는 표정을 짓고 있었다. 전체적인 분위기는 숨이 막힐 정도로 답답했다.

"부르셨습니까, 선생님?"

틸러가 문간에 나타나 공손하게 말했다.

"어서 들어와요, 들어와, 틸러."

엘러리가 말했다.

"앉아요. 격식을 차릴 필요는 없습니다."

틸러는 구석에 있는 의자 끄트머리에 엉덩이만 살짝 걸치고 앉아 슬쩍 고드프리의 눈치를 보았다. 그러나 백만장자는 신중

하고 빈틈없는 얼굴로 엘러리 쪽만 빤히 쳐다볼 뿐이었다.

엘러리는 난롯가로 걸어가 난로를 등지고 앉았다. 얼굴에 역광이 내려앉아 그의 몸 전체가 불타지 않는 시커먼 덩어리처럼 보였다. 사람들의 얼굴에도 불빛이 비쳐 으스스한 분위기가 피어났다. 엘러리는 주머니에서 종이 뭉치를 꺼내 작은 탁자 한 구석에 펼쳐서 사람들에게 보였다. 그러고는 성냥을 꺼내더니 담배에 불을 붙이며 말하기 시작했다.

"여러 가지 의미에서 이번 사건은 너무나 슬픈 일이었습니다. (오늘 저녁까지 저는 몇 가지 사실들을 거부하고 받아들이지 않았습니다.) 존 마르코는 최악의 악한이고 비열한 작자였습니다. 그가 질 나쁜 본성과 질 나쁜 의도가 완전히 밀착된 인간이라는 건 확실합니다. 물을 것도 없이 그는 범죄자 특유의 심리 상태를 보였습니다. 세상에 태어나 단 한 번도 양심에 규제당한 적이 없을 겁니다. 우리가 가진 얼마 안 되는 지식만 가지고 볼 때 그는 한 여성의 기쁨을 해쳤고 다른 여성을 망가뜨리려 계획했으며 세 번째 여성의 인생을 완전히 짓밟았고 네 번째 여성을 죽음에 이르게 만들었지요. 분명 그자의 장부를 보면 더 많은 유사한 사례들이 존재할 겁니다. 실제로 존재하는지는 잘 모르겠지만요. 한마디로 죽임을 당해 마땅한, 죽임을 당할 이유가 충분한 악당이었다고 할 수 있겠습니다. 고드프리 씨, 당신이 예전에 말했던 것처럼 누가 그자를 죽였는지는 모르지만 인류의 이익에 공헌했다고 봐도 좋을 겁니다."

엘러리는 잠시 말을 끊고 생각에 잠긴 채 담배를 피웠다.

"그렇다면 그냥 이 사건을 그대로 내버려두면 안 되겠소? 당신은 어떤 결론을 내린 모양이지만, 그놈은 죽어도 싼 놈이었소. 그놈이 없어졌으니 이 세상은 훨씬 나은 곳이 되었잖소. 대신······."

고드프리가 쉰 목소리로 말했다.

엘러리가 한숨을 쉬었다.

"왜냐하면 제 작업은 언제나 인류가 아니라 상징과 함께하기 때문입니다, 고드프리 씨. 그리고 몰리 경감님의 관할 내에서 행패를 부렸으니 그 사죄를 드릴 의무도 있고요. 모든 사실들이 밝혀지고 나면, 마르코를 죽인 범인은 재판정에 서더라도 배심원들의 동정을 얻을 훌륭한 이유가 있다는 사실을 여러분 모두 아시리라 믿습니다. 이 사건은 틀림없이 사전에 계획된 범죄입니다. 그러나 고드프리 씨가 방금 시사하신 바대로 언젠가는 이루어져야 할 범죄이기도 합니다. 저는 제 마음속의 인간적인 부분을 모두 닫고 이것을 오로지 수학적인 문제로서만 풀겠습니다. 범인의 운명은 본디 그것을 도맡아야 할 분들이 알아서 하시겠지요."

엘러리가 탁자 위에서 종이를 집어 들자 숨을 죽인 사람들 위로 긴장의 장막이 뒤덮였다. 엘러리는 활활 타오르는 벽난롯불에 종이를 잠깐 비춰본 뒤 다시 내려놓았다.

"제가 바로 직전까지 얼마나 혼란스러웠는지, 또 당혹스러웠는지 전부 설명 드리기란 정말 어렵습니다. 분명 이 사실들 속에는 또렷한 해석이 존재하는데 말이죠. 느낄 수도 있고 알 수도 있었는데 제 손으로 확실하게 쥘 수가 없었습니다. 게다가 이전의 가설에는 아주 눈에 띄는 오류가 하나 있었죠. 피츠라는 여성, 즉 마르코 부인이 몇 가지 사실을 밝혀주기 전까지 전문자 그대로 안개 속을 헤매고 있었습니다. 그러나 마르코가 발견되었을 당시 걸치고 있던 그 망토는 피츠가 테라스로 가지고 내려왔다가 마르코가 죽은 이후에 덮어주었다는 사실을 알게 됐습니다. 바꿔 말하자면 그 망토는 본래 범행 현장에 존재할 예정이 아니었다는 거죠. 그 순간 저는 아주 밝은 빛을 보았습니다. 그리고 사실을 이론에 적용하고 수정하는 나머지 과정은 그야말로 시간문제였죠."

"도대체 망토가 뭐 어쨌다는 거요?"

몰리 경감이 구시렁거렸다.

"모든 것과 관련이 있습니다, 경감님. 이제부터 아시게 될 겁니다. 하지만 지금은 우선 마르코가 살해당했을 때 망토를 걸치지 않았다는 것, 그리고 그가 실제로 소지하고 있었던 물건들에 대한 지식부터 시작하도록 하죠. 당시 마르코는 위아래 잘 차려입고 모든 매무새를 정돈한 상태였습니다. 그리고 범인은 마르코가 입고 있던 옷을 전부 다…… 거의 다 벗겨 갔습니다. 코트, 바지, 신발, 양말, 속옷, 셔츠, 넥타이 그리고 아마 주머니까지 다 털었을 테죠. 여기서 우리가 해결해야 하는 첫 번째 문제가 등장합니다. 왜 범인은 피살자의 옷을 벗겨서 그 옷들을 전부 가지고 갔을까요? 저는 이 질문에 아주 온당한 답을 가지고 있습니다. 상당히 압도적이고 온당한 답이죠. 비록 이 행위 자체는 제정신이 아닌 것처럼 보이지만 말입니다. 그리고 모든 사건에 대한 해답은 바로 이 답에 달려 있다는 사실을 저는 본능적으로 깨달았습니다.

그래서 저는 발상을 전환하여 그 사실들을 체로 정교하게 걸러 아주 기본적인 요소만을 남겨놓았습니다. 그리하여 저는 범인이 희생자의 옷을 훔쳐간 이유를 설명할 수 있는 다섯 가지 가설을 세울 수 있었습니다. 이때 범인과 희생자는 일반적인 의미로 말하는 단어입니다."

엘러리는 메모를 흘낏 쳐다보고는 말을 이었다.

"첫째로 범인이 옷을 훔쳐가는 이유는 옷 속에 든 내용물 때문입니다. 이 이론은 특히 마르코가 수많은 사람들의 마음의 평화를 위협하는 서류를 가지고 있었다는 점에서 빛을 볼 수 있는 가설이기도 합니다. 그리고 우리 모두가 알다시피 이 서류들은 마르코가 몸에 지니고 다녔을 가능성이 높았죠. 하지만 만약 범인이 목표로 하던 것이 그 서류였고 마르코의 옷 속에 들어 있었다면 서류만 가져가고 옷은 그냥 놔두고 가도 되지 않았을까요? 같은 맥락에서 만약 옷 속에 무언가가 있었다 하더라도 살인자는 옷을 전부 가져가는 대신 주머니 속의 내용물만을 꺼내거나 안감을 뜯어서 그 속에 뭐가 들어있는지 살피기만 하면 될 문제였습니다. 그러므로 이 가설은 명백하게 틀렸죠.

두 번째 가설은 아주 불가피한 아이디어입니다. 몰리 경감님이라면 강에서 건져 올린 시체나 숲 속에서 발견된 시체들은 옷이 상당히 상했거나 아예 없어진 경우가 많다는 사실을 잘 아실 겁니다. 대부분의 경우 그 이유는 간단합니다. 피해자의 신원을 드러낼 수 있는 옷을 살인자가 망가뜨리거나 가져가서 피해자의 신원을 감추려는 거죠. 하지만 마르코의 경우에는 당연히 말도 안 되는 소립니다. 피살자는 마르코이고 아무도 그 사람이 마르코라는 점을 의심조차 하지 않았습니다. 게다가 그가 입고 있던 옷이 딱히 마르코라는 점을 증명해주지도 않았고요. 옷이 있든 없든 이번 사건에서는 시체의 신원에 관해 의문을 품을 여지가 아예 없습니다.

반대로 세 번째 가설은 어느 의미에서 마르코의 옷을 훔친 도둑이 마르코를 죽인 범인의 신원을 감추려했다고 볼 수도 있습니다. 다들 멍한 표정이시군요. 전 그냥 마르코가 입은 어떤 특정 옷, 또는 입은 옷 전부가 본래 살인자의 것이었고 그래서 살인자는 자신의 안전이 위험하다는 사실을 깨달았다는 말을 하고 싶은 것뿐입니다. 하지만 이것은 완벽하게 빗나간 추정으로 드러났습니다. 우리의 귀중한 틸러의 존재 덕분에……."

틸러가 양손을 포개고 공손하게 시선을 내리깔았다. 그러나 작은 두 귀는 테리어처럼 기민하게 바짝 섰다.

"살해당할 당시 마르코가 입고 있었던 옷들은 토요일 밤 마르코가 스스로 자기 방에서 갈아입은 바로 그 옷들이었다는 증언을 얻을 수 있었습니다. 게다가 마르코의 옷장에서 없어진 옷들이 바로 그 옷들이었죠. 그러므로 마르코가 그날 밤 입었던 옷들은 살인자의 것이 아닙니다."

방 안이 너무나 고요한 나머지 장작이 타면서 타닥타닥 갈라지는 소리가 마치 권총 쏘는 소리처럼 울려 퍼졌다. 또한 밖에서 무섭게 쏟아지는 빗소리는 마치 천둥 같은 폭포 소리처럼 모두를 압도했다.

엘러리가 말했다.

"네 번째 가능성은 이렇습니다. 옷들이 온통 핏자국으로 더럽혀지게 되면 그 자국들은 범죄자 본인이나 범죄 계획에 차질을 빚을 우려가 있습니다."

몰리 경감의 심각한 얼굴에 놀란 빛이 퍼졌다.

"아, 경감님 생각하시는 그런 게 아닙니다. 만약 그 '피'가 마르코의 피라면 이 이론은 두 가지 점에서 오류를 범하게 됩니다. 먼저 범죄자는 마르코의 옷을 전부 다 가져갔는데, 과연 양말이나 속옷이나 신발에까지 피가 튀었을까요? 그리고 더 중요한 점은 이겁니다. 이번 사건의 희생자는 피를 보는 방법으로 실해딩하지 않았습니다. 마르코는 머리를 얻어맞고 기절했죠. 이 과정에서는 피를 볼 일이 없습니다. 또한 목을 졸려 살해당했으니 또한 피를 흘릴 이유가 없습니다.

하지만, 예. 판사님이 무슨 질문을 하시려는지 압니다. 그 피가 범인의 피일 수는 없느냐는 말씀이시죠? 하지만 그건 시체의 자세로 볼 때 불가능합니다. 범인은 마르코의 목을 졸라 죽였으니까요. 하지만 범인이 어떤 방법으로든 이미 부상을 당한 상태였고, 그래서 마르코의 옷에 무심코 자기 피를 묻힐 가능성도 있지 않았을까요? 그 질문은 두 가지로 반박될 수 있습니다. 첫째로 마르코의 옷에 전부 핏자국이 묻지 않은 이상 몽땅 가져갈 이유가 없습니다. 둘째로는 살인자가 자신이 피를 흘렸다는 것을 감추려 한 이유를, 오로지 부상자가 경찰의 이목을 피하기 위해서였다는 사실을 전제로 할 때, 이번 사건에 관련된 사람들 중 다친 사람은 아무도 없습니다. 그렇기에 가볍게 반박할 수 있죠. 로사 양은 약간 부상을 입긴 했지만 무슨 일 때문인지 완벽하게 설명할 수 있었고, 그 과정에서 정교한 속임수나 사기는 없었죠. 그러므로 핏자국 가설도 틀렸습니다."

엘러리가 잠시 뜸을 들인 뒤 말했다.

"이제 유일한 마지막 이론만이 남았습니다."

빗소리가 잦아들고 난롯불 타는 소리가 들렸다. 사람들은 모두 눈썹을 모으고 눈에는 호기심이 가득했다. 그들 중 그 누구도, 매클린 판사조차도 그 대답을 예상하지 못하는 것이 분명했다. 엘러리는 들고 있던 담배를 불 속으로 던졌다.

엘러리가 몸을 돌리고 입을 벌렸다······.

갑자기 문이 덜컹 열렸다. 몰리가 자리에서 벌떡 일어났고 사람들은 모두 깜짝 놀라 그쪽으로 시선을 돌렸다. 러시 형사가 숨을 헐떡이며 흠뻑 젖은 채 그 자리에 서 있었다. 그는 알아듣게 말을 하려고 무려 세 번이나 시도했다.
"경감님! 방금…… 큰일이 터졌습니다. ……테라스에서 여기까지 뛰어오느라……. 키드 선장이란 놈을 몰아넣었습니다!"
사람들은 한동안 입만 딱 벌리고 있었다.
"뭐?"
몰리가 갈라진 목소리로 물었다.
"폭풍 속에서 잡았습니다!"
러시가 물이 뚝뚝 떨어지는 양팔을 열정적으로 흔들며 부르짖었다.
"해안 경비대가 방금 전에 워링의 크루저를 발견했습니다. 이유는 모르겠지만 그 커다란 원숭이 놈이 해안으로 돌아왔습니다. 곶 쪽으로 오고 있었습니다! 뭔가 문제가 생긴 모양이더라고요……."
"키드 선장?"
엘러리가 중얼거렸다.
"설마……."
"갑시다!"
몰리가 고함을 지르며 문간으로 뛰어나갔다.
"러시, 당장……."
몰리의 목소리가 멀어지더니 점점 작아졌다. 방에 남은 사람들은 잠깐 머뭇거리다가 곧 우당탕 먼지를 일으키며 그의 뒤를 따랐다.
방에 남은 매클린 판사는 엘러리 쪽을 쳐다보았다.
"뭐가 문제냐, 엘?"
"저도 모르겠어요. 이거 정말 이상한 일인데……. 안 돼!"

엘러리는 수수께끼 같은 소리를 지르며 다른 사람들의 뒤를 쫓았다.

테라스에는 미친 듯 끓어오르는 사람들이 비에도 아랑곳 않고 북적거렸다. 남녀 모두 비에 젖은 채 희망과 흥분에 불타 기묘하게 생기 넘치는 얼굴로 서 있었다. 맨 앞에 선 몰리의 신발이 물구덩이를 박차는 통에 빗물이 마구 튀었다. 매클린 판사만이 폭풍우 대책 방안을 생각할 여유가 있었다. 그는 집 안 어딘가에서 주워 온 방수모를 쓰고 천천히 가장 마지막에 도착했다.

코트가 온통 비에 젖은 형사들 한 무리가 오픈형 테라스 지붕의 흰 대들보 위에서 조심스럽게 균형을 잡으며 두 개의 커다란 놋쇠 서치라이트 회전 고리와 씨름하고 있었다. 조럼은 한쪽에서 무관심한 얼굴로, 거의 위풍당당하게까지 보이는 분위기를 풍기며 서 있었다. 조럼의 옷자락이 바람 속에서 미친 듯 펄럭였다.

몰리는 큰 소리로 명령을 내리며 테라스 안으로 뛰어들었다. 머리 위에서 벌어지는 일대 소란에도 불구하고, 그 미끄러운 대들보 위에서 떨어져서 아래에 깔린 돌에 목을 부딪쳐 목이 부러지는 형사는 한 명도 없었다. 거의 기적에 가까웠다. 마침내 스위치가 발견되고 눈먼 두 줄기의 빛이 직경 30센티미터 정도 크기로 일제히 어둠 속을 가르고 하늘에 내리꽂혔다. 빛의 길에 비친 파도는 잿빛의 지옥 같았다.

"똑바로 쏴, 이 멍청한 놈들!"

몰리 경감이 춤을 추듯 팔을 흔들며 고함을 질렀다.

"눈앞에 똑바로 비추란 말이다!"

변덕스럽게 움직이던 빛줄기가 제자리를 잡았다. 두 빛줄기는 테라스와 수평하게 직진해, 만의 입구 쪽에 끓어오르는 파도 위 4미터 정도밖에 되지 않는 곳에서 겹쳐졌다.

사람들은 안간힘을 써서 목을 길게 빼고 직선 불빛이 가리키는 끝을 쳐다보려 고개를 이리저리 돌렸다. 처음에는 시커먼 물 위로 쇄도하는 호우의 반투명한 벽밖에 보이지 않았다. 그러나 서치라이트 하나가 약간 움직이자 그들 눈에 먼 바다 저편으로 정신없이 움직이는 콩알만 한 반점 하나가 보였다. 동시에 세 번째 빛줄기가 바다 쪽에서 드리워졌다. 그 빛줄기 역시 반점 위에서 춤을 추었다.

"해안 경비대야!"

고드프리 부인이 찢어질 듯한 비명을 질렀다.

"저놈 잡아라, 저놈 잡아!"

부인은 사납게 주먹을 부르쥐었다. 머리카락이 밧줄처럼 그녀의 얼굴 위로 느슨하게 드리워졌다.

해안 경비대 보트는 정확하게 뱃머리를 돌려 홀리스 워링의 크루저 쪽으로 돌진했다.

크루저는 분명히 곤경에 처해 있었다. 파도 위에서 정신없이 이리저리 떠돌았고, 선미가 위험할 정도로 기울어져 있었다. 가까이 다가가자 뱃전에서 한 남자가 비틀거리는 모습이 작게 보였다. 너무 작아서 알아보기 힘들긴 했으나 동작으로 볼 때 남자가 상당히 절망에 빠져 있는 것이 분명했다. 그때 사람들은 갑자기 얼어붙어 숨 쉬는 일조차도 잊어버렸디. 뱃머리가 갑자기 획 기울더니 무시무시한 바다가 산산조각이 나면서 배를 집어삼켜 버렸. ……바다가 잠잠해진 뒤 크루저는 온데간데없이 사라져버렸다.

사람들이 일제히 신음했나. 빛줄기가 미친 듯 앞뒤로 오갔다.

"저기 있어요! 헤엄쳐 오고 있어요!"

로사가 소리를 질렀다.

빛줄기 중 하나가 파도 속에서 들락날락하는 사람 머리에 비쳐졌다. 남자는 강인한 힘으로 수영하고 있었으나 분노하는 파도 속에서 갈피를 잡지 못하고, 고통스럽게 만 쪽으로 다가오고 있었다. 해안 경비대의 선박이 커다란 그림자를 드리웠으나 혹시나 헤엄치는 사람이 물에 빠질까 염려돼 가까이 다가가지는 않았다. 대신 뱃전에서 구명 밧줄을 꾸불꾸불 풀어 물 위로 던지는 모습이 빛 속에서 잠깐 보였다. 그러나 그들은 현재 절벽에 너무 가까이 있었고, 배가 이 이상 가까이 다가가는 것은 너무나 위험했다.

"헤엄쳐서 오고 있어!"

몰리가 고함을 질렀다.

"누가 담요 좀 가져와! 물기 없는 걸로!"

천천히 헤엄치면서 남자는 조금씩 만 쪽으로 다가왔다. 그는 상당히 약해져 있었다. 사람들의 시야에는 그의 머리 위밖에 보이지 않았다.

그들은 무력하게 그저 지켜볼 수밖에 없었다. 그리고 마치 백 년의 시간이 지난 듯이, 악몽의 클라이맥스가 지나가는 것처럼 그 과정은 끝이 났다. 만의 입구에 가까이 다가오면서 남자는 마치 정어리처럼 발버둥 쳤다. 사람들 오른쪽에 있는 절벽 근처에서 남자는 미친 듯 팔다리를 움직여 정신없이 돌진했고 마치 탄력 있는 코르크 마개처럼 비교적 안전한 곳까지 도착했다.

서치라이트를 조절하던 형사들도 필사적으로 몸부림치며 반쯤 물에 잠긴 그 모습을 꾸준히 비추기란 쉽지 않았다. 세 사람이 테라스로 달려와서는 몰리 경감을 앞세운 채 해변을 가로질러 달려가더니 물에 뛰어들었다. 그러고는 힘없이 버둥거리는 남자 쪽으로 헤엄쳐 갔다. 이윽고 몰리 경감이 남자의 뒷목을 잡고 힘차게 끌어 남자를 큰 파도 속에서 끄집어냈다. 그리고 바다로 끌려 들어가지 않도록 부하들의 도움을 받아 남자를 끌고 나왔다.

엘러리는 냉담한 표정으로 매클린 판사 옆에 서 있었다. 그는 구조된 남자의 모습을 볼 수 없었다. 그러나 그들 앞에 서서 웅성거리던 사람들의 표정은 볼 수 있었고, 그것을 본 매클린 판사가 의아하다는 듯 눈을 가늘게 떴다. 사람들은 마치 대단한 충격이라도 받은 것 같았고 모두 경이로운 표정을 짓고 있었다.

누군가가 사람들을 거칠게 떠밀며 방수 처리가 된 담요를 들고 나아갔다. 그러고는 구조된 남자에게 담요를 덮어주려 무릎을 굽혔고 금세 시야에서 사라졌다. 고드프리 부인이 비명을 지르며 앞으로 뛰쳐나갔다. 사람들은 자세히 보려고 서로 밀쳐댔다.

흥분이 가시지 않은 남자의 중후한 목소리가 들렸다.
"하느님…… 감사합니다……. 나는…… 그놈이…… 나를…… 죄수처럼…… 해변 어딘가로……. 나는……."
목소리가 멈추었다. 남자가 가슴 전체를 부르르 떨며 커다랗게, 겁에 실린 채 가쁜 숨을 고르고 있었다.
"오늘 밤…… 감시가 느슨해져서…… 싸우고…… 보트를 빼앗아…… 그놈을 죽이고……. 시체는 버리고…… 매여 있던 보트를 타고…… 폭풍이 쳐서…….”
엘러리가 양옆에 있던 문과 월디 고드프리를 밀치고 앞으로 나아갔다. 형사가 누워 있던 남자에게 담요를 덮어주는 중이었다. 남자는 상당히 키가 컸다. 눈은 핏발이 서서 시뻘게졌고 뺨에는 까칠까칠한 수염이 길게 자라 있었으며 오랫동안 고통스러운 삶을 겪은 듯 수척한 얼굴이었다. 한때는 하얀 리넨 셔츠였겠지만, 옷은 흠뻑 젖은 누더기 같았다.

로사와 그녀의 어머니는 남자의 양옆에 무릎을 꿇은 채 그에게 매달려 울고 있었다.

엘러리의 얼굴은 초췌했다. 그는 성큼성큼 걸어 나와 남자의 상기된 얼굴을 부여잡고 들어 올렸다. 피로와 고통에도 불구하고 기본적으로 잘생기고 건장하며 의지가 확고한 얼굴이었다.

"데이비드 쿠머 씹니까?"

엘러리는 마치 발성기관에 문제라도 생긴 듯, 목멘 소리로 물었다.

"마…… 맞습니다. 누구시죠……?"

쿠머가 입을 벌렸다.

엘러리가 허리를 펴고 젖은 손을 젖은 코트 주머니에 쑤셔 넣었다.

"정말로 미안합니다."

그의 목소리는 여전히 쉬어 있었다.

"데이비드 쿠머, 당신의 계획은 정말로 훌륭했고 또 잘 싸웠습니다. 하지만 난 당신을 존 마르코 살인 혐의로 체포할 수밖에 없습니다."

16:
벌거벗은 진실

"지금까지 했던 일 중 가장 고역스러웠어요."

엘러리 퀸 씨가 씁쓸해서 뱉듯 말했다. 그는 듀센버그의 차바퀴 위에 웅크리고 앉은 채 콘크리트 길이 양 옆으로 휙휙 스치는 것을 바라보고 있었다. 두 사람은 집을 향해 북쪽으로 달려가는 중이었다.

매클린 판사가 한숨을 내쉬었다.

"이제 판사 노릇이 얼마나 힘든지 너도 알겠지? 이론적으로는 중범죄를 저지른 사람의 운명은 자기와 동등한 인간인 배심원들에 의해 결정된단다. 하지만 법정에서는……. 인간이 아무리 문명을 자랑해도 아직까지 진정한 평등을 실현하지는 못했단다, 애야."

"제가 뭘 어떻게 할 수 있었겠어요?"

엘러리가 고함을 질렀다.

"솔직히 전 인간 평등이란 개념은 제 앞에서 무의미하다고 늘 뻐기곤 했습니다. 하지만 빌어먹을, 사실은 의미가 있다고요. 엄청난 의미가 있는데!"

"그 사람이 그렇게 극도로 똑똑한 짓을 하지만 않았더라면 좋았을 텐데 말이다. 쿠머는 그 마르코란 악당 놈이 자기 누나 스텔라를 완전히 망가뜨리고 미읍의 평화를 해쳤다는 사실을 너무나 잘 알고 있었지. 그리고 눈앞에서 조카딸 로사가 무슨 일을 겪고 있는지 본 거야……. 아니면 그냥 그렇다고 짐작만 했을 수도 있고. 문제는 아무도 다른 사람에게 고민을 털어놓지 않았다는 데 있는 것 같다. 하지만 마르코에 대한 온당한 분노와 그 악당 놈을 죽이겠다는 결심은 그렇다 치고, 왜 직접 리볼버를 들어 그놈을 쏘아 죽이고 사태를 끝장내지 않았던 걸까? 그가 싸우다가 충동적으로 그만 총을 쏘고 말았다고 법정에서 호소하면 배심원들도 유죄 선고를 내리진 않았을 텐데 말이다. 그런 상황에서는……."

판사가 슬픈 얼굴로 말했다.

"그게 똑똑한 사람들의 고질병이죠."

엘러리가 중얼거렸다.

"자기가 판단하기에 범죄를 저질러야 할 필요성이 느껴지면, 그 범죄가 들통 나지 않도록 아주 기발한 방법을 고안하게 됩니다. 하지만 똑똑하게 굴면 똑똑하게 굴수록, 그리고 범죄가 복잡하면 복잡할수록 계획이 잘못되어 위험에 커질 확률도 높아지죠. 완전범죄라니!"

엘러리가 지친 듯 고개를 흔들었다.

"완전범죄란 건 말입니다. 목격자 없는 어두운 골목길에서 무명씨를 죽일 때나 가능한 겁니다. 복잡할 것 하나도 없어요. 매년 그런 완전범죄가 수백 건씩 발생하고 있죠. 일명 심신미약 폭력배의 소행이란 이름 아래 말입니다."

아무 말 없이 몇 킬로미터를 달려갔다. 스페인 곶의 거대한 바위 주변을 떠돌던 무언가가 두 남자를 메스껍게 만들었다. 그들은 마치 범죄를 저지르고 몰래 도주하는 기분이었다. 그들이 들은 유일하게 경쾌한 목소리는 가솔린 탱크를 채우기 위해

주유소에 잠시 머물렀을 때 해리 스테빈스가 던진 말뿐이었다.

"저도 쿠머 씨를 잘 압니다. 친절한 양반이죠."

스테빈스가 차분하게 말했다.

"그 마르코란 놈과 관련해서 제가 들은 이야기가 사실이라면 이 카운티에 쿠머 씨에게 유죄 판결을 내릴 배심원은 없을 겁니다. 지금도 아마 거의 자유의 몸이나 다름없죠."

데이비드 쿠머는 포인세트에 있는 카운티 감옥에 갇혀 있었다. 폭풍우 속에서 겪은 끔찍한 경험의 충격에서 아직 벗어나지 못한 채, 그저 우울한 표정만을 짓고 있었다. 고드프리는 처남을 감싸기 위해 동부에서 가장 저명한 변호사를 선임했다. 스페인 곶은 갑작스럽게 몰아친 악천후가 점점 사그라지는 가운데 어둡고 무기력한 분위기에 휩싸였다. 로사 고드프리는 젊은 코트의 품을 파고들었고, 로사의 어머니는 로사의 아버지의 품에 안겼다. 틸러만이 전과 다름없이 공손하고 신중하며 태연한 태도를 유지했다.

차가 도로 위를 미끄러져 달려가는 동안 판사가 냉담한 목소리로 말했다.

"그러고 보니 아직 나한테 말을 안 했구나. 어떻게 이 모든 심리적인 속임수가 이루어졌는지 말이다, 엘러리. 아니면 이건 그냥 어둠 속에서 아무렇게나 칼을 찔러대다가 우연히 얻어걸린 일인 게냐?"

판사는 영리한 눈빛으로 옆자리에 앉은 엘러리를 쳐다보다가 엘러리가 자기 쪽으로 시선을 돌리자 소리 내어 웃음을 터뜨렸다.

"별로 대단한 것도 아닌데요!"

엘러리가 분노한 듯 말하다가 씩 웃고는 선한 표정으로 길 뒤쪽을 쳐다보았다.

"심리학자! ……그리고 흥미로운 점이 몇 가지 있었죠."

엘러리는 한숨을 내쉬었다.

"하지만 전 어젯밤 이후로 그 사실들을 계속해서 마음속에서 점검해보면서 제가 그걸 진심으로 이해했다는 사실을 알았습니다. 난파가 일어났을 때 전 도대체 어디에 있었던 걸까요?"

"너의 그 옷에 관련된 다섯 가지 가능성 이론들 중 유일하게 마지막 다섯 번째 이론만이 참이라는 결론을 내렸던 거겠지."

"맞아요!"

엘러리는 여전히 길바닥을 쳐다보고 있었다.

"범인이 마르코의 옷을 가져갔던 이유는 단순하게 그게 옷으로서 필요했기 때문입니다."

결론이 너무 간단한 데 놀라 노신사의 눈이 휘둥그레졌다.

"하지만 그렇다면 왜 범인은 마르코의 옷이 옷으로서 필요했던 걸까요? 스스로 그걸 입으려고 그랬던 거죠. 그렇다면 당연히 그때 범인은 입을 옷이 없었다는 결론이 나옵니다. 어처구니없지만 불가피한 결론이죠. 도대체 왜 범인은 범행이 끝난 뒤 옷이 필요했을까요? 다시 한 번 당연한 말이지만, 도주하려고 그랬던 거죠. 옷은 도망치는 데 꼭 필요했습니다."

엘러리는 다소 씁쓸한 얼굴로 손을 내저었다.

"전 원래 처음에 이 가능성을 버렸습니다. 왜냐하면 범인이 마르코의 옷을 다 가져갔는데 망토만은 남겨놓았기 때문이죠. 망토는 모든 의복들을 덮을 수 있는 옷 아니겠습니까? 범인은 자기 모습을 통째로 감출 수 있는 이 복장을 그냥 내버려둘 이유가 없었습니다. 밤처럼 새까맣고, 목에서 발목까지 덮을 수 있는 건 망토였으니까요. 도망치기 위해서 마르코의 옷이 옷으로서 필요했다면 당연히 챙겼겠죠. 살인을 끝낸 뒤 마음이 급해져서 얼른 도망쳐야 한다는 압박에 시달렸다면 오히려 코트니 셔츠니, 넥타이는 말할 것도 없고 아마 바지도 필요 없었을 테니 다 버리고 그냥 망토만 챙겨 가도 됐을 겁니다. 뭐, 품위 유지상 신발은 가져갔겠지만요. 하지만 범인은 그 모든 위험에도 불구하고 마르코의 옷을 실오라기 하나 남기지 않고 몽땅 가져가고 망토만 남겨놓았습니다! 그래서 난 이 다섯 번째 가능성이 틀렸다는 결론을 내리고 어딘가에 존재할 다른 가능성을 찾아보았습니다. 그래서 한참 동안이나 그 생각으로는 돌아가지 않았죠. 불행한 일입니다. 실수로 제 발로 안개 속으로 들어간 거죠. 어제 늦은 오후 마르코 부인이 그 망토는 사실 범행이 이루어지는 동안 마르코의 몸에 둘러 있지도 않았고 애초에 테라스에도 없었다는 증언을 해 주지 않았더라면 영영 안개 속을 헤맸을 겁니다. 하지만 그 덕분에 저는 다섯 번째 가능성을 재고하게 된 거죠. 도망치기 위해 옷이 필요했다는 그 가능성 말입니다. 망토를 가져가고 싶어도 애초에 범인에게는 망토가 없었으니까요. 그래서 내가 이번 사건에서 가장 중요했던 게 망토라고 한 겁니다. 그 치명적인 작은 정보 조각 하나가 없었더라면 이 사건은 영영 해결되지 못했겠지요."

"그래, 이제 알았다. 하지만 거기서 어떻게 사건과 쿠머를 결부했는지는 여선히 모르겠구나."

판사가 생각에 잠긴 채 말했다.

엘러리가 난폭하게 경적을 울리며 깜짝 놀란 피어스 애로 한 대를 추월하고는 쏜살같이 달려 나갔다.

"잠깐만요. 그 선에 선 먼저 빔인에게 자기 옷이 없었다는 점부터 지적하고 넘어가야겠습니다. 거기에도 설명이 필요하니까요. 저는 스스로에게 질문해보았습니다. 범인은 당시 어느 정도로 옷이 없었을까? 그러니까 예정된 범행 장소에 도착했을 때 범인의 복장 결핍은 어떤 상태였을까? 지금 우리는 이미 범인이 살인을 저지른 뒤 시체에서 옷을 훔쳐서 입었다는 사실을 알고 있습니다. 따라서 마르코에게서 벗겨 간 옷의 종류는 당시 범인이 가지고 있지 않았던 옷 종류와 부합된다는 사실을 알 수 있죠. 그렇지 않다면 그 옷을 가져가지 않았을 테니까요. 즉 범인은 그 당시 셔츠, 넥타이, 코트, 바지, 신발, 양말, 속옷을 가지고 있지 않았다는 이야기가 됩니다. 마르코의 모자와 지팡이는 놓고 갔지요. 하지만 제가 방금 열거한 옷 종류를 범인이 가지고 오지 않았는데 모자와 지팡이는 가지고 왔다면 이건 이상해도 너무 이상하지요. 따라서 그것들을 놓고 간 이유는 단순히 필요하지 않아서였다는 결론을 내릴 수 있습니다. 어쨌든 범인은 올 때 모자도 지팡이도 안 가지고 왔을 겁니다. 자, 해변 테라스에서 범인이 살인을 저지를 때 입고 왔을 법한 옷은 무엇이 있을까요?"

"흠."

판사가 말했다.

"글쎄, 굳이 말하자면 너는 지금 수영복이라는 가능성을 간과하고 있는 듯하구나."

"맞습니다. 간과하지 않았어요. 사실상 그는 수영복 차림으로 왔을 겁니다. 아니면 그 위에 가운을 입었든지, 내지는 가운만 걸치고 왔을지도 모르죠."

"엘러리……."

"이제 저는 범인이 도주를 위해 마르코의 옷을 손에 넣었다는 사실을 입증했습니다. 그렇다면 범인은 본래 입고 있던 수영복, 수영복과 가운, 혹은 가운 차림으로는 도망칠 수 없었을까요? 할 수 있었을 겁니다."

엘러리가 지친 얼굴로 말했다.

"글쎄다. 그 사람이……."

노신사가 반문했다.

"무슨 말씀 하시려는 건지 압니다. 하지만 전 이 점을 의심의 정도 수준으로만 고려하고 있습니다. 만약 범인이 테라스에서 집 쪽으로 도주했다면 수영복, 가운, 수영복 위에 가운, 이 셋 중 한 가지만으로도 충분했을 테고 범인은 마르코의 옷을 가져갈 필요가 없었겠죠. 언뜻 생각하기에도 누군가가 이른 시각에 잠깐 '수영'을 하러 내려올 가능성은 충분합니다. 그럼 이렇게 물으시겠죠. 만약 범인이 집 쪽으로 가지 않고 고속도로를 따라 더 멀리로 도망쳤다면? 그 질문에 대한 대답은 이렇습니다. 범인은 도망칠 때 수영복이나 가운만 입고서는 그 길을 따라 갈 수가 없었습니다. 기억하시겠지만, 판사님의 친구 해리 스테빈스가 지난 일요일 아침에 말하길 고속도로와 해변 사이의 길, 즉 스페인 곶의 출구도 포함되는 그 길 안에서는 수영복 차림으로 걸어서는 안 된다는 지역 조례가 유명무실해졌다고 하지 않았습니까? 뭐 우리가 스테빈스를 만났을 때 사실상 그 사람도 공공 해변에서 수영복만 입고 걸어서 돌아오는 길이었고요. 그러니 이게 공공연한 일이라면 범인은 몇 시가 되었건 그런 모습으로 도망치는 데 두려움은 없었을 겁니다. 누군가가 불러 세우지는 않을 테니까요. 그러니 다시 한 번 말하지만 수영복만 입고 고속도로 쪽으로 도망칠 수 있었다면 마르코의 옷은 필요가 없었을 겁니다. 집 쪽과 고속도로를 제외하면 남는 유일한 도주 경로는 바다죠. 하지만 물론 바다를 통해 도망친다면 옷을 가져가지도 않았을 테고, 만을 통해 달아났다면 틀림없이 백사장에 발자국이 남아 있었을 텐데 그런 건 없었습니다."

"하지만 그 분석이 옳다면 도대체 뭐가 뭔지……."

판사가 알쏭달쏭한 얼굴로 말했다.

"정말 모르시겠어요?"

엘러리가 소리를 질렀다.

"만약 범인이 처음부터 수영복이나 가운이나 수영복 위에 가운이나 아무튼 그런 뭔가를 걸치고 있었다면, 도망치기 위해서 마르코의 옷이 필요하지는 않았을 거란 말입니다. 하지만 우리 모두가 아는 대로 범인은 마르코의 옷을 훔쳐서 도망쳤습니다. 그러므로 저는 범인이 처음부터 수영복이나 가운 같은 것을 입지 않았다는 결론을 내릴 수밖에 없죠."

"하지만 그럼……!"

노신사는 충격을 받은 표정이었다.

"그렇습니다. 그건 범인이 처음부터 아무것도 안 입고 있었다는 뜻이죠. 바꿔 말하면 범인은 처음부터 갓 태어난 아기처럼 벌거벗은 상태에서 마르코에게 살금살금 접근하여 머리를 후려갈겼다는 뜻이 됩니다."

엘러리가 차분하게 말했다.

듀센버그의 힘찬 엔진이 천둥 같은 소리를 내는 가운데 두 남자는 모두 아무 말이 없었다.

잠시 후 판사가 중얼거렸다.

"이제야 알겠다. 존 마르코가 벌거벗고 있었다는 건 그대로 범인도 똑같이 벌거벗고 있었다는 뜻이 되는구나. 아주 영리해. 영리하고말고! 계속해봐라, 엘러리. 아주 흥미진진하구나."

엘러리가 몹시 지친 얼굴로 눈을 깜박였다. 무슨 이런 지옥 같은 휴가가 다 있단 말인가! 엘러리는 속으로 이렇게 생각했지만, 어쨌든 성실하게 대답했다.

"따라서 다음과 같은 의문이 발생합니다. 범인이 옷을 다 벗고 있었다면, 도대체 어디서 나온 것일까? 이건 이 사건 속에서 가장 쉬운 질문이었죠. 집 안에서 벗고 온 건 분명 아닙니다. 고속도로 쪽도 아닐 테고요. 그렇다면 가능한 세 장소 중 마지막 한 군데에서 벗고 온 겁니다. 바다 말입니다."

매클린 판사는 꼬고 있던 긴 다리를 풀고 천천히 고개를 돌려 엘러리를 쳐다보았다.

"흠."

판사의 목소리는 건조했다.

"아무래도 전형적인 인간의 약점을 파고든 것 같구나. 난 내 귀를 믿지 못하겠다. 넌 지금 그 살인자가 분명 바다에서 왔을 거라는 사실을 증명했지만, 분명 일요일만 해도 넌 범인이 결코 바다에서 올 수 없다고 증명하지 않았니?"

엘러리가 얼굴을 붉혔다.

"맞습니다. 부끄러워 죽을 것 같습니다. 판사님도 기억하시겠지만 어젯밤만 해도 전 제 이론에서 가장 치명적인 실수를 저질렀지 않습니까? 에, 그게 바로 제가 '증명'한 겁니다. 그리고 그 '증명'은 아마 영원토록 제 마음속에서 부주의의 상징으로 남아 있을 겁니다. 치열하게 고민하지 않으면 오류를 범하기 쉽다는 걸 잘 보여주고 있지요. 그저 바람만……. 그게 이번의 빌어먹을 사건에서 제가 범한 가장 큰 실수였습니다. 제

'증명'이 두 가지 근거에 기초하고 있었다는 사실을 기억하시죠? 첫째는 마르코가 살해당하기 전 테라스에 앉아 대단히 개인적인 편지를 쓰고 있었던 시각이 새벽 1시였고 그때 마르코는 혼자였으며 살인자는 분명 마르코보다 늦게 왔을 거라는 점이었습니다. 하지만 1시경의 물살은 굉장히 낮았고, 해변은 적어도 5, 6미터 이상 드러나 있었을 텐데 모래 위에는 발자국이 하나도 없었죠. 그래서 전 범인이 바다 쪽에서는 오지 않았고, 육지에 난 길 쪽에서 왔을 거라 추정했습니다. 제 근거에서 오류를 찾으실 수 있겠죠?"

"글쎄다, 솔직히 모르겠구나."

엘러리가 한숨을 내쉬었다.

"간단하지만 교묘한 트릭이죠. 증명의 마지막 한 줄이 저를 납득시키기 전까지 저는 첫 번째 근거가 틀렸다는 점을 몰랐고, 그래서 다시 한 번 검토해보았습니다. 오류는 우리가 '1시에 테라스에 혼자 있었다'는 마르코의 말을 그대로 받아들인 데 있었어요. 혼자 있었다는 건 마르코가 한 말이고, 그가 거짓말을 할 이유도 없었으므로 그게 거짓말이 아니라고 그대로 받아들였지만 그건 사실이 아니었던 겁니다. 마르코는 그저 자기 혼자 있었다고 착각했던 거예요! 자기가 혼자 있다고 생각하든 아니면 실제로 혼자 있든 어쨌든 편지에 혼자 있다고 쓰는 건 똑같죠. 전 멍청하게도 그 '환상의 상태'를 고려하는 걸 도외시한 거예요."

"원 세상에!"

"따라서 첫 번째 '근거'가 틀렸다는 사실은 명확해졌죠. 마르코가 그냥 자기가 혼자 있구나 하고 생각했다면, 편지를 쓸 당시 실제로는 그가 혼자가 아니라는 가능성도 성립합니다. 바꿔 말하자면 먼저 온 건 마르코가 아니라 범인이었고 그는 테라스 어딘가에 숨어서 마르코 몰래 매복하고 있었다는 겁니다."

"어디에 말이냐?"

"당연히 그 거대한 스페인 항아리 둘 중 하나 뒤에 숨었겠죠. 가장 그럴듯한 장소는 거깁니다. 사람 덩치만큼 커다랗잖아요? 판사님도 충분히 숨으실 수 있을걸요. 게다가 기억하시겠지만 마르코를 기절시킨 무기는 콜럼버스 석상이었죠. 그 《아라비안 나이트》에 나올 것 같은 항아리 근처의 벽 틈새에 있던 것 말이에요. 범인은 쉽게 손을 뻗어서 석상을 들고 맨발로 살금살금 걸어서 열심히 편지를 쓰고 있는 마르코의 등 뒤로 접근하여 그 더러운 사기꾼의 머리를 후려갈겼습니다. 그리고 자기 목이든 손목이든 발목이든 아무튼 몸에 감아 가지고 왔던 철사로 정신을 잃은 마르코의 목을 졸랐습니다. 철사는 굉장히 평범한 살인 도구라는 점 외에도 살인자가 바다에서 왔다는 점을 증명하는 하나의 근거도 됩니다. 철사는 수영하는 데 전혀 방해가 되지 않으니까요. 가볍기도 하고 물속에 들어간다고 해서 총처럼 망가지지도 않죠. 나이프라면 입에 물고 움직였어야 할 텐데 그럼 숨쉬기가 어려우니 곤란해지죠. 물론 이 마지막 함정은 별로 중요한 게 아닙니다. 중요한 건 이론을 재구축하고 보니 모든 조건을 상당히 만족하게 되었다는 거죠."

판사가 소리를 질렀다.

"하지만 모래 문제가 있지 않느냐, 엘러리? 모래사장에 발자국이 하나도 없었는데! 그런데 도대체 어떻게 바다 쪽에서 왔다고……."

엘러리가 나지막이 대답했다.

"통찰력을 발휘해보세요, 판사님. 범인이 먼저 도착했다는 말은 즉 1시 전에 왔다는 뜻이고, 그때는 아직 물이 덜 들어왔을 때입니다. 따라서 해변에 5, 6미터가량 물이 빠지기 전이라는 뜻이죠!"

노신사가 고집스럽게 항변했다.

"하지만 편지가 있지 않니? 1시보다 훨씬 일찍 오지는 않았을 게다. 가짜 편지에는 마르코에게 1시에 테라스로 오라는 지령이 적혀 있었으니까 말이다. 편지에 그렇게 적어놓고 범인이 굳이 일찍 와서 기다리고 있을 필요는 없지 않겠느냐? 범인은 자기가 지정한 시간에……."

엘러리가 한숨을 푹 쉬었다.

"편지에 1시라고 적혀 있었던가요?"

"당연하지!"

"자, 자. 그렇게 조급하게 굴지 마시고요. 판사님도 기억하시겠지만 제가 찾아낸 그 타이핑된 편지 조각들 중에는 없어진 조각들이 많았죠. 그리고 1 다음 글자는 찢어지고 없었어요. 불행한 사고죠, 친애하는 판사님. 사실 12라고 쓰여 있었던 겁니다. 2라는 글자가 찢어진 조각에 들어 있었던 거예요!"

"흠. 하지만 그게 어떻게 12라고 단정할 수 있지?"

"당연하죠. 만약 그 글자가 11이나 10이었다면 마르코도 11시 반까지 브리지 게임이나 하고 앉아 있었겠죠. 분명 약속된 시간에 테라스로 나가기 위해 더 일찍 일어났을 겁니다. 따라서 약속은 11시 반에 가장 가까우면서도 11시 반 이후의 시간이어야 하므로 12시가 되는 게 당연하죠."

"알았다, 알았어."

판사가 중얼거렸다.

"쿠머의 불행이란 말이지. 쿠머가 테라스에 도착한 건 자정

직전의 일이었구나. 마르코가 금방 올 거라고 생각하면서 말이다. 아마 옷을 전부 벗은 이유는 가장 편하게 헤엄치려 그랬던 것 같구나. 그리고 혹시나 자기 몸에서 뭐가 단서가 될 만한 걸 흘리지 않도록 조심하려는 의미도 있었을 테지. 하지만 고드프리 부인 때문에 발이 묶인 마르코는 거의 한 시간 가까이 약속에 늦었던 거야. 한밤중에 실오라기 하나 안 걸치고 야외 해변에서 덜덜 떨면서 기다렸겠지!"

"쿠머 입장에서 보면 그 정도보다 훨씬 끔찍했을 겁니다."

엘러리가 냉정하게 말했다.

"가장 커다란 결과가 뭔지 아직 파악하지 못한 것 같군요. 마르코가 한 시간이나 늦는 바람에 쿠머는 마르코의 옷을 벗겨갈 수밖에 없었던 겁니다! 만일 마르코가 제시간에 오기만 했어도 그 자리에 쿠머를 나타내는 단서는 하나도 안 남았을 거라고요."

"무슨 말인지 모르겠다."

판사가 으르렁거렸다.

"모르시겠어요?"

엘러리가 소리를 질렀다.

"범인은 조수 간만의 차 때문에 흔적을 남기게 됐죠. 만약 범인이 자정이 되기 전에 왔다면 물이 가장 높이까지 들어왔을 겁니다. 최고조로요. 아마 테라스로 올라가는 계단의 가장 아랫부분까지 물이 차올라서, 물에서 바로 계단으로 올라갔을 거라고요. 그러니 발자국이 남을 리가 없죠. 마르코가 제때 왔더라면 범인은 마르코를 죽이고 왔던 길 그대로 돌아가면 되는 거였습니다. 당연히 돌아가는 발자국도 안 남죠. 살인이야 일이 분만 있으면 해치울 수 있으니 물은 여전히 계단 아랫단 근처까지 차 있었겠죠. 약간 물이 빠진 모래 부분은 그냥 껑충 뛰어넘어 바로 파도 속으로 들어가면 됐지요. 하지만 마르코가 늦는 바람에 범인은 그냥 테라스에 앉아서 물이 빠지는 꼴을 하릴없이 지켜볼 수밖에 없었습니다. 해변의 모래가 점점 더 넓어지고 있는데도 마르코는 오지 않았어요. 네, 맞습니다. 쿠머로서는 불행하기 짝이 없는 일이었지요. 쿠머는 기다리면서, 더 어려워지긴 했지만 도망칠 계획을 다시 짰을 겁니다. 아마 마르코를 이렇게 몰래 해치울 만한 곳으로 꼬여낼 기회는 두 번 다시 없을 거라고 생각했을 테니까요. 게다가 쿠머와 마르코의 옷 치수가 거의 같다는 사실도 이 계획에 일조했겠지요.

어쨌든 범인은 자정이 되기 전 벌거벗은 채 바다 쪽에서 올라왔습니다. 그런데 살인이 이루어지던 바로 그 순간 범인은 고드프리 저택에 살고 있지 않았던가요? 그렇다면 왜 굳이 멀리 어렵게 빙 돌아서 바다에서 올라왔던 걸까요? 집에서 나와 길을 따라서 그냥 걸어오는 편이 훨씬 간단하지 않았을까요?"

"글쎄다, 만약 그때 범인이 그 집에 실질적으로 거주하고 있었음에도 불구하고 굳이 수영하는 길을 택했다면 범행을 외부인의 소행으로 보이려 했다는 의도로밖에 생각이 안 되는구나. 바다에서 올라오는 외부 경로를 고를 수밖에 없는 사람인 척하기 위해서 말이다. 요컨대 그 집에서 사는 사람이 범인이라는 사실을 감추려고 했던 거지."

노신사가 턱을 긁적거렸다.

"완벽합니다."

엘러리가 박수를 쳤다.

"하지만 만약 그게 이유였다면 자기가 바다 쪽에서 왔다는 사실을 더 확실히 하지 않았을까요?

"그게 이유였다면…… 그랬겠지."

"물론이죠. 범인은 그 사실을 강조하기 위해 바다 쪽에 흔적을 남기고 우리에게 그 사실을 믿도록 강요했을 겁니다. 하지만 반대로 범인은 바다 쪽에서 왔다는 사실을 감추기 위해 온갖 노력을 다 기울였죠!"

"무슨 말인지 아리송하구나. 그게 다 무슨 소리냐?"

"음, 먼저 범인은 명백히 눈앞에 놓인 도주 경로를 선택하지 않았습니다. 자기가 왔던 길, 그러니까 해변을 통해 바다로 되돌아갈 수도 있었는데 말이죠. 만약 범인이 해변 쪽으로 도주했다면 분명 모래사장 위에 발자국이 남았을 테고, 우리 모두가 한눈에 범인의 행각을 알아차릴 수 있었을 겁니다. 게다가 그는 저택에서 사는 사람이었으니 발자국이 해변에 남든지 말든지 신경 쓰지도 않았겠죠. 하지만 범인은 실제로 어떻게 했습니까? 해변에 발자국을 남기지 않기 위해 안간힘을 썼습니다! 시체에서 옷을 벗기고 그 옷으로 갈아입었다는 사실, 이 모든 것은 범인이 바다가 아닌 다른 도주 경로를 선택했다는 말이 되죠……. 바꿔 말하면 범인이 모래 위에 발자국을 남기지 않으려고 최선을 다한 건 그가 바다 쪽에서 왔다는 사실을 숨기고 싶었기 때문이란 말입니다. 하지만 살인이 일어난 기간 동안 고드프리 저택에 살던 사람이라면 바다 쪽에서 올라왔다는 사실을 굳이 감출 이유가 없겠죠. 그러므로 범인은 범행이 벌어지던 기간 동안 고드프리 저택에 거주하지 않았습니다. Q. E. D."

"하지만 그래서야 그냥 중간의 어느 한 지점에 도달한 것뿐 아니냐. 그래서 거기서 어떻게 논리를 발전시키려는 게냐?"

판사가 낄낄 웃었다.

"음, 범인이 범행이 벌어지던 기간 동안 고드프리 저택에 거주하지 않았다는 사실을 알고 나서부터는 그냥 어린애 장난에 불과했습니다. 살인이 일어난 그날 밤 저택에 체류하거나 그 주변에 있었던 사람들은 모두 용의 선상에서 제외시켰죠. 그랬더니 고드프리 부부, 컨스터블 부인, 세실리아 문과 그 소중한 남편, 코트, 틸러, 피츠, 조럼…… 그 모든 사람들이 소거되었습니다. 단, 로사 고드프리와 쿠머, 키드를 제외하고는요."

엘러리가 음울한 얼굴로 말했다.

"하지만 그중에서 쿠머 하나를 골라낸 건 어떻게 된 게냐? 아니면 그냥 가능성이 제일 높은 사람을 고른 거니? 사실상 쿠머가 죽지 않았다고 생각할 만한 이유가 없지 않느냐."

엘러리가 차분하게 말하기 시작했다.

"진정하세요. 얼마든지 입증할 수 있으니까요. 범행이라는 현상을 자세히 들여다봤을 때, 그 속에서 범인의 성격을 추론해낼 수 있거든요. 전부 여섯 가지가 있고, 하나하나 찬찬히 살펴보도록 하죠.

첫째, 범인은 마르코와 마르코가 저지른 그 관계들을 전부 알고 있었습니다. 왜냐하면 범인은 마르코와 로사 사이의 비밀스러운 관계도 충분히 잘 알고 있었고, 그래서 로사 이름이 서명된 가짜 편지를 보내면 마르코가 그 거짓을 믿고 순순히 나올 거라고 확신했던 거죠.

둘째, 범인은 고드프리 부인이 아침 일찍 수영하러 해변으로 나오는 습관이 있다는 사실을 알고 있었습니다. 만약 몰랐다면 그냥 왔던 길을 되짚어 도망쳤을 겁니다. 해변을 밟고 만을 통해 바다로 나가면서 발자국도 모두 남겼겠지요. 아침이 되고 시간이 지나면 밀물이 들어와 발자국을 지워줄 테고, 아무런 흔적도 남지 않을 테니까요. 하지만 그 경로를 고르지 않았다는 것은 즉 범인은 밀물이 발자국을 지우기 전에 고드프리 부인이 나타날 것이라는 사실을 이미 예측하고 있었다는 애기가 됩니다. 따라서 그는 부인이 올 것을 알고 있었죠.

셋째, 범인은 그 지역을 매우 잘 알고 있었으므로 만에 밀물이 몇 시쯤 들어오는지도 잘 알고 있었습니다.

넷째, 범인은 수영을 대단히 잘했습니다. 처음에 바다 쪽에서 올라왔을 때, 범인은 분명 연안 어딘가에 보트를 정박해뒀을 겁니다. 너무 시선을 끌지 않도록 좀 떨어진 곳에 끌어다 놓았겠죠. 하지만 보트로 왔다면 살인을 저지르고 난 뒤에 다시 보트로 돌아가야만 합니다. 하지만 범인이 제가 아까 말한 대로 고속도로를 통해 도망쳐야 한다면……."

"잠깐만."

"저 아직 말 안 끝났어요. 고속도로를 통해 도망쳐야 한다면 범인은 옷이 필요합니다. 수영복도 가운도 안 걸치고 있으니 당연하죠. 스테빈스의 주유소가 곶 입구 바로 맞은편에 있습니다. 절대로 들켜서는 안 되죠. 그러므로 범인은 옷을 다 벗은 채 훤히 드러난 곶 입구로 당당히 나올 수가 없었습니다. 그래서 그는 마르코의 옷을 입은 채 고속도로를 걸어서 공공 해변 중 하나로 나갔습니다. 각각의 해변끼리는 약 1, 2킬로미터가량 떨어져 있고 우리도 알다시피 곶에서도 마찬가지죠. 걸어 나온 다음엔 어떻게 했을까요? 새벽 1시 반 매보다 더 한적하고 사람이 없는 공공 해변에서 옷을 벗었을 겁니다. 그리고 옷을 돌돌 뭉쳐 들고(설마 옷을 남기고 가는 위험을 감수하진 않았을 테죠.) 적어도 1, 2킬로미터가량은 헤엄쳐서 보트까지 갔을 겁니다. 그러므로 다시 한 번 말씀드리지만 논리적으로 볼 때 범인은 굉장히 훌륭한 수영 솜씨를 지닌 자라는 사실이 입증되죠."

엘러리가 숨을 가다듬느라 잠시 말을 멈춘 사이 판사가 지적했다.

"네 이야기는 온통 허점투성이야. 방금 보트를 타고 왔다면 보트로 돌아갈 거라고 하지 않았니? 굳이 그럴 필요가······."

엘러리가 항변했다.

"굳이 그럴 필요가 있죠. 처음 범인은 알몸 상태로 범행 장소에 왔습니다. 범인이 설마 알몸으로 육지 쪽 경로로 도주할 거라고 생각이나 했을까요? 처음엔 그냥 다시 헤엄쳐서 보트로 도망가면 될 거라고 생각했겠죠. 만약 육지 쪽 도주 경로를 짰다면 어딘가에 탈 것을 숨겨놓았을 겁니다. 하지만 그러지 않았죠.

다섯째, 물리적으로 범인은 마르코와 체격이 거의 유사합니다. 왜일까요? 범인이 마르코의 옷가지를 걸친 모습이 부자연스러웠다면 스테빈스나 아니면 길을 가다 마주친 사람이 공공 해변으로 걸어가는 그를 보고 옷차림에 뭔가 이상함을 느끼고 유심히 쳐다보았을 겁니다. 그럼 말썽에 휘말렸겠지요. 하지만 그렇지 않았기에 범인은 누가 자신을 목격하더라도 별다른 인상을 남기지 않은 채 당당히 걸어갈 수 있었겠지요. 그렇다면 대충 마르코의 체격과 비슷할 정도로 덩치가 큰 남자임에 분명합니다.

마지막으로 여섯째, 범인은 고드프리 저택에 전에 와봤던 사람입니다. 이 점이 가장 중요하죠."

"편지 말이냐?"

"물론이죠. 범인은 가짜 편지를 쓰는 데 고드프리 저택 내의 타자기를 이용했습니다. 그 타자기는 집 밖으로 한 번도 나간

적 없던 물건입니다. 따라서 타자기를 이용한 사람은 그 저택을 방문했거나 내지는 적어도 기계를 이용할 수 있는 집안사람이라는 말이 됩니다."

엘러리가 빨간 신호등을 보고 차를 멈추었다.

"자."

한숨을 내쉬며 엘러리가 말했다.

"증명은 다 끝났습니다. 로사 고드프리의 경우, 워링의 별장에 하룻밤 내내 묶여 있었다던 그녀의 이야기를 완벽히 다 믿을 수 없더라도, 그녀가 범인이 되기란 불가능한 일입니다. 수영도 못 하죠, 타자기 다룰 줄도 모르죠, 게다가 이론상 마르코의 옷을 입고 변장할 수는 있겠지만 여성의 긴 머리카락을 감추려면 반드시 마르코의 모자를 가져가야 하는데 모자는 범행 현장에 남아 있었습니다. 세 가지 조건에 부합하지 않기 때문에 제외됩니다.

키드요? 사람들이 묘사했다시피 그는 인간이라는 게 믿기지 않을 정도로 체구가 거대했기 때문에 마르코의 옷을 전혀 입을 수가 없었습니다. 따라서 불가능하죠. 게다가 로사 양이 묘사했던 그자의 끔찍하게 거대한 발 모습 기억하시죠? 키드는 아닙니다, 절대 아니에요."

엘러리는 다소 지쳤지만 흐뭇한 미소를 띤 채 말을 이었다.

"우스꽝스러운 가능성들은 몇 가지 있습니다. 예를 들어 컨스터블 씨를 볼까요. 몸이 불편한 불행했던 부인의 남편 말이죠. 하지만 그는 논리적인 근거에 따라 소거됩니다. 컨스터블 씨는 고드프리 가문 사람들을 한 번도 만난 적이 없었으므로 고드프리 부인의 아침 수영 습관에 대해서는 몰랐습니다. 그는 고드프리 저택을 한 번도 방문한 적이 없었으므로 '로사'의 이름으로 서명한 편지를 쓸 수도 없었죠.

또 워링은 어떻습니까? 별장과 크루저의 주인 말입니다. 왜 워링은 안 될까요? 왜냐하면 로사 양의 묘사에 따르면 그는 대단히 몸집이 작은 사람이기 때문입니다. 그리고 그 사람은⋯⋯ 친애하는 솔론이시여, 판사님 본인의 증언에 따르면 고드프리 저택에 한 번도 발을 들인 적이 없다고 했지요.

그러니 남는 사람은 쿠머 하나뿐입니다. 저는 쿠머가 죽었다는 사실을 '몰랐기' 때문에 용의 선상에 그를 올렸습니다. 검토해보고 나니 여섯 가지 조건에 전부 합치되는 바람에 저도 깜짝 놀랐습니다. 쿠머는 로사와 친하므로 로사와 마르코의 사이에 대해 알고 있습니다. 쿠머는 누나인 스텔라가 아침마다 잠깐 바다에 몸을 담그러 간다는 사실도 알았죠. 부인의 말에 따르면 가끔 같이 수영하러 가는 일도 있었다고 하지 않습니까! 게다가 쿠머는 스포츠맨이었고 곶 근처를 보트로 돌아다니는 일도 많았습니다. 그가 조수 간만의 차에 잘 안다는 사실은 두말할 나위도 없겠죠. 수영이오? 친누나가 그 실력을 보증했습니다. 마르코의 옷을 입을 수 있는 신체적 조건? 로사 양의 말에 따르면 그는 피살자와 거의 옷 사이즈가 같다고 했습니다. 그리고 마지막으로 그는 고드프리 저택에 영구적으로 거주하는 사람이기 때문에 타자기에 얼마든지 접근할 수 있습니다. 그러므로 이 모든 조건을 만족하는 유일한 사람인 쿠머, 그리고 그 무엇보다도 살인이 일어난 날 밤 유일하게 바다에 나가 있던 사람(키드를 제외하면요.)인 쿠머가 범인이 될 수밖에 없는 겁니다. 이게 끝입니다."

"쿠머가 유일하게 범행이 가능했던 범인이라는 사실을 알고 나면 그 뒤에 무슨 일이 있었는지 재구성하는 건 정말로 손쉬

웠겠구나."

잠시 침묵하던 판사가 말했다.

엘러리가 가속 페달을 사납게 밟았다. 듀센버그는 캐터필러 트럭을 한 대 추월했다.

"물론이죠. 그 뒤는 뻔합니다. 쿠머가 범인이라면 그 납치 사건은 순수하고 간단한 자작극이라는 사실이라는 게 명백해지죠. 딱한 상황 속에서 자기 자신까지 인질로 몰아넣어 꾸민 그 납치극을 보면 쿠머는 정황이나 실제로도 범인이 되기란 불가능해 보입니다. 아주 똑똑한 계획이었어요. 아니, 너무 똑똑해서 탈이었죠.

분명 쿠머는 이 키드라는 깡패를 고용해서 자기를 납치하라고 시켰을 겁니다. 그냥 농담이나 장난 같은 거라고 구슬렸겠죠. 아니면 진실을 말해주고 입막음 조로 상당한 돈을 지불했을지도 모르고요. 쿠머는 무슨 일이 일어났는지 증언해줄 사람이 필요했기 때문에 로사를 끌어들였습니다. 자기 삼촌이 얼마나 용기 있게 행동했는지, 그리고 그럼에도 불구하고 고릴라 같은 그 키드란 놈 앞에서 얼마나 무력했는지를 경찰 앞에서 똑똑하게 증언해줄 믿음직스러운 증인이 필요했으니까요. 그리고 또한 로사를 이렇게 밖으로 끌어냄으로써 로사는 그 가짜 편지와는 무관한 존재가 될 수 있었습니다.

쿠머와 키드는 이 모든 납치극을 처음부터 끝까지 사전에 미리 맞춰봤을 겁니다. 쿠머가 키드의 배에 한 방 먹이고 나서 키드가 쿠머를 갈겨서 쿠머가 '기절'하는 부분까지도. 전부 다 로사를 위한 일이었죠. 키드가 마치 쿠머를 마르코로 착각한 양 접근하게 만든 것 보세요! 심지어 키드가 그를 마르코라고 부르기까지 하지 않았습니까? 이건 전부 다 쿠머가 결백하다는 것, 그리고 마르코를 살해한 범인은 외부인이거나 집 안에 있던 다른 어떤 사람이라는 것을 경찰에게 알리려는 의도였던 겁니다. 쿠머는 경찰이 마르코를 죽인 진범이 키드가 아니라는 것 정도는 꿰뚫어볼 거라는 사실까지 내다볼 정도로 영리했습니다. 둘 사이에는 아무런 관계가 없었으니까요. 그래서 그는 키드가 다른 누군가에게 '전화'를 하도록 시켰습니다. 물론 로사가 다 듣는 곳에서 말이죠. 보시다시피 이 모든 것들이 아주 치밀하게 계획된 범죄였습니다. 키드가 전화로 보고하는 사람은 마치 외부에 있는 누군가인 양, 키드에게 명령을 내린 윗사람이 존재하는 양(물론 쿠머 본인은 아닌 누군가겠죠.) 꾸민 겁니다. 쿠머가 가짜로 '기절'해서 해변에 누워 있는 동안 전화를 걸도록 꾸몄으니 아주 완벽한 속임수였죠. 아마 제가 생각하기에 실제로 키드는 고드프리 저택의 아무 번호로나 전화를 걸었다가 상대방 쪽에서 수화기를 들거나 또는 전화를 받기 위해 플러그를 꽂을 때 나는 찰칵 소리가 들리면 조용히 엄지손가락으로 버튼을 눌러 전화를 끊어버리고는 일방적인 대화를 차분하게 이어 갔을 겁니다. 아뇨, 우리 모두가 이 키드 선장이라는 친구의 능력을 너무 과소평가한 경향이 있었습니다. 아마 쿠머는 이 점을 역으로 적용했을 겁니다. 키드는 멍청했기 때문에 누가 시킨 일은 아주 똑바로, 나무랄 데 없이 매끄럽게 해치웠을 겁니다. 선원이면서도 배우나 다름없었죠."

"하지만 쿠머가 그 가짜 편지를 어떻게 처리했을까? 그 친구는 그때 집 밖에 있었고……"

"편지가 발견되었을 때 말인가요? 당연히 어렵죠. 하지만 편지를 심었을 때라면 얘기가 달라요. 쿠머는 저녁 식사가 끝난 직후에 편지를 아래층에 있는 틸러의 옷장에 넣어두고 나서 바로 로사를 불러 잠깐 담소나 나누자면서 밖으로 끌고 나갔습니다. 쿠머는 틸러가 그 편지를 발견하게 되는 건 9시 반쯤이나 되리라는 사실을 잘 알았죠. 이 점도 범인의 조건 중 하나가 될 수 있겠네요. 틸러의 습관을 아는 사람 말이죠. 여하튼 그러고 나면 사람들은 그 편지를 작성하고 틸러의 옷장에 숨겨놓은 주체는 '키드의 전화를 받고 난' 키드의 '윗사람'이라고 생각하게 될 겁니다. 판사님, 기억하시죠? 우리가 워링의 별장에서 젊은 아가씨를 발견했을 때 코트가 달려왔는데 그는 의문의 전화를 받고 로사 양이 어디 있는지 이미 알고 있었습니다. 당연히 그 전화는 쿠머가 한 일입니다. 해변 어딘가에 몸을 숨기고 있던 쿠머는, 자신의 모습이 목격될지도 모른다는 위험을 무릅쓰고 그 전화 한 통을 위해 육지로 올라왔습니다. 아마도 조카딸의 머리카락 한 올이라도 다치느니 자기 자신의 목숨을 포기하고 말았을 겁니다. 로사 양이 한시라도 빨리 발견되기를 시종일관 바랐겠지요."

"글쎄다. 그렇게나 금이야 옥이야 아낀다면서, 그 조카딸 이름으로 가짜 편지에 서명한 건 어쩌고? 아가씨한테 쓸데없는 불똥이 튀지 않았나?"

엘러리가 고개를 저었다.

"쿠머는 로사 양에게 강력한 알리바이가 있다는 사실을 잘 알고 있었죠. 타자기를 사용할 줄도 몰랐거니와 워링의 별장에 꽁꽁 묶인 채 발견되었으니 어린하겠이요? 아마 경찰이 그 편지가 가짜라는 사실을 의심하든 말든 쿠머는 신경도 안 썼을 겁니다. 아니, 오히려 로사의 안위를 위해서 일부러 그렇게 했겠지요. 그리고 만약 마르코가 조금만 더 조심해서 그 편지를 처분했더라면 편지가 발견될 일은 없있을 대고 그러면 로사 양이 이 사건에 엮일 일도 없었겠죠."

커다란 마을에 접근하자 교통량이 늘어나 차가 원활하게 나아가기 어려울 정도였다. 엘러리는 잠시 동안 그 지옥 같은 교통 체증 속에서 듀센버그를 빼는 작업에 머리끝까지 몰입했다. 매클린 판사는 턱을 매만지며 깊은 생각에 빠졌다.

판사가 갑자기 물었다.

"넌 쿠머의 고백이 어디까지 진실이라고 생각하니?"

"네? 무슨 말씀이신지 모르겠는데요."

듀센버그는 분주한 번화가를 느릿느릿 달렸다.

"글쎄, 난 그 친구가 어젯밤 그 키드란 괴물에 대해 한 말이 자꾸만 의심이 가는구나. 그러니까 폭풍우를 이용해 드라마틱하게 탈출했다는 그 얘기, 조금씩 조금씩 크루저 바닥에 구멍을 뚫고 배를 가라앉힌 다음 목숨을 걸고 해안으로 헤엄쳐 왔다던가? 그 이야기를 한 다음에 말이다. 처음에 말하길 어제저녁 보트에서 키드와 싸움을 벌인 끝에 결국은 죽였다는 그 말, 그 말은 거짓이라고 인정했지. 그러고 나서 진실을 말했잖니. 토요일 저녁 그 '납치극'이 벌어진 후 워링의 크루저를 타고 스페인 곶에서 멀리 떨어진 곳으로 가서 배를 어느 외딴섬에 정박해놓고 키드에게 보수를 준 다음 짐 싸서 떠나라고 했다는 이야기. 그래서 우리는 모두 키드가 살아 있는 채로 어딘가 먼 곳으로 가버렸다는 인상을 받았지. 하지만 난 영 그게 사실 같지가 않구나."

"말도 안 됩니다."

엘러리가 코웃음을 치며 경적을 빵빵 울렸다. 그는 차창 밖으로 몸을 내밀고 얼굴에 경련을 일으키면서, 슬그머니 끼어드는 택시에 대고 운전자로서 아주 정당한 분노를 뿜어냈다.

"도대체 지금 무슨 생각을 하시는 거예요?"

그러고는 미소를 지으며 다시 머리를 차 안으로 집어넣었다.

"실은 쿠머가 마르코를 살해한 범인이라는 결론에 도달했을 때, 자연스럽게 그럼 키드는 어떻게 되었을까 하는 생각도 해 봤죠. 그는 단순한 도구에 불과했다는 게 분명하니까요. 문제는 이거였습니다. 키드는 과연 진상을 다 알고 있었을까요, 아니면 그냥 '납치극'에서 순수하게 남들의 눈을 현혹하는 도구만으로 이용되었을까요? 저는 그 두 가지가 '이중 범죄'와 연관이 있다고 생각하게 되었습니다. ……판사님은 쿠머가 키드도 죽였다고 생각하세요?"

"실은 그런 생각이 내 마음을 스쳤다고 말하지 않을 수는 없구나."

판사가 얼굴을 찌푸리며 나직하게 말했다.

"아니에요. 쿠머는 그러지 않았을 겁니다. 먼저 쿠머가 키드에게 자기의 모든 계획을 다 털어놓을 필요가 없었거든요. 그리고 쿠머는 '타고난' 살인자가 아니에요. 아주 멀쩡한 제정신을 가진 인간입니다. 주위 사람들과 다름없이 법의 테두리 안에 묶여 있는 사람이에요. 결코 냉정을 잃지 않죠. 살인의 쾌락에 빠지거나, 보복당할 우려가 있다고 해서 남의 목숨을 빼앗는 타입의 인간은 아닙니다. 깡패 키드는 두둑한 보수를 받았겠지요. 만약 멀리 떠나 어딘가에서 살인에 대한 신문기사를 읽고 쿠머를 협박해볼까 하는 생각이 잠깐 들더라도, 자기 자신도 그 살인 행각에 한몫 거들었다는 사실을 금세 깨닫고 포기할 겁니다. 이게 바로 쿠머가 하수인을 고용하면서 미리 쳐놓은 자기보호 방편이었죠. 쿠머의 말은 다 진실입니다."

마을을 뒤로 하고 달려 다시 드넓은 도로가 나올 때까지 두 사람 다 아무 말도 없었다. 불어오는 바람에서는 이제 곧 찾아올 가을의 느낌이 묻어났다. 노신사가 갑자기 부르르 떨었다.

"왜 그러세요? 추우세요?"

엘러리가 걱정스러운 얼굴로 물었다. 판사가 껄껄 웃었다.

"글쎄다. 살인 때문인지 바람 때문인지는 나도 모르지만, 좀 싸늘하긴 하구나."

어째서인지 엘러리가 차를 멈추었다. 그러고는 차에서 펄쩍 뛰어내리더니 짐으로 가득 찬 복잡한 뒷좌석을 열고 안을 한참 뒤진 끝에 검고 부드러운 커다란 뭔가를 끄집어냈다.

"그게 뭐냐? 그건 어디서 났니? 난 처음 보는 건데……."

판사가 수상하다는 듯 물었다.

"이거 두르세요, 아버지."

엘러리가 차로 다시 뛰어 들어와 그 물건을 노인의 무릎에 펼쳐 덮어주었다.

"우리의 모험에서 가져온 작은 기념품입니다."

"도대체……."

무어라 말하려던 판사는 놀라움에 그것을 툭툭 두드려봤다.

"정의 살해자 지망생, 논리의 길을 에둘러 가는 자."

엘러리가 웅변처럼 말하며 브레이크를 풀었다.

"도저히 못 참겠더라고요. 솔직히 털어놓으면 오늘 아침에 몰리의 코앞에서 슬쩍해 온 거예요!"

매클린 판사가 그것을 펼쳐 들었다. 존 마르코의 검은 망토였다.

노인은 다시 한 번 부르르 떤 뒤 숨을 깊이 들이마시고는 대담한 몸짓으로 망토를 어깨에 둘렀다. 엘러리가 가속 페달을 밟으며 히죽 웃었다. 잠시 후 노신사는 중후한 바리톤으로 〈닻을 올리고〉의 끝없는 후렴구를 부르기 시작했다.

후기

나는 어느 가을 밤 매클린 판사 그리고 엘러리와 함께 이스트 사이드에 있는 어느 러시아식 가게에서 발랄라이카 음악이 잔잔히 흐르는 가운데 기다란 유리잔에 든 차를 홀짝이며 담소를 나누고 있었다. 옆 탁자에서는 검은 수염을 기른 거대한 체구의 러시아인이 전통적인 러시아 방식으로 차를 찻잔 받침에 따라 벌컥벌컥 시끄러운 소리를 내며 마셨다. 그 남자의 신체 비율 덕분에 화제는 자연스럽게 키드 선장과 존 마르코 사건으로 넘어갔다. 나는 그때 한창 엘러리에게 스페인 곶 사건의 메모를 글로 다듬어 책으로 내라고 설득하던 중이었다. 그리고 마침 지금 엘러리가 기분이 좋아서 내 말을 들어줄 것 같았으므로 이 기회를 놓칠 수 없다는 생각이 들었다.

"아, 좋습니다."

드디어 엘러리가 말했다.

"정말이지 당신은 이 세상에서 가장 잔인한 노예 고용주입니다, J. J.. 뭐 최근에 냈던 다른 책들 정도의 재미는 있겠지요."

엘러리는 지난여름 결국 해결하지 못했던 '티롤리언 사건'의 영향으로 여전히 시무룩한 상태였다.

"엘러리, 만약 네가 정말로 이 이야기를 소설로 쓸 것 같으면 그 속에 입을 떡 벌리고 있는 구멍 하나는 잘 메워야 할 거다."

매클린 판사가 무심한 목소리로 말했다.
"네? 무슨 구멍 말씀이시죠?"
엘러리가 마치 사냥개처럼 고개를 획 쳐들었다.
"구멍이라고요? 판사님, 저도 이야기를 전부 다 듣긴 했지만 뭐가 구멍인지 잘 모르겠습니다만."
나 역시 물었다.
"하나 있다오."
노신사가 껄껄 웃었다.
"나와 개인적으로 관련된 일이지. 이 수학자 친구들 같으니! 하지만 네가 엄격한 논리에 매혹되어 있는 한 친애하는 대중들이 의기양양한 편지를 보내서 네 인생을 엉망진창으로 짓밟는 일을 원치는 않을 거야. 그렇지?"
"그만 좀 하세요."
엘러리가 화를 냈다.
판사가 꿈꾸는 듯한 얼굴로 말했다.
"엘러리, 넌 네 분석으로 모든 사람들을 다 소거했다고 생각하지?"
"그럼요!"
"하지만 틀렸단다."
엘러리가 느릿느릿 담배에 불을 붙였다.
"오, 제가 그랬단 말이죠? 누굴 빠뜨렸나요?"
"매클린 판사."
나는 그만 입에 머금고 있던 차를 뿜고 말았다. 평상시 언제나 태연한 표정을 유지하던 엘러리의 얼굴이 놀라움에 가득 차 코믹하게 망가지는 것을 본 탓이다. 판사는 내게 윙크하고는 발랄라이카의 멜로디를 흥얼거리기 시작했다.

"이런, 맙소사."

엘러리가 괴로운 얼굴로 말했다.

"제가 놓친 게 맞네요. 이거 당신 책에 넣어도 좋아요, J. J.. 실패한 예로 말이죠. 흠…… 친애하는 솔론이시여, 어미 양은 집을 나설 때 새끼 양에게 이렇게 말했다고 합니다. 자만하지 말라고 말이죠."

노신사가 콧노래를 멈췄다.

"그럼 넌 나까지도 용의 선상에 올렸단 말이냐? 요 괘씸한 녀석! 내가 너한테 얼마나 잘해줬는데!"

엘러리가 활짝 웃었다.

"언제나 제게 잘해주신 건 잘 압니다. 하지만 진실은 미덕이고 미덕은 진실이니 오랜 친구라고 해도 제외할 수는 없는 법이죠. 그렇지 않습니까? 순수한 논리적 탐구 속에서 저는 판사님 역시 고려 대상에 넣었습니다. 판사님을 소거할 수 있어서 제가 얼마나 안심했는지 모른다고요."

"그것참 고맙구나. 그런데 왜 말을 안 했니?"

판사가 의기소침한 얼굴로 말했다.

"그건…… 뭐, 친한 사람한테 대놓고 할 수 있는 이야기는 아니니까요."

"그런데 도대체 어떤 점에서 판사님을 소거한 건가, 엘러리? 자네가 한 이야기 속에서는 딱히 그럴 만한 점이 보이지 않았는데……."

내가 물었다.

"아마 없을 겁니다."

엘러리가 웃었다.

"하지만 책 속에서는 아주 매끄럽게 삽입될 수 있을 걸요. 솔론이시여, 기억하세요? 우리가 일요일 아침에 스테빈스와 나눈 대화 말이에요."

노신사가 고개를 끄덕였다.

"제가 그 사람한테 뭐라고 했는지 기억나세요?"

노신사는 고개를 저었다.

"저는 그 사람한테 판사님이 수영을 못한다고 말했다고요!"

J. J. 맥

역자 후기

*이 후기는 스포일러를 포함하고 있습니다. 주의 바랍니다.

《스페인 곶 미스터리The Spanish Cape Mystery》(이하 《스페인 곶》)의 결말 부분에서 엘러리는 이번 사건이 자기가 겪은 '가장 고역스러운(hardest)' 사건이었다고 고백한다. J. J. 맥은 엘러리의 새로운 사건을 소개할 때마다 유례없이 어렵다거나 복잡하다거나 골치를 썩이는 사건이라는 말을 빠뜨리는 법이 없지만, 그것은 문제의 복잡성 그 자체에 관한 이야기였다. 그에 반해 이번 작품의 고백은 대단히 감정적이고 정서적이다.

지금까지의 엘러리는 한바탕 추리 쇼를 펼친 뒤 마지막으로 범인을 지적할 때 머뭇거린 적이 없었다. 범인은 언제나 악인이었고 단죄해 마땅한 범법자였기에, 엘러리는 굳이 강력한 신념을 갖지 않더라도 얼마든지 자기 자신의 정의를 관철시킬 수 있었다. 또 수수께끼 풀이 그 자체에 전념하여 범인의 인간적인 면을 무시하는 것도 가능했다. 하지만 《스페인 곶》에서 범인을 지목할 때, 엘러리는 범인의 마지막 계획을 깨부수면서 상당한 죄책감을 느낀다. 게다가 이어지는 대화를 보면 범인은 체포되었지만 그 동기가 정상 참작되어 처벌을 받지 않을 것이라는 이야기를 넌지시 비춘다. 지금까지의 국명 시리즈는 엘러리가 범인을 '지목'하는 것으로 끝나는 경우가 많았고, 그 이후의 일은 그리 언급되지 않았다는 사실을 생각하면 독특한 경우이다. 범인에게 '스토리'와 더불어 '인권'이 생긴 셈이다. 엘러리는 이 사실을 곱씹으면서 약한 심리적 아노미 상태를 경험한다. (현재 빈번히 사용되는 신조어로 짧게 말하자면 이른바 '멘탈 붕괴'라고도 할 수 있겠다.)

이러한 변화가 엘러리 퀸 작품의 1기를 마무리 짓는 국명 시리즈의 마지막 작품에서 눈에 띄게 도드라진다는 사실은 주목할 만하다. 처음 S. S. 밴 다인의 성공에 촉발되어 태어난 이 젊은 탐정은 《스페인 곶》에 이르렀을 때는 이미 파일로 밴스의 명성을 훌쩍 뛰어넘어 청출어람을 이룬다. 그리고 이때부터 엘러리는 그동안 마치 인간적 감정에 노출된 적 없었던 무균배양 도련님 또는 결벽하며 단호하고 거침없는 '데우스 엑스 마키나' 같았던 이미지에서 조금씩 벗어나게 된다.

《스페인 곶》의 주요 소재가 남녀 간의 얽히고설킨 치정 문제라는 사실도 이러한 관점에서 보면 상당히 흥미롭다. 앞선 국명 시리즈 작품들 속에서 남녀 문제는, 이야기를 구성하기 위해 등장했고 대개 범죄의 한 요소로서 '기능'하는 역할을 담당했다. 논리적 문제가 아니라 감정이 전면에 등장하여 범죄를 야기하는 일은 대단히 드물었다. 감정을 논하기 위해 자연스럽게 이야기는 '어떻게(howdunnit, 방법)'와 '누가(whodunnit, 범인)'보다는 '왜(whydunnit, 동기)'에 초점을 맞추게 된다. '어떻게'와 '누가'는 단서가 되는 사실들을 조합하여 비교적 단순하고 간결하게 설명할 수 있지만, '왜'를 설명하기 위해서는 군더더기가 더욱 많이 달라붙는다. 바꿔 말하면 이야기가 더욱 풍성해지고, 드라마가 강조되며 인간 심리에 대한 묘사도 훨씬 많아지는 것이다. 익숙지 않은 상대인 '왜'와 정면으로 맞닥뜨린 엘러리 퀸으로서는 그간 이루어 놓은 껍데기를 깨고 나와 스스로를 성장시켜야겠다는 필요성을 느낀 것도 어쩌면 당연한 일인지 모른다. 시기상 《스페인 곶》의 다음 장편이자 보통 엘러리 퀸 2기의 첫 작품이라 불리는 《중간 지대Halfway House》가 형식상으로 보나 내용상으로 보나 얼마든지 국명 시리즈에 속할 수 있는 작품임에도 분명하고(J. J. 맥의 후기를 보면 작가 자신도 충분히 그 사실을 자각하고 있다.) 일부러 다른 길을 택한 모습을 보더라도 작가의 심경 변화를 충분히 알 수 있다.

《스페인 곶》에 관하여 한참 구구절절 설명하긴 했지만, 사실 이 작품의 의의는 이론적 논의보다는 읽는 이의 마음에 직접 호소해야 할 문제이다. 뭐니 뭐니 해도 드디어 국명 시리즈의 마지막 작품, 여왕의 아홉 번째 영토에 도달했으니 말이다. 기나긴 기다림에 마침표를 찍고 책장에 화려한 난색(暖色) 그러데이션이 완성되는 순간이다.

책의 외양에 대해서 말이 나온 김에, 어째서 제목은 '스페인 곶'인데 표지에는 망토가 그려져 있는지에 대해서도 짚고 넘어가야 할 듯싶다. 원제의 'cape'에는 '곶'과 '망토'라는 뜻이 모두 들어 있으며, 본문을 끝까지 읽으면 알 수 있듯이 작중에서 망토는 상당히 중요한 소재로 사용된다. 아마도 작가는 제목이 '스페인 곶 미스터리'뿐만 아니라 '스페인 망토 미스터리'로도 읽히도록 중의적인 효과를 의도한 모양이다. 하지만 아쉽게도 우리말로는 그 느낌을 완벽하게 살릴 수 없었기에 차선책으로 시각에 의지하는 방법을 찾게 되었다.

미스터리 팬으로서는 마치 환상이나 전설과도 같은 작품이었던 엘러리 퀸 국명 시리즈의 완간에 한몫 거들게 되어 대단히 영광스럽고 또한 감회가 새롭다. 공교롭게도 이 후기를 쓰고 있는 현재 TV에서는 런던 올림픽의 폐막식 중계가 한창이다. 성대하게 터지는 축포 소리를 듣고 있노라니 경애하는 작가의 책을 옮기는 동안 꾸었던 긴 꿈의 막이 화려하게 내려가는 듯하다. 그러나 이 시리즈가 읽는 이의 손에 들어가는 순간 새로운 축제가 다시 시작된다. 정연한 논리와 정교한 추론 그리고 흥미진진한 드라마까지 고루 갖춘, 오로지 당신만을 위한 유쾌한 축제다.

2012.08
김예진

옮긴이 김예진

한국외국어대학교 영어학부 영어통번역학 전공. 양질의 미스터리 작품을 널리 소개하는 데 힘쓰고 있다. 옮긴 책으로는 《미국 총 미스터리》가 있다.

The Spanish Cape Mystery
스페인 곶 미스터리

2012년 8월 24일 초판 1쇄 발행
2015년 12월 1일 초판 3쇄 발행

지은이 | 엘러리 퀸
옮긴이 | 김예진
발행인 | 이원주
책임편집 | 박고운
책임마케팅 | 임슬기

발행처 | (주)시공사
출판등록 | 1989년 5월 10일(제3-248호)
브랜드 | 검은숲

주소 | 서울 서초구 사임당로 82 (우편번호 137-879)
전화 | 편집 (02)2046-2817 · 영업 (02)2046-2800
팩스 | 편집 (02)585-1755 · 영업 (02)588-0835
홈페이지 | www.sigongsa.com

ISBN 978-89-527-6596-3 04840
      978-89-527-6337-2(set)

검은숲은 (주)시공사의 브랜드입니다.
본서의 내용을 무단 복제하는 것은 저작권법에 의해 금지되어 있습니다.
파본이나 잘못된 책은 구입한 곳에서 교환해 드립니다.

국명 시리즈 *Country Series*

로마 모자 미스터리 The Roman Hat Mystery
로마 극장, 가장 인기 있던 연극의 2막이 끝나갈 무렵 발견된 한 남자의 시체. 두 사촌 형제의 역사적인 첫 공동 작업.

프랑스 파우더 미스터리 The French Powder Mystery
프렌치 백화점 전시실에서 튀어나온 시체. 용의자를 모으고 소거한 후 범인을 지적하다. 미스터리 역사상 가장 멋진 결말.

네덜란드 구두 미스터리 The Dutch Shoe Mystery
네덜란드 기념 병원, 이동식 침대에서 발견된 시체. 흰색 바지와 흰색 신발 한 켤레를 바탕으로 펼쳐지는 놀라운 추리.

그리스 관 미스터리 The Greek Coffin Mystery
미술품 중개업자의 죽음, 사라진 유언장. 최강의 적과 맞닥뜨린 엘러리 퀸의 당혹. 미국 미스터리를 대표하는 걸작.